ALGO COMO SER FELIZ

Eva Woods

ALGO COMO SER FELIZ

Tradução
Ana Rodrigues

1ª edição
Rio de Janeiro-RJ / São Paulo-SP, 2022

VERUS
EDITORA

Copidesque Mel Ribeiro	**Revisão** Cleide Salme

Título original
How to Be Happy

ISBN: 978-65-5924-115-6

Copyright © Claire McGowan, 2017
Todos os direitos reservados.

Esta é uma obra de ficção. Nomes, personagens, lugares e acontecimentos são produtos da imaginação da autora ou usados de forma ficcional. Qualquer semelhança com pessoas reais, vivas ou mortas, instituições comerciais, eventos ou locais é coincidência.

Tradução © Verus Editora, 2022
Direitos reservados em língua portuguesa, no Brasil, por Verus Editora. Nenhuma parte desta obra pode ser reproduzida ou transmitida por qualquer forma e/ou quaisquer meios (eletrônico ou mecânico, incluindo fotocópia e gravação) ou arquivada em qualquer sistema ou banco de dados sem permissão escrita da editora.

Verus Editora Ltda.
Rua Argentina, 171, São Cristóvão, Rio de Janeiro/RJ, 20921-380
www.veruseditora.com.br

CIP-BRASIL. CATALOGAÇÃO NA FONTE
SINDICATO NACIONAL DOS EDITORES DE LIVROS, RJ

W86a

Woods, Eva
  Algo como ser feliz / Eva Woods ; tradução Ana Rodrigues. - 1. ed. - Rio de Janeiro : Verus, 2022.

  Tradução de: How to Be Happy
  ISBN 978-65-5924-115-6

  1. Ficção inglesa. I. Rodrigues, Ana. II. Título.

22-79098   CDD: 823
                       CDU: 82-3(410.1)

Meri Gleice Rodrigues de Souza - Bibliotecária - CRB-7/6439

Revisado conforme o novo acordo ortográfico.

Seja um leitor preferencial Record.
Cadastre-se no site www.record.com.br e receba informações sobre nossos lançamentos e nossas promoções.

Atendimento e venda direta ao leitor:
sac@record.com.br

Para Scott (SP), com todo o meu amor

Nem sempre é possível saber o exato momento em que sua vida toma o rumo errado. Na maioria das vezes, isso vai acontecendo aos poucos, ano após ano, momento após momento, até que um dia você olha ao redor e percebe que está tão longe de quem era que já nem se sente mais a mesma pessoa. Normalmente é um colapso gradual, sorrateiro — uma pedra aqui, um seixo ali... uma lenta erosão de quem você é, pouco a pouco, pedaço a pedaço.

Mas algumas vezes você consegue dizer exatamente quando sua vida degringolou. Quando todas as suas cartas, cuidadosamente arrumadas, caíram e sua casa desmoronou, e naquele momento você percebeu que nada jamais seria como antes. Naquele momento, você já não sabia se sobreviveria ou se afundaria para sempre. Mas você sobreviveu. De algum modo.

DIA 1
FAÇA UMA NOVA AMIZADE

— Com licença?

Sem resposta. A recepcionista continuou a espancar o teclado do computador.

Annie tentou de novo.

— Com *licença*.

Era um "com licença" nível dois — acima do que ela daria a turistas que bloqueavam as escadas rolantes e abaixo do que reservava para alguém que ocupava um assento do metrô com a bolsa. Nada.

— *Desculpe* — disse Annie, alcançando o nível três (para quem roubava vagas no estacionamento, esbarrava nela com o guarda-chuva etc.). — Você pode me ajudar, por favor? Estou em pé aqui há cinco minutos.

A mulher continuou a digitar.

— Com o quê?

— Preciso mudar o endereço na ficha de uma paciente. Já fui mandada a quatro departamentos diferentes.

A recepcionista estendeu uma das mãos sem levantar os olhos. Annie lhe entregou o formulário.

— Esta é você?

— Ora, não. — *Obviamente*.

— Os próprios pacientes têm que fazer essa alteração.

— Hum, bem, na verdade, a paciente não tem condições. — O que ficaria claro se alguém no hospital se desse ao trabalho de ler os arquivos.

O formulário foi jogado sobre o balcão.

— Não posso permitir que outra pessoa faça a alteração. Proteção de dados, você entende.

— Mas... — Annie teve uma súbita e terrível impressão de que estava prestes a começar a chorar — preciso fazer a alteração para que a correspondência seja enviada para o meu endereço! Ela não pode mais ler por conta própria o que chega! Por isso estou aqui. Por favor! Eu... eu só preciso mudar o endereço. Não entendo como isso pode ser tão difícil.

— Sinto muito. — A recepcionista fungou e limpou uma das unhas.

Annie pegou o papel de volta.

— Escute, já estou neste hospital há horas. Me mandaram de uma sala para outra. Registro de pacientes. Neurologia. Ambulatório. Recepção. De volta para a Neurologia. E ninguém parece ter a menor ideia de como executar essa simples tarefa! Eu não comi. Não tomei banho. E não posso ir para casa a menos que você abra o computador e digite umas poucas linhas. É só isso que precisa fazer.

A recepcionista ainda não olhava para ela. Claque, claque, claque. Annie sentiu a raiva, a dor e a frustração a engolindo.

— Você está me OUVINDO? — Ela estendeu a mão e virou o computador.

As sobrancelhas da mulher desapareceram sob os cabelos cheios.

— Senhora, vou ter que chamar a segurança se você não...

— Eu só quero que você olhe para mim enquanto eu estiver falando. Só preciso que me *ajude. Por favor.* — Então era tarde demais e ela estava realmente chorando, a boca subitamente com um gosto amargo, salgado. — Desculpe. Desculpe. Eu só... eu... realmente preciso alterar o endereço.

— Escute, senhora... — A recepcionista estava se preparando, a boca se abrindo, sem dúvida para dizer a Annie aonde ir. Então algo estranho aconteceu. O rosto dela se abriu em um sorriso. — Oiê, P.

— O-lá! Tudo bem por aqui?

Annie se virou para ver quem estava interrompendo. Na porta da desbotada sala do hospital estava uma mulher alta usando todas as cores do arco-íris. Sapatos vermelhos. Meia-calça roxa. Um vestido amarelo, da cor de limão siciliano. Um gorro verde. As bijuterias âmbar cintilavam um brilho laranja, e seus olhos eram de um azul vívido. Aquela mistura de cores não deveria funcionar, mas, por algum motivo, funcionava. A mulher se inclinou na direção de Annie e tocou o braço dela. Annie se encolheu.

— Lamento muito, não quero passar na sua frente. Só preciso marcar uma consulta muito, muito rapidamente.

A recepcionista voltou a digitar, dessa vez em um ritmo animado.

— Para a semana que vem, certo?

— Obrigada, você é demais. Desculpe, furei totalmente a fila! — O arco-íris voltou a sorrir para Annie. — Essa moça encantadora está com tudo resolvido, Denise?

Ninguém chamava Annie de moça encantadora havia muito tempo. Ela piscou para afastar as lágrimas e tentou fazer a voz soar firme.

— Bem, não, porque aparentemente é difícil demais fazer uma simples alteração na ficha de uma paciente. Já estive em quatro salas diferentes até agora.

— Ah, a Denise pode fazer isso para você; ela guarda todos os segredos deste hospital na ponta desses fabulosos dedos.

A mulher imitou o gesto de digitar. Havia um grande hematoma no dorso de uma mão, parcialmente coberto por um curativo.

Denise estava realmente assentindo, ainda que de má vontade.

— Está certo, então. Me dê aqui.

Annie passou o formulário para ela.

— Pode mandar aos meus cuidados, por favor? Annie Hebden. — Denise digitou e, em dez segundos, estava pronto o que Annie esperara o dia todo para que fosse feito. — Hum... obrigada.

— De nada, senhora — disse Denise, e Annie sentiu o tom crítico. Ela fora rude. Sabia que tinha sido rude. Mas era tão frustrante, tão difícil.

— Brilhante. Tchau, senhorita. — A mulher arco-íris acenou para Denise, então voltou a segurar o braço de Annie. — Escute, lamento que esteja tendo um dia ruim.

— Eu... o quê?

— Você parece estar tendo um dia bem ruim.

Annie ficou temporariamente sem fala.

— Estou na droga de um hospital. Você acha que alguém aqui está tendo um dia bom?

A mulher olhou para a sala de espera atrás delas — metade das pessoas estava de muletas, algumas tinham a cabeça raspada e o rosto pálido, havia uma mulher encolhida e encurvada em uma cadeira de rodas usando uma camisola de hospital e crianças entediadas revirando o conteúdo da bolsa das mães, enquanto as mães digitavam distraídas nos celulares.

— Não sei por que não.

Annie recuou, furiosa.

— Escute, obrigada por sua ajuda... embora eu não devesse ter precisado dela, este hospital é uma desgraça... mas você não tem ideia de por que estou aqui.

— É verdade.

— Portanto, estou indo.

— Gosta de bolo? — perguntou a mulher.

— O quê? É claro que eu... o quê?

— Espere um segundo.

A mulher saiu em disparada. Annie olhou para Denise, que voltara a encarar o teclado com a mesma expressão distante.

Annie contou até dez — irritada consigo mesma por estar fazendo aquilo —, então balançou a cabeça e desceu o corredor, com uma paleta de cores que ia do azul-desespero ao verde-bile. Sons de rodas de camas, de portas vaivém, choros distantes. Um homem velho, pequeno e cinzento, estava deitado em uma maca. Graças a Deus ela finalmente conseguira. Precisava ir para casa, se perder na TV, se esconder embaixo do edredom.

— Espere! Annie Hebden!

Annie se virou. A mulher irritante apareceu correndo — bem, meio que deslizando, ofegante. Ela segurava um cupcake no alto com uma cobertura instável de chocolate.

— Para você — disse a mulher, arfante, e enfiou o cupcake na mão de Annie. Cada uma de suas unhas era pintada de uma cor diferente.

Annie ficou sem fala pela segunda vez em cinco minutos.

— Por quê?

— Porque sim. Cupcakes deixam tudo um pouco melhor. A não ser no caso de diabetes tipo dois, acho.

— Ah... — Annie olhou para o cupcake em sua mão. Ligeiramente amassado. — Obrigada?

— Está tudo bem. — A mulher lambeu um pouco de cobertura que tinha caído em sua mão. — Eca, espero não me contaminar com MRSA. Não que fosse fazer muita diferença. A propósito, sou a Polly. E você é a Annie.

— Bem... Sim.

— Tenha um bom dia, Annie Hebden. Ou, pelo menos, um dia ligeiramente melhor. Lembre-se: se quer o arco-íris, tem que suportar a chuva. — E, com isso, ela acenou e sumiu de vista deslizando... Seria a primeira vez que alguém descia deslizando o Corredor da Morte?

Annie esperou pelo ônibus na chuva, aquela chuva cinza e densa em que Lewisham parecia ser especialista. Achava uma estupidez o que a mulher tinha dito. A chuva nem sempre levava a um arco-íris. Normalmente, levava apenas a meias encharcadas e a cabelos transformados em ninhos de rato. Mas pelo menos ela tinha para onde ir. Um homem sem-teto estava sentado sob a cobertura do ponto de ônibus, a água escorrendo da cabeça dele e formando uma poça ao redor da calça suja. Annie se sentiu mal por ele, mas o que poderia fazer? Não tinha como ajudá-lo. Não tinha nem como ajudar a si mesma.

Quando o ônibus chegou, estava lotado, e ela se espremeu entre um carrinho de bebê e um monte de sacolas de compras, que batiam nela a cada curva. Uma senhora mais velha subiu os degraus cambaleando com um carrinho de compras. Enquanto a mulher atravessava o corredor do ônibus, ninguém levantou os olhos dos celulares para lhe oferecer um lugar. Annie finalmente explodiu. O que havia de errado com as pessoas? Não restava mais nem uma gota de decência naquela cidade?

— Pelo amor de Deus! — bradou. — Alguém poderia deixar essa senhora se sentar, *por favor*?

Um rapaz com enormes fones de ouvido se levantou, constrangido.

— Não precisa dizer o santo nome do Senhor em vão — disse a senhora, olhando com desaprovação para Annie enquanto se sentava.

Annie olhou para os próprios sapatos, que haviam deixado marcas de lama no piso do ônibus, até chegar em sua parada.

E ela se perguntou: Como a vida dela chegara àquele ponto? Perdendo a cabeça em público por causa de uma mudança de endereço? Chorando na frente de estranhos? Antes, ela teria erguido as sobrancelhas se outra pessoa tivesse uma crise como a dela. Teria oferecido lenços de papel, dado uma palmadinha tranquilizadora no braço. Não entendia o que havia acontecido com aquela pessoa. Com a pessoa que costumava ser.

Às vezes, Annie tinha a sensação de que sua vida havia mudado em um piscar de olhos.

Se fechasse os olhos, estava de volta ao quarto da casa linda onde morava, naquela última manhã ensolarada de verão, e tudo estava bem. Ela estava animada, cheia de esperança e de uma alegria ligeiramente exausta. *Perfeito.*

Se abrisse os olhos, estava ali, voltando para o apartamento horrível em que morava, pegando ônibus na chuva, sem conseguir dormir à noite, com medo e infeliz.

Se piscasse uma vez, perfeito. Se piscasse duas vezes, tudo arruinado. Mas, não importava quantas vezes fechasse os olhos, nunca mais voltaria a ser como antes.

DIA 2
SORRIA PARA ESTRANHOS

A campainha estava tocando. Annie acordou com um susto, o coração disparado. O que era aquilo? A polícia de novo, a ambulância... Mas não, o pior já havia acontecido.

Ela se sentou, registrando o fato de que tinha dormido no sofá de novo, ainda com as roupas que usara no hospital. Não conseguia nem se lembrar do que estava assistindo na TV antes de adormecer. *Deu ruim na tattoo*, talvez? Ela gostava do programa, em que tatuadores ajudavam a consertar ou cobrir tatuagens indesejadas. Era sempre reconfortante ver que havia pessoas que tomavam decisões piores que as dela.

Triiimmm. Annie afastou para o lado a manta que Costas provavelmente jogara em cima dela. Quando se levantou, migalhas, lenços de papel e um controle remoto caíram de cima da sua roupa. Era como se ela tivesse chegado em casa bêbada, mas bêbada de infelicidade, de luto, de raiva.

Triiimmm.

— Já vai!

Jesus, que horas eram, afinal? O relógio da TV mostrava 9h23. Ela precisava se apressar ou perderia o horário de visita. Costas provavelmente saíra há tempos para pegar o turno do café da manhã; deve ter entrado e saído de casa sem que Annie sequer o visse. Ela sentiu uma onda de vergonha dominá-la — a Annie de dois anos atrás nunca teria dormido sem trocar de roupa.

— Annie Hebden! Você está aí?

Annie se retraiu. Pela abertura da porta, ainda com a corrente da tranca, conseguia ver um borrão verde-esmeralda — era a mulher estranha do hospital. Polly alguma coisa.

— Hum, sim?

— Recebi a sua carta do hospital. — Uma mão apareceu na fresta da porta, dessa vez com unhas prateadas, e acenou um envelope embaixo do nariz de Annie. O nome de Annie estava nele, mas com um endereço diferente, em uma parte elegante da cidade. — Você provavelmente recebeu a minha — disse a mulher em um tom animado.

Annie olhou para a pilha de correspondência no capacho. Contas. Uma assinatura da *Gardening Monthly*, que ela já deveria ter cancelado àquela altura. E um envelope branco endereçado a Polly Leonard.

— Como isso aconteceu?

— Acho que Denise deve ter se confundido quando você mudou o endereço. Já liguei para ela para que destrocasse, sem problema.

Era certo o hospital fornecer o endereço dela?

— Então você veio até aqui só para me dar isto?

Provavelmente, demorou mais de meia hora da casa de Polly, em Greenwich, para a de Annie, em Lewisham, especialmente na hora do rush.

— Sim. Nunca estive nesta parte da cidade, então pensei: Por que não?

Havia mil razões para não fazer isso. As altas taxas de criminalidade daquela área. A monstruosidade de seu shopping center dos anos 70. O fato de que já vinham escavando o coração do bairro havia anos, tornando o trânsito ali um permanente inferno ao som de furadeiras e com cheiro de asfalto derretido.

— Bem. Obrigada por trazer. — Annie atravessou a carta de Polly pelo vão da porta. — Então, tchau.

Polly não se abalou.

— Você vai ao hospital hoje?

Todos os seus instintos diziam a Annie para mentir, mas, por algum motivo, ela não fez isso.

— Ah... sim. Vou, mas...

— Consulta?

— Não exatamente. — Annie não teve a menor vontade de explicar.

— Também vou para lá. Pensei que poderíamos ir juntas.

Annie era conhecida por ficar no escritório vinte minutos além do horário, alguns dias, só para garantir que seus colegas já tinham ido embora e que ela não teria que pegar o ônibus com eles.

— Não estou vestida — ela disse.

— Tudo bem. Posso esperar.

— Mas... mas... — O cérebro idiota de Annie não conseguiu pensar em uma única razão para não deixar aquela estranha irritante e exageradamente colorida entrar em sua casa. — Acho que... tudo bem, então. — Ela deixou Polly entrar.

— Então, esta é a sua casa.

Polly ficou parada na sala sem graça de Annie como uma árvore de Natal. Naquele dia, ela usava o que parecia ser um vestido de festa em cetim cor de creme de menta e, nos pés, botas de motociclista. Um casaco de pele falsa e um gorro de tricô completavam o visual. A bainha do vestido estava úmida e suja, como se ela tivesse acabado de atravessar Lewisham na chuva. A mulher parecia uma modelo em uma sessão de fotos urbanas.

— Não tenho permissão para redecorar. O locador não deixa. — O apartamento no décimo andar ainda tinha um depressivo piso laminado e as paredes texturizadas dos anos 70. Cheirava a umidade e a comida de outras pessoas. — Hum, preciso de um banho. Você quer... quer chá ou alguma outra coisa?

— Não se preocupe. Vou só ficar aqui e ler, ou algo assim.

Polly olhou ao redor da sala bagunçada, a roupa no varal que acabara secando toda amassada, as calças e leggings de Annie já desbotadas de tanto lavar.

Ela pegou alguma coisa de cima da mesa de centro empoeirada.

— *Como conseguir uma procuração legal*. Isso parece interessante.

Aquilo era sarcasmo?, Annie se perguntou. Um folheto fino, com uma foto triste de alguém segurando a mão de um idoso, quando, na verdade, obter uma procuração legal era mais como agarrar a mão daquele idoso e amarrá-la ao lado do corpo antes que ele pudesse causar algum dano a si mesmo. Ou a outra pessoa.

— Bem, certo. Não demoro.

Annie entrou no banheiro — espelho enferrujado, cortina do boxe mofada — e se perguntou se teria enlouquecido. Havia uma mulher estranha em sua casa e ela estava permitindo aquilo. Uma mulher de quem ela não sabia nada a respeito, que poderia ser louca — e provavelmente era, a julgar pelas roupas que usava. Talvez tenha sido por isso que as duas se conheceram no setor de neurologia do hospital. Talvez Polly tivesse sofrido um golpe na cabeça e isso a tivesse transformado em uma pessoa sem limites, que entrava em seu apartamento e ficava lendo folhetos particulares deprimentes.

Annie tomou o banho mais rápido do mundo, que sua mãe teria chamado de "banho de gato". Por muitos meses depois que a vida dela desmoronara, o chuveiro costumava ser o lugar em que Annie chorava, o punho enfiado na boca para abafar o som. Mas não havia tempo para isso naquele dia, então ela vestiu uma roupa quase idêntica à que usara na véspera. Não adiantava nada parecer elegante. Não para ir a um lugar onde as pessoas ou estavam morrendo ou desejavam estar.

Quando saía do banheiro — sem maquiagem, os cabelos presos para o alto —, Annie ouviu vozes vindo da sala. Seu coração afundou no peito. Provavelmente, o turno dele fora curto hoje.

— Annie — disse Polly com um sorriso quando ela entrou na sala. — Acabei de conhecer seu encantador amigo aqui!

— Oiê, Annie! — Costas acenou.

Costas era grego, lindo e tinha um abdome tão rígido que era possível quebrar um ovo nele. Também tinha vinte e dois anos, transformara o quarto vago de Annie em um depósito de lixo nojento e, por mais hilário que isso pudesse parecer, trabalhava no Café Costa. Ao menos ele achava isso hilário.

— Ele divide o apartamento comigo. Preciso ir agora.

— Em um minuto. O Costas trouxe alguns doces.

— O chefe me disse para trazer. Mas ainda estão bons! — O rapaz abriu um saco de papel pardo cheio de croissants e pães doces. E sorriu para Polly. — Apareça um dia no Costa e eu vou lhe preparar um café grego especial. Forte o bastante para explodir o seu cérebro.

Annie se sentiu subitamente furiosa. Como aquela mulher ousava aparecer ali e revelar a vida de Annie, o apartamento sórdido, a louça para lavar?

— Estou indo agora — anunciou ela. — Costas, você pode lavar a louça? Você deixou uma forma toda suja com uma coisa verde, na noite passada.

— Era spanokopita; precisa ficar de molho.

— Ah, adoro spanokopita! — exclamou Polly. — Viajei de mochilão na Grécia quando tinha dezoito anos. *Yiasou!*

— *Yiasou!* — Costas a cumprimentou erguendo o polegar, abrindo seu sorriso mais largo e mais branco. — Muito bem, Polly.

Annie vestiu o casaco, comportando-se da forma mais passivo-agressiva possível.

— Vou me atrasar.

— Ah! Certo, vamos embora. Adorei conhecer você Costas-amigo-da-Annie.

— Ele é meu *colega de apartamento* — reafirmou Annie e abriu a porta irritada. Por mais que não soubesse direito o motivo.

— Senhoras e senhores, o ônibus vai parar para troca de motorista. Vai levar... bem... não sabemos.

O ônibus se encheu de suspiros de lamento.

— Agora eu com certeza vou me atrasar — resmungou Annie para si mesma.

— Malditos esbanjadores — reclamou um senhor que estava sentado ao lado dela usando um terno felpudo com cheiro forte de umidade. — Duas libras para uma viagem como esta. Estão enchendo os bolsos. Isso, sim.

— Ora, podemos apreciar a paisagem — comentou Polly, animada.

Annie e o homem trocaram um rápido olhar de incredulidade. A vista da janela era um grande supermercado Tesco e um terreno baldio com um carro queimado.

— Ou conversar — continuou Polly. — Para onde o senhor está indo?

— Para um funeral — grunhiu o homem, apoiando-se na bengala.

— Sinto muito. Um amigo seu?

Annie se encolheu no assento. Um homem usando jeans manchado de tinta já estava revirando os olhos. E se as pessoas achassem que ela estava com a mulher que conversava no ônibus? A praga mais perigosa de Londres, pior que as raposas urbanas e as ervas daninhas.

— Meu velho camarada, o grosseirão do Jimmy. Mas no fundo tinha bom coração. Foi piloto na Segunda Guerra.

— Nossa, que fascinante. Como vocês se conheceram?

Uma mulher usando um véu tirou um dos fones de ouvido que usava e estalou a língua alto, externando seu desagrado. Annie se encolheu mais.

— Crescemos na mesma rua. No velho Bermondsey. Ele foi da Força Aérea, eu da Marinha. Poderia lhe contar algumas coisinhas, meu bem. — Ele deu uma risadinha enfisêmica.

Annie pegou um jornal *Metro* abandonado e começou a ler ostensivamente sobre uma gangue de esfaqueadores, enquanto o velho continuava sua lenga-lenga.

— ... Então, o Jimmy, ele ficou escondido no armário até o marido dela cochilar, aí escapou pela janela...

— Que tristeza — falou Annie determinadamente, acenando para o jornal. — Três esfaqueamentos só neste mês.

— Bando de meliantes — disse o velho homem. — O Jimmy e eu éramos o terror das ruas, mas nunca esfaqueamos ninguém. Um soco na cara, sim, é civilizado. Coisa de cavalheiros.

Annie fechou os olhos; não conseguiria suportar mais nem um segundo daquilo. Por sorte, o ônibus começou a andar e o Camarada-do-Jimmy desceu na parada seguinte, não sem antes segurar a mão de Polly para plantar um beijo molhado.

— Foi bom conversar com você, senhorita.

— Tenho higienizador de mãos — ofereceu Annie.

Polly riu.

— Ele provavelmente vai viver mais do que eu.

Annie levantou o jornal de novo. Todos no ônibus estavam com fones de ouvido, como pessoas decentes. Apenas Polly insistia em ficar olhando ao redor, acenando para bebês e cachorros, fazendo contato visual o tempo todo. Se ela continuasse daquele jeito, havia uma boa chance de elas serem presas pelos guardas de trânsito de Londres e nem chegarem ao hospital.

Mas elas chegaram. O sem-teto ainda estava sentado no ponto de ônibus, e Annie se perguntou se ele teria passado a noite toda ali. O homem estava com a cabeça inclinada para a frente. Polly se agachou na frente dele, e Annie se encolheu de novo e ficou observando a distância.

— Olá. Qual é o seu nome? Eu sou a Polly.

Ele levantou a cabeça devagar e pigarreou. Sua voz saiu como uma lixa.

— Jonny.

— Posso lhe trazer alguma coisa quando eu sair do hospital? Uma bebida quente, talvez?

Annie ruborizou por Polly. Não era condescendente oferecer uma bebida quente em vez de dinheiro? O homem pareceu surpreso.

— Um café seria bom. Qualquer coisa quente, na verdade.

— Açúcar?

— Bem... dois cubos, por favor. Obrigado.

— Vejo você daqui a pouco, então. Agora tenho que entrar.

— Ah. Boa sorte.

Annie já estava se afastando, mortalmente envergonhada. Dentro do hospital, ela fez o possível para se livrar de Polly.

— Vou por aqui, então...

— Eu também. A boa e velha neurologia. — Polly enfiou o braço com casaco de pele falsa no de Annie. — É a melhor área. Quer dizer, é o seu cérebro. Tudo o que você é está nele. Muito melhor do que corações ou pernas estúpidos ou, pior, *dermatologia*.

— Sim — retrucou Annie, o tom muito sarcástico. — É incrível quando o cérebro começa a virar mingau dentro da sua cabeça. — Elas pararam do lado de fora do setor de internação. — Bem, preciso entrar.

— Tudo bem. — Polly não se moveu.

— Bom... só é permitida a entrada de uma pessoa por vez. Por isso é melhor eu só... — Por que Polly não ia embora? Se ela não fosse logo, poderia acabar vendo...

— Oi. Oi!

Annie se encolheu ao ouvir a voz alta e nervosa da mulher que cambaleava na direção delas usando uma camisola de hospital. A mulher apontava o dedo ossudo para Annie.

— Você. Mocinha. É a enfermeira?

— Que tristeza — murmurou Polly. — Podemos ajudá-la, senhora?

Annie tentou bloquear o caminho de Polly.

— Acho que não devemos...

— Vou procurar a enfermeira. — Annie sabia que a mulher ainda não completara sessenta anos, mas parecia ter oitenta. Tinha o rosto encovado, os cabelos grisalhos e, por baixo da camisola de hospital, suas pernas tinham hematomas e machucados, um deles protegido por uma atadura. — Eu preciso... ah, não sei do que preciso!

— Tenho certeza que logo vai se lembrar. Vamos entrar?

Polly pegou a mulher pelo braço, coberto de cicatrizes que pareciam nunca fechar de vez.

— Acho que você não deveria fazer isso. — Annie sentiu vontade de gritar.

— Ah, imagina, Annie, ela precisa de ajuda.

— Não se meta, está bem? — atacou Annie. — Vá logo para a sua maldita consulta!

A mulher de camisola agora encarava Annie.

— Você. Eu a conheço, não? Você é a enfermeira?

— Eu... bem... — A voz de Annie estava presa na garganta. Polly também a encarava, o cenho franzido. — Não, eu sou...

Naquele momento, uma enfermeira com expressão agitada veio correndo da internação.

— Maureen! Venha, volte para a cama agora. Você não pode andar por aí com essa perna desse jeito.

Mas a mulher não foi. Continuou a encarar Annie.

— Eu conheço você. Eu *conheço* você.

Tarde demais para fingir.

— Sim. Sou eu, mãe. Annie. Eu já ia entrar para te ver.

Charity — uma das enfermeiras mais gentis, mesmo que insistisse em rezar pelos pacientes — encarou Annie com compaixão.

— Venha agora, Maureen. Sua filha logo vai entrar.

Quando as portas da internação se fecharam, Polly encarou Annie.

— É por isso que está aqui? Não é você que está doente?

— Não. A minha mãe, ela... bem, ela sofre de demência. Precoce. Ela sofreu uma queda no fim semana, tentando pegar uma panela de fritura no armário. Mesmo não tendo mais a panela desde 2007. Mas eles provavelmente vão dar alta para ela logo, e então... então, eu não sei... — Annie respirou fundo.

A expressão de Polly não se alterara. Mostrava interesse, compreensão, mas não pena.

— Acho que isso explica sua atitude de fúria malcontida.

Para Annie, aquilo foi o limite.

— Escute aqui. Eu não te conheço, e você não tem o direito de dizer isso. A minha mãe não tem nem sessenta anos e sofre de demência avançada. Por que eu não ficaria furiosa? Tenho que ficar furiosa. Então, por que você não desaparece da minha vida, hein? O que te dá o direito de... de ir até a minha casa, interferir, e... — O restante da frase se afogou em lágrimas súbitas e inconvenientes.

Polly reagiu estranhamente ao rompante, o que deixou Annie arquejando para respirar.

— Venha comigo — disse Polly e a pegou pela mão.

A mão de Polly estava fria, mas era surpreendentemente forte. Ela arrastou Annie pelo corredor.

— O quê? Não, eu não quero... me solta!

— Venha. Quero lhe mostrar uma coisa. — Elas chegaram a uma porta com uma placa onde se lia DR. MAXILIMILIAM FRASER. MÉDICO NEUROLOGISTA. MEMBRO DA ROYAL SOCIETY. Embaixo dela, alguém colara um cartaz escrito com tinta verde dizendo: *Não, não sou um armário de remédios.* Polly abriu a porta. — Dr. McRabugento! É a sua paciente favorita.

Uma voz vinda do escuro disse:

— Entre, Polly. Não é como se eu estivesse no meio de uma consulta altamente confidencial com um paciente ou algo parecido.

— Você está comendo chocolate Crunchie e assistindo a vídeos de gatos no YouTube — disse Polly, e era verdade.

O consultório era minúsculo e melancólico — não muito maior que um armário, na verdade —, e uma das paredes era coberta de vidro escuro. Atrás de um computador, sentava-se um homem robusto usando jaleco, com os cabelos grossos e escuros espetados para cima, como se ele tivesse passado a mão por eles, e a sombra de uma barba de vários dias por fazer no queixo.

— O que você quer agora? — Ele tinha sotaque escocês.

Annie viu os olhos do homem pousarem nela, por isso baixou o olhar para os mocassins pretos desgastados que usava.

— Quero mostrar a tomografia para a minha nova amiga, Annie.

— *De novo*, não. Acha que eu não tenho mais nada para fazer, é isso? Acha que os fundos do hospital são tão vastos que sou basicamente seu mico amestrado particular?

— Qual é, você sabe que sou sua melhor paciente.

— *Ele* é o meu melhor paciente. Não me perturba.

Annie viu que o médico indicara com a cabeça um jarro de vidro que guardava um cérebro humano flutuando.

— Vamos lá, então — disse o homem com um suspiro.

Ele apertou uma tecla no computador e a tela na parede se acendeu revelando outro cérebro, dessa vez em uma imagem espectral. Branco, esponjoso. Um lado dele era mais escuro, com ramificações pretas serpenteando ao redor.

— Este é o meu cérebro — declarou Polly com orgulho.

— Ah — disse Annie, sem entender direito o que estava vendo.

Polly se adiantou e bateu com os dedos no vidro.

— Marcas de dedos — reclamou o médico. Ela o ignorou.

— Esta é a minha árvore. Glioblastoma... significa "galhos", sabe.

Annie se virou para o médico em busca de esclarecimento.

— Ninguém sabe o que significa essa palavra, Polly — disse ele.

— Bem, eu explico. Este é o meu cérebro, e esta adorável protuberância aqui, parecida com uma árvore... bem, é o meu tumor cerebral. — Polly sorriu. — Eu o chamo de Bob.

— Respire fundo.

Annie inspirou com vontade. Ela estava sentada na cadeira de rodas do médico. O dr. Fraser estava ajoelhado na sua frente, examinando seus olhos. Os dele eram castanhos e tinham uma expressão inteligente, como um cachorro gentil.

— Consegue acompanhar? — Ele levantou um dedo.

— É claro que consigo — respondeu ela com irritação. — Estou bem. Nem cheguei a desmaiar. — Ela não compreendia por que tinha surtado. Mal conhecia Polly, com ou sem tumor no cérebro.

Polly tinha ido pegar "chá quente doce", como anunciara animada.

— Não é o que faziam na guerra? — comentara antes de sair.

O médico se dirigiu a Annie.

— Pelo que vejo, você não sabia. Nunca se perguntou por que ela tem tantas consultas?

— Nós nos conhecemos ontem. E ela está agindo, sei lá, como se fôssemos adolescentes que ficaram amigas por correspondência.

— Essa é a Polly. É bem difícil evitar ser amiga dela. — O sotaque dele tinha os erres bem marcados. O médico se sentou sobre os calcanhares.

— Então... ela está doente.

— Muito doente.

— Você pode... fazer alguma coisa?

Ele se levantou com dificuldade.

— Cristo, estou ficando velho. Na verdade, eu não deveria comentar com você. Confidencialidade. Mas, como você acabou de ver a tomografia cerebral da Polly, acho que posso considerar que tenho o consentimento da paciente. Por causa da localização de Bob, há uma grande chance de sua remoção causar danos cerebrais. — Annie se lembrou do que Polly tinha dito. Sobre o cérebro ser tudo o que somos. — Ela está fazendo quimioterapia, o que lhe garante um pouco mais de tempo. Estamos atentos ao tumor. Fazendo muitas ressonâncias magnéticas. Está custando uma fortuna. Se o tumor chegar perto do córtex frontal, bem, aí é fim de jogo, e ele é muito agressivo. Já está bem avançado.

— Se?

— Quando.

— Quanto tempo? — perguntou Annie.

Ele franziu o rosto.

— Só para constar, médicos realmente detestam essa pergunta. Não somos clarividentes. Mas dissemos a ela cerca de três meses.

Annie se espantou. Tão pouco tempo. Um trimestre. Um quarto de ano. Uma temporada de seriado de TV. Imagine isso ser tudo o que se tem, imagine ter que espremer toda uma vida nesse tempo.

— Ah — disse ela. Naquelas circunstâncias, não lhe ocorreu dizer mais nada.

A porta bateu.

— Não coloque o prédio abaixo! — gritou o médico... e Polly entrou com um copo de papel.

— Ops! — Ela derramou um pouco e lambeu a mão. — Tome, beba isto.

Annie espiou dentro do copo. Era nojento, parecia detergente. De repente, foi demais para ela — o consultório pequeno e escuro, a mulher estranha com o tumor e a própria mãe na ala próxima, com o cérebro também morrendo dentro dela. Annie se levantou, a cabeça girando.

— Sinto muito... sinto muito, mesmo, mas para mim não dá. Lamento que esteja doente, Polly. De verdade. Mas preciso ir.

E ela saiu correndo, derramando o chá no chão pelo caminho.

DIA 3
ARRUME TEMPO PARA TOMAR CAFÉ DA MANHÃ

— Bom dia, Annie Hebden!

Annie nunca foi uma pessoa matinal, nem quando Jacob a acordava bem cedo e ela abraçava seu corpo quente junto ao dela, sentindo a respiração suave dele em seu pescoço. Ultimamente, ela também não era uma pessoa noturna. Às vezes, havia um período por volta das quatro da tarde, depois de várias xícaras de café forte da máquina nojenta do escritório, que provavelmente não era lavada desde 2011, em que não se sentia totalmente péssima. Mas às seis da manhã — com certeza, era forçação de barra para qualquer um. Annie atravessou a sala cambaleando até a porta da frente, que Polly estava esmurrando.

— Já é de manhã? O céu ainda está um breu.

— Está uma delícia aqui fora. — Polly não parecia nem um pouco cansada.

— *Não* está. São seis da manhã de uma quarta-feira de março.

E por que Polly estava à sua porta tão cedo? Aliás, por que Polly estava à sua porta?

— Bem, está certo, mas logo ficará uma delícia, e eu trouxe café e croissants, então me deixe entrar!

Duas manhãs seguidas sendo acordada por Polly, mesmo Annie tendo fugido dela na véspera. Por um momento, Annie pensou em fingir que a porta tinha ficado emperrada em um acidente esquisito com a tranca. Mas logo suspirou e a abriu. Dessa vez nem se preocupou em manter a corrente travada. Em apenas vinte e quatro horas, ela já aprendera que não dava para manter Polly do lado de fora.

Polly estava totalmente acordada e usava jeans e uma camiseta com a frase *Yes We Can*. Nos pés, botas de cowboy vermelho-cereja.

— Como estou? — Ela balançou a cabeça de um lado para o outro. — Pareço uma Hannah Montana morrendo de câncer?

Com os cachos curtos e loiros presos para trás, ficava visível uma parte grande do couro cabeludo careca por causa da quimioterapia, a pele com marcas vermelhas.

— Ha. Ha.

Annie não se acostumara às piadas de Polly sobre câncer. Não tinha se acostumado nem com o câncer.

Polly levantou uma bandeja de copos de papel.

— Café! Você tem umas xícaras bonitas? É uma pena beber nesses copos com tampas de plástico.

— Eu faço isso. É melhor você se sentar.

— Não vou morrer neste segundo, Annie. Xícaras?

Annie indicou a cozinha com um gesto e se deixou afundar no sofá horrível que imitava couro e tinha um rasgão na lateral.

— Você dorme em algum momento?

— Ah, não tenho tempo para isso. Tenho três meses para viver! — Com certeza, aquela frase nunca fora dita de um jeito tão animado. — Pelo menos é isso que o dr. McRabugento diz. É assim que eu o chamo.

— É, ele pareceu, mesmo, meio... mal-humorado.

Polly examinou e descartou uma caneca com a imagem de Cartman, do *South Park* — um presente de amigo secreto do trabalho de Annie, apesar de ela nunca ter assistido a um episódio de *South Park* nem ter expressado o menor interesse na série em qualquer momento de sua vida.

— Que Deus o abençoe. Ele é o clássico médico-com-complexo-de-Jesus-Cristo-mas-que-não-consegue-salvar-todo-mundo, mas é o melhor que há — a voz de Polly ecoou de dentro do armário. — Francamente, Annie, precisamos conversar sobre a sua escolha de louças.

Ao que parecia, no mundo de Polly, as xícaras eram um problema, mas o câncer era apenas um fato da vida. Finalmente, ela encontrou algumas xícaras antigas com estampa floral que tinham sido um presente de casamento para os pais de Annie.

— Oh! São vintage?

— Não, só velhas e baratas, mesmo. — Annie bocejou. — Preciso trabalhar hoje. Não me deram muitos dias de folga por causa da mamãe.

— É por isso que estou aqui tão cedo. Para que possamos organizar um plano.

— Que plano? — Annie não tinha força para nada.

— Vou explicar. Tome.

Ela serviu café nas xícaras minúsculas e arrumou os croissants em uma travessa também floral, espalhando migalhas pelo chão — que, como Annie reparou, já estava cheio de poeira e farelo de torradas. Ela estava mesmo deixando as coisas saírem do trilho. Costas crescera com sete irmãs e, antes de se mudar para a Inglaterra, nunca precisou ferver uma água, portanto trabalho doméstico não era seu ponte forte.

— Então — disse Polly, acomodando-se. Ela pegou um caderno rosa-choque com as bordas prateadas —, como você sabe, tenho três meses de vida. Obviamente, foi um baque descobrir isso. Você conhece a sequência: chorar no chão do banheiro, negação desesperada, ficar na cama por uma semana...

Annie realmente conhecia a sequência. Na verdade, ela praticamente a inventara.

— ... mas acabei percebendo que tinha recebido uma oportunidade única. Não tenho mais que me importar com aquelas besteiras que ocupam nosso tempo: contas, aposentadoria, ir à academia. Minha vida, ou o que resta dela, agora está intensamente concentrada, graças ao bom e velho Bob, o tumor. E pretendo aproveitá-la ao máximo.

Annie pegou um croissant.

— Não me diga que fez uma lista do que quer fazer antes de morrer.

— Este é o comportamento padrão de "tenho três meses de vida". Mas não, é um pouco mais complicado. Não quero só ticar as coisas que já fiz. Nadar com golfinhos, feito. Conhecer o Grand Canyon, feito. Afinal, eu obviamente já fiz todas essas coisas.

— Obviamente — resmungou Annie, a boca cheia de croissant.

— Não quero só... passar pelo que é padrão quando se está morrendo. Quero realmente tentar mudar as coisas. Quero deixar algum tipo de *marca*, sabe, antes de desaparecer para sempre. Quero mostrar que é possível ser feliz e aproveitar a vida, mesmo que as coisas pareçam estar péssimas. Você sabia que, depois de alguns anos, os ganhadores da loteria voltam exatamente aos mesmos níveis de felicidade de antes de receberem o prêmio? E que acontece o mesmo com pessoas que sofreram acidentes, depois que se ajustam às mudanças em sua vida? A felicidade é um estado de espírito, Annie.

Annie cerrou os dentes de novo. As coisas que haviam acontecido com ela não eram um estado de espírito, eram muito reais.

— Então, qual é o plano?

— Já ouviu falar no projeto Cem Dias Felizes? Uma dessas coisas virais da internet?

— Não.

A velha Annie teria gostado desse tipo de coisa, teria postado no Facebook, compartilhado frases inspiradoras. A nova Annie debochava de projetos, planos e listas. Tudo aquilo não significava nada quando a vida realmente desmoronava ao seu redor.

— Na verdade, é simples. Você só precisa fazer uma coisa todo dia que a faça feliz. Podem ser coisas pequenas. Podem ser grandes. E estamos fazendo uma agora mesmo.

— Estamos? — Annie olhou a sala bagunçada ao redor, desconfiada.

— Café da manhã em louças bonitas. Ver o sol nascer com uma amiga. — Polly levantou a xícara na direção da janela, onde o céu se avermelhava, e Annie pensou: *Amiga?* Era fácil assim? E como uma coisa tão pequena poderia fazer alguma diferença? — Agora, calculo que, se eu tiver sorte, sorte do ponto de vista de "eu tenho câncer", tenho mais cem dias pela frente, por isso vou fazer o projeto. E quero a sua ajuda.

— Minha?

Polly pousou a xícara. Havia espuma de leite acima de seu lábio superior e, de repente, seus cabelos ficaram vermelho-fogo com o sol que decidira nascer, lindo, intenso, cor de sangue.

— Annie...espero que não se aborreça por eu dizer isso... você parece meio que o completo oposto de feliz.

Annie a encarou, surpresa.

— Venho passando por momentos difíceis recentemente. Você viu a minha mãe.

— Não pode ser por isso — declarou Polly. — Uma atitude como essa exige *anos* de treino.

— Bem, moro em um apartamento horroroso, cheio de compensado vagabundo e mofo, que divido com um garoto grego que nunca lavou uma xícara na vida.

— Costas? Ele é um amor.

— Talvez. Mas tropeçar nas calças sujas que ele deixa espalhadas e tirar queijo grudado de todos os meus pratos não é muito legal. Veja. — Annie inclinou o corpo para baixo do sofá onde estava sentada e pegou uma casca de pistache. — Ele deixa isso por toda parte. Fico louca. E nem comecei a falar do meu emprego, que eu odeio, e para o qual vou me atrasar se não sair logo.

— Muito bem. Então você está infeliz. É por isso que quero que faça isso comigo. O que me diz? Pelos próximos cem dias... se eu chegar até lá... vamos pensar em uma coisa feliz para fazer todo dia e anotar o que foi. Podemos contar retroativamente a partir do dia que nos conhecemos, cortar alguns dias... por conta da implacabilidade do tempo e tudo o mais. Quero provar que a felicidade é possível, mesmo quando a situação está uma bela droga.

Annie pensou em como poderia responder.

— Mas... não sei se acredito nisso, Polly.

— Mas você pode tentar. Por que não?

Por um momento, Annie quase considerou a hipótese de contar a ela — explicar como sua situação era muito pior do ter que uma mãe doente, um apartamento horrível e um colega de apartamento folgado —, mas não. Polly era praticamente uma estranha.

Em vez disso, ela falou:

— Há um monte de razões para não fazer. Preciso ir para o trabalho agora ou vou me atrasar. De novo. — Ela se levantou e tomou o restante do café espumoso (claramente, uma grande melhoria com relação ao café instantâneo amargo que ela costumava fazer). — Escute, Polly, é gentil da sua parte me convidar para me unir ao seu projeto — (na verdade era uma maldita intromissão, isso sim) —, mas, francamente, não faz o meu estilo. Já tenho muito com o que lidar no momento. Obrigada pelo café da manhã... tenho certeza de que vamos nos esbarrar no hospital em algum momento.

DIA 4
APROVEITE AO MÁXIMO SEU HORÁRIO DE ALMOÇO

Por mais que Annie odiasse ir ao hospital, ela precisava admitir que havia algo extremamente reconfortante nele. Toda aquela atividade em vozes sussurradas, a sensação de que quem trabalhava ali tinha tudo sob controle, e quem entrava ali podia só sentar e esperar que logo viriam verificar sua pressão arterial ou escanear você em uma daquelas máquinas. Todos os avisos sobre lavar as mãos e sobre desfibriladores — a vida ali era uma coisa séria. Não fazia sentido se aborrecer com bobagens.

Ao contrário do escritório em que Annie trabalhava.

— Annie. Nove-zero-oito. Só para você saber, para a sua folha de ponto.

Annie cerrou os dentes com tanta força que ficou surpresa por não cuspir lascas deles.

— Certo. Obrigada, Sharon.

— Apenas certifique-se de anotar isso. É um desconto de quinze minutos, arredondando para cima.

Sharon, uma mulher amarga que vivia de comer batatas chips e tomar Appletiser, era a única pessoa no escritório de Annie que não odiava as novas folhas de ponto. No início, Annie também aprovara o sistema. Ela até ajudara a implantá-lo, em seu cargo de gestora financeira. Claro, era compreensiva quando o filho de alguém ficava doente, ou o trem atrasava, ou o aquecedor quebrava, mas aquele era um local de trabalho e todos tinham tarefas a cumprir. Naquela época, Annie usava terninhos elegantes ou vestidos com cintos e cardigãs, levava o almoço de casa em um pote hermético e ajudava a organizar a festa de Natal.

Até que tudo mudou.

Ela se sentou à mesa de trabalho — agora com pó e migalhas alojados em cada fresta, sem fotos nem nada bonito. As plantas que antes ela cuidava tinham amarelado e se enchido de poeira, e havia dois anos Annie jogara fora a foto do seu casamento, despedaçada. Ela ligou o computador e ouviu a máquina gemer enquanto tentava voltar à vida. Annie se perguntou se Polly ainda trabalhava. Poderia apostar que o trabalho dela era em algum lugar com iMacs limpos e cintilantes e plantas que todos regavam — não apenas Sharon, que de um jeito sutil deixava as pobrezinhas morrerem, então exibia seus corpos ressecados como vítimas em um julgamento teatral —, e onde todos usavam óculos de armação escura e faziam sessões de brainstorming enquanto jogavam pebolim.

— Você vai ao almoço da equipe hoje, Annie? — perguntou Fee, a assistente administrativa do escritório, enquanto coçava um eczema. — Só preciso da escolha de pratos de todos com antecedência.

Annie balançou a cabeça. Em outros tempos, ela se esforçava para socializar, mas realmente não tinha nada em comum com Sharon; ou com Tim, que assoava o nariz na manga da blusa; ou com Syed, que nunca tirava os enormes fones de ouvido; ou...

— Annie?

— Oi, Jeff. — Ela forçou um sorrisinho. Afinal, o cara era chefe dela.

— Podemos trocar uma palavrinha? — E imitou uma boca abrindo e fechando, como se Annie não falasse o mesmo idioma que ele.

Jeff parecia não perceber que trabalhava no escritório mais triste do mundo, onde entusiasmo era tão útil quanto se matar lentamente. A sala dele era repleta de pôsteres motivacionais e post-its com frases como: "Quem desiste nunca vence. Vencedores nunca desistem". Sua estante estava cheia de livros de negócios: *Fique rico ou morra tentando*; *Gerente intermediário rico, gerente intermediário pobre*. Embora Annie não tivesse ideia de como supostamente se fica rico gerenciando os serviços de processamento de resíduos do distrito municipal.

— Vamos sentar na área de bate-papo. — Jeff, que tinha cerca de trinta e oito ternos da Top Man e que estava tentando deixar a barba crescer, era um grande fã da "área de bate-papo", composta de duas cadeiras compridas estreitas e uma mesa com edições amassadas da revista editada pelo município, *Inside Lewisham*. — Annie. Como você está?

Uma merda, pensou ela. Estou péssima. Morrendo por dentro.

— Bem.

— Porque percebi que você... não tem estado muito presente esta semana?

— Tirei alguns dias de licença.

— Sim, sim, mas... quando você está aqui, parece não interagir com as pessoas?

Por que ele transformava toda frase em uma pergunta?

— O que quer dizer?

— Bem, o pessoal comentou que você não conversa na cozinha, nem sai para almoçar... os bons e velhos momentos ao redor do bebedouro, você sabe, haha!

— Isso é porque estou fazendo o meu trabalho! E nem temos mais um bebedouro, desde o corte no orçamento!

— Ora. Você sabe do que estou falando. — Jeff se inclinou para a frente, sério.

Annie sabia que ele era cinco ano mais novo que ela e, ainda assim, ele falava como se Annie fosse uma adolescente rebelde, que, para ser sincera, era como ela estava se sentindo.

— A questão é a seguinte, Annie, um escritório é mais do que apenas trabalho. É uma equipe. Amigos, eu espero. Como a tripulação de um navio. — Ele fez um gesto que Annie deduziu que devia ser de puxar o cordame de um mastro de navio. — Então, que mal faz um pouco de conversa diante de uma boa xícara de chá? E talvez ajudasse se você sorrisse um pouco mais. O pessoal está achando você um pouco... antipática?

Annie sentiu as lágrimas ardendo em seu nariz outra vez.

— A minha mãe está doente. Você sabe.

— Eu sei. Eu sei. Sei muito bem que você passou... por momentos difíceis nos últimos anos. E somos totalmente empenhados em acolher a família, bem... — Jeff se interrompeu, constrangido, talvez se lembrando de que Annie já não tinha mais uma família.

Ele sabia, é claro. Todos sabiam e, ainda assim, ficavam chateados por causa da máquina de franquear e por quem tomara todo o leite. Qual era o problema deles?

— Sei que tem sido difícil. Mas temos que mostrar uma atitude positiva no trabalho, não importa o que esteja acontecendo. Pensamento positivo, Annie! — Jeff gesticulou como se estivesse balançando um bastão de beisebol imaginário. — Você sabe, este ano teremos mais demissões. Todos precisaremos lutar pelo nosso emprego. Então... se você pudesse socializar só um pouco mais, sorrir, você sabe como é, perguntar sobre os filhos dos colegas, e por aí vai. Afinal já se passaram dois anos, não é? Desde... tudo?

Annie baixou os olhos para as mãos, sentindo-se humilhada além do que as palavras poderiam descrever. Mas não choraria na frente dele. Ela esperaria até poder se esgueirar para o banheiro e choraria até quase colocar o coração para fora, como vinha fazendo ao menos uma vez por semana nos últimos dois anos.

— Vou tentar — disse ela com os dentes cerrados. — Posso ir agora?

Annie ficou parada na cozinha do escritório, esperando a água ferver na chaleira mal lavada. O lugar cheirava permanentemente a atum, e na pia havia o respingo de alguma coisa que podia ser vômito ou macarrão instantâneo. Sharon havia erguido a gosma com um garfo, como a cena de um crime alimentar, e deixara um dos bilhetinhos que eram a sua marca pessoal: *NÃO é TRABALHO dos faxineiros limpar a sua COMIDA*.

Tinha que haver mais vida do que aquilo. Arrastar-se para aquele lugar todo dia, em um ônibus cheio de passageiros indo para o trabalho com raiva. Ficar sentada em um escritório que nunca era limpo direito, com pessoas que ela literalmente atravessaria a rua para evitar. Quando a chaleira apitou, Annie sentiu uma certeza fria se assentar em seu peito. *Tem que haver mais do que isto. Precisa.*

— Há uma pessoa aqui para vê-la.

Annie levantou os olhos da tela algumas horas depois e viu Sharon pairando ali. Ela parecia ter apenas quatro roupas, que usava em um rodízio estrito. A roupa de hoje era a número dois — um cardigã vermelho coberto de pelo de cachorro (Sharon tinha quatro) e uma saia que chegava ao tornozelo, com a bainha malfeita.

— Quem é?

Sharon fungou.

— Uma mulher. Vestida como uma *maluca*.

Ah, não, devia ser Polly. Como ninguém bateu na porta de seu apartamento naquela manhã, Annie achou que estava a salvo. Claramente, a forma que Polly encontrara de lidar com seu diagnóstico era aproveitando a vida, mas será que aquilo iria durar? O problema de aproveitar a vida era que, em algum momento, era preciso pagar algum imposto, cortar o cabelo ou consertar o chuveiro. Por que Polly resolvera grudar em Annie, que não só não estava aproveitando a vida como procurava se esconder das coisas a todo custo, chorando em banheiros? Talvez conseguisse se esquivar de Polly.

Tarde demais... Annie viu que Polly já estava invadindo o escritório, acenando. Ela usava um chapéu de feltro vermelho e um casaco grande que parecia uma capa, e estava carregando uma caixa de papel.

Annie se sobressaltou.

— O que você está fazendo aqui?

— Achei que podíamos almoçar juntas.

— Não tenho tempo para almoçar.

— Annie! Você é paga para trabalhar no horário de almoço?

— Bem, não, mas...

— Então você está fazendo hora extra de graça todo dia?

— Fale baixo — sussurrou Annie e olhou em volta. Seus colegas estavam debruçados sobre as mesas, comendo sanduíches ou tomando sopa rala, os olhos fixos nos computadores diante deles. — Como você descobriu onde eu trabalho?

— Ah, você está na internet. Eu trouxe um kit de cuidados especiais! — Polly empurrou a caixa sobre a mesa de Annie contendo um porta-retratos prateado, uma caneca com os dizeres *"Você não precisa ser louco para trabalhar aqui, mas provavelmente é"*, saquinhos de chá, biscoitos, canetas cintilantes, lenços umedecidos, uma plantinha, um caderno com capa de seda azul. —

São só umas coisinhas para alegrar o seu espaço de trabalho. Aposto que está tudo sujo e nojento.

— Não está, não!

— Tem certeza? — Polly correu o dedo por cima da base do computador de Annie e mostrou como ficou escuro de poeira. — A área de trabalho de todo mundo é imunda. Passamos tanto tempo nelas e nem sequer tentamos deixá-las mais agradáveis. Pequenas coisas podem realmente fazer diferença.

Annie suspirou.

— Vamos, é melhor sairmos. Não deveríamos ter visitantes.

Ela empurrou Polly na direção da porta, passando por uma Sharon de olhos arregalados que finalmente encontrara algo mais interessante do que o *Farm World* para olhar.

Polly fitou o prédio com olhar crítico — uma construção de concreto horrorosa dos anos 70, com dez faixas de trânsito na frente. — Eu não a culpo por se sentir infeliz. Esse lugar deprimiria qualquer um.

— Exatamente. E tenho que vir para cá todo dia para fazer um trabalho que detesto; portanto, como deixar alguns saquinhos de chá na minha mesa vai ajudar?

— Vai ajudar. Uma viagem de mil quilômetros começa com um único passo.

— Você não vai sugerir que eu me abra e socialize com todos no escritório e perceba que estamos todos no mesmo barco, não importa o tamanho do barco?

Polly riu.

— Não. Algumas pessoas são simplesmente terríveis. E há certas situações das quais precisamos fugir o mais rápido possível, como uma bomba prestes a explodir. Você deveria pedir demissão.

Annie sentiu a raiva voltar — quem aquela mulher achava que era, dizendo a ela o que fazer?

— Não posso. Preciso do dinheiro.

— Você pode trabalhar com alguma outra coisa — sugeriu Polly, animada.

— Estamos em uma recessão.

— Desculpas. — Polly afastou o comentário com um aceno de mão. — Todos usam essa desculpa, Annie. Ah, tudo era sempre melhor no passado!

A vida é uma porcaria agora que não podemos mais mandar nossos filhos trabalharem nas minas de carvão! São só desculpas.

— Mas...

Polly segurou o braço de Annie.

— Eu sei que você está irritada, mas, desculpe, vou usar o trunfo do câncer. Com o tempo, você verá que estou certa. Agora venha comigo. Vamos fazer uma coisa pelos nossos cem dias felizes. Uma coisa bem simples: aproveitar o horário de almoço.

— Eu nunca disse que faria esse negócio dos cem dias. E, além disso, eu aproveito o horário de almoço.

— Fazendo o quê? Entra no Facebook? Resolve pendências?

— Às vezes eu compro um sanduíche.

— Em um lugar legal?

— Não há lugares legais por aqui. Normalmente, compro no supermercado.

— Ao menos você sai da sua mesa para comer esse sanduíche?

— Para ir aonde? Ao banheiro? Ou para ficar parada na ilha de concreto, no meio do cruzamento?

— Que tal aqui? — Polly parou e abriu bem os braços, ao estilo das coristas de Las Vegas.

Annie olhou com uma expressão cética para o gramado de uma praça ao lado delas.

— No parque? Não vou entrar aí... seremos sequestradas por traficantes de drogas!

Polly já estava abrindo os portões.

— Olá, olá, se houver alguém vendendo drogas aqui, eu gostaria de comprar um pouco de crack! Está vendo, nada. Acho que estamos seguras.

— Estou congelando.

— Tenho mantas.

Polly se acomodou em um banco e pegou duas mantas pesadas dentro da grande bolsa que carregava.

— Estou me sentindo ridícula.

Annie estava feliz porque ao menos a manta cobria parcialmente seu rosto. E se alguém do trabalho passasse por ali e a visse fazendo um piquenique no parque frio e lúgubre, ao lado de cocô de cachorro? Com certeza, acharia que ela havia enlouquecido de vez.

Polly pegou duas caixas de papelão pequenas.

— Você não é vegetariana, certo?

— Não, mas...

— Então, coma!

Na caixa havia uma fatia quebradiça de cheddar, um pedaço suculento de pera, uma fatia grossa de presunto e um pedaço crocante de pão. Tudo coberto por um chutney vermelho brilhante.

— Você não conseguiu essas coisas por aqui — falou Annie em um tom acusador. — Por aqui só tem galeterias e vans vendendo kebab. — Ela experimentou um pedaço do queijo, de gosto forte, salgado e com textura granulada. Ah, Deus, estava uma delícia. E pensar que ela estava planejando comer só umas fatias de queijo processado.

Polly comeu um pouco, então pousou a caixa no colo.

— Tome — disse, pegando mais alguma coisa na bolsa. — Uma lista de dez coisas para fazer no horário de almoço a menos de dez minutos do seu escritório. Ioga. Um grupo de canto. Um mercado de rua.

— Não posso sair no horário de almoço todo dia!

— Ora, por que não?

Annie não tinha uma resposta para aquilo.

— Vou pensar a respeito.

— Podem ser só coisas bem pequenas. Para começar, olha só este lugar. Não é bonito? Tem um campo de futebol... você poderia vir assistir a homens bonitões usando shorts. Tem cachorros para fazer carinho, e até um pequeno quiosque de café. Sem falar do parquinho.

Polly indicou com a cabeça crianças sendo empurradas em balanços e descendo em escorregadores, todas bem agasalhadas contra o frio. Annie se encolheu e olhou para o outro lado... ela tentava evitar parquinhos.

— Eu disse que vou pensar a respeito.

Polly se recostou no banco e fechou os olhos para aproveitar o sol fraco de primavera.

— Não seja sua pior inimiga, Annie. Já há muitas outras pessoas dispostas a assumir esse papel. Lembre-se, hoje é o primeiro dia do resto de sua vida.

Annie revirou os olhos, mas tinha que admitir que o ar fresco e a comida saborosa haviam melhorado um pouco o seu humor. Sem dúvida, estar ali era melhor do que tomar uma sopa instantânea enquanto Sharon espiava por cima do ombro e todos falavam sobre um programa de dança de televisão. Annie se deu conta de que Polly já estivera em seu escritório e em sua casa — lugares onde Annie passava cerca de noventa e seis por cento dos dias, atualmente — e ela não sabia nada sobre essa mulher. A não ser que tinha um guarda-roupa excêntrico e parecia ter engolido um livro de frases motivacionais.

— Então... você está se sentindo bem? — arriscou-se a perguntar.

Polly abriu um olho.

— Ainda estou morrendo. Mas dentro desse contexto, sim, estou bem. Meus níveis de energia estão bons, provavelmente porque estou tomando tantos comprimidos que fico surpresa por não chacoalharem quando ando. O dr. Max morre de medo da coisa crescer um centímetro que seja e eu começar a babar.

Annie empalideceu, mas Polly ainda estava sorrindo.

— E... você parou de trabalhar?

— É claro. Eu trabalhava com relações públicas, sabe. Quem se importa com campanhas para um batom novo quando se tem três meses de vida?

Annie não perguntou o que ela estava fazendo para ganhar dinheiro. Só pessoas de berço se chamam Polly. Sua mente estava cheia de perguntas. Polly era casada? Tinha filhos? E, principalmente, por que havia escolhido Annie?

— Esse projeto — arriscou Annie. — Seus amigos também estão participando dele? — Ela quase disse "seus outros amigos", mas ela e Polly ainda não estavam nesse nível.

— Ah, eles adorariam participar. Todos gostam de postar no Instagram o abacate que comem de manhã e escrever sobre retiros de ioga. Não quero isso. De qualquer forma, eles têm filhos, empregos, casamentos, essas coisas. São ocupados.

E Annie mal tinha uma daquelas coisas, no momento.

— Então... por que me convidou?

— Porque sim. Quero alguém que não acredite no projeto. Quero saber se é possível ficar feliz mesmo quando as coisas estão muito, muito ruins.

Preciso saber que a morte pode ter algum significado. Que não é apenas uma falta de sorte aleatória. Entende?

— Hum, acho que sim.

Annie não era uma pessoa de muitos amigos. Preferia ter um grupo pequeno, pessoas em quem poderia confiar, embora, de certa forma, isso tenha dado errado, já que nunca mais poderia voltar a falar com Jane. Portanto, não dava para negar: havia um vazio em sua vida, um lugar que antes guardava as pessoas que ela mais amou. Mike. Jane. Jacob. E sua mãe. Talvez, apenas talvez, fosse bom fazer uma nova amiga. Mas Polly era imprevisível e refinada, e, para Annie, um projeto tolo seria como engessar um braço amputado. Assim, ela comeu o que restava do almoço — tão doce, tão crocante — e disse a Polly que precisava voltar ao trabalho.

— Posso lhe pagar?

— Não seja boba. Vou ficar mais um pouco — disse Polly, enrolada na manta. — Aposto que há umas lojinhas interessantes por aqui.

— Se gostar de frango frito e bicicletas roubadas — comentou Annie, mas a gracinha não soou amarga, e ela percebeu que se sentia melhor... renovada, diferente de quando se sentava diante da mesa de trabalho com um sanduíche embrulhado em plástico, comprado na loja da esquina.

No caminho de volta para o escritório, Annie passou pela recepcionista, que a encarou horrorizada.

— Nossa, você está bem? Está doente ou alguma coisa assim?

— Não, por quê?

— Porque você meio que *sorriu* para mim.

Já em sua mesa, Annie tirou as coisas de dentro da caixa que Polly levara. Ela colocou os artigos de papelaria na mesa empoeirada, então pensou melhor e limpou com a manga da blusa. Deus, estava imunda. Annie colocou as canetas cintilantes dentro de uma caneca com a inscrição *Cotswolds Wildlife Park*, o parque onde haviam levado Jacob em seu primeiro passeio. Que também acabou sendo o último. Por meses depois disso, ela ficou repassando aquele passeio. Será que ele ficou resfriado? Pegou uma infecção? Annie colocou a planta ao lado do monitor e tocou as grossas folhas verdes. Jacintos, de um rosa forte. Ela os cultivara em seu jardinzinho. Ela se perguntou se Mike e Jane estavam cuidando deles agora.

Sharon fungou alto, a sua maneira de chamar a atenção de Annie sem ter que chamá-la pelo nome.

— Você se atrasou para voltar do almoço. São dez minutos.

Annie suspirou.

— Vou colocar na minha folha de ponto.

— E você precisa responder a esse recado. Não tenho tempo para ficar atendendo suas ligações pessoais o dia todo.

— Que recado?

— Deixei na sua mesa. Uma mulher estrangeira ligou.

Annie procurou e acabou encontrando um pedaço de papel embaixo da mesa, com um bolo de poeira de tamanho considerável. Ela lançou um olhar ameaçador para Sharon, mas a colega já voltara ao seu trabalho muito importante (*Farm World*).

Ela abriu o papel e, por um momento, um arrepio de horror a percorreu. Era culpa dela. Havia saído para o almoço, havia se permitido sentir-se bem por um momento. E, agora, veja só. Annie se levantou com um pulo, procurando pela bolsa.

— Aonde você vai? — gritou Sharon. — Tem horas para compensar!

Annie a ignorou. Naquele momento, folhas de ponto eram realmente o que menos lhe importava.

Annie levou quase quarenta minutos para chegar ao hospital, ofegante e suada em sua blusa de nylon.

— Minha mãe... ela piorou?

— Quem? — A recepcionista nem levantou os olhos.

— Maureen Clarke. Por favor, ela está bem?

— Espere.

A mulher digitou no teclado enquanto Annie sentia o sangue ferver. Por que aquelas mulheres eram tão pouco prestativas?

— Annie? É você?

Ela se virou ao ouvir o sotaque escocês e viu o neurologista de Polly. Ele parecia não dormir há dias, com os cabelos encaracolados desalinhados e a camisa branca amassada.

— Recebi um recado, a minha mãe...

— *Aye*, ela nos deixou um pouco preocupados, mas está bem, não se preocupe.

— O que aconteceu? — O coração de Annie desacelerou aos poucos. — Por que você está cuidando da minha mãe? Você não é neurologista?

— Polly me pediu para dar uma olhada no histórico da sua mãe. Não é exatamente a minha área, é claro, mas sei um pouco a respeito.

— Ah.

Polly estava planejando se infiltrar em todas as áreas da vida de Annie?

— Sua mãe estava... — Ele suspirou. — Bem, ela estava um pouco agitada. Achou que a estávamos mantendo em uma prisão. Por que você não vem comigo? Quero que conheça um colega meu.

Annie o seguiu pelo corredor, com as paredes na cor de cocô de neném. Ela reparou que as pessoas cumprimentavam o médico quando passavam, serventes, vigias, faxineiros.

— Boa tarde, dr. Fraser.

— Oi, Max.

E ele assentia de volta, sem diminuir o passo.

Eles chegaram a uma porta, e ele usou o crachá para abri-la.

— Minha mãe está trancada aí dentro?

— Por ora. Annie, nós achamos que ela poderia machucar alguém.

A mãe dela estava na cama, usando apenas uma camisola de hospital, tremendo como se estivesse morrendo de frio, olhando pelo quarto com uma expressão assombrada. Annie se adiantou na direção dela, mas logo parou, horrorizada.

— Minha mãe está acorrentada!

— *Och*, Annie, é só uma contenção padrão. Sei que parece ruim, mas, acredite em mim, é pela segurança dela.

O pulso de Maureen, fino como o de uma criança, estava envolvido por uma faixa de espuma e amarrado à cama. Pior: Annie percebeu, pelo modo como os olhos da mãe não se fixavam nela, que mais uma vez ela não estava reconhecendo sua única filha, que, naquele momento, Annie significava tanto para ela quanto a cama acolchoada do hospital, as lixeiras amarelas e o monitor ao qual estava conectada.

A porta voltou a ser aberta e entrou um homem usando um jaleco branco impecável.

— Quem é esta? — perguntou irritado. Annie não conseguiu identificar de onde era seu sotaque. — Eu disse que a sra. Clarke deveria ser mantida em isolamento.

— É por isso que ela está apavorada! — Annie sentiu os olhos marejados de fúria. — Por favor. Precisava amarrá-la como um animal?

O homem — ela agora podia ver que ele era impressionantemente bonito, com a pele lisa e morena, os cabelos negros penteados para trás e o tipo de malares que modelos matariam para ter — ergueu uma sobrancelha.

— Dr. Fraser? O que está acontecendo aqui?

O dr. Fraser passou a mão pelo rosto cansado, arrepiando as sobrancelhas.

— Esta é a filha da sra. Clarke, Sami. Achei que você poderia explicar a ela algumas opções de tratamento. Por que não vamos para o seu consultório?

— Não posso deixar a minha mãe assim! — protestou Annie.

— O dr. Fraser está certo. Sua presença está perturbando a sua mãe. Por favor.

O outro médico os levou para uma pequena sala adjacente.

Annie deu uma última olhada nos olhos apavorados e confusos da mãe conforme a porta se fechava atrás deles. *Ela não sabe quem eu sou. Não me reconhece.*

— Sente-se, por favor. — O dr. Seja-qual-for-o-nome indicou uma cadeira de plástico, e Annie se sentou, arrasada de raiva e tristeza. — Srta. Clarke...

— É sra. Hebden.

Por que ele presumira que ela não era casada? Era essa a imagem que passava?

O médico franziu o cenho diante da interrupção.

— Sua mãe está muito doente. Ela teve o que chamamos de episódio dissociativo e jogou uma cadeira em uma das enfermeiras. Por sorte, ninguém se machucou, mas não podemos correr esse risco de novo.

Espantada, Annie olhou para o dr. Fraser para confirmar a informação. Ele encolheu os ombros, parecendo desconfortável... era verdade.

— Mas... ela é tão pequena.

— As pessoas podem ser tornar muito fortes quando estão dominadas pela demência. Eu gostaria de assumir o caso da sua mãe. Sou o novo geriatra daqui, dr. Quarani. Precisamos conversar sobre as opções.

Annie assentiu, zonza.

— Há alguma coisa que o senhor possa fazer?

Ela encarou fixamente a mesa, tentando não chorar. Nela, havia uma foto emoldurada de uma linda mulher usando um lenço na cabeça e batom vermelho, com duas crianças pequenas penduradas nela. Uma família perfeita.

— Há um tratamento experimental. Um remédio novo. Tem sido bastante eficaz para certos tipos de demência.

Annie levantou os olhos.

— Vai ajudá-la?

— Acreditamos que possa retardar o progresso da doença em casos que ainda estão no princípio, como o da sua mãe; de certa forma, acalma os pacientes. E funciona regenerando alguns neurônios do cérebro. A senhora compreende que não podemos reverter o dano já causado?

Annie sabia que a doença já havia feito um estrago, emaranhado as sinapses do cérebro de sua mãe, embaralhando as lembranças como uma gaveta jogada no chão.

— Mas talvez o senhor consiga deter o avanço?

— Retardar, talvez. Mas, sra. Hebden, o remédio provoca efeitos colaterais, como todos os medicamentos. É experimental. Compreende o que estou dizendo?

— Pode pensar um pouco a respeito se quiser, Annie — falou o dr. Fraser.

O dr. Quarani voltou a franzir o cenho.

— A sra. Clarke deve começar o protocolo o mais rápido possível. Quero transferi-la para a ala geriátrica hoje. Gostaria de mantê-la em observação durante o teste, assim posso monitorar o progresso do tratamento.

Ala geriátrica. A mãe de Annie não tinha nem sessenta anos e ia ser colocada com pessoas velhas, que não tinham tempo nem esperança.

— E se eu disser não, o que acontece?

— Ela terá que liberar o leito em poucos dias e terá alta para ficar sob os seus cuidados. Eu sugiro que pense em atendimento em uma instituição especializada.

E quanto isso custaria? Ela conseguiria encontrar um lugar decente? Annie assentiu, zonza.

— Acho... acho que parece uma boa ideia. O remédio experimental. Se o senhor tem certeza.

De repente, o médico sorriu, e Annie o encarou espantada. Era um homem deslumbrante.

— Obrigada, sra. Hebden. Vou lhe dar um folheto com informações a respeito. Por favor. — Ele abriu a porta novamente e, ainda perplexa, Annie saiu. Sua mãe continuava deitada, pequena e silenciosa, movendo apenas os olhos.

— Não ligue para o Sami — disse o dr. Fraser, fechando a porta depois que eles saíram. — Ele é um bom homem, mesmo que suas maneiras sejam um pouco... bruscas. Ele não está acostumado ao modo como os pacientes britânicos não se contentam só com a mão, e também querem seu braço e sua perna.

— A ideia dele é boa?

— É a única chance. Não significa que vá funcionar. Mas do jeito que está, ela não vai melhorar. — Os dois se viraram para a mulher na cama, que os encarava como se pudesse entender o que estava acontecendo caso se concentrasse o bastante.

— Vocês dois...

Annie esperou.

— São meus advogados? Porque eu não fiz isso, tenho certeza. Seja o que for.

— Não, mãe — disse Annie com a voz cansada. — Você não está na prisão. Não fez nada errado.

— Mas acho que fiz. — Ela inspirou fundo, parecendo em pânico, e logo um suspiro se transformou em um soluço. — Só não sei o que *foi*. Pode ligar para o Andrew, por favor? Diga a ele para vir me buscar?

— Mãe... — Annie se interrompeu. Não isso de novo. — Vou ligar para ele. Prometo.

— Podemos aplicar uma injeção nela — sugeriu o dr. Fraser gentilmente. — Deixá-la dormir por enquanto, e você pode pensar sobre o que o Sami disse. Se tiver alguma pergunta, basta me procurar, está bem? Na verdade, sou neurologista, mas acabo lidando muito com geriatria também, infelizmente.

— Obrigada. — Annie teve vontade de ir até a mãe, abraçá-la ou coisa parecida, mas sabia que a pele de Maureen estaria gelada, a pulsação, acelerada como a de um passarinho com medo. E seria assustador para ela ser abraçada por uma completa estranha. — É melhor eu voltar para o trabalho. Já estou encrencada.

— Mas com certeza eles vão entender, não?

— Eu não apostaria nisso. Obrigada, dr. Fraser.

— Por favor, pode me chamar de Max. Dr. Max, se quiser.

— Está certo. Obrigada.

Ao sair, quando passava pelo corredor pintado naquela cor horrível, Annie passou por Polly. Ela estava sentada em uma maca, conversando com uma faxineira apoiada no esfregão, rindo.

— Annie! — chamou Polly. E desceu da maca com um pulo. — Temos que parar de nos encontrar assim.

Annie engoliu as lágrimas.

— Por que você está aqui de novo?

— Bom, basicamente o aparelho de ressonância magnética é muito disputado, por isso eu meio que passo por aqui quase todos os dias e espero por uma brecha para conseguir fazer o meu exame. — Polly deve ter reparado na expressão dela. — Ah, Annie! Você está bem? É a sua mãe? Venha cá, sente-se.

Annie desmoronou em uma cadeira na sala de espera, reparando em um rasgo no estofamento de plástico. Com as entranhas expostas, exatamente como ela se sentia.

— Ela... está tendo um dia ruim. Não sabe quem eu sou. Ficou muito aborrecida... tiveram que contê-la.

— Sinto muito. Deve ser terrível.

E lá estava aquela mulher, praticamente uma estranha, com mais do que a cota que lhe cabia de problemas próprios, dando palmadinhas carinhosas no braço de Annie, como se realmente se importasse. Como Polly conseguia? Annie respirou fundo, com dificuldade. *Tem que haver mais do que isto.* Algo claramente estava funcionando para Polly, o que quer que fosse. E Annie estava cansada demais para lutar naquele momento, cansada demais para se opor ao único canto de cor e positividade em sua vida.

— Aquela ideia dos cem dias? — Annie se ouviu dizer. — Vou aceitar. Quer dizer, se me quiser com você.

— É claro que eu quero. Como nós duas temos que continuar a vir aqui, ao menos podemos tentar nos divertir.

Annie não conseguia nem começar a imaginar como poderia se divertir — como não odiaria cada minuto. Como encontraria algo por que ficar feliz em sua vida. Mas era como as drogas experimentais, quando não havia outra opção... era melhor fazer alguma coisa do que nada.

— Está certo — falou ela. — Estou dentro. Desde que eu não tenha que nadar com golfinhos.

— Você não quer nadar com golfinhos?

Annie estremeceu.

— Não consigo pensar em nada pior.

— Mas são golfinhos! Todo mundo ama golfinhos!

— Eu não. Eles sempre parecem estar planejando alguma coisa. Não podemos confiar em nada que sorria tanto.

Polly deu uma gargalhada.

— Ah, Annie, você é hilária. Prometo que não vai haver nenhuma criatura marítima à vista. Por que não aparece na minha casa no sábado? Podemos comparar nossas listas para a semana, certo?

Há anos Annie não ia à casa de outra pessoa. Não fazia uma nova amiga ou socializava de alguma forma. A ideia era apavorante. Mas ela se obrigou a dizer:

— Tudo bem. Estarei lá.

DIA 5
MEXA-SE

Annie ficou parada diante das gavetas da cômoda segurando o maiô que desenterrara. Elegantemente discreto, com listras pretas e brancas, ela o havia comprado para as férias que passou com Mike na Grécia. Supostamente, seriam as últimas férias dos dois sozinhos, e de certa forma realmente foi — eles nunca mais viajaram juntos, e jamais viajariam. Annie o segurou junto ao corpo por um breve momento. O cheiro de sal e de protetor solar se impregnara no tecido, fazendo-a se lembrar de que já tinha sido feliz. Mares turquesa, o sussurro do ventilador de teto, despertar vendo a luz do sol refletida no piso de madeira.

Teria sido tão fácil guardar novamente o maiô, desistir de ir à fria piscina pública, com seus vestiários sujos, mas Annie queria ter alguma coisa para contar a Polly no dia seguinte. Assim, ela guardou o maiô em uma bolsa, com uma toalha e uma touca de natação de senhorinha, coberta de flores de plástico. E quando Annie entrou na piscina, em sua hora de almoço, sorriu ao ver uma turma de hidroginástica em que todas as alunas, com mais de sessenta anos, usavam toucas semelhantes à dela. As senhoras acenaram para Annie, ela acenou de volta, timidamente, e se perguntou se algum dia poderia levar a mãe para participar de uma atividade como aquela, caso o remédio experimental funcionasse. Então se deu conta de que, sem que percebesse, a esperança havia dado um jeito de se realocar em seu coração depois de anos de deserção.

DIA 6
CELEBRE SEU CORPO

— Ah, Deus! Desculpe, Annie, esqueci que você viria.

Perplexa, Annie encarou Polly, que estava parada na porta da linda casa de três andares que ela a convidara a visitar.

— Hum... devo ir embora?

— Não, não, entre, sinto muito mesmo. É só o Bob, sabe. Ele me deixa esquecida.

Annie baixou os olhos para o piso, um mosaico de cerâmica azul e branco. Será que Polly estava se dando conta? Talvez fosse um sintoma do câncer.

— Hum... Sua família está em casa?

Annie sabia que aquela era a casa dos pais de Polly, embora não soubesse por que ela estava morando ali. Polly não formara uma família própria? Não tinha um parceiro ou parceira?

— Não, estão todos fora.

Graças a Deus.

— Hum, Polly...

— Quer chá ou alguma coisa?

— Não, obrigada, mas você...

Polly se virou, os pés descalços sobre a cerâmica.

— Eu o quê?

— Você está... bem... — Annie só conseguiu gesticular.

Polly baixou os olhos.

— Ah, esqueci completamente! Haha. Aposto que os vizinhos deram uma boa espiada.

Então, embora percebesse que estava totalmente nua, ela não estava planejando se vestir. Annie sentiu as costas tensas.

Mas, quando elas entraram na cozinha, ela percebeu o que estava acontecendo, já que uma mulher mais velha, de cabelos brancos brilhantes, estava lá segurando uma câmera fotográfica.

— Encomendei um retrato — explicou Polly. — Nua. É uma coisa que eu sempre quis fazer, e minha aparência nunca será melhor do que esta.

Ela estava toda marcada pelo tratamento médico, com hematomas parecendo impressões digitais feitas a tinta subindo por seus braços e pernas. Também estava muito magra, cada veia e cada osso se destacando sob a pele esticada como um papel fino.

Annie fora levada para um cômodo grande, bem iluminado, parte estufa, parte cozinha, onde era possível ver um vislumbre do Tâmisa da janela grande que dava para o jardim. Ela começou a sentir um aperto no coração. Aquela era a cozinha dos seus sonhos, a que vira em revistas de decoração, na qual imaginara seus filhos correndo descalços, roubando frutas da fruteira, mostrando a ela os desenhos que tinham feito na escola, indo de encontro a ela para beijá-la. Agora, ela nunca teria aquilo.

— Já terminamos, querida, se quiser se vestir — disse a artista, que Polly havia apresentado a Annie como Theresa.

— Que pena. É realmente muito libertador ficar assim. — Polly abriu os braços, fazendo os seios balançarem. Annie desviou os olhos. — Ei, Annie, você deveria fazer também. Será um presente meu.

— Fazer o quê?

— Um retrato. Já que Theresa já está aqui, mesmo. Ela desenha a partir de fotos, sabe.

Theresa estava assentindo para encorajá-la.

— Realmente não acho...

— Vamos, Annie! Para cruzar o oceano, você precisa perder a praia de vista! Precisa fazer, todo dia, alguma coisa que lhe dê medo!

Ah, Deus, essas frases motivacionais ainda seriam o fim de Annie.

— Não. Sinto muito. Realmente não consigo.

Ela conseguiu ouvir a ansiedade na própria voz, o que certamente era um pouco patético diante do fato de que Polly estava morrendo, não? Polly tivera agulhas enfiadas em sua espinha, câmeras espiando dentro dela, uma sonda indo até seu cérebro; como Annie poderia ficar aborrecida com a ideia de tirar a roupa na frente dos outros?

— Ah, vamos, Annie — incentivou Polly. — Qual é a pior coisa que poderia acontecer?

— Eu simplesmente não consigo — repetiu Annie. — Sinto muito.

Fazia anos desde que ela se despira na frente de outra pessoa. Até no hospital eram cuidadosos a esse respeito, deixando a pessoa atrás de um biombo antes de fazer um exame e esperando até que ela estivesse coberta com uma manta. A equipe do hospital era boa em ser discreta — com lenços de papel e se distanciando enquanto a pessoa chora, inconsolável, nos quartinhos lúgubres onde seu coração se partiu.

Polly pareceu triste.

— Está bem. Mas vai escolher as fotos comigo? Estou um pouco nervosa.

— É claro que sim.

Polly estava com os ombros levemente inclinados sobre as fotos, como se estivesse tentando proteger o corpo que já passara por tanta coisa. Era possível ver tudo, os hematomas, a cicatriz da cânula na mão, as bolsas sob os olhos.

A voz de Polly ficou embargada.

— Eu só... Gostaria de ter feito isso anos atrás, sabe? Sempre quis fazer, era saudável, e era... ah, caramba, eu era gostosa. Posso dizer isso porque tenho câncer. Eu era uma gostosa, e tudo o que fazia era resmungar sobre as minhas celulites, as microveias nas minhas pernas e falar em aplicar Botox. Eu gastava mais de trezentas libras em creme facial! O que eu estava pensando? Deveria ter tirado uma foto nua todo santo dia. Deveria ter coberto a minha casa com elas e andado pelada na rua. — Ela fungou. — Que saco. Então é isso, né? O melhor que eu vou parecer daqui para a frente. Só vou piorar, e depois vou morrer.

Annie olhou para Theresa, assustada com a súbita mudança de humor de Polly, mas a artista estava guardando calmamente seu equipamento de fotografia. Ela baixou os olhos para o próprio corpo, escondido embaixo de um pulôver largo, e mordeu o lábio com força quando sentiu lágrimas inesperadas ardendo em seus olhos. Não, ela não ia chorar por causa da barriga flácida ou das coxas grossas, dos pés rachados com as unhas amareladas que não viam uma pedicure desde o dia de seu casamento. O corpo de Polly a deixara na mão da pior forma possível — o mínimo que Annie podia fazer era não odiar seu próprio corpo saudável. Ela puxou o cabelo (escorrido e oleoso) para trás.

— Muito bem, então. Talvez só algumas fotos.

— Lindo. Poderia projetar o peito mais para a frente? É uma pena esconder esses seios fantásticos!

Annie enrubesceu e projetou o corpo para a frente. De algum modo, por alguma razão insana (Polly), ela estava deitada em um sofá coberto por uma manta fazendo uma pose ao estilo "desenhe-me como se eu fosse uma de suas garotas francesas", totalmente nua. Tudo estava à mostra, dos pelos pubianos não depilados às marcas que o elástico da meia havia deixado ao redor dos tornozelos. Só que, em vez de Leonardo DiCaprio a bordo do *Titanic*, quem estava fotografando Annie era uma senhora de setenta anos.

Ela disse para Theresa:

— Há algum modo de você conseguir, bem... esta cicatriz. Meio que escondê-la?

— Gosto de retratar as pessoas como elas são, Annie — respondeu Theresa gentilmente. — Confie em mim. Sem retoques aqui. A cicatriz é de uma cesariana?

— Hum... sim. — Ela evitou os olhos de Polly. — Gostaria de ter tido tempo para fazer uma superdieta — apressou-se em dizer.

— Você está ótima, boba — comentou Polly. — Como uma pintura de Rubens. Voluptuosa.

— Quem?

— Você conhece, o pintor? Está na National Gallery. Não importa. Levarei você lá algum dia.

Annie enrubesceu de novo. Era tão ignorante.

— Voluptuosa não é só outra palavra para gorda?

— Preferiria me parecer com você do que comigo — declarou Polly, estendendo uma perna ossuda.

— Mas você está ótima — arriscou Annie. — Tão esguia.

Polly deu uma risada.

— Ah, Annie, pelo amor de Deus. Estou esguia porque tenho câncer. Estou morrendo. Ei, meu tumor parece maior com esta roupa?

— Desculpe, desculpe — disse Annie com um suspiro, sabendo que falara besteira.

— Enfermeira! Essa quimioterapia é de baixa caloria? Produtos químicos tóxicos engordam taaaanto!

Polly andou pelo cômodo, chutando alto as pernas magras e cheias de hematomas.

Theresa continuava a fotografar tranquilamente.

— É a sua primeira experiência com câncer, querida? — perguntou para Annie.

— Hum... sim.

— Então, não se preocupe. Esses altos e baixos são normais. Você entende, são todas as emoções a atingindo como uma onda. Tentar viver ao máximo ao mesmo tempo que se está morrendo. As antigas regras já não se aplicam mais. É preciso apenas apertar o cinto de segurança para a jornada.

DIA 7
PASSE TEMPO COM A FAMÍLIA

Dim-da-lim-da-lim.

Até o som da campainha era animado. Annie estava parada de novo diante da porta da casa dos pais de Polly, secando as mãos suadas de nervoso no jeans. Ela passara séculos escolhendo uma garrafa de vinho, confusa com a variedade de escolha no supermercado. Rioja. Sauvignon. Chablis. No fim, ela acabou escolhendo um de oito libras considerando que, por aquele preço, o vinho devia ser decente.

Annie não sabia bem por que tinha aceitado o convite casual de Polly, que fora feito com a intenção de "compensar" pela surpresa de toda a nudez da visita anterior.

— Apareça para o almoço de domingo amanhã. Meus pais gostam de fazer dele um grande acontecimento.

Deve ter sido por educação, provavelmente. Ou pela ideia de passar outro domingo sozinha. Eram sempre os dias mais difíceis — domingo era o dia em que ela e Mike costumavam almoçar no pub, ou dia de levar Jacob ao parque.

A porta foi aberta por um rapaz de óculos de armação escura e cenho franzido.

— Sim? Você não é uma dessas carolas chatas querendo falar de Deus, é?

— Não, sou... hum... amiga da Polly? — Annie achou presunçoso usar essa palavra.

— Ah. Devo pegar isso? — Ele examinou a garrafa, segurando-a afastada do corpo. — Humm. Ok.

— Essa é a Annie? — Uma mulher em um vestido envelope roxo apareceu no corredor. Era chique e esguia, com os cabelos chanel grisalhos e óculos pendurados em uma corrente ao redor do pescoço. Ela colocou os óculos para ver Annie melhor. — Querida. Estamos tão felizes por Polly ter uma nova amiga. Você *é* corajosa.

Annie não gostou do modo como aquilo soou. Não estava disposta a fazer nada corajoso. A mãe de Polly também olhou o vinho.

— Que gentil! Meu favorito.

— Chardonnay? — disse o rapaz, em um tom cético. — Mesmo?

— Quieto, você. Li uma matéria no caderno de gastronomia do *The Guardian*, na semana passada, que comentava que o Chardonnay está voltando à cena.

Annie ficou olhando de um para o outro. Será que levara o vinho errado?

— Sou Valerie, meu bem, e este rapaz terrível é George, meu filho. Georgie, pegue alguma coisa para Annie beber. Temos um Sancerre, um Malbec, ou podemos até arrumar um Riesling, talvez?

Annie não tinha ideia do que ela estava falando.

— Hum... o que estiver aberto está bom para mim, obrigada.

Valerie a levou para dentro — seu perfume era exótico e almiscarado, e fez Annie pensar em pomares de laranjas e luas no deserto. A mãe de Annie sempre cheirara a cozinha e a Halls. Agora só tinha cheiro de hospital.

— Você não deve dar atenção a George — sussurrou Valerie no ouvido de Annie. — Ele é superprotetor. Esse negócio horrível trouxe todo tipo de pessoas à nossa porta. Turistas do luto, você sabe. É horroroso o modo como querem ficar olhando embasbacados para Polly doente.

Será que a família de Polly achava que ela também era uma turista do luto? Annie olhou para trás em direção à porta — se ao menos tivesse mudado de ideia e não ido. Aquilo ia ser um desastre, ela podia sentir.

Polly estava empoleirada no braço de um sofá com estampa indiana rosa, conversando com um senhor usando calça social e um pulôver azul-marinho.

— Veja bem, o problema com o euro é... — Ele tinha uma voz ressoante e estava balançando uma gigante taça de vinho tinto.

Polly viu Annie e se levantou de um pulo. Ela estava de macacão, os cabelos presos para trás com uma echarpe vermelha. Annie se sentiu sem graça em seu jeans e casaco com capuz.

— Annie! Graças a Deus que você veio me resgatar dessa discussão infernal sobre finanças. Não me importo com isso, pai! Não me importava nem quando estaria por aqui para ver as consequências.

Annie ficou tensa, mas o pai de Polly só estalou a língua, como se a filha tivesse feito uma piada de mau gosto.

— Goste você ou não, Poll, o resultado do referendo tem um impacto muito maior no futuro do que o tipo de sapato que você vai usar.

— Mas os sapatos me trazem alegria. E levam alegria a outras pessoas.

Ela esticou um dos pés, calçado em uma sapatilha azul-petróleo bordada, os fios dourados cintilando ao sol. Annie dobrou ligeiramente os joelhos para esconder o Converse surrado que estava usando.

— Roger Leonard — bradou o homem, apertando com força a mão de Annie. — E você, Annie, tem alguma ideia acalorada sobre o estado da União Europeia, ou mesmo sobre os calçados da minha filha?

— Gosto de sapatos — Annie se arriscou a dizer.

— Mais uma. — Roger tomou outro gole de vinho. — Pelo que entendi, você conheceu Polly no hospital?

— Eles são maravilhosos lá — disse Valerie, que estava mexendo alguma coisa no fogão. — Quando P ficou mal, achamos que teríamos que procurar um hospital privado... já estávamos prontos para gastar uma fortuna, não é mesmo, querido? Mas ela disse que não, que enfrentaria o serviço de saúde pública. Nossa guerreira. E eles têm sido *maravilhosos*.

Annie assentiu com a cabeça durante todo o discurso. Será que eles se davam conta de que outras pessoas não tinham opção a não ser "enfrentar"? Ela não fazia ideia de como pagaria por uma instituição quando a mãe saísse do hospital.

Polly se sentou à mesa e inclinou a cadeira, que vacilou sobre três pés.

— Especialmente o dr. McRabugento. Mamãe o *adora*.

— Ele é terrivelmente sexy. Aquele sotaque.

— Ele parece alguém usando uma fantasia do Chewbacca.

Valerie disse:

— Ah, P, você está exagerando. Ele é *másculo*, só isso.

Annie meio que gostava do jeito como dr. Max era peludo. Fazia-o parecer aconchegante, como um amigável urso gigante.

Enquanto todos se acomodavam à mesa, Annie se perguntou novamente sobre a situação doméstica de Polly. Por que ela morava com os pais? Com certeza, tinha a própria casa antes de ficar doente. Era possível que alguém tão deslumbrante quanto ela fosse solteira? Annie imaginava que câncer terminal fosse uma certa barreira para namoros.

— Aqui está — disse Valerie, pousando uma travessa de cerâmica fumegante na mesa.

George resmungou.

— Santo Deus, mãe, cuscuz de novo, não! Você sabe que estou fazendo uma dieta low carb.

— Já é ruim o bastante sua irmã estar tão magra, não é necessário que você também fique esquelético.

— Eu adoraria ficar esquelético. Estou com bastante inveja da magreza dela. Vou comer apenas frango.

Então aquele era o cardápio. Annie estava se esforçando par tentar identificar o conteúdo da comida, uma espécie de ensopado amarelo com um aroma apimentado. Ela deixou Roger despejar um pouco em seu prato.

— Valerie adora o marroquino dela.

Annie remexeu um pouco a mistura, tentando encontrar algo comestível. Aquilo era tomate, pensou. Hesitante, ela colocou o pedaço na boca e na mesma hora ficou muito vermelha e deixou escapar um gritinho. Não era tomate.

George deu um sorrisinho.

— A mamãe gosta de temperar os tagines dela com pimenta-calabresa. Tenha cuidado.

— Pegue água para ela, Georgie — disse Valerie.

Annie tomou a água, sentindo-se constrangida. Todos os outros estavam perfeitamente à vontade, comendo o ensopado muito apimentado, tomando vinhos com nomes diferentes e complicados, discutindo assuntos que saíram nos jornais do dia. Ela tentou juntar as peças para descobrir o que cada um deles fazia.

George, ela percebeu, era um aspirante a ator que gostava de falar mal de todas as estrelas que apareciam nas revistas de celebridade.

— Olha como ele é careca. E aplicou Botox.

Roger, ao que parecia, trabalhava no centro financeiro de Londres, e Valerie tinha sido diretora de uma escola para meninas e agora estava aposentada. A mesa estava coberta de jornais e revistas, e até de publicações acadêmicas com títulos como *Avanços em oncologia*. Enquanto comiam, abusavam dos jargões médicos.

— Realmente achamos que a P se beneficiaria de terapias alternativas — comentou Valerie, comendo com elegância. — Há muitos estudos atuais sobre acupuntura, e ervas chinesas parecem ser bastante eficazes. Também vou a uma palestra sobre homeopatia na semana que vem.

George resmungou alto.

— Por favor, mãe.

— Qual é o problema? Há muitas evidências do poder do pensamento positivo. Que mal pode fazer tentar outras coisas?

— O McRabugento diz que isso é tudo bobagem. — Mais uma vez, Polly estava comendo apenas algumas garfadas de comida.

— Sim, bem, não é interessante para o hospital apoiar terapias alternativas, mas achamos que há muita chance. Não é, Roger, querido?

George revirou os olhos. Roger estava com os olhos fixos na comida e disse apenas:

— Ela é uma guerreira, não é, P? Você vai lutar contra essa coisa.

Annie estava confusa — O dr. Max lhe dissera que não havia esperança para Polly. E, como não tinha nada a acrescentar à conversa, ela comeu contornando a pimenta, sentindo-se sem graça. Por que Polly a convidara? Ela poderia estar na cama, assistindo a uma temporada inteira de *Grey's Anatomy*, enquanto ouvia Costas conversar em voz alta no quarto ao lado. Ele sempre ligava para a mãe aos domingos. Annie se viu subitamente dominada por uma vontade enorme de poder fazer o mesmo. Só queria que a mãe soubesse quem ela era, que conversasse sobre sua vida, que falassem sobre o que aconteceu nas novelas naquela semana. Era pedir tão pouco.

George afastou o prato.

— Certo, estou indo.

— Para onde, George? — perguntou Polly em um tom inocente.

Ele lançou para ela um olhar que Annie não entendeu.

— Para a academia.

— Ah, sim, alguém especial vai estar lá?

— Ei, Poll — retrucou George —, falando em especial, algum dia você vai retornar as ligações do Tom? Ele voltou a me mandar mensagens perguntando sobre você.

Quem era Tom? Valerie e Roger trocaram um rápido olhar apavorado, mas Polly ignorou o comentário e continuou a brincar com a comida.

— Divirta-se com todos aqueles supinos, irmão.

— Mas você nem comeu a sobremesa! — lamentou Valerie. — Fiz clafoutis!

— Hum, nada de carboidratos ou açúcar, lembra?

— Mas Georgie...

— Agora não, mãe. Vou me atrasar. — Ele vestiu um casaco de couro. — Vamos ver a Annie de novo?

Annie enrubesceu.

— Não seja tão grosseiro, G — reclamou Polly. — Ela está escutando você.

Roger ignorou a tensão e despejou mais vinho na taça de Annie antes que ela tivesse tempo de recusar. Annie mal estava conseguindo comer... naquele ritmo, acabaria bêbada.

Valerie estava olhando para a frente, os olhos subitamente sem expressão.

— Está tudo bem, mãe? — perguntou Polly.

— Acho que vou tirar um cochilo, querida. — E virou-se para Annie com um sorriso animado. — Tenho tanta sorte de ter meus dois filhos em casa comigo! Você é próxima dos seus pais, Annie?

— Minha mãe não está muito bem no momento. Ela está no hospital.

— Sinto muito. E o seu pai?

Annie sentiu os olhos de Polly voltados para ela.

— Bem, ele... não faz exatamente parte da minha vida.

— Ah, que pena. — Valerie pareceu sem expressão de novo. — Talvez você possa cuidar da louça, Roger, querido. Acho que vou...

— Hummm? — Roger estava olhando para o celular por cima dos óculos. O aparelho vibrou de repente, sobressaltando a todos.

— Realmente gostaria que você deixasse essa coisa de lado. — Valerie elevou o tom de voz, mas logo o baixou. — Este é um momento de família. *Família*, Roger. — Ela se levantou arrastando a cadeira. — Você pode cuidar da louça. Vou me deitar.

Polly também se levantou, pegando uma fatia do tal clafoutis, que era uma espécie de torta de creme.

— Venha. Vou te mostrar o jardim, Annie.

Annie foi atrás dela, consciente de que alguma tensão subjacente e com uma vaga preocupação de que pudesse ter alguma coisa a ver com ela.

— Desculpe pelo George. Ele está concorrendo a um Oscar pelo papel do Irmão Mais Babaca, eu acho.

— Tudo bem. — Annie ainda estava tentando assimilar o jardim. O apartamento inteiro dela caberia duas vezes ali dentro. Ele descia por uma colina, cheio de cantinhos verdes e peças de mobília de ferro fundido, árvores frutíferas e pequenas estátuas. — Você cresceu aqui, então?

Polly olhou ao redor, desinteressada.

— Sim. Mas não imaginei que voltaria a morar aqui aos trinta e cinco anos. Imagino que você não tenha crescido muito longe.

A uns quatro quilômetros, mas eram mundos de distância.

— Aquele é o Shard?

Ela podia ver o arranha-céu em formato de pirâmide se elevando no espaço entre as árvores, do outro lado da faixa larga e cinza do Tâmisa. Annie sentiu uma súbita pontada de inveja de novo. Imagine se ela tivesse crescido ali, com aquele jardim, com as lojas e cafés de Greenwich logo na esquina, e não em um conjunto habitacional em Lewisham, fazendo o possível para não engravidar antes de terminar a escola.

— Deveríamos subir lá — anunciou Polly. Ela deu uma corrida e se sentou de um pulo em um balanço de madeira que estava preso ao galho de uma macieira. Parecia uma foto de revista, sua roupa cuidadosamente escolhida, o jardim desordenado atrás dela e a vista da cidade do outro lado do rio. A foto de uma vida perfeita, digna de ser postada no Instagram.

— Onde, no Shard?

— Tenho ingressos que comprei há um tempo para mim, o George e o namorado dele, e... enfim, ele terminou com o namorado, graças a Deus, porque o Caleb é terrível, e no fim nunca usamos os ingressos. Topa? Outra coisa feliz? Você pode levar seu colega de apartamento também.

— O Costas? — Annie já aguentava bastante do rapaz, cantando Mariah Carey no banheiro e derretendo queijo em cima de tudo. — Acho que posso ver se ele está livre.

— O George acha cafona. — Ela sorriu. — Implicar com o meu irmão é outra coisa que me deixa feliz, tenho que confessar. Você tem irmãos, Annie?

— Não que eu saiba — ela disse. Era possível que ela tivesse vários meios-irmãos, é claro.

— Ah, é, você disse que seu pai não faz parte da sua vida. Onde ele está?

— Não faço ideia. Até onde eu sei, sumiu quando eu tinha dois dias de vida. Não conseguiu dar conta desse negócio de família.

O pai deixara Maureen Clarke, de vinte e quatro anos e sem um tostão no bolso, sozinha com a filha recém-nascida, em um apartamento deprimente em um conjunto habitacional, sem entender direito o que tinha acontecido com a vida dela. Era tudo tão diferente da família de Polly, com o pai bem-sucedido e a mãe elegante, o irmão confiante e inteligente, aquela casa linda como um bolo de casamento maravilhoso, o quintal cheio de árvores frutíferas.

— Que difícil...

— Na verdade, não. Afinal, não se pode sentir falta do que nunca se teve. Eu raramente penso nele.

Polly fez de novo a expressão de quando solta alguma frase inspiradora.

— A vida é curta demais para arrependimentos, Annie. Talvez você devesse tentar encontrá-lo.

— Eu fiz o negócio dos dias felizes — disse Annie, mudando de assunto com firmeza. — Anotei algumas coisas, pelo menos. — Nadar, caminhar, visitar a mãe... não parecia muito. — Como está indo a sua lista?

Polly não respondeu, e Annie viu que ela havia parado de se balançar e seu rosto estava pálido.

— Você está bem?

— É só... ah, droga. Eu não deveria ter comido aquela sobremesa.

Então, Polly se inclinou para a frente de joelhos e vomitou na grama. Annie correu para ela.

— Polly! Você está bem?

Polly se sentou, trêmula, limpando a boca.

— É só o Bob. Acontece o tempo todo. Lamento que você tenha visto.

Annie a ajudou a se levantar e percebeu que Polly tremia muito.

— Por que não entra e se deita? Posso sair sozinha.

Era fácil esquecer quão doente Polly estava, mas por baixo de toda aquela alegria não havia como escapar do fato de que o tumor a estava consumindo, um pouco a cada dia.

DIA 8
CAMINHE ATÉ O TRABALHO

Não. Não, por favor. Ele não pode estar. Ele não pode estar...

Annie se sentou na cama, ofegante, o corpo pegajoso de suar frio. Aquele sonho de novo. Daquela manhã, em sua antiga casa. Uma faixa de luz do sol no piso. O breve segundo de felicidade antes que tudo se estilhaçasse. Os passos de Mike no corredor, e então sua voz apavorada gritando para ela: *Annie! Annie, chame uma ambulância!*

Mas era só um sonho. Não era real, não naquele momento. Annie conseguiu controlar a respiração e voltou lentamente ao mundo. Segunda-feira de manhã. Ela se sentiu extremamente tentada a volta a dormir, mas se arrastou para fora da cama e ouviu com cuidado atrás da porta para se certificar de que Costas não estava. Era irracional, mas esbarrar com ele antes de Annie tirar o pijama poderia fazê-la querer explodir de raiva. Ela já tivera sua linda casinha, com quarto de hóspedes, um banco diante da janela e um jardim cheio de flores, e agora estava mais uma vez dividindo apartamento com um desconhecido. Annie tomou banho no chuveiro mofado, escovou os dentes diante do espelho manchado de pasta de dente e se vestiu com a roupa preta de sempre. O sonho ainda se agarrava a ela como teia de aranha, deixando uma nota grave de pânico em sua respiração que Annie sabia não fazer sentido. Tudo acontecera anos antes. Já era muito, muito tarde para entrar em pânico.

Como acordara cedo, Annie resolveu ir caminhando para o trabalho. No último momento, ao perceber o quanto estava frio quando abriu a porta, ela quase desistiu da ideia. Mas pensou no ônibus cheio e se lembrou de que precisaria ter alguma coisa para anotar em seu caderno de coisas felizes. Então foi caminhando. Pé ante pé, afastando-se do passado até sua respiração acelerar, agora por causa do exercício, e não do sonho, e ela sentir a cabeça desanuviada. A caminhada talvez não fosse pelo caminho mais lindo do mundo, mas o sol da manhã projetava um brilho rosa sobre o concreto e, quando chegou ao escritório, Annie estava ligeiramente sem fôlego e a pele cintilava. Chegou cedo, na verdade, já que não ficara presa no trânsito dentro do ônibus. Sharon, agradável como sempre, comentou que o rosto dela estava "todo vermelho e suado", mas Annie não se importou.

DIA 9
ANOTE O QUE PENSA

Annie mordeu a ponta da caneta enquanto olhava a página em branco do caderno. Do outro lado da parede do quarto, podia ouvir Costas falando alto ao telefone em grego. Outra pessoa que podia simplesmente ligar para a mãe para conversar sempre que sentia vontade, sem se preocupar se a mãe o reconheceria. Ela tentou bloquear o barulho.

Até agora, em apenas uma semana, ela fizera uma nova amiga — ou uma nova o que quer que fosse Polly. Ficara nua diante de outras pessoas pela primeira vez em dois anos. Ela se exercitara. Aproveitara o horário de almoço. Não era muito, de forma geral — não dançara na chuva nem fizera a Trilha Inca —, mas era mais do que havia feito em muito, muito tempo. Mas o que poderia fazer hoje, amanhã e no dia seguinte? Quando ouviu um barulho alto de coisas caindo na cozinha, Annie abriu a porta do quarto e viu Costas lavando, arrumando e espalhando água para todo lado.

— Annie, oi, lavei tudo como você pediu.

— Ótimo. Obrigada. Hum... — Ela poderia ter pedido a ele para não espalhar água por toda parte, mas, em vez disso, falou: — Escute, quer subir no Shard comigo?

— O prédio alto?

— Isso. Minha amiga tem ingressos. Tem uma bela vista lá de cima, algo assim.

— Eu adoraria, Annie! Obrigado! Obrigado mesmo!

— Não é assim tão empolgante — Annie murmurou e se recolheu novamente ao quarto.

Ela havia quebrado a regra de não conversar com ele, portanto teria que ficar a noite toda no quarto, se não quisesse ouvir tudo sobre a mãe dele injetando uma seringa no ouvido, ou sobre o negócio de cabras do primo Andre em Faliraki. Mas ao menos ela o convidara, e isso a fizera se sentir vagamente como uma pessoa um pouco melhor. Talvez aquilo servisse como uma coisa feliz para aquele dia.

DIA 10
FAÇA CHÁ PARA O PESSOAL DO ESCRITÓRIO

— Você colocou açúcar? — Sharon farejou desconfiada a xícara que Annie lhe ofereceu.
— Dois cubos. É isso?
— Eu agora só tomo com um. Estou de dieta.
— Certo... o papel na cozinha ainda diz dois.
— Tá bom, acho que vou beber assim mesmo.
Annie não se deixou irritar. Ela entregou um café para Syed, o funcionário hipster que cuidava das redes sociais, que estava usando um pulôver de críquete e calça amarela de veludo cotelê. Ele tirou os fones gigantes da orelha e Annie conseguiu ouvir a música aos berros.
— Que demais! Obrigado, Annie. — Polegar para cima.
— Chá verde para você, Fee.
Annie pousou a xícara na mesa da assistente administrativa, que levantou os olhos surpresa.
— Ah! Obrigada.
Annie reparou que Fee não parecia bem (embora soubesse que o pensamento era um tanto hipócrita). Os lábios dela estavam rachados e as mãos tremeram quando ela levantou a xícara.
— Hum... está tudo bem?

Annie torceu para que aquilo não desse início a uma desconfortável conversa sobre emoções. Naquele escritório só se costumava conversar sobre TV, bebidas, falhas no sistema de TI e pouca coisa além disso.

— Ah! Sim, sim. Tudo bem. Tudo ótimo.

Annie se sentou diante da própria mesa com a caneca que Polly havia comprado para ela. Diferente das outras no escritório, a dela não estava irreparavelmente manchada de tanino. Ela aproveitou para regar a planta e passou o dedo pela base do computador. Nada de poeira. E, embora ainda estivesse enfiada no escritório e detestasse praticamente cada segundo, ela descobriu que ter uma mesa limpa e não se sentir uma completa antissocial fazia com que odiasse a situação um pouquinho menos.

DIA 11
DÊ FLORES A ALGUÉM

— São lindas! Flores-de-pavão!

— São peônias, mãe — disse Annie com gentileza. — Gosta delas?

— São sempre tão lindas, querida.

Annie sentiu a garganta apertada. A mãe sempre amou flores, economizava para conseguir comprar um buquê no mercado no dia do pagamento. Quando Annie levava Jacob para visitá-la, toda sexta-feira, sempre lhe dava um grande buquê de presente, normalmente de flores colhidas no próprio jardim. Já não fazia isso há muito tempo.

Maureen viu o dr. Quarani atravessando o ambiente, muito limpo e engomado em seu jaleco branco.

— Veja, doutor. Essa moça gentil me trouxe flores-de-pavão!

Ele não sorriu.

— Preciso medir a sua pulsação, sra. Clarke.

— Ela parece um pouco melhor — arriscou Annie enquanto ele levantava o pulso fino de sua mãe. — Mais calma, pelo menos.

— Sim, o humor dela se estabilizou um pouco. Como eu disse, é importante não criar grandes expectativas.

— Não tenho.

Ainda assim, apesar daquele aviso, apesar de si mesma, apesar das marcas irreparáveis deixadas por dois anos de infelicidade, Annie sentiu a esperança aumentar timidamente. Como uma flor murcha posta na água. Ela precisava ser cuidadosa com isso. Sabia muito bem que não se deve confiar na esperança.

— Annie!

Quando estava saindo do hospital, ela se virou ao ouvir seu nome ser chamado. Uma voz masculina.

— Ah! — ela exclamou. — O que você está...? Você está bem?

Era George, o irmão de Polly. Estava sentado no pronto-socorro segurando um curativo no rosto. Ele fez uma careta.

— Não é nada. Bati a cabeça quando estava na academia. O que você está fazendo aqui?

— Vim ver a minha mãe. Você sabe, ela está doente.

Annie o encarou. Havia uma mancha de sangue em sua blusa branca.

Ele a encarou de volta, examinando-a com frieza, claramente reparando na bolsa barata e surrada, nos cabelos desarrumados, na calça de poliéster que a fazia suar.

— Escute, Annie. Minha irmã está muito doente.

— Eu sei.

— Ela também é uma espécie de... ímã. Coleciona pessoas. Pessoas abandonadas e desgarradas. — Annie se eriçou. — Polly sempre foi assim, mas, agora que está doente, ficou pior. Essas pessoas se agarram a ela. Minha irmã acha que pode muito bem dar tudo o que tem, como tem "três meses de vida". — A expressão dele agora era severa. — Não temos certeza disso, está bem? Às vezes, as pessoas vivem por anos com um câncer.

Annie estava tão cansada. Cansada daquele hospital, cansada da mãe não a reconhecer, cansada do apartamentinho minúsculo em que morava, cansada da vida.

— Escute. Eu não "me agarro" à Polly. Foi ela quem literalmente apareceu na minha porta. Mas ela foi gentil comigo e me pediu para ajudá-la com o projeto dos dias felizes, e... bem, não vejo como posso recusar. Está certo?

Ele assentiu lentamente.

— Tudo bem. Acredito em você.

— Eu não estava perguntando se acreditava. Quem tentaria extorquir uma mulher com câncer, pelo amor de Deus?

— Eu teria feito a mesma pergunta antes de tudo isso. Francamente, Annie, já tivemos que impedi-la de dar o próprio dinheiro tantas vezes. A Polly não acredita que as pessoas mentem. Até as amigas dela... uma garota que frequentou a escola com a Polly tentou fazê-la investir em um negócio de joias que basicamente não existe, e um de nossos primos quis doações para uma instituição de caridade que no fim era apenas um patrocínio para o safári que ele queria fazer na África, e, Deus, as pessoas são *nojentas*, sabe?

— Você não precisa me dizer isso — falou Annie.

— Certo. Bom, sinto muito se fui um pouco...

— Rude? Antipático? — Ela estava cansada demais para ser educada.

Para sua surpresa, George sorriu.

— Eu estava mais para friamente enraivecido, como uma beldade sulista ofendida. Deveria ter jogado uma bebida em seu rosto.

Ele ajeitou o curativo com cuidado, o olho esquerdo estava roxo.

Annie se encolheu com compaixão.

— Deve estar doendo.

— Está tudo bem. Mas significa que não farei testes de elenco por algum tempo. Não que eu esteja exatamente inundado de convites. — George levantou os olhos para ela. — Escute. Você poderia, por favor, não mencionar isso a minha irmã? Não quero que ela se preocupe. Foi só um acidente besta.

Annie deu de ombros.

— Claro.

— Obrigado. Desculpe eu ter sido um babaca. É que ando com tanta raiva, sabe? Tipo, o tempo todo. Deveria estar triste e sendo prestativo, mas só sinto uma raiva imensa por tudo o que está acontecendo com a Polly.

— Eu compreendo — falou Annie, que compreendia muito bem a sensação.

— Lamento de verdade. Nos vemos naquele passeio supercafona ao Shard?

— Acho que sim. Bem, tchau, então. — Ela parou na porta. — Fatias de pepino — disse.

— O quê? — George estava com os olhos fechados.

— Ajuda a desinchar. Congele as fatias de pepino, depois coloque sobre o olho. Só uma dica.

Era algo que se descobria quando se passava a maior parte do tempo chorando.

No ponto de ônibus, Annie viu que o sem-teto — Jonny — estava lá de novo, lendo um livro sem a capa. Annie acenou para ele, hesitante, e ficou constrangida quando o homem sorriu para ela. Os dentes dele estavam em péssimo estado. De que adiantava acenar se ela não podia fazer nada para ajudá-lo? O ônibus chegou e Annie entrou com uma ligeira sensação de fracasso, mas sem saber por quê.

DIA 12
ARRUME

Ela estava nua. Cada parte sua à mostra, despida, exposta para que o mundo todo pudesse ver.

Annie se sentou no sofá de casa com uma xícara de chá esfriando na sua frente. Seu retrato nua estava em cima da cadeira, o papel pardo que o embrulhara pendendo dos lados como pregas de um vestido de noite. Estava esperando por Annie quando ela chegou em casa.

Por um longo tempo, ela ficou apenas olhando para ele. Era ela, inequivocamente ela — a cicatriz na barriga, a verruga no ombro —, mas ao mesmo tempo não era. De algum modo, as curvas e dobras em seu corpo, que provocavam tantas lágrimas de raiva quando ela se olhava no espelho, haviam sido transformadas em algo diferente.

Aquela era ela, Annie Hebden, ex-mulher de Mike, ex-amiga de Jane, mãe de Jacob. Isso ela nunca deixaria de ser. Filha de Maureen — outra coisa que sempre seria, não importava o quanto sua mãe desaparecesse na escuridão. Não havia ninguém como ela em todo o planeta, ninguém que já vivera ou ainda fosse viver. Não havia uma única pessoa com suas impressões digitais, com suas lembranças, com o seu sangue pulsando nas veias. Ela era ela mesma e estava viva naquele momento, apesar de tudo. Aquele retrato era prova disso.

Annie ficou de pé, inquieta. O que poderia fazer? Havia deixado os amigos se afastarem, recusara os convites dos colegas, parara de sair, de cuidar de plantas, de deixar a casa bonita e até de lavar o cabelo. Passava todas as noites em casa, com a TV e o açúcar como companhia. Estava na hora de parar. Na verdade, estava na hora de começar.

Em um surto de atividade, Annie arrancou a manta esfarrapada do sofá, expondo o couro falso rasgado sob ela. Uma chuva de cascas de pistache caiu no chão. *Maldito Costas.* A seguir, foi a capa do sofá, então o tapete velho do chão. Tudo cheio de migalhas e manchado de ketchup e chá. Annie enfiou tudo na máquina de lavar. E lhe ocorreu que aquilo era uma pequena coisa feliz — o som de roupas girando na lavadora, ficando limpas. Fez com que se lembrasse das segundas-feiras depois da aula, quando voltava para casa e encontrava a lavadora ligada e a mãe assistindo a *Countdown* com uma xícara de chá e um pacote de biscoitos de chocolate com laranja. Então elas se sentavam juntas, tentavam resolver os jogos de palavra do programa no verso de uma revista. Sua mãe, que adorava jogos de palavras, sempre achava a solução, arrancando palavras do fundo da memória. *Inflexivelmente. Vivaz.* E agora a mãe muitas vezes nem se lembrava do próprio nome...

Tentando manter-se um passo à frente da tristeza, Annie escancarou a geladeira e a despensa, recolhendo a comida fora de validade, os pimentões com mofo se projetando como barbas de hipsters, as refeições prontas que tinham virado gelo no congelador, os montes de arroz e massa que se derramavam pelas prateleiras. Ela rapidamente encheu um saco de lixo enorme. Então, começou a fazer uma lista. *Lavar as janelas. Arrumar outra capa para o sofá.* Ela tirou todas as xícaras dos armários e as limpou por dentro. Polly tinha razão, seu gosto por louças era realmente péssimo. Annie encheu outro saco de lixo para doação, colocando nele toda a louça, exceto a bela porcelana de sua mãe. Ela acrescentou à lista: *comprar colheres novas. E um fatiador de legumes em espiral. Pedir para o locador pintar as paredes com uma cor que não pareça cocô de cachorro.*

A seguir, o banheiro. Ela olhou com nojo para a velha cortina mofada do boxe. Compraria uma nova, em cores vivas, que não se enrolasse nas pernas de quem tomava banho como um fantasma alienígena gosmento. Também compraria um tapetinho novo para o banheiro e toalhas bonitas. Annie jogou fora batons já secos, máscara de cílios empelotadas, frascos de sabonete líquido com quase nada no fundo. Deus, era bolor. Como deixara as coisas chegarem àquele ponto?

Quando Costas voltou tarde de seu turno no trabalho, ele mal conseguiu abrir a porta por causa da pilha de sacos de lixo que bloqueava o caminho. Ele olhou ao redor, confuso, e inclinou a cabeça ao ver Annie cantando a música da rádio FM enquanto esfregava o fogão.

— Annie! É porque deixei queijo no prato? Prometo que lavo! Vou lavar tudo direitinho! Não me coloque para fora, por favor!

Annie caiu na gargalhada.

— Ah, não, não vou colocar você pra fora. Estou *me* colocando pra fora. Ou, pelo menos, algumas partes desoladoras de mim.

Costas pareceu confuso.

— Lamento que esta casa não tenha sido mais agradável para você — disse ela. — Prometo que de agora em diante vou tornar este apartamento um lugar mais aconchegante para nós dois vivermos. Ou melhor, nós dois podemos fazer isso. Manter tudo um pouco mais arrumado? O que acha? Não deixar tantas cascas de pistache no sofá? Untar as panelas antes de derreter queijo nelas?

Ele franziu o cenho.

— Annie? Você está se sentindo bem?

Ela pensou a respeito. Não chorava no chuveiro havia quase duas semanas. Seu apartamento estava mais limpo do que quando ela se mudara. Sua mãe estava melhorando. E ela tinha compromissos sociais de verdade, com pessoas de verdade, marcados em sua agenda.

— Na verdade, Costas, sabe de uma coisa? Não estou muito mal. Não mesmo.

DIA 13
OLHE MAIS DO ALTO

— Ele é uma delícia — comentou Polly, espiando o traseiro de Costas enquanto ele lia o cartaz na parede. — Mais gostoso do que uma caixa inteira de baklava.

— Ele tem vinte e dois anos — sussurrou Annie em tom reprovador. E desejou que Polly baixasse a voz. — Além disso, tenho quase certeza que é gay.

Ele nunca disse isso a ela, mas o fato de que virava a noite nas boates de Vauxhall três vezes por semana sem dúvida era um forte indício.

Polly suspirou.

— Eu devia ter imaginado. Nenhum hétero tem as sobrancelhas tão certinhas. Ah, bem... talvez George e ele acabem juntos.

Annie duvidava — George não dirigira uma palavra a Costas desde que o rapaz mencionara em que trabalhava. Ela o vira torcer o nariz enquanto Costas contava, entusiasmado, sobre todas as bebidas que sabia fazer.

— Latte, latte desnatado, com leite vaporizado, sem leite vaporizado...

— Quanto tempo isso vai levar? — George reclamou. — Já estamos esperando há, tipo, uma hora.

— Estamos esperando há dez minutos — respondeu Polly, irritada. — E vai valer a pena.

— Não acredito que você me trouxe para esse programa turístico cafona. Qual será o próximo passeio, o Madame Tussauds? Zoológico?

— O zoológico é uma ótima ideia! Vamos na próxima semana. Eu poderia até adotar um animal, batizá-lo com o meu nome. Algo que sobreviva depois que eu tiver partido. A menos que seja um efemeróptero, um insetinho que mal dura três dias, acho.

Costas estava olhando ao redor, fascinado.

— Na Grécia, não temos nada grande assim. Em vez disso, perdemos todo o nosso dinheiro e incendiamos nossa capital. — Ele disse isso em um tom animado.

— Esse é o espírito, Costas — falou Polly e alisou o ombro dele. Annie ficou tensa. Polly realmente não tinha noção de espaço pessoal. — É uma maravilha moderna. Em um dia de tempo bom, você consegue ver tudo até Kent.

— Por que iríamos querer ver Kent é uma pergunta que permanece sem resposta — resmungou George. O hematoma em seu rosto ainda estava visível, mas ele afastou todas as tentativas de Annie de tocar no assunto.

Eles agora estavam no elevador, com uma família usando agasalhos esportivos que ficou boquiaberta diante da escolha de roupa de Polly: uma saia vermelha franzida, que mostrava suas pernas longas e magras; um chapéu de cowboy rosa cintilante, que poderia muito bem ser usado por convidadas bêbadas de uma despedida de solteira; e uma jaqueta de lã sharkskin roxa. Annie teria parecido uma palhaça se usasse uma roupa daquela, mas Polly estava recebendo olhares de admiração e espanto ao mesmo tempo.

— Ela não trabalha naquele programa de TV? — Annie ouviu uma das pessoas da Família Agasalho sussurrar.

— Subir bem alto sempre inspirou as pessoas — declarou Polly. — Vejam Wordsworth. Coleridge. Eles costumavam passear no Lake District, embriagados com a natureza, cuspindo poesia.

— Era mais provável que estivessem doidos de ópio — comentou George. — Aliás, tem algum disponível lá em cima?

O elevador parou e eles desceram em uma larga extensão de vidro, lotada de visitantes. Annie piscou, ofuscada, quando a luz atingiu seus olhos, com Londres se estendendo abaixo deles. Era como uma cidade feita de

Lego, com trechos verdes e quadrados de prédios e casas e carrinhos andando entre eles. Como um tabuleiro de Monopoly da vida real.

Polly havia aberto caminho até o quiosque de bebidas.

— Não temos ópio, mas temos champanhe rosé para todos!

George estalou a língua.

— Espumante rosé barato? É sério?

Mas Polly já se aproximava com uma bandeja com quatro taças.

— Cale a boca, George. Você é a pessoa mais esnobe que já existiu. Eu me lembro de quando sua comida favorita era macarrão enlatado. Beba e não perturbe.

— Desde que ninguém descubra — disse ele. — Costas já tem idade para beber?

— Tenho vinte e dois anos — retrucou Costas, aborrecido. — Obrigado, Polly. É muito gentil de sua parte. Obrigado pelo champanhe rosé, pela subida no grande elevador e pela vista da sua linda cidade.

— De nada — falou ela, tocando-o novamente. — Sinceramente, é bom estar aqui com alguém que não seja um esnobe miserável.

— Espumante rosé no topo do Shard — resmungou George, que, apesar das reclamações, estava entornando o espumante. — O que vem a seguir? Você quer dar uma volta na loja gigante de M&M's usando um chapéu com estampa da bandeira inglesa?

— Existe um mundo de M&M's? — Costas deu um gole na bebida e espirrou.

Polly desarrumou o cabelo dele.

— Que gracinha.

Annie pegou a taça que lhe cabia, hesitante. Era uma taça de plástico cheia de um líquido borbulhante da cor de ouro rosé antigo. Ela vira um vestido naquele tom certa vez, em uma loja de vestidos de festa, quando fora comprar um vestido para seu baile de formatura. Era caro — quase cem libras —, mas ela havia economizado de seu trabalho aos sábados na Boots e dera várias pistas do que queria, e a mãe respondera com vários sorrisos evasivos, e o aniversário de Annie estava chegando... assim, na manhã do seu aniversário de dezoito anos, ela desceu as escadas correndo e encontrou um vestido embrulhado, pendurado na porta. Tinha que ser aquele. O vestido dos sonhos, de renda e seda, com uma longa saia evasê e um corpinho que conseguia erguer os seios flácidos de Annie e deixar seu peito parecendo o de uma modelo glamorosa.

Quando Annie abriu o embrulho, achou que fosse uma brincadeira.

— O que é isso, mãe?

— Ah, fui ver aquele vestido que você queria, mas era caro demais, então fiz esse para você na máquina de costura. É exatamente o mesmo.

Não era o mesmo. Era da cor de salmão podre, e a renda não era renda, mas um poliéster que coçava, e o corpinho tinha barbatanas que se cravavam nas costelas de Annie, e ela parecia um enorme manjar branco usando aquilo. O resultado foi que ela voltou para casa mais cedo do baile para assistir a *Frasier*. Outra lembrança não muito feliz... Mas ali estava ela, tomando champanhe no alto do Shard. Annie ergueu a taça de plástico na direção da de Polly.

— Tim-tim.

— Tim-tim. — Polly tomou um gole. — Max vai me matar. Eu não deveria beber antes das minhas ressonâncias. Passo tanto tempo naquela máquina que estou pensando em mandar colocar papel de parede nela. Venham, vamos subir no deque externo.

Do lado de fora, o vento estava mais forte e o sol atingiu em cheio os olhos de Annie. Ela resolveu que aquele não era um bom momento para mencionar sua leve vertigem de altura e ficou o mais perto da parede possível, enquanto Polly girava na direção do parapeito apontando os pontos turísticos abaixo.

— A Somerset House! A London Eye! O Big Ben!

— O British Museum! — falou Costas, animado. — Onde vocês guardam as estátuas de valor inestimável que roubaram do Parthenon no meu país e se recusam a devolver!

— Acho que não é tão ruim aqui em cima — comentou George de má vontade.

Annie olhou para ele pelo canto do olho.

— Como está seu rosto?

Georgie estreitou os olhos por causa do sol.

— Bem. Não foi nada.

— Lamento sobre o seu namorado.

— O quê? — George fechou a cara. — O que quer dizer com isso?

— Eu só... você deveria ter vindo aqui com ele, não é? Caleb?

— O Caleb e eu somos só amigos.

Ele falou em um tom despreocupado, ou tentando parecer despreocupado, mas Annie sabia reconhecer a diferença entre fingir ter superado alguma coisa e realmente ter superado. Às vezes, ela achava que nunca chegaria à segunda opção. Ela deixou o assunto morrer.

Annie olhou para fora e o vento jogou seu cabelo no rosto. Dali de cima, aquela não era a Londres que ela conhecia, com cocôs de cachorro, obras nas ruas e apartamentos caros e úmidos. Era uma cidade cintilante, com milhões de vidas, cada pessoa achando que era a mais importante do mundo. Uma cidade em que centenas de pessoas deixavam de existir todo dia, morrendo em hospitais, em clínicas de repouso ou mesmo na rua. E outras centenas chegavam ao mundo nas maternidades, em banheiras de parto e, às vezes, acidentalmente no metrô. Então, o que importava de fato se, em meio a tudo aquilo, Polly fosse morrer ou Jacob já tivesse morrido? Annie sentiu o peso dessa constatação esmagá-la, todos aqueles sonhos sendo destruídos e corações sendo partidos.

— Eu me sinto tão pequeno — comentou George, quase que para si mesmo.

— Estava pensando a mesma coisa.

— Quer dizer... todas essas pessoas, que nem sabem que estou vivo. Como diabo algum dia vou ser um ator quando há tantas outras pessoas por aí querendo a mesma coisa? Posso muito bem desistir logo.

— E — lembrou Annie —, se realmente ferrarmos com a nossa vida, provavelmente ninguém jamais vai saber ou se importar. Podemos simplesmente morrer, tranquilamente desconhecidos.

George olhou para ela.

— Gosto de você, Annie. Você é um bom antídoto para a positividade irritante da minha irmã. Quer dizer, quando ela descobriu o câncer, eu me preparei para depressão, choro e momentos terríveis, mas ela acabou se tornando uma espécie de bíblia de autoajuda ambulante.

Annie não conseguia entender direito aquilo.

— Vocês estão todos tão... conformados a respeito disso.

George deu de ombros.

— O show deve continuar, não é mesmo? Você ainda está vivo até o momento em que morre.

— Acho que sim.

— É isso que ela quer. Nada de choro, de infelicidade. E a mamãe e o papai... acho que eles não acreditam que vai mesmo acontecer. Na verdade, não posso culpá-los por isso... afinal, olhe só para ela. Entende por que achamos que deve haver alguma esperança?

Annie entendia. Polly estava sorrindo, feliz, o rosto ruborizado pelo calor do sol e o vento. Sim, ela estava magra, mas aquilo não era incomum entre as mulheres de Londres. Ela não parecia nem um pouco doente. Parecia radiante.

— Venham até aqui — chamou Polly, animando os dois a se aproximarem do parapeito. O sol brilhava por entre as nuvens, aquecendo Annie dos pés à cabeça. — Olhem, lá está a London Bridge. Vocês têm ideia de quantas horas passei ali, congelando o traseiro naquela plataforma, xingando e reclamando? Mas olhem como parece tranquila vista daqui de cima.

E era verdade. Os trens entravam na estação em seus trilhos entremeados, como patos deslizando sobre a água. Pessoas minúsculas, com todas as suas minúsculas preocupações, sonhos, esperanças e medos. Polly voltou a falar em um tom sussurrado:

— Aposto que é assim que Deus nos vê.

— PROIBIDO FALAR DE DEUS! — gritou George. — Você nem sequer acredita em Deus, Poll, sua hipócrita. Não pode começar a acreditar só porque está com câncer, isso é trapacear.

Polly estava mostrando a língua para o irmão.

— Está bem, está bem. Seja como for que queiram chamar, então. O universo. O grande monstro de espaguete. Talvez seja assim que eu verei todos vocês do paraíso.

— Que otimista — disse George. — Eu me lembro bem de como você era na adolescência. Talvez não consiga entrar no paraíso.

— Se houver vida após a morte, vou contar a Deus sobre aquela vez em que você arrancou a cabeça de todas as minhas Barbies e as amarrou na minha cama.

— Ele vai entender, terá visto como você era irritante.

— *Ela*, por favor.

— Você acredita em Deus, Annie? — perguntou Costas baixinho enquanto os irmãos implicavam um com o outro.

Ele acreditava, pensou Annie. Ela havia visto seu crucifixo e as garrafas de água benta. Nunca quisera levantar o assunto — porque como um homem gay poderia pertencer a uma igreja que odiava quem ele era? —, mas ela sabia que às vezes ele chegava das boates nas manhãs de domingo, a música ainda reverberando nos ouvidos, e ia à igreja ortodoxa em Camberwell. Um dos muitos motivos pelos quais Annie jamais entenderia as pessoas.

— Hum... acho que não. — Caso contrário, ela teria que acreditar em um Deus que deixara Jacob morrer e permitira que sua mãe se desligasse do mundo. — Você é religioso, certo?

Ele deu de ombros.

— A Bíblia diz que o que eu sou é pecado. Ser... gay, você sabe.

Costas olhou timidamente para ela para ver se Annie já sabia, ou se se importava.

Ela fez questão de colocar no rosto uma expressão da mais completa aceitação.

— Mas, então, vejo coisas como isto... — Ele indicou com um aceno o céu acima, azul, prata e pêssego — e conheço pessoas legais que me levam para conhecer prédios altos e para tomar drinques cor-de-rosa, aí acho que deve existir alguma coisa. Alguma coisa além. Mesmo se não for uma pessoa, uma coisa ou um lugar. Entende o que eu quero dizer, Annie?

— Sim, acho que sim — disse ela. Annie já morava com Costas há um ano e aquele era o máximo que os dois já tinham conversado. Ele nunca contara abertamente que era gay. Os dois dormiam com apenas uma parede entres eles, mas eram praticamente estranhos, e agora ali estavam. Eles ficaram parados observando o sol brilhar sobre Londres, e foi tão lindo quanto champanhe cor-de-rosa, vestidos de baile e novos amigos.

— Polly, pelo amor de Deus.

Annie despertou de seu devaneio com um susto e viu Polly subindo no parapeito ao redor da plataforma de observação. George a segurava pela cintura enquanto um segurança corria em sua direção. O coração de Annie disparou e a vertigem a deixou zonza.

Mas Polly estava rindo.

— Ah, não seja chato, George. Quero ver mais longe!

— Madame, não pode subir aí, é muito perigoso.

— Não importa se é perigoso, estou morrendo!

Ela estava rindo, mas Annie viu que lágrimas escorriam em seu rosto. E, quando George a colocou de volta no chão e indicou os elevadores com um gesto de cabeça para dizer que era hora de ir embora, Annie se deu conta de que ele não estava apenas sendo rabugento o tempo todo... ele estava muito, muito assustado.

DIA 14
NÃO FAÇA NADA

Annie. Annie, chame uma ambulância!

Annie estava em sua antiga casa, o sol entrando pelas cortinas brancas do quarto. Ela segurava Jacob no colo, mas então baixou os olhos e ele estava azulado, a pele quase transparente, uma rede de veias aparecendo por baixo. E ele estava tão frio e tão imóvel... um boneco de cera que se parecia exatamente com o seu bebê. Era um sonho. Annie sabia que era só um sonho e se esforçou para acordar, para atravessar as camadas de sono que a mantinham presa. *Não é real. Isto não é real.*

Ela se sentou na cama e olhou para o relógio. Domingo de novo. Costas não voltara da noitada e o apartamento estava silencioso. Annie preparou chá e um ovo poché com torrada e o arrumou em um belo prato, tendo em mente os comentários de Polly sobre a sua louça.

Ela se sentou no sofá, agora livre de cascas de pistache, e reparou que a luz do sol que entrava já não iluminava mais poeira e migalhas por toda parte. Aquilo era alguma coisa. Pequena, mas ainda assim alguma coisa. Annie admirou a comida no prato, que tinha flores lilás na borda. O amarelo da gema, o verde pálido do abacate. Antes que se desse conta do que fazia, ela pegou o celular e tirou uma foto, detendo-se pouco antes de apertar o botão de acesso ao Facebook. De jeito nenhum. Ela *não* se tornaria uma dessas pessoas que postava fotos do café da manhã.

Havia uma mensagem de Polly, animada e alto-astral, sobre irem à National Gallery naquela semana. Annie ainda se sentia perturbada pelo que acontecera no Shard, pelo modo como Polly subira no parapeito daquele jeito imprudente, esticando as mãos para o céu. Polly com certeza estava mais doente do que ela se dava conta, correndo riscos, indo longe demais. Se fosse qualquer outra pessoa, Annie talvez tivesse tentado se esquivar do convite, alegando algo sobre trabalho. Mas Polly não tinha tempo para uma rejeição. Se Annie adiasse o encontro, talvez não tivessem outra oportunidade de fazer o passeio. Por isso ela aceitou, apesar dos receios que sentia, e aí se acomodou novamente para aproveitar a paz de seu domingo fazendo nada.

DIA 15
TERMINE UMA TAREFA

— Então, para comemorar a conclusão do projeto de multas para deposição ilegal de lixo (finalmente!), vamos sair para tomar um drinque no Shovel depois do trabalho — disse Jeff, tentando soar natural enquanto lia fichas. — Devo lembrar que, de acordo com a política de diversidade da câmara municipal, cada um paga pelo próprio consumo e o comparecimento não é obrigatório. Esse projeto foi realmente um esforço de equipe, todos contribuíram para o seu sucesso e...

Annie desligou. Já havia passado mais tempo de sua vida do que jamais poderia imaginar pensando sobre depósito ilegal de lixo. Ela ficou surpresa por eles estarem indo a um pub — a câmara era tão preocupada em evitar qualquer possível ofensa cultural que havia mudado a festa de Natal para janeiro, quando ninguém teve a sensação de estar celebrando alguma coisa.

— Você vai? — Fee estava parada diante de Annie, sussurrando acima da lenga-lenga de Jeff.

— Ah! Não sei. — Ela costumava evitar todos os eventos de trabalho havia anos. — E você?

Fee tinha olheiras escuras.

— Bem, acho que sim... se você fosse...

Annie pensou em ser obrigada a ter uma conversa constrangedora com Jeff, que só falava de ir para a academia e para o trabalho, e em ter que fingir que não detestava Sharon, e precisar se desviar do mau hálito de Tim. Mas ela não tinha outros planos.

— Acho que a gente pode ir. Só um drinque.

— Só um drinque — concordou Fee. Ela sorriu e a tensão abandonou seu rosto. — Vale a pena comemorar o fim desse projeto. Não sei quanto a você, mas, se eu nunca mais ouvir a expressão "depósito ilegal de lixo", ainda assim será demais.

DIA 16
ABSORVA UM POUCO DE CULTURA

— Amo este lugar — disse Polly, subindo saltitante os degraus do museu. Ela estava usando um vestido amarelo-limão em homenagem ao sol que banhava Londres, transformando o Tâmisa em uma extensão prateada. Como estavam em março, ela também vestia uma meia-calça roxa, escarpins verdes de couro de cobra e um casaco vintage com gola de pele. As pessoas a encaravam aonde quer que fosse, e não era de surpreender, porque Polly falava aos berros o tempo todo. — Eu me formei em história da arte. E você, Annie?

— Em nada. — Annie sussurrou para compensar o tom alto de Polly. — Saí da escola e fui direto trabalhar.

Ela não tinha muito dinheiro na época, e a mãe a convencera de que seria melhor conseguir logo um emprego, ter alguma segurança. *Não deseje a lua, Annie.* Às vezes, ela se perguntava se havia outra Annie por aí, em um mundo diferente, que se sentava em bibliotecas e conversava sobre literatura usando cachecol de lã, fazendo folhas de outono voarem sob os pedais de uma bicicleta.

— Acho que a minha faculdade foi uma espécie de piada. Eu passava o dia vendo coisas lindas. Tenho a teoria de que se você só olhar para coisas bonitas, cheirar coisas bonitas, ouvir coisas bonitas, sempre vai ter bons pensamentos e ser feliz.

Annie duvidava daquilo. Não era possível se cercar apenas de coisas bonitas. Sempre haveria ônibus sujos e o barulho das britadeiras, como a que perfurava os arredores da Trafalgar Square, e sempre haveria morte. Era impossível tornar a morte encantadora.

— Quanto vai custar? O ingresso na galeria.

O salário de Annie não duraria muito se ela continuasse a aderir aos planos de Polly. Ela precisou tirar a tarde de folga do trabalho para estar ali, e as sobrancelhas erguidas de Sharon foram bastante eloquentes a respeito disso.

— É de graça! Você nunca veio aqui?

— Tinha esquecido.

Nos velhos tempos, ela e as meninas — Jane, Miriam, Zarah: o quarteto fantástico, como Jane tentara convencê-las a se chamarem — costumavam ir ao centro da cidade todo sábado. Para visitar alguma exposição, fazer compras, almoçar ou jantar. Como não se falavam mais, Annie deixara esse hábito morrer. Ela se sentiu meio envergonhada. Ela estava ali, com tanta cultura na porta de casa, e só o que fazia era assistir à TV.

Polly a segurou pelo braço de novo, puxando-a para dentro.

— Venha, prometi te mostrar algumas damas nuas.

Annie seguiu atrás dela, encolhendo-se enquanto Polly gritava.

— E aqui está Degas, um velho pervertido, mas veja estas lindas ruivas. Eu queria muito ser ruiva, e você? Acho que teria tido mais aventuras. Olhe a forma maravilhosa como ele desenhou as costas delas... tão vulneráveis. E veja, Rubens... Era isso que eu queria te mostrar.

Annie ficou olhando para os quadros. Uma vastidão de traseiros com covinhas, barriguinhas salientes e coxas brancas sensuais. Polly estava certa. Realmente se pareciam com ela. Mas sem os cabelos sem graça, cor de nada.

— Então... isso era considerado bonito na época?

— Achavam que ser magra significava que a pessoa era pobre. Ou doente. — Polly indicou com um gesto a própria figura delgada. — Também não estou querendo dizer para as pessoas terem vergonha de ser magras. Só queria que você visse que o que consideramos sexy hoje não era nada sexy na Renascença. Os ideais de beleza mudam o tempo todo.

— Nasci na época errada, então — disse Annie.

Ela não conseguia desviar os olhos dos tons perolados de pele. Nada de bronzeamento artificial ali, só rosados, cremes e marfim. As dobras de pele eram gloriosas, corpos roliços e saudáveis que pareciam ter sido alimentados com mel, creme e carne de cervo. A postura das mulheres, orgulhosas de si mesmas, sedutoras e deslumbrantes.

— Este é o meu favorito — disse Polly, puxando-a diante de outro nu, este de uma mulher reclinada vista de costas, olhando por um espelho de mão para o espectador. — A *Vênus ao espelho*. Simplesmente amo esse rosa. Tentei conseguir exatamente esse tom para o vestido das minhas madrinhas de casamento, mas não sabia como chamá-lo.

Annie se virou na direção de Polly, surpresa. Aquela era a primeira vez que ouvia sobre Polly ser casada. *Pergunte a ela. Pergunte mais a respeito.* Mas ela se acovardou, com medo de estragar o humor esfuziante de Polly.

Polly ainda estava fitando a pintura, como se tentasse se lembrar de cada centímetro dela.

— Sabe o que eu gostaria? De ter vindo aqui uma vez por semana só para olhar para ela. Porque eu acho que nunca enjoaria. Mas, em vez disso, fiquei olhando para um monte de coisas estúpidas, colegas de trabalho que eu odiava, interiores sujos de trem e histórias idiotas na internet sobre qual celebridade havia engordado. Sempre correndo para reuniões, me preocupando em conseguir a conta de divulgação da máscara de cílios e se eu deveria fazer pilates. Desperdicei todo esse tempo, Annie.

Annie não sabia o que dizer.

— Aposto que você também viu muitas coisas lindas.

— Ah, sim. — Ela suspirou. — Pores do sol sobre o Grand Canyon, o Taj Mahal, os Alpes nevados e por aí vai. Mas não foi o bastante. Como poderia ter sido? Eu quero ver tudo. Não quero parar de ver.

Com medo de que Polly começasse a chorar, Annie pousou a mão com gentileza no braço da amiga. Ela não disse *Está tudo bem*, porque não estava.

— Estamos aqui — falou. — Podemos apreciar o quadro agora.

Polly respirou fundo e sorriu.

— Você está certa. Estamos aqui olhando para ele. E a pintura vai permanecer aqui depois que nós duas formos embora, ainda sexy pra caramba. Certo, Annie. Acho que agora precisamos da parte mais importante das visitas a museus... A lojinha e depois bolo.

Na saída, Polly parou nos degraus, fazendo com que um monte de chineses engavetasse atrás dela.

— O que foi?

Annie sentiu uma pontada de preocupação. Polly ia enjoar de novo, subir em um prédio alto ou estava prestes a tirar a roupa? Aparentemente, alguma dessas coisas, ou todas elas, poderia acontecer a qualquer momento.

Mas Polly estava sorrindo.

— Você viu aquele filme, *La Dolce Vita*?

— Ah. Sim. — Era o filme favorito da mãe de Annie. Um sonho de belos homens italianos e sorvete em praças ensolaradas. A um mundo de distância da vida real da mãe dela. — Por quê?

— Está pensando no que estou pensando?

— Hum... provavelmente não?

Polly apontou.

— Fontes! Dançar dentro delas.

— Ficou maluca? Imagine como essa água deve ser suja.

Polly já estava caminhando, falando por cima do ombro.

— Ah, não, eu posso ficar doente! E depois o que vai acontecer? Vamos, Annie. A vida não é evitar a tempestade, é aprender a dançar na chuva. Onde está o seu senso de aventura?

Estava perdido, terminantemente perdido. Na verdade, Annie não sabia se algum dia já tivera algum.

— Polly!

Ela estava seguindo na direção das fontes com água gelada jorrando, o cheiro de piscina pública. Annie correu atrás dela. Polly chegara à beira da fonte e já estava tirando o casaco.

Annie entrou em pânico.

— Tenho certeza que não é permitido fazer isso.

Polly revirou os olhos.

— Ótimo. Estou torcendo para ser presa. Está aí outra coisa que eu nunca fiz.

— Mas...

— Vamos, Annie! Já dançou em uma fonte antes?

É claro que não. As únicas fontes por que já passara eram desastrosos projetos de arte urbana, cheios de bitucas de cigarro.

— Ah, Deus.

Polly agora estava descalça, os dedos dos pés magros, as unhas pintadas de prateado. As pernas tinham hematomas e eram magras como gravetos. Mas ela estava rindo enquanto entrava na fonte.

— Cristo, está gelada! Entre!

Annie não conseguia pensar em nada pior do que entrar naquela fonte fria e suja. E se pegasse pólio? Ainda se pegava pólio?

Um homem de corpo retangular usando um colete amarelo se aproximou, falando em um rádio.

— Senhora, vou ter que lhe pedir para sair.

Polly estava segurando a saia para cima, espalhando água para os lados.

— Por quê?

Ele pareceu desconcertado.

— Hum... segurança e saúde.

— Ah, está tudo bem, estou morrendo, sabe. Posso assinar alguma coisa, se quiser.

Ele olhou para Annie, que encolheu os ombros, impotente.

— Sinto muito, ela de fato está doente e...

— Você tem que tirá-la daí, ou vou prendê-la.

— O senhor é um policial de verdade?

— Bem, não exatamente, mas conheço alguns.

Annie teve um pressentimento de que aquele momento era um ponto de virada muito importante para ela. Poderia recuar e deixar o homem deter Polly, que, afinal, só queria chapinhar em uma fonte pública antes de morrer, ou poderia...

— O que você está fazendo? — perguntou o homem, parecendo em pânico. — Pare com isso... Senhora, pare!

Annie estava descalçando as botas e enfiando a mão por baixo da saia para tirar a velha meia-calça de lã. Então, ela também passou as pernas por sobre a beira da fonte, encolhendo-se ao sentir a água fria.

— Jesus!

Polly riu e bateu palmas.

— Vem, Annie, vem!

As pessoas começaram a tirar fotos e a se cutucar. Annie se encolheu de medo.

Polly a segurou pelas mãos.

— Me concede esta dança, sra. Hebden?

— Ah, Deus, Polly, eu realmente não posso...

— Vamos! A ideia é *dançar* em fontes, não apenas ficar arrastando os pés dentro delas. — Ela gritou para a multidão. — Toquem uma música e dançaremos para vocês!

— Ah, Deus, não, não...

O celular de alguém começou a tocar uma versão ruim de "New York, New York".

— É a cidade errada! — gritou Annie.

— Não importa. Venha.

Polly passou o braço ao redor de Annie e começou a dançar, levantando as pernas bem alto. Annie a acompanhou com menos entusiasmo, molhando a saia com a água — sem dúvida, infectada. Elas ouviram um barulho, e mais alguém passou pela beirada da fonte — um grupo de alunos de intercâmbio, com os jeans enrolados até os joelhos, rindo e xingando em espanhol. Então, pais começaram a erguer os filhos pequenos e os colocar lá dentro, e o ar se encheu com o som de risadas, gritos e de pés chapinhando na água. A música terminou e as pessoas agora cantavam juntas:

— New YORK, New YOOOOOORKKK!

Polly se inclinou, sem fôlego de tanto rir.

— Ai, meu Deus. Isso foi hilariante.

As pessoas estavam se dispersando, batendo palmas e rindo, o momento havia passado. Apenas um minuto ou dois em que os londrinos se conectaram uns aos outros em vez de cada um seguir o seu caminho. Parecera uma eternidade para Annie.

Polly ainda estava arquejando, com dificuldade de respirar.

— Você está bem? — perguntou Annie, preocupada.

Polly tossiu e assentiu.

— Valeu a pena. Foi maravilhoso.

— Bem, por que não entramos para que você possa se aquecer? Chá e bolo?

Polly tossiu de novo.

— Chá e bolo... parece... incrível.

— Seus pés já secaram?

Polly levantou um pé ossudo que estava enrolado em papel toalha.

— Parece que estou descascando.

— Só me avise se ficar com muito frio. O dr. Max disse que você precisava ter cuidado.

— Estou bem! Tim-tim! — Polly ergueu a xícara de chá. — Sabe, também gostaria de ter comido bolo todos os dias da minha vida. Todas aquelas saladas e goji berries que empurrei para dentro, e ainda assim vou morrer aos trinta e cinco anos. Que desperdício, Annie. Juro que aqueles bolos não comidos vão me assombrar. De agora em diante, pelo menos dois bolos por dia. Para conseguir o meu traseiro à la Boucher.

Annie mordiscou um doce, com uma cobertura sedosa cor-de-rosa pálido quase bonito demais para ser comido.

— Eu sou quem nem sequer sabe se já estive antes na National Gallery ou não — disse ela. — O que eu estava fazendo da minha vida? Não consigo nem me lembrar da última vez que fiz alguma coisa assim, só tomar chá com alguém.

— Eu estava mesmo querendo perguntar isso. Onde estão seus amigos, Annie?

Annie foi pega de surpresa. Demorava algum tempo até se acostumar com a franqueza de Polly.

— Eu já tive alguns. Da escola, sabe. Mas acho que deixei que se fossem. — Quando tudo virou cinzas com Jane, suas outras amizades também tinham sido engolidas pelo fogo. Na época, Annie não se importou. Era como lamentar por um bairro quando toda a cidade havia sido arrasada. Mas agora ela sentia a perda, todo sábado que passava sozinha em casa, toda vez que pensava em tirar férias e desistia, porque não queria ser a viajante solitária naquelas excursões de pintura para mulheres solteiras e tristes. — Aliás, e quanto aos seus amigos? — contra-atacou Annie. — Também ainda não conheci nenhum amigo seu. — Talvez Polly tivesse vergonha dela.

— Bem. Para ser honesta, eu meio que venho evitando os meus amigos.
— Por quê?
— Ah, não sei. Talvez porque quando olho para eles, vejo quanto devo ter mudado. E eles me tratam de um jeito diferente... como se eu pudesse quebrar, ou algo assim. Eu quase desejo que me chamem de lado e digam que minha roupa não combina, ou qualquer outra coisa, como faziam antes. Acaba ficando meio... constrangedor.
— Também venho evitando os meus amigos — admitiu Annie. — Já faz um bom tempo. — Tanto tempo que ela duvidava de que eles ainda fossem amigos.
— Você tem tempo. — Polly fechou os olhos em êxtase enquanto engolia um macaroon de pistache. — No fim, é a isso que tudo se resume, entende? Não tenho muito tempo, por isso quero que outras pessoas façam as coisas que não consegui fazer. Apreciem arte. Comam bolos. Ah, e isto.
Polly enfiou a mão na bolsa — toda decorada com pequenos espelhos — e colocou um ingresso em cima da mesa.
Annie leu:
— *Fantasia on a Theme by Thomas Tallis*. O que é isso?
— É só um concerto da peça musical mais incrível que já se ouviu. Que é tanto para os ouvidos quanto para os olhos. Você pode ir?
— Ah, não sei...
— *Trunfo do câncer* — murmurou Polly, enquanto dava uma dentada em um bolo vitoriano. — Por favor. Realmente amo essa peça musical, e talvez seja a minha última chance de ouvi-la.
— Ah, tudo bem, então. Mas você tem que me deixar pagar o ingresso. Sinceramente, eu me sinto mal. — Annie se lembrou das reclamações de George sobre os aproveitadores.
Mas Polly fez uma cara feia.
— Annie, não posso levar esse dinheiro comigo quando eu me for. Assim, posso muito bem usá-lo para me divertir com os meus amigos, não acha?
Amigos. O tempo todo, Annie estava pensando nos amigos que perdera, e agora encontrara uma. Ela achou que aquilo nunca mais aconteceria — como faria mais amigos aos trinta e cinco anos? —, mas parece que aconteceu, no improvável cenário do Departamento de Neurologia do Hospital Lewisham.

— Está certo, então — concordou timidamente. — Mas você também precisa deixar que eu faça algumas coisas também, certo? Não posso ficar só acompanhando as suas coisas felizes.

Um sorriso largo iluminou o rosto de Polly, e Annie de repente se deu conta de que caíra direitinho em seu jogo de "mudança de vida".

— Talvez você possa começar procurando um antigo amigo. Afinal, eu não vou estar aqui para sempre.

Mas Annie não queria falar sobre isso naquele momento. Queria ficar ali, no presente, feliz, relaxada, sentindo como se uma verdadeira amiga estivesse sentada diante dela, do outro lado da mesa. Uma amiga de verdade que ainda não estava prestes a abandoná-la.

— Vou pensar — falou.

DIA 17
OUÇA MÚSICA

— Eu não sabia que seria tão chique. Por que você não me falou que seria chique assim?

O Royal Festival Hall estava cheio de casais mais velhos usando smokings e vestidos longos, tomando vinho branco e conversando em voz alta sobre Mahler. Annie havia escolhido a calça e o pulôver pretos de sempre, e agora estava se sentindo deploravelmente malvestida. Elas também tiveram que convencer o porteiro a deixá-las entrar, já que Polly havia esquecido os ingressos. No entanto, sacar o trunfo do câncer da manga (e o Visa da carteira) havia sido providencial mais uma vez, e a situação foi salva, com direito a algumas lágrimas. Annie ficara para trás, constrangida e envergonhada por estar constrangida. Agora elas estavam atrasadas, e as pessoas as encaravam conforme elas abriam caminho pela fileira onde eram seus lugares.

Polly estava usando um vestido estampado com raminhos de centáureas.

— Ah, você está ótima. Quem liga pra isso? Estamos aqui para ouvir, não para ver.

— E o que vamos ouvir?

Annie tinha a intenção de pesquisar no YouTube com antecedência, ao menos pareceria mais informada, mas Sharon havia ficado rodeando a mesa dela o dia todo, e ela não teve chance.

— Meu favorito. Vaughan Williams. É tão dramático e lindo. Acho que os esnobes da música clássica diriam que é sentimental demais, mas quem se importa?

Havia esnobes até na música clássica? A experiência de Annie com música ao vivo tinha sido uma excursão para ver *O fantasma da ópera*, em sua despedida de solteira, e outra para assistir a um show do Take That, na O2. Pelo que se lembrava, foi Jane quem organizou os dois passeios. Depois que se sentaram — bem na frente... quanto custara aquilo? —, Annie se sentiu nervosa.

O clima ao redor era reverente e sussurrante. Ela abriu uma garrafa de Coca Diet e recebeu vários olhares recriminadores das pessoas mais velhas ao seu redor por causa do som efervescente. Constrangida, Annie escondeu a garrafa embaixo do assento e resolveu ficar com sede pelo resto do espetáculo. Não era como em um musical. Ninguém estava com bebidas ou balas, nem checava o Facebook no celular.

Os sussurros silenciaram mais quando a orquestra entrou, todos de preto. Os músicos pegaram os instrumentos para afiná-los e pousaram as partituras à frente. Pareciam incrivelmente glamorosos, absurdamente concentrados. Annie começou a se sentir muito nervosa. E se ela precisasse tossir? Talvez precisasse muito tossir. Seria linchada?

— Lá vamos nós — sussurrou Polly. E até aquelas três palavras ditas em voz muito baixa atraíram olhares de reprovação.

Annie segurou com força a beira do assento. Precisava espirrar. Ah, Deus, realmente precisava espirrar. Ela franziu o nariz quando soou a primeira nota.

Minha nossa. Aquilo era... Annie sentiu que franzia o cenho e mordeu o lábio diante do poder absoluto da música. As notas graves profundas, o mesmo refrão tocado por diferentes instrumentos, diversas vezes, entremeado com momentos de silêncio que a deixaram trêmula. A melodia ardendo em seus ouvidos, as notas mais baixas fazendo seu estômago vibrar. Ela se pegou agarrada ao assento. E a vontade de espirrar sumiu completamente.

Vinte minutos mais tarde, ouviu-se uma tempestade de aplausos. Annie estava secando os olhos. Polly se virou para ela.

— E então?

— Foi bom. Achei... bom. — Era a melhor coisa que ela já ouvira na vida.

— Você está tendo um momento *Uma linda mulher*? Desculpe, não posso levá-la a lugar algum em meu jatinho particular, mas o lado bom é que você não tem que fazer sexo comigo por dinheiro. — O tom de Polly era alto como sempre, e um casal decadente atrás delas pediu silêncio.

A orquestra estava mudando de lugar, preparando-se para a próxima peça, quando o auditório subitamente se encheu com o som inconfundível de "Like a Virgin". Annie olhou ao redor em busca da fonte do som — seria, por um terrível acaso, seu celular? Não, era o de Polly. Todos estavam olhando para elas. Até os membros da orquestra as encaravam, irritados.

Lentamente, com toda a calma do mundo, Polly pegou o aparelho e pressionou o botão de "cancelar" a chamada. Mas não antes de Annie ver o nome TOM acender na tela.

Ela olhou para Polly com os olhos arregalados, e Polly só riu.

— Acho que estamos prestes a ser expulsas do concerto. Venha, vamos comprar churros e caminhar pelo South Bank para criticar os passantes.

Elas abriram caminho para sair da fileira com dificuldade, sentindo a força da desaprovação de quinhentas pessoas. Mas, por algum motivo, Annie não se importou tanto quanto imaginou.

DIA 18
ARRUME TEMPO PARA CONVERSAR

— O que você está ouvindo? — perguntou Sharon, mais uma vez pairando sobre a mesa de Annie.

Annie se apressou em tirar os fones de ouvido. Estivera tocando Vaughan Williams sem parar, o som enchendo seus ouvidos enquanto ela olhava para fora, para os arredores mal iluminados do escritório.

— Ah, nada.

— Não deveríamos usar fones de ouvido. E se eu precisar de você?

Annie poderia ter argumentado que Syed passava o dia inteiro com fones de ouvido, que até ia ao banheiro com eles, mas preferiu dizer:

— Basta acenar se precisar de mim, Sharon. Ou mande um e-mail.

Sharon voltou a se sentar, os joelhos estalando.

— Nunca foi assim. De que adianta estar no escritório se tenho que enviar um e-mail? Isso é ser antissocial.

Mas Annie mal conseguia ouvir o que ela dizia, porque as palavras da outra foram afogadas pelo crescer e pelo lamento dos violinos, e ela realmente não se importava mais.

DIA 19
TENHA UM ANIMAL DE ESTIMAÇÃO

— Olhe! Ele não é um amor?

Annie baixou os olhos até os pés de Polly, calçados em sapatos de salto plataforma prateados, instáveis e cintilantes. Ela parecia estar quase pairando acima deles, como se fosse impaciente demais para andar no chão como as pessoas normais.

— É um cachorro.

— Um filhote. — Polly se abaixou para pegar no colo o emaranhado de patas embaralhadas que estava aos seus pés. Annie achava que era um filhote de boxer: o focinho arrebitado, os olhos escuros e úmidos, exalando um cheiro forte de pelo molhado. — O nome dele é Buster.

— Mas onde você...

— Ah, eu só acordei e pensei: Sabe o que eu sempre quis?

— Pulgas? Hidrofobia?

— Um cachorrinho fofo. Por isso, consegui um com um cara em Gumtree. Simples assim.

— Hum... quanto você...?

— Ah, umas oitocentas libras.

Polly estava soprando beijos e fazendo caretas bobas para o cachorrinho, que choramingava agudo.

Oitocentas libras. Era quase o valor de um mês inteiro do aluguel de Annie. Ela tentou não revirar os olhos.

— Poll... você sabe que trouxe um cão para um lugar cheio de pessoas doentes. Tem noção de que estamos em um hospital?

— Tudo bem, tenho certeza de que ele não vai pegar nenhuma doença.

— *Polly*. Como você conseguiu entrar aqui com esse cachorro?

— Eu o escondi dentro da bolsa. — O tom dela agora era defensivo. — Achei que ele poderia animar as pessoas. É tão deprimente aqui.

— Sim, a ala de *neurologia* é deprimente, mas, de verdade, olhe para ele.

Buster, com os olhos arregalados e se debatendo, agora estava fazendo xixi. Polly o afastou do corpo e o xixi caiu no chão do corredor, e foi engraçado perceber que o piso já era da cor de urina.

— Ops — disse ela.

— Vou chamar o dr. Max — avisou Annie.

Ela o encontrou ajoelhado diante de uma máquina de venda automática, com o braço dentro dela e uma expressão altamente concentrada.

— Tudo bem aí?

— Xiu! Esta é uma manobra muito delicada... arrá! — Uma barra de KitKat finalmente caiu e ele puxou a mão segurando o chocolate, com ar de vitória no rosto. — Mãos de cirurgião, um, máquina ladra desgraçada, zero. — Ele notou que Annie o encarava. — Eu paguei por isso! E não saía. E eu não comi nada no almoço.

— Não estou julgando. Só preciso que me ajude com uma coisa.

— Com o quê — perguntou ele, abrindo o chocolate.

Annie contou o que havia acontecido.

O rosto do dr. Max ficou sério.

— Certo. Não vou aceitar isso. Leve-me até ela.

Dez minutos mais tarde, o dr. Max havia despachado uma Polly emburrada para o exame de ressonância magnética depois de lhe passar um sermão sobre todo tipo de infecção que se pode pegar de um cachorro. E agora ele estava de quatro, secando o xixi de Buster com um rolo de papel azul do hospital. O cachorrinho estava encurralado perto da parede.

— Posso... — ofereceu Annie timidamente.

— Não. Já acabei. Malditos irresponsáveis de fábricas de filhotes. Transformando cachorros em máquinas de reprodução. O pobrezinho não estava pronto para ser afastado da mãe, olhe como está assustado...

— Por que ela...?

— Desinibição. — Ele se sentou nos calcanhares e suspirou. — É um mau sinal, Annie. Significa que o tumor está devorando o cérebro dela. As partes do cérebro da Polly que controlam impulso e discernimento... Sabe como se pinta com aerógrafo, com os pontinhos? É o que está acontecendo dentro do cérebro dela nesse momento.

Annie assentiu com a garganta apertada.

— Ela dançou dentro de uma fonte outro dia.

— Está vendo? Perda de controle. Não é bom.

— Mas ela parece tão bem. Feliz, na maior parte do tempo.

Ele estalou a língua.

— Não é felicidade, é euforia. E também há perda de memória e variações de humor, o que chamamos de labilidade emocional.

— Mas...

— Isso não é um filme inspirador do tipo "aproveitando a vida ao máximo", Annie. É um dano cerebral. É isso que você está vendo.

— Eu também dancei na fonte.

Ele ergueu as sobrancelhas grossas.

— Não imaginei que você fosse do tipo que dança em fontes.

— Não sou. Nem sei direito o que aconteceu. Acho que pensei que poderia impedir a Polly de fazer alguma coisa realmente absurda.

Ele acenou com a cabeça.

— Você é uma boa influência para ela. Exceto pela dança. A relação de vocês parece... distrair a Polly do que está acontecendo. E a mantém firme.

— Então, está piorando.

— *Aye*. E vai ficar ainda pior. *Och*, Annie, você está chorando?

— É só que... — Ela mordeu o lábio enquanto um fluxo de água salgada se derramava de seus olhos. — O pobre cachorrinho longe da mãe. Não é justo.

O dr. Max se levantou, constrangido, segurando um punhado de papel manchado de xixi.

— Vamos, Annie. Já temos choro suficiente nesta ala.

— D-desculpe. Buster vai conseguir voltar para a mãe por um tempo?

— Vou tentar devolvê-lo amanhã. E ter uma conversa bem séria com o maldito criador. Por enquanto, ele pode ficar na minha sala, vou encontrar uma caminha para ele.

— Quer que eu vá com você amanhã falar com o criador?

Ele pareceu surpreso.

— Você não vai estar no trabalho?

— Amanhã é sábado.

— Ah, sim, perco a noção do tempo aqui. — Ele sorriu e a expressão de seus olhos ficou mais suave. — Só se você se responsabilizar pelos socos. Preciso resguardar essas minhas mãos de cirurgião para operar milagres. Você tem um bom gancho de direita, Annie?

— Consigo me virar. Cresci em um conjunto habitacional, sabe.

— *Och*, muito bem, então. Agora insisto que me acompanhe.

— Foi muito injusto o McRabugento levar o pobre Buster embora — reclamou Polly enquanto elas seguiam para a saída do hospital, mais tarde. Ela parava o tempo todo para acenar para as pessoas e perguntar como estavam. — Oi, Paul, e o tornozelo? Pega leve na quadra na próxima vez! Mercy! Você foi ao cabeleireiro? — O pessoal da limpeza, do administrativo, médicos, enfermeiros... ela parecia conhecer todo mundo. — Sou perfeitamente capaz de cuidar de um cachorrinho. Ele não tinha o direito de dizer que não sou.

— Como você encontra tempo para conhecer todas essas pessoas? — perguntou Annie quando Polly acenou para outro recepcionista.

— Ah, passei metade do meu tempo aqui nos últimos meses. Esperando para fazer tomografias, exames de sangue, quimioterapia... Sinceramente, tento tirar o melhor deste hospital.

Annie também passara muito tempo no hospital, mas não sabia o nome de ninguém. Antes de conhecer Polly, ela sempre ficava com o nariz enfiado em um livro, ou tentava responder a e-mails de trabalho no celular, sentindo-se culpada por não estar no escritório. De um jeito constrangido — tentando parecer casual, mas errando feio —, Annie perguntou:

— Você conhece bem o dr. Max?

— O homem que enfiou a mão dentro do meu crânio? Conheço o trabalho dele, sim.

— Bom... qual é a dele? Ele é... você sabe... — Annie sentiu que enrubescia. Odiava aquilo. Nunca era um rosado delicado colorindo seu rosto, mas uma explosão de vermelho, como quando se esmaga um tomate. — Ele é casado ou coisa parecida? Estou perguntando porque ele praticamente mora no hospital.

Polly começou a rir.

— Annie, sua safada. Você está de olho no dr. McRabugento?

— Não. Não, não estou. Estava só pensando na vida particular desses médicos. Eles trabalham tanto. — Ele não usava aliança, mas podia ser por motivos de higiene.

— Annie e Max, sentados embaixo de uma árvore...

— Xiu. — Annie olhou ao redor, preocupada.

— Não sei se ele é casado. Desconfio que seja casado com o trabalho. Mas, Annie, não temos tempo para nos apaixonar, temos uma vida para viver. Embora ele queira me impedir de ter qualquer diversão.

Annie pensou no conselho do dr. Max. Manter Polly estável.

— Escute, Polly, lamento sobre o cachorro. Mas há outras coisas divertidas que podemos fazer. O que você quer experimentar na próxima coisa feliz.

— Para ser franca, o que eu realmente adoraria fazer... por favor, não me odeie por isso... é uma transformação no seu visual.

Annie gemeu.

— Sério? Isso é tão clichê. Vai mudar o básico se eu passar um pouco de batom?

Polly enfiou o braço no dela. Annie torceu para não ter sido o molhado com xixi do cachorro.

— Veja, eu entendo o que você está dizendo. E entendo que é meio condescendente fazer uma transformação no visual de alguém. Mas há tantos visuais diferentes no mundo. Tantas roupas, tantas cores de cabelo, tantos tipos de maquiagem. E eu passei a maior parte da minha vida usando as mesmas coisas. Terninhos, vestidos tubinho. Jeans, jeans e mais jeans. Calças de ioga. O mesmo delineador Barry M. Por isso, agora estou tentando usar todas as coisas aleatórias que tenho em meu guarda-roupa, entende? Você sempre usa preto?

Annie baixou os olhos para a roupa que usava: calça e uma blusa cinza que usara no trabalho.

— É só porque é mais fácil. Poupa tempo de manhã. — No instante em que falou, Annie se deu conta de que soava como uma desculpa. E ela já havia gostado de roupas, não? Tinha comprado um monte de roupas de maternidade quando estava grávida, encantada com o próprio corpo mudando, com a promessa do que estava por vir.

— Seria tão divertido — continuou Polly em um tom adulador. — Por que você acha que eu me visto assim? — Ela mostrou a roupa que usava, um vestido curto de babados cor-de-rosa com meia-calça laranja. — Não tenho muito tempo, Annie. Talvez nunca mais possa usar calça montaria ou bota de cowboy de novo. Tenho que fazer isso, é agora ou nunca. Então... vem comigo? Lembre-se: se o plano A não funcionar, temos as outras letras do alfabeto para escolher.

— É agora que você saca o trunfo do câncer?

— Achei que isso já estivesse implícito.

O que ela poderia dizer? Polly estava morrendo — o trunfo do câncer era real. O mínimo que Annie poderia fazer era usar um vestido bobo.

— Tá bom. Por que você não vai para a minha casa e podemos, sei lá, fazer as unhas ou alguma coisa assim?

— Fantástico. Vou levar brownies.

— Não temos nove anos — resmungou Annie. — Não somos adolescentes dormindo uma na casa da... Oh.

— Annie? — Polly se virou ao ver que ela tinha parado. — Você ficou pálida. Está tudo bem?

Ande. Esconda-se. Rápido. Rápido! Mas as pernas de Annie não estavam se movendo. Ela estava paralisada, o olhar fixo para a frente, no homem sentado na lanchonete. Não conseguia ver o que ele estava bebendo, mas sabia o que deveria ser. Café com leite, um cubo de açúcar. Meio torrão, caso estivesse tentando perder peso. Ele vestia jeans e uma camisa polo verde, e seus braços eram fortes e bronzeados.

A voz dele gritando no corredor. "Annie, chame uma ambulância!" Ela revirando os lençóis em busca do celular, fazendo um esforço enorme para digitar o número da emergência enquanto o pânico a dominava...

Polly acenou com a mão na frente do rosto dela.

— Annie? Você está bem? — A voz dela era clara e aguda.

Annie voltou a si e se adiantou apressada até já ter passado a lanchonete. Polly seguiu vacilante atrás dela em seus sapatos nada práticos, parando para acenar para um médico residente.

— Ah, oi, Kieran, vai pegar o turno da noite hoje? Não se esqueça de testar aqueles suplementos que eu mencionei. São ótimos para reforçar a melatonina.

Annie afundou em um assento — de plástico verde, com o estofamento escapando. Os barulhos do hospital a envolveram, rodas guinchando, monitores bipando e pés apressados. Vidas sendo perdidas. Vidas só começando.

— Qual é o problema? — perguntou Polly.

— Eu... é só... alguém que eu não via há algum tempo.

— Quem? Seu pai sumido? Seu único e verdadeiro amor? Alguma coisa realmente a perturbou.

— Não. Não, estou bem. Eu só... eu não jantei. Acho melhor eu ir para casa.

Ela seguiu muito rápido para a porta, a cabeça baixa, o rosto parcialmente escondido pelo cachecol, embora ela achasse que ele não a veria mesmo se passassem um pelo outro. Annie estava certa de que ele nunca pensava nela.

DIA 20
EXPERIMENTE UM ESPORTE RADICAL

— É aqui? — perguntou Annie, nervosa.

Eles estavam no carro do dr. Max, que, assim como seu proprietário, era meio malcuidado, além de ter lama e o que Annie desconfiou ser chocolate com caramelo grudados no banco. Eles pararam do lado de fora de um ferro-velho em Deptford, e não havia ninguém por perto. Pilhas de entulho se misturavam a carros queimados e, de dentro de uma casinha pré-fabricada, saía uma música da Rihanna.

— Foi aqui que Polly disse que o comprou. — O dr. Max deixou escapar um grunhido. — Não acredito que ela veio até aqui sozinha. Às vezes, acho que aquela moça deve ser maluca, com ou sem tumor no cérebro.

— Eu devo entrar?

Annie estava com Buster aos seus pés, dando latidinhos enquanto roía o tapete do carro.

— Vamos os dois. Não sei se é seguro aqui.

Eles tinham brincado sobre usar os punhos, mas Annie se sentiu nervosa ao descer do carro, com Buster aconchegado em seu casaco. O lugar era muito silencioso, a não ser pelo rádio e pelos estalos do metal enferrujado com a brisa que batia.

— Olá? — chamou ela. Nada.

O dr. Max foi até a casinha. A parte de trás de sua camisa estava saindo de dentro da calça.

— Olá, olá, alguém aí?

A porta da casa foi ligeiramente aberta e um homem de aparência sinistra saiu, secando as mãos em um pedaço de pano. Ele usava uma camiseta preta muito apertada, delineando braços grossos como troncos de árvores.

— Que cês querem? — O homem comia parte das palavras.

— Hum... olá — disse Annie, nervosa. — Uma amiga minha comprou este cachorrinho com você ontem, mas a questão é que ela não pode ficar com ele... Ela tem câncer, sabe.

— Né problema meu.

— Este cachorro é novinho demais para estar separado da mãe — esbravejou o dr. Max. — Onde está ela?

— Vendi.

— Pelo amor de Deus. Você ao menos tem uma licença de criador? Deveria se envergonhar, camarada.

O homem mudou ligeiramente o pé de apoio, fazendo os músculos dos braços ondularem. Annie começou a recuar, levando Buster com ela. Podia sentir o coração dele disparado através de sua jaqueta, e seu próprio coração também batia acelerado.

— Dr. Max, talvez devêssemos...

— Não serei intimidado. Estão infringindo a lei aqui.

O homem assoviou, como se estivesse chamando um cachorro, e dois outros homens apareceram silenciosamente. Annie ficou paralisada.

— Hum, dr. Max...

— ... isto aqui é uma vergonha, é isso o que é, vou denunciar você para a Sociedade Protetora dos Animais e exigir uma restituição integral do que a minha paciente pagou e...

— DR. MAX! — Annie já estava caminhando de volta para o carro. — Acho que devemos sair daqui.

Mas Max estava enfrentando os homens. Ele era forte, mas não era páreo para os três sujeitos enormes que agora se aproximavam dele. Annie teve uma horrível visão dele caído no chão, o rosto transformado em uma polpa vermelha. E era um rosto tão bonito...

— Por favor! — gritou ela, dirigindo-se ao homem que liderava o grupo. — Ele só está aborrecido porque minha amiga tem câncer. Ele é o médico dela, entende?

O Homem Assustador não disse nada, mas inclinou a cabeça para ela, escutando.

Annie continuou.

— Ele é um bom médico. Ajuda muitas pessoas. Não bata nele... ele é cirurgião, precisa tomar cuidado com as mãos.

— É médico?

— Sim. É sério, ele trabalha muito.

— Estou *aqui*, Annie, lembra?

Ela lançou um olhar irritado para ele.

— Xiu! Então, porque não vamos embora, levamos o cachorrinho e não falamos mais sobre isso?

— Esqueça, não vou fugir, eu...

— CALE A BOCA, dr. Max.

Um dos homens estava se aproximando. Era ainda mais largo, como se fosse o maior em uma série de bonecas russas. Suas mãos estavam sobre a fivela do cinto, e Annie não entendia o que estava acontecendo — ele ia bater em Max com o cinto? Então, o homem abaixou o jeans.

— Vê isto? O que é?

Max ficou perplexo. O homem estava mostrando a ele uma verruga em seu traseiro peludo.

— Bem... é uma verruga.

— Da ruim?

— Não posso dizer com certeza. — Max estreitou os olhos para ver melhor. — Não me parece ser nada demais, se não tiver mudado de aparência recentemente.

— É antiga.

— Certo. Bem, você precisa confirmar com um dermatologista, mas não vejo motivo para preocupação.

Ele subiu a calça e afivelou o cinto, e os três homens trocaram um olhar eloquente. O líder foi até a casinha e saiu de lá com um punhado de notas ensebadas.

— Metade — grunhiu. — Não posso pegar o cachorro. Não tem onde pôs.

— Vamos levá-lo — Annie apressou-se em dizer. — Ele pode ficar comigo por um tempo. Está tudo bem, sério. — Embora não tivesse ideia de como manteria um cachorro em um apartamento no décimo andar. Só sabia que eles tinham que sair dali o mais rápido possível, ou ela teria de recolher os restos do dr. Max do chão. — Por favor — sussurrou para ele. — Seus pacientes precisam de você. Polly precisa de você.

— Eu poderia enfrentar esses caras.

— Eu sei. Sei que poderia. Mas podemos só... deixar pra lá?

Com os punhos ainda cerrados, o dr. Max assentiu, relutante.

— Você pode mesmo tomar conta do cachorro? Eu ficaria com ele, mas nunca estou em casa... não seria justo com o mijãozinho.

— É claro que posso. Por favor, podemos ir?

Finalmente, ele se virou, e Annie voltou para o carro tão rápido, que poderia facilmente ter ganhado a corrida de cem metros na escola em vez de chegar por último, como sempre acontecera na vida real. Buster ainda estava pressionado contra o corpo dela, sem ter noção do que estava acontecendo, a língua cor-de-rosa para fora.

— Parece que você arranjou um cachorro — comentou o dr. Max enquanto ligava o carro. — Vamos. É melhor encontrarmos um pet-shop.

DIA 21
TRANSFORME SEU VISUAL

— Está pronta para o seu close, sra. Hebden?

— Nem um pouco. Mas é melhor você entrar.

Annie abriu a porta para uma Polly vestida como um pôster de recrutamento da Segunda Guerra Mundial. Macacão azul-petróleo, batom vermelho, lenço na cabeça. Annie, por sua vez, estava usando calça de pijama e um agasalho com capuz. O agasalho tinha uma mancha grudenta de alguma coisa na lateral — provavelmente, mingau. Talvez Polly estivesse certa. Ela precisava de uma transformação no visual.

— Pode me ajudar com isso? — Polly estava lutando para puxar uma mala enorme. — Ah, veja, é o meu bebê! — Ela se abaixou para cumprimentar Buster e deixou que ele lambesse o seu rosto.

— Você deveria estar fazendo isso?

— Ah, você também, não. Estou morrendo, mesmo. Prefiro morrer tendo pegado essa coisinha linda no colo.

Annie achava que o coisinha linda estava abusando da sorte. Ela e Costas tinham levantado dez vezes durante a noite para descer com Buster para ele "fazer pipi", ainda que Costas tivesse que estar de pé às cinco da manhã para servir café. Apesar disso, Annie tinha encontrado várias poças suspeitas quando se levantou e precisou deixar todas as janelas abertas para o cheiro sair. Por causa disso, o apartamento agora estava gelado. Por sorte, Costas recebera o cachorrinho com entusiasmo e já se referia a si mesmo como "papai" do bicho, o que Annie achou preocupante. Buster não podia ficar ali.

Annie começou a se sentir alarmada com o tamanho da mala.

— Não vamos só... você sabe, fazer as unhas dos pés e assistir a *Orange is the New Black*?

Polly riu.

— Boa tentativa, Hebden. Você conhece o meu lema. Se não for para arrasar, nem saia de casa.

— Eu estou em casa.

Mas Annie sabia que não adiantava resmungar, e, se fosse ser cem por cento honesta consigo mesma, ficou um pouquinho animada depois de ver os tecidos que Polly estava tirando da mala. Peles falsas. Sedas. Estampas vermelhas, verdes e roxas.

Polly a avaliou criticamente.

— Certo. Primeiro o básico. Quando foi a última vez que fez alguma coisa em seus pés?

Dez minutos mais tarde, depois de muito protestar, Annie estava enrolada apenas em uma toalha, os pés de molho em uma bacia e um creme que era melhor não mencionar — e que ardia — em suas partes íntimas, enquanto Buster roía seus sapatos em um canto. Ela havia tentado dizer que sua falta de rotinas de beleza era um manifesto feminista, mas Polly apenas erguera suas sobrancelhas não existentes ao ouvir isso.

— É mesmo? Ou é só porque não deixa ninguém se aproximar de você há anos?

— As duas coisas — respondeu Annie, amuada. Agora ela observava Polly se aproximar segurando algo que parecia fita adesiva transparente. — O que é isso?

— Nada. Ai, meu Deus, o que é aquilo ali?

— O quê... Aaaai! — Polly tinha colado alguma coisa rapidamente na perna dela e arrancado com a mesma rapidez. — Mãe de Deus! O que foi isso?

— Cera, boba. É melhor terminarmos isso, ou você vai ficar com apenas uma faixa depilada.

— Odeio você — murmurou Annie.

E não parou por aí. Os pés dela foram lixados até se renderem; as unhas dos pés, cortadas; as unhas das mãos, tratadas.

Polly não parava de balançar a cabeça.

— Como deixou que ficassem em um estado tão lamentável? Não olha para elas toda vez que baixa os olhos para o teclado?

Annie teve vontade de dizer que era fácil ignorar as coisas. Bastava fechar os olhos, ou olhar para o outro lado, e dizer a si mesma que, comparado com o todo, não importava se as suas unhas estavam roídas e as cutículas vermelhas e quebradiças. Mas ela não podia falar, porque seu rosto estava emplastrado com uma máscara que parecia gesso e mal conseguia respirar com medo de quebrá-la. Annie sentia o corpo vibrando em alarme, já que partes dele que haviam permanecido tranquilamente negligenciadas por anos estavam sendo subitamente atacadas, desflorestadas, polidas e hidratadas.

— Não é sobre beleza — disse Polly em tom de repreensão. — Há centenas de modos diferentes de ficar incrível. É sobre autocuidado. Se seus cabelos estiverem oleosos e as mãos machucadas e ressecadas, como você pode se sentir bem?

Annie estava tirando as sobrancelhas quando a porta foi aberta. Ah, não. Costas. Ela tinha esperança de que ele fosse passar a noite fora. Ele estava usando a camiseta do trabalho e cheirava a café, mas seu sorriso era largo.

— Polly!

— Oi pra você. — Polly e ele trocaram beijos. — Estou fazendo uma transformação no visual da sua adorável colega de apartamento.

Costas bateu palmas.

— Minhas irmãs também fazem isso. Eu costumava pintar as unhas delas!

Dez minutos depois, Annie estava olhando para o teto, profundamente envergonhada, enquanto Polly pintava suas unhas da mão de um dourado cintilante e Costas pintava as dos pés de prateado. Ter seu colega de quarto, que era praticamente um adolescente, ajoelhado entre seus tornozelos era algo que ela jamais imaginara que aconteceria. Buster estava sentado observando atentamente, a cabeça inclinada para o lado.

— Estamos quase terminando? — perguntou Annie. — É porque *Grey's* passa às dez, e...

— Não estamos nem perto de terminar — retrucou Polly. — Ainda temos que cuidar do cabelo, da maquiagem e das roupas. Deixa eu perguntar uma coisa. Costas, o que acha que Annie deveria usar?

— Saias longas — disse ele na mesma hora. — Ela é... o que vocês chamam de uma mulher curvilínea, então precisa de... você sabe. — Costas passou as mãos pelos quadris. — Saias longas. E alguma coisa justa aqui. — Ele colocou as mãos em concha na frente do peito magro musculoso.

— Brilhante! — Polly assentiu, manchando os dedos de Annie com esmalte. — Como um vestido de formatura. É uma ótima ideia. Então, acho que uma saia lápis e uma blusa, saltos altos, sabe.

— Não a calça larga preta — disse Costas em tom de lamento, como se ele e Polly já tivessem discutido aquilo.

Annie achou que aquilo era um pouco hipócrita vindo de alguém que usava camisetas tão apertadas, que era possível ver o que ele tinha comido no café da manhã (normalmente, shakes de proteína).

— Estou ouvindo vocês — falou ela, irritada.

Polly a ignorou e se levantou de um pulo.

— Annie, não se mova por cinco minutos. Vamos vestir você.

Uma saia de seda vermelha com uma anágua com babados por baixo. Um suéter justo de manga curta, como uma roupa saída dos anos 50.

— Apoie-se em mim. — Polly enfiou um escarpim vermelho no pé de Annie. — Agora o outro.

Eram altos. Muito mais altos do que qualquer coisa que Annie usaria, e ela vacilou de forma alarmante sobre eles.

— Não consigo andar com essas coisas! Como eu poderia passar por aquele lamaçal ao redor da estação Lewisham?

— Annieeee... você não *anda* com uma roupa dessas. Pega um táxi e desliza regiamente até a porta do restaurante.

— Não posso pagar um táxi. E nunca vou a restaurantes. — Não ia mais, pelo menos.

Polly revirou os olhos.

— É para uma ocasião especial. Alguma coisa pela qual valha a pena se arrumar, para impressionar. Entende?

Annie não conseguia se lembrar de já ter tido uma ocasião como aquela. Mesmo no dia do seu casamento, Mike disse que podiam muito bem ir no carro deles para o cartório. A casa estava custando cada centavo que tinham, e não fazia sentido gastarem dinheiro à toa.

— Bem, não posso usar isso no escritório; vão rir de mim.

— É claro que não. É por isso que temos opções. Costas!

Costas, que estava usando um chapeuzinho com véu sobre o rosto, começou a produzir figurinos em cabides.

— Um dia de folga casual. — O visual contava com botas até os joelhos, uma minissaia de camurça, legging e um suéter preto com decote redondo. — Exiba seus peitos, Annie! — Outro floreio, outro figurino. — Encontro à noite.

— Como se houvesse alguma chance — resmungou Annie.

Um vestido midi estampado de vermelho com babados nas mangas, que Annie teve que admitir que era uma graça, para ser usado com uma jaqueta de motoqueiro de couro.

— Para deixar mais durona — explicou Costas. — Tipo, *grrr*, a gata motoqueira.

Nunca ninguém descrevera Annie como gata motoqueira.

— Dia nas corridas. — Um vestido floral com alças largas, a saia em A espessa com cintura justa, em tons de amarelo e rosa. — Um grande chapéu também. E salto alto.

— Nunca fui às corridas na vida — reclamou Annie. — O que devo usar nos dias normais? Para trabalhar. Para ir ao hospital.

— Use este vestido vermelho amanhã — ordenou Polly. — Com a jaqueta. E botas, se você tiver... que não passem do meio da perna. Os cabelos presos em um rabo de cavalo. Batom vermelho. Vou te mostrar como fazer.

Os cabelos de Annie foram enrolados em bobes grandes. Ela tinha a sensação de que partes dela estavam sendo arrancadas, trocadas e colocadas de volta novamente, como quando se lava um par de cortinas sujas. Mas de que adianta aquilo, se você continua exatamente a mesma por dentro?

Depois de algum tempo, Costas checou seu relógio Casio.

— Hora de sair!

Eram nove e meia da noite.

— Ah, como é bom ser jovem — comentou Polly com um suspiro. — Eu adorava ir ao bar G-A-Y no domingo à noite. Divirta-se, querido.

— Posso usar este chapéu?

— Por favor. Ficou fabuloso. E está desperdiçando seu talento naquele café, você realmente entende de roupas.

Ele deu ombros.

— É só até eu conseguir outra coisa. Tchau, Polly, tchau, Annie. Gata motoqueira! *Grrr.* — Costas se abaixou para beijar Buster entre os olhos escuros. — Tchau, tchau, fofura. Não se preocupe, o papai vai voltar a tempo de levar você para fazer pipi de manhã.

Annie realmente esperava que ele não ficasse muito apegado ao cachorro.

— Acho que devemos arrumar isso. — Ela começou a recolher braçadas de roupas, distraída com o cintilar dourado das unhas das mãos. — Aliás, onde você conseguiu todas essas coisas? Não são suas, com certeza. — Polly era muito mais magra do que Annie e uns trinta centímetros mais alta.

— Tenho uma amiga estilista, Sandy. Ela tem quartos cheios de roupas, é in-crí-vel. Ela disse que você pode ficar com o que gostar, pois recebe toneladas de coisas de empresas que têm a esperança de que suas clientes famosas sejam fotografadas usando.

— Obrigada.

Não que Annie estivesse planejando usar algo daquilo. Era divertido brincar de se arrumar, mas ela não iria sucumbir ao clichê de uma transformação visual que muda sua vida.

Polly estava sentada, como se tivesse ficado subitamente sem energia.

— Então. Agora que estamos sozinhas, você vai me contar o que foi aquilo tudo ontem?

Annie ficou paralisada com um chapéu de palha mole nas mãos.

— Hum... o quê?

— Aquele cara de quem você estava fugindo.

Annie apertou com força a aba do chapéu.

— Eu não estava fugindo.

Polly fez uma pausa.

— Annie. Tudo bem se não quiser me contar. Mas não minta, tá? Tem alguma coisa a ver com o motivo de você morar aqui e dividir os custos com o Costas?

— Moro aqui porque não consigo comprar um apartamento, e não consigo pagar o aluguel sozinha, e não consigo um lugar melhor.

Polly examinou as próprias unhas, pintadas nas cores do arco-íris.

— Há muitos "não consigo" nessa frase, senhora estraga-prazeres.

Annie enfiou o chapéu dentro da mala, talvez com mais força do que o necessário.

— Escute. A minha vida não foi sempre assim, certo? Só estou... passando por um momento ruim. Eu gostava de roupas. Costumava me arrumar quando saía, usava jeans, uma blusa bonita, sapatos de salto, arrumava o cabelo. Também comprava revistas de decoração, fazia bolos e estampava minha mobília com estêncil. Tudo isso. Até já fui proprietária de uma casa... um lugar lindo, que eu adorava... mas isso foi com o Mike.

— E Mike é...?

Annie suspirou. Odiava aquela parte. Odiava o modo como as pessoas olhavam para ela depois que ouviam a história.

— Ele era meu marido.

— Você é divorciada! Que chique. Ou ele morreu de um jeito horrível? Ah, Deus, lamento se ele morreu de um jeito horrível.

— Não, até onde eu sei, ele está ótimo, ainda morando na nossa casa com Jane.

— Mike e Jane parece o nome de um livro infantil. E Jane é...?

— Ela era a minha melhor amiga. Desde que tínhamos cinco anos.

Annie-e-Jane. Ensino fundamental, ensino médio, visitas a Jane na universidade, mochilão pela Espanha, madrinha de casamento de Annie. Até o dia em que Mike chegou em casa e disse: *Annie, preciso contar uma coisa.* Ela só compreendera partes daquela conversa, tamanho o seu choque. *Apaixonado... não pretendia... nunca quis magoar você.*

— Ah, entendi. — Polly sorriu. — O cara no hospital era o Mike?

— Sim.

— O que ele estava fazendo lá? Está doente?

— Não sei.

Havia outra possibilidade para ele estar lá, mas era tão terrível que Annie não queria nem pensar a respeito.

— Sinto muito, deve ter sido péssimo, mas adoro uma boa história de sofrimento. Seu marido deixou você por sua melhor amiga! Fica melhor? Quer dizer, pior, é claro. Eles se casaram?

Em resposta, Annie pegou o celular no bolso. Ela procurou no Facebook até encontrar a foto de uma loira sorridente segurando um coquetel cor-de-rosa durante as férias. O nariz da mulher também estava rosa — Jane nunca usava filtro solar o bastante, e Annie sempre implicou com ela por isso.

Polly espiou no celular.

— Jane Hebden. Esse era o sobrenome dele? Você não mudou seu sobrenome de volta para Annie Clarke?

— Não.

Annie não sabia bem por quê. Talvez por achar que já havia perdido o bastante. Uma espécie de rancor... não quis apagar todos os traços do casamento deles. Jane ficara com todo o resto.

— E você ainda segue os dois no Facebook? Assim pode olhar para as fotos deles e se torturar?

— Hum... sim.

Na verdade, era o principal passatempo de Annie, fuçar sobre os dois na internet.

— Uau. — Polly se levantou, e pareceu ter que fazer algum esforço. — Preciso admitir que essa é uma bela coleção de sofrimento, Annie. Mais alguma coisa? É melhor não ter câncer também, já vou avisando. Isso é coisa minha. É melhor não tentar me vencer na competição pela "história mais trágica do mundo".

Por um instante, Annie pensou em contar tudo a ela — o sangue no pijama de Mike, as luzes azuis da ambulância preenchendo sua sala, o som de seus próprios gritos vindo de algum lugar dentro dela —, mas não conseguiu. Achava que não conseguiria dizer tudo aquilo em voz alta.

— Só o emprego ruim, o apartamento, o divórcio e a mãe doente.

— Ótimo. — Polly se inclinou para ajudar Annie a recolher as roupas, os chiffons e rendas e sedas e couros. — Somos uma bela dupla, não somos, Annie Hebden? Eu estou morrendo e você provavelmente desejaria estar.

— Na verdade, já desejei bastante.

— Não a culpo. É mesmo muita merda. A pergunta é... o que você vai fazer a respeito?

— Como assim?

— Ora, para mim é tarde demais... posso tentar aproveitar meus últimos cento e poucos dias, mas não muito mais que isso. Você ainda tem a vida toda. O que vai fazer dela? Lembre-se: Não é sobre contar os dias, é sobre fazer os dias contarem.

Annie não disse nada. Aquela era uma pergunta apavorante demais para ela. A raiva e a dor que sentia haviam moldado sua vida, como uma pérola se forma ao redor do grão de areia na concha da ostra. Quando deixou de ser Annie, esposa de Mike e mãe de Jacob, passou a ser Annie que odiava Jane e Mike. Que fora traída. Que vivia com raiva, com rancor. O que ela seria sem aquelas coisas? Se deixasse aqueles sentimentos irem embora?

— Grandes perguntas — comentou Polly. — E o que me diz de, por enquanto, apenas assistirmos TV tomando uma xícara de chá?

— Eu adoraria — disse Annie, grata.

— Mas amanhã, Annie Hebden-Clarke, você vai usar o vestido vermelho, passar batom do jeito que eu ensinei, arrumar o cabelo e fazer alguma coisa para mudar tudo isso. Combinado?

Annie assentiu com a cabeça. Era mais fácil apenas se deixar levar, ela já havia aprendido àquela altura.

— Deixa eu tirar essa maquiagem e vou preparar chá para nós.

Polly parecia exausta, apesar do tom de voz animado. Seus olhos estavam fundos, com sombras esverdeadas que não tinham nada a ver com maquiagem.

— Tudo bem. Acho que vou fechar os olhos por um instante.

No banheiro, Annie procurou pelo removedor de maquiagem. Já fazia muito tempo que não usava nada além de protetor labial. Quando encontrou, parou ao perceber outra coisa no armário do banheiro. Uma caixinha de comprimidos com o nome MAUREEN CLARKE na frente. Comprimidos para dormir, prescritos quando sua mãe começou a apresentar os primeiros sintomas, que Annie acabou escondendo porque Maureen tomara cinco em um dia, todas as vezes esquecendo que já havia tomado.

Annie tinha uma lembrança da época — tudo perdido, o marido e a melhor amiga morando juntos na casa dela. A polícia aparecendo. *Senhora, acho que encontramos a sua mãe.* Andando pela rua, de camisola, sem ter ideia de quem era ou de onde estava. Annie havia ficado parada naquele banheiro, olhando para aqueles comprimidos. Ela correra os dedos pelas pequenas saliências no papel laminado e se imaginara tirando os comprimidos e os engolindo, um a um. Assim iria dormir e não acordaria para o esmagador muro de sofrimento que parecia ter caído sobre dela. Não fizera aquilo, é claro — a mãe precisava dela. Mas, mesmo assim, ainda não havia jogado os comprimidos fora. Ela tocou a caixa gentilmente, então fechou a porta do armário.

Na sala, Polly dormia, respirando lentamente, com Buster aconchegado em seus braços roncando baixinho. Uma das orelhas dele estava em pé e a outra abaixada. Annie cobriu os dois com uma manta e ligou a TV em *Grey's Anatomy*. Se ao menos o hospital Lewisham fosse cheio de gente bonita como o Seattle Grace. Era preciso admitir que o Lewisham tinha o lindo e rígido dr. Quarani. E havia o dr. Max, nervoso e desarrumado, com a barba por fazer e as camisas amarrotadas. Talvez amanhã ela usasse o vestido vermelho, afinal. Se usasse preto mais uma vez, alguém poderia confundi-la com o asfalto e andar por cima dela.

DIA 22
FLERTE COM ALGUÉM

— Annie?

Ela se virou do balcão da cafeteria onde estava comprando o café da manhã — um café com leite com calda e um pãozinho doce. Havia poucas outras coisas mais capazes de tirá-la da cama em uma manhã escura e gelada.

— Ah, oi, dr. Max.

Annie reposicionou o café em uma vã tentativa de esconder o pãozinho.

O dr. Max parecia ter passado a noite toda acordado de novo. Seu uniforme azul estava amassado e os cabelos, arrepiados em vários ângulos, como se ele tivesse enfiado o dedo em uma tomada. Ao mesmo tempo, vê-lo fez com que uma espécie de calor começasse a se espalhar partindo do estômago de Annie, descendo até os dedos dos pés, subindo até as mãos e chegando ao topo da cabeça. Ele franziu o cenho para ela.

— Você parece diferente. Fez alguma coisa?

Annie estava usando o vestido vermelho, como fora orientada, com o casaco de couro e as botas. Os cabelos ainda estavam sedosos e com movimento por causa dos bobes, e ela os prendera em um rabo de cavalo.

— Ah, eu só... Polly repaginou meu visual.

Ele revirou os olhos.

— Francamente. Aquela mulher... Vocês têm o que, doze anos? E o que havia de errado com a sua aparência anterior?

Annie odiava ter que admitir, mas havia saído de casa com uma leveza extra no passo naquela manhã, sentindo os cabelos balançarem atrás dela. Costas, que estava chegando da noitada quando ela saía, coberto de glíter, rosnara de novo para ela, o que Annie considerou um bom sinal. E ali estava o dr. Max, olhando-a com atenção.

— É um vestido — disse ele, por fim. — É isso que está diferente?

— Ah, sim, é novo.

— É bonito. Quer dizer, a cor é bonita. Quer dizer...

Annie sentiu que todo o seu rosto ficava vermelho como o vestido. E arriscou:

— Quer um café? Estou só tomando o café da manhã antes de ir para o trabalho.

— Hummm. Bem, seria bom fazer uma pausa de cinco minutos. Tenho que operar o cérebro de alguém em uma hora e estou tão cansado, que posso acabar dormindo com as mãos dentro do crânio.

— Que imagem horrível...

— Normal. Esse não é um trabalho das nove às cinco.

Ele pediu um expresso triplo e pegou uma nota de dez toda amassada para pagar, mas Annie afastou a ideia com um aceno de mão.

— Eu pago. É o mínimo que eu posso fazer, agora que minha mãe está melhorando.

Até a mãe comentara sobre o novo visual de Annie, dizendo:

— Que vestido bonito, Sally, posso pegar emprestado para ir dançar?

Sally era uma amiga de juventude da mãe de Annie, trazida de volta à mente dela quarenta anos depois.

Annie e Max se sentaram em uma mesa pequena engordurada da cor de notícias ruins. O dr. Max virou o expresso de um gole.

— Isso é bom, mas você sabe que talvez não dure. Os testes de Sami estão indo bem até agora, mas há um limite para o que o remédio experimental pode fazer por ela.

— Eu sei. Só estou feliz por ela não estar tentando arremessar cadeiras.

Os olhos dele estavam cansados.

— Não é fácil. E você? Está se cuidando? Dormindo o suficiente e tudo o mais?

— Eu tento. É difícil vir aqui todo dia e ainda trabalhar, sem falar nos planos de Polly. Além disso, agora tenho Buster para me manter acordada.

— Como está o mijãozinho?

— Até agora, ele comeu cinco livros, três pares de sapatos e um abacate inteiro. Com casca e tudo.

Além das várias subidas e descidas de elevador, durante a noite toda, na vã tentativa de evitar poças de xixi no chão.

— Ele vai precisar tomar vacinas e outras coisas. E você sabe que não pode ficar com ele para sempre. Não mora em um apartamento? Quem toma conta dele quando você vai para o trabalho?

— Sim. Eu sei, eu sei. Tive que contratar uma pessoa para passear com ele. — Uma despesa de fazer chorar que pegara Annie desprevenida. — Mas Buster faz a Polly feliz.

O dr. Max terminou o café e franziu o cenho. Annie disfarçou um sorriso: ele tinha gotas de café na barba por fazer.

— Não deixe a Polly intimidá-la. Sei que ela é muito divertida e cativante, mas lembre-se de que o cérebro dela está em processo de implosão, certo? Talvez nem sempre Polly seja racional.

— Ah, tudo bem. Acho que fui um pouco racional demais por muito tempo, se entende o que eu quero dizer.

Ele suspirou.

— Lamentavelmente, se em algum momento eu tiver um lapso de racionalidade, pessoas literalmente morrem.

— Em algum momento você tira folga? Quer dizer, é ocupado demais aqui?

— Há apenas dois neurologistas trabalhando no hospital no momento, e mal conseguimos dar conta de tudo. Não somos pagos para ficar aqui o tempo todo, mas se não ficarmos, como eu disse, pessoas morrem.

Annie comeu o último pedaço do pãozinho e reparou que estava todo manchado de batom. Era por isso que ela normalmente não se dava ao trabalho de usar.

— É melhor eu ir. O dever me chama.

Ele olhou a hora.

— E a mim também. Eu deveria estar cerrando o crânio de alguém neste momento.

E Annie tinha que... o que ela tinha que fazer? Passar alguns documentos adiante, digitar alguns números? Era embaraçoso se dar conta de como o seu trabalho tinha pouca importância. Ela se levantou.

— Bem, obrigada mais uma vez por ajudar a minha mãe. E boa sorte com o negócio do cérebro.

— Obrigado pelo café. — Ele ainda a observava. — É o vestido, eu acho. Bonito.

No ônibus, Annie se sentou ao lado de uma adolescente com fones de ouvido pulsando e tocando uma música alto. Normalmente, ela suspiraria e torceria o nariz, pensando coisas horríveis sobre a pessoa. Mas hoje ela não se incomodou tanto. Sua mãe estava bem, ao menos por enquanto, ela estava usando um belo vestido e tinha tomado café com um médico. E ainda não eram nem nove da manhã. Annie começou a pensar em sua rotina diária. Levantar-se, entrar no chuveiro mofado, comer uma tigela de cereais, vestir-se com alguma roupa preta. Sair. Esperar pelo ônibus, mexendo o corpo e suspirando no frio caso estivesse atrasada. Ficar espremida dentro do ônibus, normalmente sem lugar para se sentar. Chegar ao trabalho, digitar o código da porta, sentir o coração afundar no peito porque, por mais que o trajeto até ali fosse horrível, era o paraíso comparado a estar no escritório. Sentar-se à mesa. Ligar o computador. Responder a e-mails. Almoço à uma da tarde — sentada diante da mesa, comendo um sanduíche, stalkeando Mike e Jane no Facebook. E se hoje ela fizesse alguma coisa diferente? E se mudasse?

A garota tirou os fones de ouvido e passou por Annie para descer.

— Vestido legal — disse em um tom descontraído.

— Obrigada!

Annie ainda continuou sorrindo por um bom tempo depois que a garota desceu.

Quando Annie chegou em sua parada, seu olhar se fixou na padaria ao lado do ponto de ônibus, em uma vizinhança meio decaída, que cheirava a açúcar de confeiteiro e chocolate derretido. Em um impulso, ela entrou.

Dez minutos mais tarde, um pouco constrangida, Annie chegou ao trabalho. Outra pessoa precisou digitar o código para que ela entrasse, já que estava carregando uma caixa grande cheia de pãezinhos.

— Obrigada.

— Tem alguma coisa boa aí dentro? — O homem indicou a caixa com um aceno de cabeça. Annie achava que ele trabalhava no andar de cima. Às vezes, ela o via fumando do lado de fora, na chuva.

— Pãezinhos. Hum... quer um?

O coração dela disparou. O homem ia rir, achar que ela era maluca.

— Sério?

— Claro. Tem um monte.

— Nossa, obrigado! — Agora ele estava sorrindo, e até então Annie só o vira parecendo infeliz e desanimado. — Muito obrigado mesmo. Mais um dia na batalha, né?

— Sim. — Ela revirou os olhos e sorriu, enquanto o homem seguia para o elevador e Annie passava pela recepcionista, que assistia à cena de olhos arregalados. — Pãozinho? — perguntou.

— Estou na dieta dos dois dias.

— Ah, bem, talvez um outro dia.

Annie abriu a porta do escritório e viu Jeff saindo da cozinha com a mesma caneca de café manchada de todo dia nas mãos — estampada com a logomarca de uma empresa de software.

— Bom dia.

— Ah. Oi, Annie. — O tom dele não tinha grande inflexão. Ela sempre parecia tão abatida quanto todo mundo naquele prédio? — Você está... — Jeff reparou em seu vestido e maquiagem. — Ocasião especial?

— Ah, não. Trouxe pãezinhos. Quer um?

Jeff pareceu espantado.

— Ah, isso é... nossa. Hum. Tem o bastante?

— Claro.

Annie levou os pãezinhos até a mesa central onde o pessoal do escritório costumava fazer a triagem da correspondência, sentindo todos os olhares sobre ela. Era irritante. Annie sabia que a maioria deles a considerava uma antissocial, antipática e pouco disposta a gastar dinheiro.

— Hum... eu trouxe alguns pãezinhos, se alguém quiser... — Ela deixou a frase morrer, subitamente certa de que estavam todos seguindo alguma dieta sem glúten.

Mas Jeff já estava pegando um com cobertura de creme.

— Obrigada, Annie. Isso vai me ajudar a aguentar as três horas da reunião de orçamento.

Depois Syed se aproximou, e então, Fee.

Annie foi para a mesa dela e ligou o computador.

— Oi, Sharon. — Ela podia muito bem ir até o fim naquela ideia de "alguma coisa diferente".

Sharon estivera observando todo o incidente dos pãezinhos com os olhos estreitados enquanto o resto do escritório atacava a caixa como um bando de corvos.

— Não é muito saudável, certo? Pães doces. — Aquilo vindo de uma mulher que sempre pedia duas porções de fritas no almoço, uma para comer na hora e a outra para beliscar durante a tarde. — De qualquer modo, você tem trabalho a fazer. Mais quinze minutos de atraso em sua folha de ponto.

Annie suspirou e deixou de lado a ideia de tornar o escritório um lugar melhor. Mesmo se limpasse a cozinha e levasse petiscos, estava lutando contra o peso da apatia. Contra o fato de que nenhuma pessoa naquele prédio queria estar lá. Quem iria querer ficar fechado em uma caixa mal iluminada, cercado por pessoas de quem não gostava, fazendo um trabalho sem a menor importância, em meio à sujeira e a restos de anos de indiferença?

Ela pegou a primeira fatura. Antes, quando começou a trabalhar ali, chegara quase a gostar do que fazia. A organização de tudo, somar as coisas, apertar os botões para aprovar o pagamento das pessoas, produzir planilhas limpas de números e fatos. Receber um holerite e ser adulta. Mas, de algum modo, vir para o trabalho começou a lhe dar a sensação de morte. Como se não conseguisse respirar, como se cada pedaço da pele dela estivesse coberto de poeira, de sujeira, da infelicidade de outras pessoas. Era engraçado, mas aquele escritório, na verdade, era mais deprimente do que o hospital, um lugar onde as pessoas iam para receber más notícias. Talvez porque no hospital as pessoas realmente confrontassem a vida, em vez de ignorá-la com os olhos colados na tela dos computadores.

Ao redor de Annie, os sons do escritório se diluíam em um só. Teclas sendo digitadas, o zumbido da copiadora, a vibração dos fones de ouvido de Syed, que estava ouvindo os episódios do *The Qi Podcast*. E o mesmo pensamento voltou à mente de Annie: *Tem que haver mais do que isto, precisa.*

DIA 23
VEJA ANTIGOS AMIGOS

— Bom dia.

A mãe de Annie estava acordada, sentada na cama com as mãos dobradas no colo como uma rainha.

— Oi, mãe. Como você está?

— Muito bem, obrigada — disse Maureen lentamente, com o tom muito educado. — Quem é você, querida?

O coração de Annie voltou a afundar no peito. Nem se dera conta de que estava animada antes.

— Sou a Annie.

— Ah, que engraçado, acho que a minha filha também se chama Annie. Ela vem me visitar às vezes.

Do outro lado da ala, Annie viu o dr. Quarani se aproximando e se apressou em secar os olhos.

— Sra. Clarke — disse ele, enquanto enfiava uma caneta no bolso do jaleco branco engomado. Annie se perguntou se ele teria uma esposa que era dona de casa para cuidar de suas roupas. — Como a senhora está se sentindo hoje?

Annie gostou do *senhora*. Tantas enfermeiras a chamavam de "Maureen", ou "amor", ou mesmo de "Mary". Sua mãe sempre foi uma defensora das boas maneiras.

— Estou bem, obrigada, doutor. — Ela sussurrou alto. — Essa moça veio me visitar.

— Que gentil da parte dela. — Ele verificou a pulsação da mãe de Annie e fez uma anotação no prontuário. — Está indo bem, sra. Clarke. Seus sinais vitais estão estabilizados e vimos uma grande redução nos momentos de aflição.

— Ela ainda não me reconhece — comentou Annie, engolindo as lágrimas.

— Não. Lamento. Talvez não sejamos capazes de fazer nada a esse respeito, como a senhora sabe.

— O senhor é bonito, não é? — falou a mãe de Annie em voz alta. — De onde você é, doutor?

— Da Síria, senhora.

— Nossa, é muito longe. Ele não é um moço bonito... é... Qual é mesmo o seu nome? Você acha que ele é casado?

Annie enrubesceu.

— Mãe, não podemos falar assim com os médicos.

— Tudo bem. — O dr. Quarani sorriu, ficando ainda mais bonito. — Volto mais tarde para ver como você está. Até logo, sra. Hebden.

Conforme ele se virava para sair, Annie ouviu o som alto de saltos no piso e soube que era Polly. Ela estava tentando manter a mãe longe da nova amiga — não conseguia suportar que mais alguém visse como Maureen estava fraca e confusa, e não sabia bem como explicar a amizade entre elas. Parecia cedo demais, frágil demais para ser chamada de amizade.

— Oiiii! — Polly se adiantou. — Onde você esteve? Fiquei procurando você. Meu velho cérebro foi escaneado de novo. Aposto que tiraram mais fotos dele do que do meu rosto em toda a minha vida. Oi, sou a Polly. — Ela estendeu a mão para o dr. Quarani.

Ele apertou educadamente a mão de Polly.

— Paciente do dr. Fraser, certo?

— Ah, sim, essa sou eu. A garota do tumor no cérebro. — Ela segurou subitamente o pulso dele e Annie se encolheu por dentro, constrangida por Polly. — Uma pulseira Fitbit? Pratica esportes?

Ele puxou a mão de volta.

— Estou treinando para a maratona de Londres. Eu e o dr. Fraser vamos participar.

— É mesmo? Que incrível. Participei há cinco anos, se quiser alguma dica de treino, eu...

— Com licença, senhorita. Preciso ir. Até mais, sra. Clarke.

Polly o observou partir.

— Gostaria que nem todo mundo pensasse em mim como paciente de Max. Quer dizer, o cérebro é meu, não dele. Quem era esse?

— O médico da minha mãe, dr. Quarani.

— Ele é, de longe, a coisa mais linda que eu já vi entre as paredes deste hospital.

— Pol-lyyy — gemeu Annie. — Não. Ele é muito sério. E mais, acho que é casado.

— Sabe — a mãe de Annie falou alto —, quase todo médico que eu tive aqui é estrangeiro. As pessoas dizem que isso é ruim, mas o que eu gostaria de saber é quem faria o trabalho se não fossem eles. Graças a Deus eles vieram para cá, é o que eu digo!

— Tenho que concordar, sra. Clarke — falou Polly. — Estaríamos literalmente mortas sem eles, não é mesmo?

Annie pensou no dr. Max, britânico, mas também longe de casa. Por que ele trabalhava ali, lutando todo dia com um inimigo que não conseguia ver ou tocar? Polly estava se inclinando sobre a mãe de Annie, falando claramente:

— Olá, sra. Clarke, sou amiga da Annie.

Maureen estava olhando mais uma vez para o ambiente com aquela expressão confusa e desconcentrada que partia o coração de Annie.

— Ah, a Annie, minha filha? Ela deve chegar logo. Annie nunca me visita, acho que está ocupada demais com aquele marido dela.

Annie evitou o olhar de Polly, não queria ver piedade neles.

— Mãe, acho que você está um pouco confusa, não? Eu sou a Annie.

— Não seja tola, Annie é a minha filha. Conheço a minha própria filha, embora ela não me visite. Gostaria que visitasse. Gostaria muito de algumas *uvas*.

Ela falou em um tom lastimoso, e Annie se lembrou das poucas vezes em que levara uvas para a mãe, só para ouvi-la dizer que não deveria ter desperdiçado o seu dinheiro.

Annie acariciou a mão da mãe, reparando em como a pele havia ficado flácida e não voltara ao normal. Ela não tinha nem sessenta anos. Como envelhecera tanto, ficara tão desamparada?

— Mãe, agora chega. Está tudo bem.

O rosto da mãe ficou de repente sem expressão, ela piscou e se virou para Polly. Sua voz de repente ficou mais alta, como a de uma menina.

— Moça, pode me ajudar? Estou esperando o Andrew.

— Quem é Andrew? — perguntou Polly, olhando para Annie.

A mãe deu uma risadinha, como uma garota.

— Andrew é meu amigo especial. Ele vai me pedir em casamento, sabe, posso sentir. Sally, você não acha que ele vai me pedir em casamento?

Sally era Annie.

— É claro que vai, Maureen. — Annie teve que se esforçar para falar. — Mas não acha que agora deveria descansar?

Polly a encarou sem entender.

Annie mexeu os lábios para dizer sem som: *Confusa*. Então, virou-se para a mãe:

— Estou certa de que Annie logo estará aqui, Maureen. E sei que ela vai te trazer um monte de uvas.

Ela se levantou. Tinha que ir embora. Havia um limite de quanto conseguia suportar diariamente.

Polly a seguiu até o corredor.

— Annie...

— Não. — A voz dela estava trêmula. — Sei que você tem perguntas, mas por favor. Não consigo. Não agora.

— Andrew é o seu pai?

— Sim. Ela... às vezes, ela não se lembra de que ele a abandonou há trinta e cinco anos. Acha que eles ainda estão juntos, apaixonados.

Um longo momento se passou. Annie ficou encarando o linóleo manchado sob seus pés, controlando-se para não chorar.

Por fim, Polly falou.

— Não temos que conversar sobre isso se você não quiser. Na verdade, estava vindo procurá-la. Tenho uma coisa para te mostrar.

— Aonde estamos indo?

— À biblioteca médica. Sabia que tem uma aqui? Podemos conseguir cópias de artigos e essas coisas. Sabe, há um monte de novas pesquisas acontecendo o tempo todo. Às vezes, não conseguimos os tratamentos mais modernos deste país por causa do custo.

Polly bateu na porta de vidro da pequena sala protegida por persianas. Quem atendeu foi uma bela mulher com um lenço rosa na cabeça.

— Ah, oi, Polly. Consegui as cópias que você queria.

Annie ficou para trás, o coração aos pulos, os olhos fixos no teto. Aquilo era uma armadilha? Ou só coincidência? Talvez Polly nem tivesse percebido. Mas é claro que ela percebeu.

— Obrigada, Zarah. Em troca, trouxe uma surpresinha pra você. Olhe quem está aqui!

Zarah viu Annie e piscou, espantada.

— Annie! Ah, meu... O que você está fazendo aqui?

— Minha mãe está doente. Você... você trabalha aqui?

— Sim, eu... consegui o emprego no ano passado.

E Annie teria sabido na época, porque Zarah costumava lhe contar tudo. Mas não a encontrava havia quase dois anos. Desde que tudo desmoronou.

— Vocês duas precisam colocar a conversa em dia — insistiu Polly, sorrindo como se fosse a apresentadora de um programa de encontros na TV.

— Annie vem aqui quase todo dia, Zar. Fico surpresa por vocês ainda não terem se esbarrado.

Mas, mesmo se tivessem, Annie teria dado um jeito de fugir.

— Hum... Como você descobriu que nos conhecíamos, Polly? — Annie tomou cuidado em manter a voz firme.

— Estávamos conversando e Zar mencionou a escola em que estudou. Mundo pequeno, não?

— Não exatamente, frequentamos uma escola que fica a uns cem metros daqui. — Mais uma vez o tom leve. Não havia nada errado ali. Annie forçou no rosto um sorriso.

— De qualquer modo, é um sinal — continuou Polly — vocês duas estarem aqui, então têm que se encontrar. Vocês têm o número uma da outra, certo?

— O meu continua o mesmo. — O tom de Zarah era tranquilo, não revelava nada. Annie não conseguia olhá-la nos olhos.

— Ah, o meu também.

— Ótimo, a Annie vai te mandar uma mensagem de texto, então. — Polly estava de braços dados com Annie, implacável. — Até mais tarde, Zarah!

Do lado de fora, Annie se desvencilhou.

— Não faça isso.

— O quê?

— Me forçar a fazer coisas. Você poderia apenas ter me dito que Zarah trabalhava aqui.

— E você teria ido falar com ela? Porque as coisas estão ótimas entre vocês?

— Talvez.

— Eu acredito que, se as coisas estivessem bem, você já saberia que uma de suas melhores amigas trabalha neste hospital.

— Ela não é... quer dizer, nós éramos...

— O que aconteceu?

Polly parecia genuinamente interessada enquanto subia no balcão da recepção mais próxima e balançava as pernas com seus sapatos boneca verdes.

— Senhora, precisa descer... ah, é você, P — disse a recepcionista. Mais uma pessoa que Annie nunca vira antes. Polly realmente conhecia todo mundo.

Ela respirou fundo.

— Escute, sei que você está tentando ajudar, mas há um motivo para Zarah e eu não sermos mais exatamente amigas.

— Qual é o motivo?

Annie abriu a boca. E voltou a fechar. Ainda não estava pronta.

— Não *force a barra* — explodiu. — Eu já te contei sobre o meu pai. Só... não sou como você, tudo bem? Não consigo simplesmente... me abrir.

— Certo. Não precisa me contar. Mas pelo amor de Deus, Annie, você sabe que perde cem por cento das possibilidades se nunca se arrisca.

— O que quer dizer com isso?

— Quero dizer... mande uma mensagem de texto para a sua bendita amiga. Tome um café com ela. O que de pior poderia acontecer?

DIA 24
PASSE UM TEMPO COM CRIANÇAS

— Annie! Que bom conhecer você. — Annie ainda nem havia chegado à porta da casa dos pais de Polly quando foi abraçada com força por Milly, amiga de Polly. Ela usava os cabelos escuros em um corte chanel com mechas roxas e tinha óculos de sol no alto da cabeça, embora já fosse noite. — Entre, entre, estão todos aqui.

Annie a seguiu, já desejando ter ficado em casa. Polly tinha finalmente organizado uma reunião com seus amigos e insistira para que Annie fosse "para dar apoio", mas estava começando a ter a sensação de que era ela quem precisaria de apoio.

Annie parou na porta da cozinha, sua cozinha dos sonhos, segurando uma garrafa de vinho. Parecia uma cena de catálogo. Pessoas lindas e elegantes — Polly, George e seus pais, Milly e seu marido, Seb, que usava óculos modernos e um pulôver de cashmere, e outra amiga de Polly, Suze (montes de cabelos loiros, esmalte azul-céu e jeans justos). Annie não conseguiria se sentir mais deslocada mesmo se tentasse. O vestido vermelho e as botas pareciam um esforço para se encaixar, e ela sabia que não passara o delineador direito. Teve vontade de sumir, mas Polly se levantou de um pulo e passou o braço ao redor dela.

— Pessoal, esta é Annie, minha amiga do hospital.

Aquilo fez Annie pensar em vômito, lágrimas e linóleo. Ela deu um aceno sem graça.

— Oi.

Sentia-se tão constrangida, que seus ombros estavam quase se encontrando na frente do peito. George lhe dirigiu um sorriso simpático, mas isso não ajudou. Ele fazia parte das pessoas descoladas: relaxado e confiante.

Valerie, mãe de Polly, estava usando um tubinho chique, óculos de armação escura, e tinha feito escova no cabelo.

— Olá, querida, que bom vê-la de novo.

Annie sentiu o coração pesado. A mãe dela era uma velha senhora em comparação com a de Polly, embora fosse mais jovem. Mesmo quando estava bem de saúde, não se vestia como Valerie, pois achava que comprar roupas novas era um desperdício de dinheiro quando podia costurar as próprias roupas. Não era *justo*. Por que a mãe de Annie recebera uma porção tão pequena da vida? Para depois perder até isso? E nem sequer se lembrar que o marido a abandonara havia uma vida?

Valerie convidou Annie a se aproximar da mesa.

— Por que não se senta aqui, ao lado de George? Vejo que vocês dois se deram bem.

— Mãe... — George estava franzindo o cenho.

— Lembre-me, Annie, você é solteira, não é?

Seguiu-se um silêncio constrangedor.

— Bem, sim, mas...

— Mãe. — O rosto de George estava tenso. — Já conversamos sobre isso, certo? Não se meta.

Perplexa, Annie ficou parada perto da cadeira. Polly apertou o ombro dela e sussurrou:

— Vamos. Não é tão assustador.

Era fácil para Polly falar. Será que ela não conseguia ver que nem todo mundo conseguia saltar em direção à vida, agarrá-la com ambas as mãos, ser forçada a se encontrar com antigas amigas com quem não falava havia dois anos, acabar dançando em fontes e saindo para jantar com pessoas novas e admitir que não sabia nada sobre arte, música ou roupas?

Todos estavam sorrindo para Annie. Como se ela fosse a prima pobre que eles tivessem que paparicar.

— Então, Annie — disse Suze —, ouvi dizer que você adotou o cachorro da Poll?

— Bem, estou só meio que tomando conta dele por enquanto. — O que queria dizer que era ela quem tinha os sapatos mastigados, que não dormia e que encontrava poças de xixi por toda parte.

— George poderia ajudá-la com isso — voltou a falar Valerie, servindo uma cesta com focaccia feita em casa. — Ele adora animais.

George e Polly trocaram olhares. Annie olhou irritada o jogo americano cinza-escuro a sua frente. Não entendia o que estava acontecendo.

Então as coisas ficaram cem vezes piores quando ela ouviu um barulho no corredor, como se os cavalos da cavalaria tivessem disparado, e um uivo como o de um demônio, e Annie sentiu o peito apertado de medo. *Crianças*. Havia crianças ali. Por que ninguém a avisara? Duas coisinhas loiras surgiram, uma usando um vestido rosa e outra, uma blusa listrada e jeans.

— Mamãe, o Harry fez cocô no vaso!

— Mamãe, a Lola me machucou. Coloca ela de castigo!

Annie ficou olhando, horrorizada, enquanto os dois se atiravam sobre Milly, um ao redor de cada perna. Milly riu, impotente.

— Queridos, digam oi para Annie.

As crianças viraram o rostinho para ela, curiosas, como se pudessem se aproximar. Annie não conseguiria. Simplesmente não conseguiria. O nariz arrebitado, os cabelos loiros cacheados, os sapatinhos. Quantos anos tinham? Três, quatro? Gêmeos. Ela não ia aguentar.

— Eu...

Por sorte, Polly pareceu ter entendido.

— Annie e eu vamos só dar uma saidinha. É... conversa secreta de hospital.

Ela a puxou através das portas do pátio até o jardim fresco e silencioso.

— Desculpe, eu só... Foi um pouco intimidante, todos de uma vez.

Annie estava tentando desesperadamente se recompor.

— Não se culpe — murmurou Polly, deixando-se cair em uma cadeira do pátio. — Essas crianças nos cansam demais. Não sei como Mill consegue. Vou ter que passar uma semana deitada depois que elas forem para casa.

— Hum. — Annie se sentou ao lado dela depois de secar o assento com a manga.

— Quer dizer, talvez seja melhor que eu nunca tenha tido filhos. Imagine como seria mais difícil agora, com tudo isso.

— Você quis ter?

— Não sei. Sempre achei que teria. Quer dizer, com você também foi assim, não?

— Hummm.

— Mas sempre adiei. Dizia a mim mesma que tentaria aos trinta e três, ou trinta e quatro, ou trinta e cinco. E veja só, meu tempo acabou. Aquele adorável bebezinho enrolado em uma mantinha... isso nunca vai acontecer. Não vou deixar nada para trás.

Uma pausa. Àquela altura, Annie já sabia que não deveria dizer que lamentava. Polly odiava aquilo.

— Mas talvez seja melhor assim — repetiu Polly. — Toda aquela gritaria, e não poder ir ao banheiro sozinha, e veja — ela levantou o braço do casaco —, mancha de chocolate em seu Chanel vintage. Pelo menos eu consegui fazer coisas. Viajar, trabalhar e... você sabe. E Milly mudou tanto, foi como se a vida fosse sugada dela. Ela era tão divertida, a última a sair do bar, sempre a par das novidades do dia, e agora ela às vezes nem sabe que dia é. É claro que eu também não, mas é porque meu cérebro está sendo comido por um tumor. Talvez a maternidade seja isso. Um tumor.

Annie cerrou os dentes.

— Algumas pessoas simplesmente adorariam a chance de ter esse tumor. Tenho certeza que Milly está feliz.

— Não sei. Você ficaria feliz coberta de vomito de bebê e tendo que assistir à *Peppa Pig* dez vezes seguidas?

— Eu *era* — deixou escapar Annie, irritada. E se arrependeu na mesma hora.

Na escuridão do jardim, Polly a observava.

— Estava me perguntando quando você ia me contar.

— Não ia. Não necessariamente.

— Achei que não.

Mais silêncio. Dentro da casa, o subir e descer das vozes das crianças. Nunca chegara a ouvir Jacob falar, mas ele costumava balbuciar, uma explosão de sons claros e alegres, como bolhas subindo.

Polly esperou.

— Imagino que isso tenha alguma coisa a ver com Mike e Jane?

— Mais ou menos.

— Viu? Eu sabia que havia mais. Annie, você realmente está tentando me derrubar do primeiro lugar no pódio da "história mais trágica"!

Annie respirou com dificuldade.

— Então, você sabe sobre o divórcio, sobre a minha mãe estar doente e sobre a minha amiga ter ficado com o meu marido. Um pouco de infertilidade ajuda?

— Sempre.

— Tive três abortos antes de Jacob. Um com três semanas... arruinei o carpete. Sangue por toda parte. Nos meus cabelos, na cama, no pijama de Mike. Outro com dez semanas... descobriram na ultrassonografia já agendada, e tive que fazer uma curetagem. E o último já com cinco meses. É preciso dar à luz quando a gravidez já está tão adiantada. Foi terrível.

Polly ficou em silêncio por um momento.

— Então você parou de tentar? — disse por fim.

Annie balançou a cabeça. Ela puxou a meia-calça com as mãos trêmulas.

— Hum... Mike quis parar. Mas eu... não consegui. Assim, tentei de novo. Fingi que estava tomando a pílula. Ele ficou *furioso*. Mas então pareceu dar certo. Jacob nasceu a termo. Saudável.

— Que nome lindo — comentou Polly.

— Sim. Sempre gostei. Então ele... — Ela prendeu a respiração. Depois de tanto tempo, a história ainda parecia uma pedra presa em sua garganta.

— Uma manhã, Mike foi acordá-lo. Achamos que Jacob havia dormido a noite toda. Eu estava feliz! Pensei que as coisas iam melhorar a partir dali. Ele não dormia bem, estávamos acabados. E tive aquele momento de me sentir muito feliz... o sol entrava pelas cortinas, e pensei... pensei em como a vida era boa. Mas, quando Mike entrou no quarto, Jacob estava... ele estava frio. Mike não queria que eu visse, mas eu... fui até ele e vi que... ele já estava azulado, e... chamamos a ambulância, mas ele... se fora. Ele se fora. Morte súbita do lactente, foi o que disseram. Uma dessas coisas que acontecem. — Embora Annie tivesse se dilacerado procurando por motivos. Ele estava frio demais quando foi dormir? Quente demais? Será que estava doente e ela não percebera? Annie voltou a respirar fundo. — Fiquei devastada. Foi como... Eu não sabia mais quem eu era. Não sabia se sobreviveria. Não conseguia dormir, não conseguia comer, ficava só deitada no chão do quarto dele, a noite toda, uivando como um cão. Não tomava banho. Passei dois meses sem trocar de roupa. E Jane... bem. Ela era a minha melhor amiga. Estava por perto o tempo todo, me reconfortando. Ajudando. Só que ela não conseguia chegar em mim, ninguém conseguia, por isso ela passou a confortar Mike. Então, depois de algum tempo, ele disse que sentia muito, que havia sido sem querer, mas eles estavam realmente apaixonados, acho que porque ela ainda se arrumava e não chorava o tempo todo, nem se recusava a jogar fora os lençóis antigos do berço, já que eles eram tudo o que restava.

Annie respirou mais uma vez. Pronto, falara. Falara e nada se rompera. As vozes continuavam do lado de dentro, Lola estava pedindo bolo. O pássaro na árvore continuava a cantar. O barulho dos apitos dos barcos no rio também continuava, melancólico, como o cântico de uma baleia.

Depois de algum tempo, Polly procurou a mão de Annie e deu uma palmadinha gentil, como se estivesse lhe entregando um objeto invisível.

— Tome.

— O que é isso? — perguntou Annie com a voz trêmula.

— Meu trunfo do câncer. Pode ficar com ele por um tempo.

— Posso?

— Merda, é claro que sim, Annie. Isso é.... nem sei o que dizer.

— É inédito.

— Eu sei. É melhor enviar um comunicado à imprensa. — As duas riram por um momento, o riso misturado às lágrimas. — Annie. Estou tão... meu Deus. E eu trouxe você aqui, com as crianças... eu não sabia, juro. Sabia que havia alguma coisa, mas não isso. Cristo.

— Não diga que sente muito. Vamos fazer um pacto, certo? Não dizemos sinto muito, a menos que seja nossa culpa. — Annie estreitou os olhos para

Polly. — Então... esta era a sua vida antes? Todos falando sobre, sei lá, quinoa e o Ato dos Direitos Humanos, e planejando fins de semana em chalés em Norfolk?

— Acho que era. Devemos parecer um bando de babacas pretensiosos.

— Não. É só que... não teríamos tido nada em comum se tivéssemos nos conhecido antes disso tudo.

Polly não mentiu.

— Talvez não . Mas aqui estamos nós, e não sei se consigo passar por isso sem você, então agora você está presa a mim, Annie Hebden. É a única pessoa que já me venceu na competição de história que faz chorar. Chata.

— Você também é — disse Annie.

Ela pegou a mão fria de Polly e a apertou, e elas ficaram sentadas ali no escuro por algum tempo, vendo as luzes dos barcos e a cidade ao redor delas, com oito milhões de corações batendo sem parar.

DIA 25
COMPARTILHE ALGUMA COISA

— Annie! De volta novamente? Você pode pular um dia, sabe disso. Ninguém pensaria menos de você, e sua mãe... bem, você sabe. Talvez ela não perceba.

O dr. Max estava outra vez diante da máquina de venda automática e tinha um Twix em cada mão.

— Eu sei. Na verdade, vim me encontrar com uma amiga. — A palavra soou estranha em sua boca. Já fazia muito tempo que ela não a dizia. — Isso é o seu almoço?

Ele abriu um sorriso.

— A máquina me deu dois chocolates por engano! Carma por todo o meu dinheiro suado que essa ajudante de satã já engoliu. — Max olhou para ela. — Ah... gostaria de ficar com um?

— Você não quer?

Ele deu uma palmadinha no estômago.

— Estou vivendo de açúcar. Não consigo me lembrar da última vez que comi uma refeição em um prato.

— Você gostaria...? — Annie se deu conta de que quase convidara o médico para jantar. — Hum, bem, nesse caso, é claro que aceito o Twix. Vou guardar para depois do almoço.

— Almoço — disse ele em tom nostálgico. — Eu costumava almoçar. Mas hoje é dia de comer besteira na cantina. É claro que é sempre dia de comer besteira quando se trabalha em um hospital. Quando não é a gerência, são os pacientes querendo o seu sangue.

— Você tira o sangue deles o tempo todo — argumentou Annie.

Ele havia aberto o Twix e comido quase a metade.

— Sangue metafórico, Annie. Juro que esse hospital está me matando. Há uma fila de dez pessoas esperando para terem a cabeça escaneada para que eu possa lhes dizer que têm câncer. Isso não está certo.

— Há alguma coisa que possamos fazer? Sabe, um evento para levantar fundos ou algo do tipo. O dr. Quarani vai correr a Maratona de Londres. — Quando chegou, Annie o tinha visto dando voltas ao redor hospital, o rosto muito sério e composto. — Achei que você também correria.

— Eu só queria ficar em forma — retrucou Max, na defensiva. — Não acredito em levantar fundos para serviços públicos. O governo adoraria nos fazer doar nosso próprio dinheiro para um maldito bazar. Eles precisam financiar o sistema de saúde devidamente com os impostos que cobram, não vendê-lo barato para os colegas privilegiados da saúde privada. É uma vergonha, Annie, é isso que é. Enfim, nos vemos por aí; agora tenho que olhar dentro do cérebro de alguém.

Ele parecia furioso, mas acenou alegremente enquanto se afastava. Annie não conseguia entender esse homem.

A cantina estava cheia de médicos e familiares, e Annie demorou um pouco até ver Zarah. Ela estava usando um lenço azul estampado com borboletas, com lantejoulas azuis na borda. Annie desejou ter sugerido que se encontrassem em algum lugar onde não pudessem ser vistas por um dos muitos espiões de Polly. Mas Zarah tinha apenas um pequeno intervalo, e, como Annie ia ao hospital todo dia mesmo, fazia sentido.

— Oi.

Zarah não estava sozinha na mesa, e, por um momento, Annie achou que elas teriam que dividir o espaço com alguém aleatório, mas então viu quem era.

Zarah encontrou o olhar de Annie.

— Espero que não se importe, Annie. Só achei que nós três precisávamos conversar. Já se passou tempo demais.

— Concordo — disse a outra mulher à mesa. Ela era alta e estava deslumbrante em um vestido vermelho bem justo, os cabelos em uma trança brilhante.

Annie engoliu em seco.

— Oi, Miriam.

Miriam também encontrou o olhar dela, com a expressão franca e honesta de que Annie se lembrava. Honesta demais, às vezes. Por isso elas não se falavam havia tanto tempo.

— Você está bem? Zar disse que a sua mãe está doente.

— Sim, ela está... — Annie não suportaria explicar tudo. — Ela está internada. E como está Jasmine?

Miriam pareceu surpresa por um momento, como se não esperasse que Annie fosse se lembrar do nome de sua filha. Mas é claro que Annie se lembrava. Ela sabia tudo sobre Jasmine, outra criança que ela acabara deixando de ver, mas nesse caso por sua própria culpa.

— Ela está bem.

— Eu sinto muito por... tudo.

— Está se referindo ao aniversário dela?

Annie assentiu com a cabeça, os olhos fixos no tampo oleoso da mesa.

— Eu não deveria nem ter aparecido lá. Não estava preparada. Só não quis... decepcionar você.

E por isso ela acabara se forçando a ir. E a visão de todas aquelas crianças de um ano de idade, sujas de bolo, fez com que Annie saísse correndo, chorando. E, quando Miriam foi atrás dela, Annie a afastou, a empurrou fisicamente, bateu a porta do carro e foi embora, deixando Mike parado na calçada, vendo-a ir. Annie se perguntara várias vezes se o marido a teria deixado se ela não tivesse feito essa cena naquele dia. Se teria sido naquele momento que ele decidiu reduzir as perdas e ir embora, desligar-se do caos em lágrimas que Annie havia se tornado.

Miram suspirou.

— Annie, a festa não importa. A Jas nem se lembra. Mas você nos cortou completamente da sua vida. Todas nós, não só a Jane.

Ao ouvir o nome da outra, Annie cerrou os dentes.

— Entendo que todas vocês ainda são amigas.

Zarah e Miriam trocaram um olhar.

— Annie... também somos suas amigas — falou Zarah. — Senti tanto a sua falta... você sempre foi a primeira pessoa para quem eu ligava quando tinha uma crise, lembra? Era a única que nunca entrava em pânico, que sempre me animava quando eu tinha um encontro péssimo, se meu carro não ligava, ou se meus pais estavam me perturbando... Nunca quis deixar de ser sua amiga. Você simplesmente parou de nos ver. De ver todo mundo. E a Jane... ela se sente péssima, de verdade.

— Não péssima o bastante para não fazer o que fez.

— Eles se apaixonaram — falou Miriam. — Eu realmente acredito nisso. Quer dizer, é óbvio que foi terrível para você. Não estamos do lado dela.

Mas foi o que pareceu, quando Mike finalmente lhe disse por quem a estava trocando e ela ligou para Zarah, absolutamente em choque. Quando contou à amiga o que tinha acontecido, ouviu o silêncio que significava que todos já sabiam. Annie foi a última a saber. Então ela arrumou suas coisas e se mudou, e nunca mais falou com nenhum deles de novo até aquele momento. Que terrível tinha sido. Tudo — seu filho, sua casa, seu marido, suas amigas — perdido em um instante.

Annie sentiu uma mão sobre a sua e, quando levantou os olhos, viu que Miriam sorria para ela. E a primeira lágrima caiu sobre a mesa suja.

— D-desculpe.

— O que aconteceu com você foi tão terrível, An — disse Zarah. — Tão terrível. Só queríamos ficar ao seu lado. Mas você desapareceu.

Annie balançou a cabeça, as lágrimas escorrendo.

— Ninguém poderia ajudar. Não adiantava.

Zarah assentiu.

— Bem, talvez agora a poeira tenha baixado um pouco... Talvez possamos nos encontrar de novo como costumávamos fazer. Quer dizer, só nós três. — Annie se deu conta de que como deve ter sido constrangedor para elas quando uma das melhores amigas ficou com o marido de outra. — Não espero que você... Mas ela realmente se sente péssima, sabe. Ainda mais agora, que... — Zarah ficou em silêncio. Trocou outro olhar com Miriam. — Ela se sente péssima — repetiu Zarah.

E deveria mesmo.

— Não posso perdoá-la. Simplesmente não consigo.

Annie mal conseguia falar, a garganta apertada. Era cedo demais, ainda estava em carne viva. Ver as duas trouxera muitas lembranças de volta. Da antiga Annie, que tinha amigas, que era até a mais sensata do grupo. A quem as amigas recorriam quando os namorados as traíam, ou quando os chefes exigiam demais, ou quando não conseguiam fazer o bolo crescer. Aquela Annie morrera com Jacob.

Ela se levantou, arrastando a cadeira no chão.

— Tenho que ir. Desculpem. Obrigada por... obrigada. Eu gostaria disso, de nos encontrarmos. Em breve. Tenho que ir.

E, mais uma vez, ela saiu correndo pelo corredor pintado em todos os tons de infelicidade que existiam.

DIA 26
RECUPERE UM HOBBY

— Você vem muito aqui?

Annie balançou a cabeça.

— Às vezes não sou capaz de encarar isso. — Que tipo de pessoa ela era, que não visitava o túmulo do próprio filho? — É só que... é muito doloroso — falou. — E sempre fico preocupada de esbarrar com Mike.

— Entendo. Onde é?

Polly girou o corpo, olhando ao redor do enorme cemitério municipal. Ela estava usando um macacão jeans e All Star estampados com flores. Parecia um anúncio da loja Abercrombie and Fitch.

— Terceira fileira à esquerda.

Annie sabia exatamente onde ficava. Poderia ter chegado ali dormindo — e foi o que fez algumas vezes, quando sonhava que estava diante do túmulo de Jacob. Procurando por ele. Já havia passado dois anos, mas em alguns dias ela ainda acordava esperando ouvir o choro do filho. Deveria ter imaginado, na manhã em que ele permaneceu em silêncio. Não sabia se algum dia se perdoaria pelo breve alívio que sentira quando achou que Jacob havia dormido a noite toda, por aquele momento de felicidade. Se ao menos ela tivesse ido conferir como ele estava mais cedo. Se tivesse acordado antes. Annie afastou o pensamento — sabia que, se continuasse com isso, os "e se" a matariam.

— É este.

Ela sentiu uma onda de vergonha. Estava tudo abandonado. As ervas daninhas quase cobriam a pequena lápide onde se lia JACOB MATTHEW HEBDEN, e o pote de geleia em que Annie havia levado flores na última vez em que estivera ali estava caído de lado, cheio de água suja esverdeada.

— Matthew — leu Polly. — Em homenagem a alguém?

— Ao pai de Mike.

— Hummm. O dele, não o seu.

Annie deu de ombros.

— Por que eu daria ao meu filho o nome de alguém que nem cheguei a conhecer? Ao menos não que me lembre.

Polly se agachou na grama.

— Você nunca tentou procurar por ele, em todo esse tempo?

— Eu não saberia por onde começar. Nem me lembro dele. Meu pai foi embora quando eu tinha dias.

— Coitada da sua mãe. Deve ter sido difícil.

— Sim. Acho que ele era um fracassado. Sempre achei que não precisava disso na minha vida. É meio irônico que meu marido também tenha acabado me abandonando, não é? Talvez seja um traço de família ser abandonada.

Polly estalou a língua.

— Espero que não esteja contando com a minha presença nessa sua festa de autopiedade, Annie.

— Não, não. Eu não preciso dele. Só é estranho ouvir a minha mãe falar como se ele estivesse por perto. Eles devem ter sido felizes em algum momento.

— Penso a mesma coisa sobre os meus pais, às vezes.

Annie franziu o cenho.

— Seus pais parecem ser realmente felizes!

— Sim, bem... as aparências nem sempre são a realidade, Annie. Mas olhe só para mim! Nada de festa de autopiedade. Estamos aqui pelo Jacob, para lembrar dele com amor.

Annie se inclinou para arrancar uma erva daninha.

— Eu... acho que Mike também não vem muito aqui. Você deve me achar horrível.

Polly não disse nada por um tempo.

— Sabe, quando eu era pequena, meu avô morreu. Ele foi cremado e suas cinzas foram espalhadas no mar, ele amava barcos. Uma vez eu perguntei a minha mãe como iríamos visitá-lo, se ele não tinha um túmulo. Ela me disse que as pessoas não estão nos túmulos... que eles são apenas um lugar aonde vamos para nos lembrar delas. Aposto que você não precisa de ajuda para se lembrar de Jacob.

Annie balançou a cabeça, tentando engolir, apesar do nó na garganta.

Polly se curvou, fazendo uma careta com a mão nas costas e abriu uma echarpe roxa embaixo dos joelhos.

— Podemos arrumar isso aqui rapidinho. Tirar as ervas daninhas, limpar tudo.

Annie desejou ter levado algumas ferramentas de jardinagem. Ela havia deixado todas as que tinha para trás, com seu jardim, na casa onde agora moravam Mike e Jane, a menos de cinco quilômetros dali. Annie também se ajoelhou, sabendo que acabaria com manchas de grama no jeans, mas sem se importar. Havia esquecido como era boa a sensação da terra sob seu corpo na primavera, da umidade suave.

— Tome. — Polly lhe entregou uma minipá e um miniforcado, que tirou da bolsa grande.

— Onde conseguiu isso?

— Ah, são da minha mãe. Ela não usa nunca, tem um jardineiro para cuidar das plantas. Achei que pudessem ser úteis.

Por algum tempo, elas capinaram e cortaram em silêncio, os sons da cidade bem distantes. As únicas outras pessoas ali estavam do outro lado do cemitério, cuidando da lápide de alguém. Annie levantou os olhos em determinado momento e viu Polly cavando com determinação, com uma mancha de terra no rosto pálido. Ela pensou em como tudo aquilo era estranho, cuidar do túmulo do seu filho, que morrera ainda bebê, com aquela mulher que conhecia havia poucas semanas.

— Você deveria perdoá-los — falou Polly baixinho.

Annie não precisou perguntar a quem ela se referia.

— Não consigo.

— Eu sei. O que eles fizeram foi uma merda, foi mais que uma merda isso. Mas... é você quem sofre quando não consegue perdoar as pessoas. É você quem tem que carregá-las por aí, dia após dia.

Annie arrancou ervas daninhas em silêncio por um tempo.

— Eles quase me destruíram.

— Eu sei. Mas isso não aconteceu. Você ainda está aqui.

Mais ou menos. Houve momentos ao longo dos últimos dois anos em que Annie não tinha certeza se conseguiria. A sensação de ter Jacob em seus braços, com a mesma leveza de sempre, mas frio e imóvel. No dia em que se mudou para o apartamento pequeno e úmido, ela olhou ao redor e se perguntou como diabo havia descido tão baixo na vida. No dia em que a polícia apareceu para dizer que havia encontrado sua mãe confusa, vagando pela rua, Annie se dera conta de que estava perdendo mais uma pessoa diante dos seus olhos, mas não conseguia ver além do próprio luto para perceber isso. Ela mal estava vivendo... Por isso, o que Mike e Jane tinham feito parecia insuperável. Assim, ela deu sua resposta padrão para a maioria das sugestões de Polly.

— Vou pensar no assunto.

— Tchã nã!

Annie olhou desconfiada para os narcisos nos braços de Polly.

— Onde conseguiu isso?

— Estavam só crescendo por aí. Acredite em mim, ninguém aqui vai perceber a diferença. Não são bonitos? — Ela examinou as flores amarelas, os caules verdes pingando seiva. — Amo o modo como eles brotam todo ano, nesse solo frio e morto, bem quando achamos que o inverno vai durar para sempre. Acho que é disso que vou mais sentir falta. Quer dizer... não que eu vá saber, acho. Não sei nem se eu vou saber que é primavera ou só vou ter... partido. Posso deixar algumas para Jacob?

Elas lavaram o pote e o encheram de água fresca da bica que o cemitério disponibilizava. Ao menos dessa vez Annie aprovou a organização da câmara municipal para a qual trabalhava. Nunca pensara em como estavam presentes para preencher as necessidades na vida das pessoas, levando o lixo, consertando buracos nas estradas, mantendo os parques bonitos. Polly enfiou as flores no vidro e as arrumou para que as pétalas se destacassem.

— Pronto. São para você, Jacob. Foi um prazer conhecê-lo.

Annie ficou parada em silêncio.

— Posso dizer uma coisa esquisita?

— Sempre.

— Não acho que ele possa me ouvir. Tentei acreditar nisso depois que o perdemos... Doía demais pensar que eu nunca mais o veria. Mas acho que Jacob simplesmente se foi. Talvez seja por isso que não o visito com muita frequência. Eu costumava vir aqui com a minha mãe, que acredita em tudo isso; mas seria cruel demais, agora, lembrá-la de que ele se foi. Às vezes não sei nem se ela se lembra de que tinha um neto.

Polly deu de ombros.

— Acho que não somos feitos para compreender a morte. Às vezes, imagino como seria parar ao lado das pessoas no metrô, ou na rua, dar um tapinha no braço delas e perguntar: "Com licença, você tem noção de que vai morrer? Talvez não hoje nem amanhã, mas UM DIA". Todas essas pessoas correndo para reuniões, comendo em fast foods ou indo à academia. Eu me pergunto o que aconteceria se elas subitamente se dessem conta disso. Se pensassem de verdade nisso. Você não largaria tudo e faria a única coisa que sempre sonhou em fazer? Saltar de paraquedas. Largar o emprego. Dizer àquela pessoa que está a fim dela.

Annie lançou um olhar ela.

— É melhor que isso não seja sobre o dr. Quarani.

— Mas ele é lindo. Tão sério.

— Ele tem uma foto de família na mesa.

— Pode ser irmã dele.

— Poll-yy. — Annie não tinha certeza se a própria Polly havia assimilado de fato que estava morrendo. Como ela conseguia flertar com pessoas, fazer planos e até fazer novos amigos quando sua vida tinha um prazo de validade? — Talvez não seja possível viver constantemente consciente de que vai morrer. Seria mais difícil conseguir motivação para lavar o chão e coisas assim.

— Eu toda hora acho que preciso renovar o seguro do carro, ou comprar meu casaco de inverno antes que todos os bons acabem — comentou Polly. — Então, lembro a mim mesma... mas não consigo, sabe? É impossível não pensar no futuro. — Ela ergueu o corpo com dificuldade. — Enfim. Outra coisa que você não tem que fazer quando está morrendo é parar de consumir açúcar. Na verdade, eu aumentei o consumo de açúcar. Então, o que acha de chocolate quente com bolo?

Annie olhou mais uma vez para o pequeno túmulo abaixo dela. Estava mais arrumado, o pior das ervas daninhas tinha sido arrancado e a grama estava aparada. Jacob nunca deixaria sua marca no mundo. Ele mal passara pelo mundo antes de ir embora. Mas para Annie, para Mike e para a mãe de Annie — e, se fosse totalmente honesta, também para Jane — a curta vida de Jacob significava que nada nunca mais seria da mesma forma.

Provavelmente, havia um pensamento profundo nisso, mas Annie se sentia mexida demais para descobrir qual era, e Polly estava pálida e cansada, e jogada na grama de um jeito que Annie agora sabia significar que ela estava exausta.

— Claro — falou. — Vamos comer bolo.

DIA 27
TROQUE A ROUPA DE CAMA

— Annie! Alguém vai dormir aqui?

Annie deu uma risadinha zombeteira.

— Até parece.

Durante todo o tempo em que Costas morava com ela, Annie nunca levara alguém para passar a noite. Ela sabia que às vezes ele levava, mas essas pessoas sempre saíam de fininho antes do amanhecer, deixando apenas fios de cabelo no chão do boxe.

— Então, por que você...?

Costas parou na porta do quarto de Annie e apontou para as pilhas de roupas de cama por toda parte. Ele estava com Buster nos braços, que lambia o rosto do rapaz com a língua cor-de-rosa.

— Não solte esse cachorro no chão, acabei de limpar tudo aqui — avisou ela.

A roupa de cama bege de Annie estava enrolada no chão e ela colocava uma nova, turquesa com flores rosa.

— Ele não vai comer as coisas, é um bom cachorro, não é, bebê? Sim, você é. Sim, você é! Então, Annie, por que está fazendo essa limpeza?

— Ah, só achei que estava na hora de uma mudança. De deixar as coisas mais bonitas.

Ela estava dormindo naquela roupa de cama desde que se mudou para lá, falida e sem posses. Havia deixado todas as suas coisas bonitas para trás, dado as costas à antiga vida. Comprara os tapetes mais baratos que conseguira encontrar, ásperos e desconfortáveis, e não os lavava com a frequência que deveria.

Costas levantou o polegar em aprovação.

— Bom para você, Annie. Vou sair agora.

Ele estava usando uma camiseta prateada apertada e Annie sorriu para o colega de apartamento com indulgência.

— Divirta-se.

Talvez ela devesse comprar lençóis para ele também. Afinal, a caixinha que ele chamava de quarto não era muito agradável. Annie afofou, alisou e admirou sua nova cama enquanto pensava no que Costas dissera. Se, em algum universo paralelo e bastante improvável, alguém por acaso visse o quarto dela, ao menos agora isso não a deixaria totalmente envergonhada.

Annie se abaixou para abrir a última gaveta do armário, procurando por uma fronha. Algo farfalhou. Papel de seda. Então ela se lembrou tarde demais do que havia escondido ali, seu tesouro mais precioso.

Era a única coisa de Jacob que guardara. O resto eram só roupas compradas em lojas, que qualquer um poderia ter, mas aquele casaquinho creme tinha sido feito pela mãe dela, tricotado diligentemente diante da TV por dois meses. Os botões eram carinhas de ovelhas. Annie pressionou o rosto contra ele e inspirou. Do papel, caiu uma pequena pulseira de plástico com o nome JACOB MATTHEW HEBDEN impresso. Sua identificação do hospital.

E Annie se viu de volta no passado, na antiga cama, de manhã cedo. Mike levando Jacob para ela amamentar, o corpinho dele acomodado entre os dois. O bebê que eles haviam feito. Um milagre. Normalmente, quando Annie pensava naquela época, acabava ficando comprometida pela raiva que sentia. Mas Mike também perdera tudo aquilo. Mesmo tendo Jane agora, Annie não estava cega de raiva a ponto de não perceber que isso nunca poderia compensá-lo pelo que acontecera. Nada poderia. Mike era a única pessoa capaz de entender de verdade a sensação de segurar aquele casaquinho e se lembrar do bebê que já não estava mais ali. E, afinal, talvez aquilo contasse para alguma coisa.

Annie suspirou sozinha. Maldita Polly. Por mais que tentasse, era muito difícil permanecer imune àquela irritante atitude esperançosa dela.

DIA 28
PERDOE ALGUÉM

— Acho que mudei de ideia. Podemos voltar?

— Vamos lá. Você sabe o que dizem: Amargura é como tomar veneno e esperar que outra pessoa morra. E você, minha cara Annie, já tomou um galão inteiro.

Annie fechou a cara. Gostava do seu veneno. Era como café forte, que a estimulava e a fazia seguir em frente. Mas ali estava ela mesmo assim, sentada no Volvo que Polly pegara emprestado com Milly.

— Então por que não estamos perdoando alguém por você, já que é tão importante? Aposto que há alguém com quem esteja zangada.

Polly fechou a cara.

— Ainda não estou pronta.

— Eu também não.

— Você teve mais tempo. E, confie em mim, o meu é um desgraçado da pior categoria.

— É você quem estava falando que temos que perdoar as pessoas, deixar o veneno de lado e por aí vai. — Annie olhou para Polly. — É o Tom que você não quer perdoar? — arriscou. — Não que você tenha me dito quem é Tom.

Polly fez outra careta.

— Já disse que não estou pronta. E, de qualquer modo, hoje é o seu dia de perdoar. Depois eu pensarei em mim. Vamos, é o momento perfeito para você. Viu suas antigas amigas, elas disseram que Jane se sente péssima... é o destino.

— Não é o destino, é você se intrometendo. Eu nem teria visto Zarah se você não tivesse armado aquilo.

— Você teria esbarrado com ela em algum momento.

Annie suspirou. Não adiantava protestar.

— Tá bom. Mas só vou conversar com eles. Não consigo perdoá-los. Ainda não. — E, provavelmente, nunca conseguiria.

Depois de um instante, Polly disse:

— Tom é mesmo um grande babaca. Acredite em mim.

— Vou ter que confiar na sua palavra em relação a isso. — Annie não gostava de bisbilhotar, mas Polly não confiava nela o bastante para compartilhar seus segredos? Ela conhecia todos os segredos de Annie. Parecia um pouco injusto, com ou sem o trunfo do câncer. — Você sabe mesmo dirigir, não é? — perguntou desconfiada enquanto Polly mudava a marcha.

— É claro que sei! Agora, para onde eu vou?

— Direita, e próxima à esquerda. Olhe para onde você está... Cristo! — Ela se encolheu no assento enquanto Polly se atirava na rua seguinte. — Depois siga reto.

Ela se lembrava tão bem do caminho até a casa que poderia ter chegado lá de olhos fechados. Floral Lane, 175, em Ladywell. Ela costumava pensar que até o endereço era auspicioso. Porque aquela já havia sido a casa *dela*. Estava destinada a ser dela quando Mike telefonou empolgado dizendo que havia encontrado o lugar perfeito, e eles foram ver a casa depois do trabalho, com as mãos entrelaçadas suadas de nervoso, enquanto examinavam a cerâmica preta e branca do hall de entrada, os narcisos no quintal dos fundos — a parte favorita de Annie. Ela até chegou a tentar chamar a casa de Chalé Narciso por um tempo, mas Mike achou que era bobagem e que o carteiro talvez nunca a encontrasse. A casa era dela quando eles encontraram um sofá Chesterfield em um antiquário, e quando lixaram o piso de madeira com uma máquina grande e barulhenta, tão potente que conseguia levantar Annie. E a casa era dela quando chegaram ali com Jacob, vindo da maternidade, o rostinho de pétala de rosa aparecendo no cestinho.

Mas agora a casa não era dela. Era de Jane. De Jane e Mike.

— E se eles não estiverem em casa?

Polly dobrou uma esquina quase derrubando um poste de luz.

— É domingo, é claro que eles vão estar em casa. Devem estar montando móveis e preparando receitas do Jamie Oliver, como todo casal suburbano.

— Obrigada por me lembrar. E olhe por onde anda! Jesus! — Um pequeno terrier escapou por pouco de morrer sob a roda do carro. — Quando exatamente você tirou sua carteira de motorista?

— Muitos anos atrás. Relaxe, está certo? Tenho câncer, acidentes de carro não me dão medo.

— Mas eu não tenho câncer!

— Quem está dificultando as coisas agora? Escute, você vai só dar um oi, dizer que quer conversar com eles porque já faz muito tempo, e que lamenta ter brigado com eles e acha que está na hora de se entenderem e deixarem tudo para trás. Então vocês se abraçam.

— Eu *não* vou dizer isso. Eles vão achar que eu me juntei a algum culto ou coisa assim. — O que, considerando as últimas semanas, de certa forma era verdade: o culto de Polly. — E, além do mais, não lamento ter brigado com eles. A culpa foi toda dos dois.

— Annieeeee... este não é o espírito de reconciliação, é? Você deve ter feito alguma coisa de que se arrepende.

Annie pensou nos e-mails longos e raivosos que mandara para Mike e Jane quando havia bebido vinho demais, dizendo como os odiava e que torcia para que os dois pegassem ebola.

— Hum, não sei.

— Diga apenas que os perdoa, então. É o maior presente que você poderia dar a eles.

Mas Annie não os perdoava. E, conforme se aproximavam do que já havia sido a casa de Annie, com as ruas e lojas conhecidas, ela voltou a sentir a raiva que ainda carregava dentro de si como uma criança irritada. Mas havia chegado até ali — começado alguma coisa —, e sabia que não poderia voltar a ser amiga de Zarah e Miriam sem ao menos tentar conversar com Jane.

— Vire aqui. É a última casa à esquerda, 175. Eu disse *175*. — Polly havia ultrapassado longe. Annie viu o modo como Polly estava estreitando os olhos e um pensamento terrível lhe ocorreu. — Você não consegue enxergar ou alguma coisa assim?

— Está tudo bem!

— Polly!

— Ok, ok, venho tendo alguns problemas de visão. O Bob está pressionando o nervo óptico, só isso.

Annie fechou brevemente os próprios olhos.

— Jesus. Eu dirijo de volta para casa. É aqui, aliás.

— É uma gracinha! Adoro as janelas salientes e as telhas de ardósia.

Annie costumava se aconchegar nos bancos das janelas e sonhar acordada, nos dias frios de inverno. Ela imaginava Jacob fazendo a mesma coisa quando fosse mais velho, lendo um livro ou assistindo a um filme. E talvez mais um ou dois filhos, também. Crianças fantasma agora, nunca nascidas, assim como Jacob.

— Uma pena que eu já não more mais aí. Bem, acho que é melhor acabarmos logo com isso. Você vem comigo?

Polly balançou a cabeça, negando. Ela havia estacionado com uma roda sobre a guia.

— Vou ficar aqui e ouvir as mais tocadas na Magic FM. A vida era realmente curta demais para ouvir a Radio Three. Gostaria de ter sabido.

O que ela ia dizer? E se a expulsassem da casa? Na calçada, Annie olhou para trás, nervosa, e viu Polly balançando a cabeça ao som do rádio. Annie percebeu, com um estranho misto de satisfação e tristeza, que Mike e Jane haviam deixado os canteiros crescerem de forma desordenada, que as ervas daninhas sufocavam os bulbos delicados e as mudas que ela havia nutrido. Ela ergueu a mão para a campainha, mas ficou paralisada em pleno ar. Ela voltou a olhar para Polly, que havia abaixado o vidro da janela, deixando escapar a batida dos Backstreet Boys.

— TRUNFO DO CÂNCER! — gritou.

Annie se encolheu e tocou a campainha.

Ninguém respondeu por séculos, e ela já sentia um terrível alívio subindo pelo peito quando, de repente, ouviu passos se aproximando do outro lado da porta.

— Já vou! — Era a voz de Jane. Uma voz que Annie ouvia todo dia, se não pessoalmente, pelo telefone. Dissecando namorados, empregos, os planos de casamento de Annie e o enredo do episódio mais recente de *Grey's Anatomy*.

Aquela tinha sido uma péssima ideia. Mas já era tarde demais, porque Jane estava abrindo a porta e Annie não sabia para que olhar primeiro. Se para a ex-melhor amiga, que estava dois anos mais velha, um pouco mais enrugada e grisalha, usando calça de pijama e um pulôver grande e largo. Ou para o volume por baixo do pulôver, onde a mão de Jane estava pousada com a aliança de casamento cintilando. Ah, Deus. Por que Annie não havia considerado essa possibilidade?

Jane estava grávida.

Era estranho entrar em uma casa que já fora sua e agora não era mais. A mobília e até muitos livros na sala de estar eram os mesmos, mas em cima da TV estava um porta-retratos com a foto do casamento de Jane, não de Annie. Inclusive com o mesmo noivo. Mas a casa estava muito mais desarrumada — Annie já se sentira tão orgulhosa da arrumação da casa, era estranho se lembrar disso —, e havia xícaras de café vazias e revistas espalhadas pela casa. Ela também viu um tapete no chão que era claramente para uma criança. Tinha a estampa de um jardim, com aplicação de borboletas, pássaros e flores. Estavam preparando a casa para o bebê. O bebê de Mike e Jane. Quando Annie falou, sua voz saiu como gelo fino sobre um rio de lágrimas.

— Eu não sabia.

Jane parecia chocada.

— Não. Nós tentamos não publicar nada online, para o caso de... Eu disse a Mike que ele deveria te contar, mas... você sabe.

Nós. As três letras foram como uma facada em Annie.

— Desculpe por aparecer de repente.

Jane se apressou em recolher algumas revistas.

— Você veio... hum, veio pegar alguma coisa?

— Não. Não é isso. — Ah, Deus, como explicar? — Eu poderia me sentar por um segundo, Jane? Só quero conversar. Tudo bem para você?

Jane parou, e Annie se lembrou envergonhada da última vez que esteve naquela casa, do dia em que foi embora, berrando na calçada da frente sobre como Jane era uma destruidora de lares e Mike um traidor nojento.

— Tudo bem. Acho que já está na hora. — Ela indicou o sofá com um aceno de cabeça. — Por que você não...?

Era o mesmo sofá, com um lindo couro vermelho craquelado. Annie havia no entanto pagado por ele, o único sofá que ela tinha no momento era horrível, uma imitação de couro que conseguira na loja de uma organização de caridade, a British Heart Foundation. Ela tentou não se importar com isso enquanto se sentava. Mike se sentira tão mal, que oferecera a ela a casa e tudo o que estava dentro dela, mas Annie fora orgulhosa demais para aceitar um centavo sequer. Quando ela se mudou, não tinha nem colheres, de tão determinada que estava em abandonar a antiga vida e deixar tudo para trás.

— Chá?

— Hum, não, obrigada. — Annie não tinha ideia de quanto tempo Jane a deixaria ficar depois que ela começasse a falar. — Bem, você deve estar se perguntando por que eu...

— Sim, é um pouco inesperado.

Jane se abaixou para pegar uma xícara suja e os cabelos esconderam seu rosto. Ela ainda era loira, mas agora havia mais fios grisalhos na raíz. Antes, já fora Jane sentada no sofá e Annie a anfitriã empolgada e feliz, preparando-se para o nascimento do filho. Fora a única vez em sua vida que ela não carregava uma inveja secreta de Jane — que, afinal, havia crescido com irmãos, em uma bela casa e com um pai —, e se sentiu em paz.

Na época, Jane parecia ligeiramente perdida, sempre com o nome de um homem diferente nos lábios, lágrimas presas na garganta enquanto falava. E Annie estava sempre ali para ouvir, para oferecer lenços de papel, chá e abraços. Engraçado... Quando Jane parou de reclamar da vida amorosa, Annie pensou que a amiga finalmente estava feliz por estar solteira, seguindo em frente com a vida. Mas, na verdade, ela estava seguindo... na direção de Mike.

— Bem — disse Annie —, acho que venho fazendo um pouco de... muita autorreflexão recentemente.

— Ah — falou Jane.

— Então, quis vir e lhe pedir... tentar entender o que aconteceu. Entre você, eu e... ele.

— Você viu Zar e Miriam. Certo?

— Sim. Elas disseram que você... que você se sentia mal pelo que aconteceu.

— Annie, eu me sinto tão mal que poderia morrer. Mas você precisa entender que não planejei isso. Mike e eu...

Annie se retraiu. Ela costumava dizer a mesma frase. *Mike e eu. Meu marido, Mike.*

— ... você e ele já estavam... tão devastados, e eu também estava, e você estava totalmente fora de alcance, e ele só precisava de alguém com quem conversar, e antes que eu me desse conta nós estávamos... e agora eu estou... bem...

— Estou vendo. — Annie olhou para a barriga de Jane. — Quanto tempo...?

Jane pousou as duas mãos na barriga, um gesto que Annie conhecia muito bem.

— Cerca de sete meses.

O bebê dentro dela já estava totalmente formado, punhos e pés enroladinhos. Os pezinhos de Jacob haviam sido assim, como minúsculos ratinhos dentro de meias azuis e verdes. Tudo seguro, aconchegante, em tons pastel.

Annie engoliu com dificuldade antes de continuar.

— Sei que você não fez o que fez de propósito — falou (embora não estivesse totalmente convencida). — Mas eu tinha perdido tudo. Meu bebê, meu marido, minha casa... e também você. Eu não tinha mais nada, Jane.

Jane não a olhava nos olhos.

— Eu sei. Sinto muito. Sinto tanto sobre Jakey... Você sabe quanto eu o amava. Fiquei arrasada com tudo o que aconteceu.

Annie teve vontade de gritar: *Não diga o nome dele!* Mas mordeu a língua. Jane tinha sido uma madrinha incrível, visitava Jacob toda semana, tirava centenas de fotos lindas.

Jane fungou.

— Deve ter sido terrível para você. Não consigo nem imaginar. Mas o que aconteceu com a gente... foi um acidente, e eu não tive a intenção. Apenas me apaixonei. Sei que foi egoísta da minha parte. Mas eu o amava tanto! Eu me apaixonei perdidamente e não sabia o que fazer.

— Vocês estão felizes? Vocês dois?

Logo seriam três. Annie se perguntou se iriam usar o quarto de Jacob. Se o pintariam sobre os estênceis de patos e ursos felizes que ela havia feito.

Jane hesitou, então assentiu, culpada.

— Ao menos acho que sim. Quer dizer, tenho andado nauseada e cansada... — Ela se interrompeu, como se tivesse se dado conta de com quem estava falando. — Desculpe. Acho que você não quer ouvir sobre como é difícil estar grávida.

— Eu me lembro. — Também era difícil ter um bebê. Mas era fácil se esquecer disso às vezes, tamanha era a sua vontade de ter Jacob de volta. Parecia traição lembrar da sensação de ficar dando voltas naquela mesma sala com ele gritando em seu ouvido, molhando-a de lágrimas e muco, conforme três da manhã se tornava quatro. Annie sentiu uma profunda tristeza. — Não foi culpa sua o que aconteceu com Jakey. Mas Jane... acho que o que você fez foi a última gota. O que me destruiu de vez.

Jane deixou escapar um som, como uma fungada feia, e Annie viu que ela estava chorando, o rosto franzido. E sentiu seu próprio rio de lágrimas se desviando, fluindo perigosamente sob o gelo. Mas não, ela e Jane não iriam chorar uma nos braços da outra e não voltariam a ser melhores amigas.

— Sinto tanto — disse Jane, a voz estrangulada de choro. — Sinto tanta saudade de você. Fiz uma coisa tão terrível.

O coração de Annie estava tão pesado, que parecia guardar um balde cheio de água.

— É melhor eu ir.

Ela não podia ficar mais tempo ali, naquela casa encantadora que já fora dela. Era tudo tão injusto. Jane tinha sua casa, seu marido, e agora um bebê. E Annie... não tinha nada. Por um segundo, ela imaginou outro mundo, um em que Jane estivesse grávida de outro homem que não o seu ex-marido. Como Annie teria ficado feliz por ela. A perda de tudo aquilo — não apenas de Jacob, mas também de Jane e do bebê que estava para chegar — deixou o coração de Annie muito apertado. Ela conseguiria imaginar um tempo em que pudesse fazer parte da vida deles? Em que fosse a festas de aniversário, mandasse presentes?

Annie levantou os olhos para o teto.

— Vocês vão usar... vão usar o quarto dele?

— Não há outro lugar. — Jane estava mordendo o lábio. — Sinto muito. Teríamos nos mudado, só que, você sabe... o preço das casas, e...

— Tudo bem.

É claro que eles iam usar o quarto — onde mais poriam o bebê? —, mas ainda assim doía, como um corte aberto.

Quando Annie já se encaminhava para a porta, de repente ela foi aberta com um rangido, e Mike estava ali. Ele segurava a chave no alto, paralisado de um jeito quase cômico, com uma expressão de surpresa no rosto.

Annie percebeu rapidamente que ele também havia envelhecido — estava mais calvo, a barriga estava maior embaixo da camisa polo e do jeans.

— Annie?

Mike tinha várias sacolas de pano nas mãos. Então ele finalmente começara a usá-las.

— Oi, Mike.

Ele virou rapidamente a cabeça para Jane.

— Amor, ela...

Amor. Aquilo foi como uma faca enfiada na barriga de Annie. Ela observou os dois terem uma rápida conversa silenciosa, como a própria Annie costumava ter com ele.

Ela fez outra cena?

Não, está tudo bem.

Annie não conseguiria suportar outro confronto emocional. Ela se forçou a dar um sorriso, ou ao menos alguma coisa próxima disso.

— Preciso ir. Obrigada por conversar comigo, Jane. Pa... — A palavra ficou presa na língua dela. — Parabéns. Tchau.

Ela deixou os dois parados na porta da casa que logo abrigaria uma família de três e, quando chegava à calçada, ouviu Mike dizer:

— Tem uma mulher maluca cantando a trilha de *Grease* no carro ali fora.

DIA 29
FAÇA UMA LIMPA NO FACEBOOK

— Bom para você — disse Polly quando Annie, um tanto emburrada, lhe mostrou o celular para inspeção. — Os dois se foram?

— Os dois.

Mas a sensação não era boa. Ela fora amiga de Jane desde antes da existência da internet, antes das menstruações e dos garotos, antes até que uma das duas soubesse amarrar os sapatos. E agora Annie apagara Jane de vez. E não conseguia evitar a sensação de que tudo poderia ter sido diferente se ela tivesse esperado mais um ou dois anos. Talvez se Polly não a tivesse pressionado a fazer aquilo antes que estivesse pronta... Mas não. Aquelas pontes haviam sido queimadas, com pessoas gritando e pulando de cima dela nas águas raivosas. Não adiantava nada se prender aos "e se".

Polly apertou o braço de Annie enquanto as duas se acomodavam na cafeteria do hospital.

— Vamos, eu te pago um bolo. Acha que o dr. Q gostaria de alguma coisa para comer depois da corrida dele? Eu o vi mais cedo, dando voltas ao redor do hospital. Ele está, tipo, realmente em forma.

Annie franziu o cenho.

— *Polly*.

— É só bolo.

— Claro que é. De qualquer modo, se eu comer mais bolo, vou acabar desenvolvendo diabetes tipo II e, quando eu estiver aqui com você, você não poderá mais usar o trunfo do câncer.

— Tá bom, tá bom. Vamos sair daqui então; vi o dr. McRabugento e tenho que evitá-lo. Ele disse que preciso passar a usar uma bengala branca, de tão ruim que está a minha visão! Consegue imaginar, eu andando de bengala branca? Não sou *cega*.

Annie viu o dr. Max no balcão da cafeteria, aguardando o que parecia ser um expresso quádruplo, e acenou. Ela se pegou imaginando à toa se ele tinha conta no Facebook.

DIA 30
ESCUTE

Annie respirou fundo. Já havia reescrito o e-mail algumas vezes e aquilo já estava ficando ridículo. Eram apenas cinco palavras. Por que não podia apenas apertar enviar? Mas e se o destinatário risse ou ignorasse o e-mail, ou o encaminhasse para outra pessoa? A mão de Annie pairou sobre o mouse, paralisada. O que Polly diria? Alguma coisa sem sentido sobre ter que estar escuro para ver as estrelas, sem dúvida. Por alguma razão, grande parte das frases motivacionais de Polly eram sobre astronomia.

Ela suspirou e clicou. *Gostaria de almoçar comigo hoje?* Então, baixou os olhos para a mesa, sentindo um frio no estômago. Aquilo seria constrangedor. Sobre o que conversariam? Considerando que ela aceitasse. Mas quando levantou os olhos, Fee estava assentindo com a cabeça entusiasmadamente para ela.

— Que ótima ideia, Annie. Eu sempre acabo almoçando na minha mesa e continuo trabalhando enquanto como.

— Eu sei. Mas não somos pagas para isso, não é mesmo?

— Você está certa. E eu não conhecia este lugar. — Elas seguravam copos de isopor com café e pãezinhos de bacon, sentadas nas cadeiras de metal do lado de fora do quiosque de café do parque. Fee fechou os olhos para sentir o calor suave do sol de primavera. — Isso me fez sentir melhor. Obrigada, Annie.

— Está tudo... tudo bem? — perguntou Annie timidamente. Ela não queria bisbilhotar, mas nos últimos tempos Fee andava diferente do que costumava ser. Havia pelo menos um mês que não tentava convencer o pessoal do escritório a ir ao karaokê.

— Ah, as coisas estão um pouco difíceis em casa. Minha companheira, Julie, está fazendo tratamento de fertilização in vitro, e isso está custando uma fortuna. E continuam falando em demissões no trabalho. Acho que isso me deixa nervosa.

— Lamento saber disso. Sei como pode ser difícil quando se está tentando engravidar. — Uma lembrança a atingiu, Mike implorando: *Por favor, Annie, temos que parar de tentar, isso está matando você*, e ela tentou esconder a careta com um gole de café.

— Eu me sinto tão impotente. Como se eu devesse estar fazendo isso, mas ela é mais nova e faz mais sentido... — Fee se interrompeu. — Você deve me achar péssima por levantar esse assunto, Annie. Depois de tudo pelo que passou.

— Ah! Por causa do... meu filho? — Todos sabiam é claro, embora ninguém mencionasse o assunto. Ela passara meses de licença, com a sensação de que também acabaria morrendo de puro sofrimento. — Sinceramente, não me importo. Por séculos depois do que aconteceu, ninguém sequer mencionava os próprios filhos comigo ou os levava para me ver. Eu me sentia uma leprosa. — Como se filhos mortos fossem contagiosos ou coisa parecida. — Portanto, por favor. Fico feliz de ouvir.

Durante a meia hora seguinte, Annie escutou Fee falar sobre o estresse por que estava passando, como Julie estava dormindo no quarto de hóspedes, como estavam prestes a estourar os fundos das contas bancárias, como Fee estava preocupada com a possibilidade de perder o emprego. E era estranho, pensou Annie, ao menos por uma vez, não ser a pessoa que estava desmoronando. Como se talvez ela ainda pudesse ser alguém que ajuda outras pessoas.

DIA 31
DANCE COMO SE NINGUÉM ESTIVESSE OLHANDO

— Mas você deveria estar fazendo isso, Poll? Quer dizer, está bem o bastante?
— Do que você está falando? Estou perfeitamente bem!
Polly já estava dançando no ritmo da música enquanto as pessoas se trocavam, tirando os agasalhos e revelando leggings justas e coletes. Annie abraçou o próprio corpo — estava usando tantas camadas, que era impossível dizer se era uma mulher, um homem ou o Abominável Homem das Neves.
— Isso vai ser um pesadelo — disse George, bebendo uma Coca Diet. Ele tinha sombras escuras sob os olhos e um sutil cheiro de vodca emanava de seus poros. — Detesto essas coisas hippies. Ainda mais quando não estou completamente chapado.
Ao menos uma vez Annie concordou com ele. Abraçar estranhos e ficar se roçando neles provavelmente é normal quando se está sob o efeito de drogas, mas não às seis da manhã de uma quarta-feira, totalmente sóbria. Ela sentiu medo. Estava fazendo o melhor possível para evitar contato visual, fingindo que nada estava acontecendo, mas, em algum momento nos minutos seguintes, a aula de dança seguindo a técnica de contato improvisação iria começar, e ela teria que tocar as pessoas, deixá-las colocar a mão em sua cintura — se conseguissem encontrar — e em suas pernas e braços, e talvez até em seu rosto, e... ah, Deus.

Annie segurou o braço de George.

— Não consigo. Eu só... não consigo mesmo. Não sei dançar, odeio que as pessoas me toquem e realmente, realmente não consigo. Sinto muito.

— Não diga que sente muito para mim, estou no mesmo barco. — Ele passou os dedos pelo rosto exausto. — Odeio dançar sóbrio. Odeio usar roupas apertadas. Odeio sorrir.

Os outros participantes estavam todos cintilando de saúde, sorrindo animados uns para os outros, cumprimentando a professora com abraços. Annie estava em um canto, o mais escondida possível. Sentindo uma pulsação de pânico no estômago.

— Ah, Deus. Não consigo.

— Por que eu não entro de verdade em uma academia de ginástica, em vez de fingir? — lamentou George, encolhendo a barriga. — Achei que os benditos gays eram só fortes e em forma. Esses aqui são tão... saudáveis.

Polly veio girando na direção deles. Embora estivesse magra, não era saudável. Era possível ver os cabelos quebradiços embaixo do lenço de cabeça, os ossos proeminentes, a pele cansada. Ela já estava arfando e eles nem haviam começado. Annie e George trocaram um rápido olhar.

— Isso vai ser incrível. Vocês vão participar, não vão?

— É claro! — disse Annie, tentando parecer convincente.

— Mal posso esperar! — George sorriu e fez um joinha. Quando Polly deu as costas, ele fez uma careta para Annie. — Vamos. A gente vai dar um jeito de enfrentar isso e ganhar, tipo, um milhão de pontos como bom irmão e boa amiga. Está dentro?

— Estou — concordou Annie, relutante, achando bom ter um aliado, mesmo que inesperado.

— Agora, pegue seu parceiro pelos braços... olhe bem dentro dos olhos dele!

Naquele momento, Annie tinha como par um homem de meia-idade de hálito tóxico e cabelos grisalhos ondulantes.

— Ajuda se você realmente se abrir para isso, Anna.

— É *Annie*. — E quem fez dele o rei da aula de contato e improvisação?

— E empurreeeeee... — cantarolou a professora, uma ruiva muito magra chamada Talia; a calça de lycra que usava parecia ter sido pintada com spray em suas pernas esguias.

O homem do hálito ruim empurrou Annie com força.

— Você deve empurrar de volta — disse ele, prestativo.

— Estou empurrando — ofegou Annie.

— Uau. Você realmente precisa trabalhar seus quadris, Anna. Eu poderia sugerir uma academia ótima...

— E mudaaaandoooo de parceiros!

— Tchau! — Annie escapou antes do inevitável high five. Ela não fazia mais aquilo. Era uma questão de princípios.

George a agarrou, os olhos arregalados.

— Socorro. Eu acabei de colocar a minha *cabeça* entre as *pernas* de uma mulher. Não fazia isso desde que *nasci*.

Eles olharam para Polly, que estava girando, a echarpe turquesa flutuando como um estandarte, roçando nas pessoas. Ela estava respirando com dificuldade, e Annie desconfiava de que a amiga não conseguia enxergar muito bem.

— Ela está bem? — Annie perguntou a George.

— Não sei. Ela está em total negação sobre esse problema de visão. Venha comigo. — Eles foram dançando até onde ela estava. — Ei, Poll, que tal descansar por algumas músicas?

— Não preciso... descansar — arquejou ela.

— Não, mas você está ofuscando o resto de nós. Que tal dar um tempo para que Annie e eu possamos nos conectar com as pessoas?

— Tá bom — disse ela e se sentou rapidamente em uma cadeira próxima. Ela levou a mão às costas, o rosto contorcido de dor. — Só por vocês.

— Cole em mim — murmurou George para Annie. — Vamos só fingir.

E assim, pelos cinquenta minutos seguintes, os dois giraram, gemeram, rolaram no chão e jogaram os braços para o alto para absorver a energia do universo. Annie sentia cada vez mais calor dentro de suas inúmeras camadas de roupa, até conseguir sentir o suor escorrendo por baixo do sutiã.

George estava irritantemente próximo, a barba no queixo por fazer às vezes arranhando a pele dela, o som de sua respiração zumbindo em seu ouvido. Quanto tempo fazia que ela não ficava tão próxima de outra pessoa? Não desde Mike, certamente. Annie manteve os olhos fixos no chão, os tapetes de ioga amassados com um leve cheiro de suor, e tentou contar os segundos, como quando fazia algum procedimento médico doloroso e indigno. E isso era algo que ela conhecia bem. Por fim, acabou. Ela tirou a cabeça de baixo da axila de George, que cheirava como se alguém tivesse espirrado todo um frasco de aromatizador de ambiente nela.

— Acho... que terminou — disse ela, mal conseguindo acreditar.

— Sério? — Ele soava arrasado.

— Oiii! — Polly se aproximou. Ela parecia cansada, mas feliz, com olheiras escuras no rosto pálido. — Isso foi incrível. Eu só queria ter feito essa aula anos atrás. Me senti tão... conectada.

Para Annie, a sensação fora de estar em um vagão do metrô lotado, prensada contra a braguilha de alguém por uma hora inteira. Só que com todo mundo olhando para ela e sorrindo agressivamente.

— Foi... uma experiência — arriscou Annie.

George foi mais honesto.

— Jesus Cristo, Poll. É melhor você realmente estar morrendo, porque eu nunca, nunca mais farei isso. Vou precisar de anos de terapia para superar essa experiência.

Polly afastou o comentário com um aceno de mão. Ofender-se era uma das muitas coisas com as quais decidira que não tinha tempo a perder, junto com se preocupar em contar calorias ingeridas, entrar em filas e tentar parecer descolada. Ela passou um cardigã por cima dos ombros magros e Annie percebeu que as mãos da amiga tremiam. Mas sua voz estava animada.

— Acho que vou sair para tomar um smoothie de maconha com parte do pessoal, interessados?

George e Annie trocaram um olhar.

— Tenho que trabalhar — Annie apressou-se em dizer.

— No fim de semana?

— Hum, hoje é quarta-feira, Poll.

— Ah, é? Bem, para mim dá tudo no mesmo, hoje em dia. E você, mano?

— Tenho um teste dos grandes... provavelmente.

— Para quê?

— Hum, não sei — improvisou George. — O agente se esqueceu de me dizer, haha.

— Certo. — Polly acenou. — Vejo vocês logo?

— Amanhã. Lembra-se?

— É claro que me lembro. Dã, ainda estou no domínio das minhas faculdades mentais. Até logo, então.

Quando ela saiu, Annie olhou para George de novo e os dois caíram na gargalhada.

— Santo Deus — disse Annie. — Já tomei anestesia geral mais agradável do que esta aula.

— Nunca mais faremos isso. Mesmo se ela implorar. Temos um acordo?

— Temos — concordou ela. — Você realmente tem um teste?

— Ha, não. Do jeito que vão as coisas, eu não conseguiria ser escolhido nem para uma fila de suspeitos da polícia. A menos que alguém esteja selecionando candidatos para o papel de "marido espancado".

Annie ficou em silêncio. Ela desconfiava de que havia mais por trás do olho roxo de George — agora já quase curado — do que ele estava dizendo, mas teve medo de perguntar.

George jogou a bolsa por cima do ombro e enfiou as mãos nos bolsos do colete.

— Tchau, Annie. Nos vemos amanhã, em mais uma invenção absurda da minha irmã.

Ele se inclinou e deu um beijo no rosto dela.

Annie enrubesceu. Jamais teria sequer falado com alguém como George — tão rabugento e teimoso —, se não fosse por Polly e toda aquela loucura. A menos que ele ligasse para reclamar sobre algum imposto. E ali estava ela, na manhã de um dia de semana, fazendo gracinhas e cintilando de suor, tendo que estar no trabalho dali a uma hora. Tempo para comprar um café com leite em algum lugar, talvez um croissant, e se sentar um pouco para aproveitar o sol da primavera. Annie pensou na cidade que se espalhava diante dela, e pensou em Sharon, em Jeff e Fee, todos enfiados naquele escritoriozinho fedorento em Lewisham, e deu um suspiro profundo, sentindo algo que talvez estivesse próximo de satisfação.

DIA 32
FAÇA TRABALHO VOLUNTÁRIO

— Isso é ainda pior — reclamou George. — Olhe para mim...

— Você está ótimo. Esse amarelo realmente combina com o branco do seu olho.

Ele olhou irritado para Polly.

— Posso dizer de novo que, se você já não estivesse morrendo...

Annie ajeitou a própria fantasia.

— Entendo que George é o coelhinho da Páscoa, mas o que somos nós?

— Pintinhos, é claro. Pintinhos descolados.

Isso explicava o vestido amarelo de babados e a meia-calça laranja. Pelo menos ela precisava usar uma cabeça com bico que, com sorte, esconderia sua identidade.

George ainda estava resmungando por causa de sua fantasia, que era feita de pelo amarelo pálido e tinha orelhas caídas.

— Isto é tão humilhante. Sou protegido pelo princípio da equidade, sabe?

— Pense nisso como um bico de alto nível como ator — estimulou Polly. Ela conseguia fazer sua própria fantasia de pintinho parecer alta-costura. — Qual é, pessoal? Isso é realmente importante.

Annie e George trocaram um olhar deprimido.

— Ao menos você não está vestido como uma corista rechonchuda — disse ela. — Você ficou com o papel principal.

— Até parece. Qual é a minha motivação para o papel?

— Entregar ovos de Páscoa às pobres criancinhas sofridas da ala infantil do hospital — falou Polly com severidade. — Àquelas que não podem sair porque estão tão doentes, que isso poderia matá-las.

— Tá bom, tá bom. — George ajeitou as orelhas. — Vou atuar como um Coelho da Páscoa que perdeu o papel principal de *Em busca de Watership Down* por causa de uma trágica batalha contra a mixomatose e, para compensar, imprime profundidade e emoção até nesse bico.

— Beleza. Muito bem, já escondemos os ovos por toda a ala infantil, então vocês só precisam ajudar as crianças a os encontrarem, além de serem legais, e tal. Acham que conseguem fazer isso?

— Sim — murmuraram Annie e George.

— *Och*, é o Pernalonga!

Ah, não. Sotaque escocês. O dr. Max estava se aproximando, com camisa social e gravata, as duas amassadas, assim como o rosto ainda cansado. Junto dele estava o dr. Quarani, elegante como sempre.

— Oi, dr. McRabugento! — gritou Polly. — O que acha? — Ela deu uma voltinha e acrescentou, fingindo indiferença: — Ah, oi, dr. Quarani.

— Olá — disse ele. Educado, mas distante. Annie viu a expressão de Polly desanimar. — Como está sua mãe, sra. Hebden?

— Muito melhor, obrigada. Eu a encontrei jogando caça-palavras em uma revista, mais cedo. Há meses ela não conseguia.

— Que roupa interessante. — O dr. Max estava olhando para Annie.

Ela enrubesceu e puxou a bainha do vestido de babados para baixo.

— É para as crianças — falou.

— É mesmo, ou é para fazer os adultos se sentirem melhor consigo mesmos? Espero que as fantasias tenham sido esterilizadas. É sério, Polly, algumas daquelas crianças estão realmente *muito* doentes.

Polly revirou os olhos.

— Pare de se preocupar! Vai ser incrível.

— Ora, sinto muito, mas é meu trabalho me preocupar. Todos higienizando as mãos! Se virem o aviso de que a criança não pode comer ou beber, isso significa NADA na boca dessa criança. Não deem chocolate. Se houver aviso de contato limitado, NÃO as aconcheguem ou peguem no colo. Sei que isso pode perturbar vocês, mas pode realmente matá-los. Entendido?

— Quer se juntar a nós, dr. Quarani? — perguntou Polly em um tom inocente.

— Costumo lidar com os pacientes mais velhos.

O dr. Max o olhou de relance.

— Sami é um médico sério. Duvido que queira se juntar a adultos vestidos como animais de fazenda.

— Coelhos não são animais de fazenda. — Polly ajeitou seu bico. — Vamos, as crianças são muito fofas.

— Tenho que ir. Está na hora da minha corrida.

Ele se afastou apressado, sem nem olhar para trás, mexendo na pulseira Fitbit.

— Bem, ele não é exatamente divertido — resmungou Polly.

O dr. Max franziu o cenho.

— Estou falando sério, Polly. Deixe Sami em paz. E tenha cuidado com aquelas crianças. Elas são mesmo *muito* frágeis.

— Você vem também? — perguntou Annie.

Ele balançou a cabeça.

— Preciso extrair um tumor cerebral. Não é um...

— Emprego das nove às cinco, nós sabemos. — Polly revirou os olhos de novo. — Essa é mesmo a sua frase preferida.

— Ora, peça mais fundos ao governo, se quiser que as coisas mudem. Mas agora, divirtam-se.

Era engraçado como ele sempre conseguia fazer Annie se sentir frívola e tola, mesmo quando estava tentando ajudar. Ela puxou a barra da saia de novo. Polly mostrou a língua para as costas do dr. Max.

— Não liguem para o dr. McRabugento. Vamos lá, fazer o que viemos fazer.

Annie sentia-se estranhamente nervosa conforme as portas se abriam e ela desinfetava as mãos. Com adultos doentes, ela conseguia lidar. Ao menos eles conseguiam compreender pelo que estavam passando. Mas o que dizer a uma criança pequena que pode morrer antes mesmo de ter vivido? Ao menos não haveria nenhum bebê. Ela não conseguiria lidar com bebês doentes.

Havia cinco camas na ala, cada uma com um rosto espiando. No fim, um garotinho usando pijama de Superman olhou para eles com uma expressão esperançosa, de dentro de uma tenda plástica. Annie engoliu com dificuldade. Tentou sorrir. A paleta de cores ali era mais viva, mas ainda horrível. O amarelo da falsa esperança, o rosa do amor vão.

— Ei, todo mundo! Aqui estamos! O Coelho da Páscoa e os incríveis pintinhos! — Polly entrou correndo na ala batendo as asas. As crianças permaneceram em silêncio.

— Elas são um pouco tímidas — disse o enfermeiro, um rapaz robusto cujo crachá dizia que se chamava Leroy. — Oi, Polly.

— Querido! — Eles trocaram beijos no rosto.

Annie ergueu as sobrancelhas para George. Como Polly conhecia *todo mundo*?

— Este é Leroy, que basicamente manda neste lugar, e esta é Kate, a pediatra. — Era uma moça sardenta, que parecia ter doze anos, usando o uniforme do hospital e os cabelos presos em uma trança.

— Oi, pessoal. O dr. Max orientou vocês em relação ao controle de infecções? Sei que é chato, mas alguns deles estão muito doentes.

— O que... o que eles têm? — George parecia uma figura mitológica um tanto desanimada enquanto olhava para uma das crianças, que estava com a cabeça enfaixada.

Kate deu uma volta com eles, apontando com o estetoscópio:

— O Bilal ali tem fluido no cérebro. A Amy tem um buraco no coração; ela logo vai fazer a sua décima quarta cirurgia. — Era uma garotinha com trancinhas que combinavam com a de Kate, usando um macacão rosa de elefante, que ficou olhando para os três. — Matty tem ossos de vidro, e essa é a sua décima fratura. — O garoto estava jogando em um Gameboy, as duas pernas engessadas. — Matty! — Ela fez um gesto para que ele tirasse os fones de ouvido, e o menino tirou, relutante. Kate continuou. — Esta é Anika, ela tem um tumor cerebral.

— Hum — disse Polly, com o sorriso desconcertante que abria sempre que falava sobre a própria doença. Ela explicou a Annie: — É que todo mundo diz "câncer" do mesmo jeito, como se tivesse que engolir a palavra com medo dela matar. É como falar o nome do Voldemort. Estou tentando uma abordagem diferente, só isso.

Kate chegou às duas últimas crianças.

— Esta é Roxy. Tem quinze anos, mas pensa que tem cinquenta, não acha que deveria estar na enfermaria das crianças.

Roxy era uma adolescente de aparência gótica usando um pulôver preto e legging, com uma echarpe preta ao redor da cabeça careca. Ela desenhara as sobrancelhas que não tinha com lápis escuro. A garota estalou a língua em reprovação.

— Posso ouvir vocês, sabe? E isso é um horror.

— Sim, Roxy, sabemos que você odeia tudo. E na câmara ali está Damon. O pobrezinho nasceu praticamente sem sistema imunológico.

Annie tentou não parecer horrorizada.

— Então... ele tem que ficar aí dentro?

— Estamos preparando Damon para um transplante de células-tronco, por isso não podemos correr o risco de ele pegar uma infecção. Até seus pais precisam conversar com ele através da câmara, infelizmente.

Annie sentiu um puxão nas penas e, quando olhou para baixo, viu Amy, a menina menorzinha, parada timidamente perto dela.

— Aquele é o Coelho da Páscoa?

— Claro que é! Hum, talvez ele queira falar, agora...

Ela quase podia ver George se encorajando, entrando no papel. A voz dele saiu aguda, com um ligeiro sotaque americano.

— Oi, crianças! Sou o Coelho da Páscoa! Sei que estão todos um pouco tristes, mas estou aqui para comandar a caça aos ovos de Páscoa. Vamos ver o que conseguem encontrar!

— É um profissional — murmurou Polly.

Annie não teria acreditado que seis crianças — uma dentro de uma câmara — poderiam causar tanta confusão. Foram encontrados ovos embaixo das camas, no depósito de remédios, nos armários ao lado dos leitos, no bolso do jaleco de Kate. Até Roxy se juntou ao grupo, empurrando Matty em uma cadeira de rodas para que ele também pudesse participar. Polly estava conversando com Anika.

— Você sabia que somos gêmeas de cérebro?

Anika a encarou timidamente.

— Eu tenho um caroço ruim na minha cabeça.

— Eu também. — Polly levantou o bico de pinto para mostrar a parte careca da cabeça.

Kate chamou Annie.

— Acho que o Bilal precisa de ajuda. Ele está um pouco debilitado por causa da cirurgia.

Bilal, que tinha metade do rosto escondido atrás de uma atadura, estava tateando com cuidado a beirada de algumas prateleiras que guardavam brinquedos. Embora "brinquedos" fosse um jeito gentil de chamar — o que havia ali era alguns blocos coloridos encardidos, uma boneca com um olho só e bichos de pelúcia com o enchimento para fora. Um pouco como as crianças.

— Oi — disse Annie, desesperadamente nervosa. Ela não tinha experiência com crianças com mais de dois meses de idade. — Hum... eu sou Annie. Você é o Bilal?

Ele a encarou.

— Quantos anos você tem, Bilal?

— Cinco. — Ele parecia tão pequeno, tão doente.

— Veja, acho que tem alguma coisa escondida ali atrás. Junto dos blocos de empilhar.

O menino esticou a mão e pegou um ovo pequeno, embrulhado em um papel roxo cintilante. Seu rostinho, tão machucado e pálido, se acendeu.

— O Coelho da Páscoa!

— Isso mesmo, ele deixou um ovo para você! — Ela olhou para Kate para confirmar se ele podia comer, e a pediatra assentiu. — Por que não damos uma mordida?

Enquanto Bilal sujava o rosto todo de chocolate, Annie olhou ao redor. Lá estava George, deixando a pequenina Amy deslizar sobre os pés/patas dele. Polly, com Anika perto dela dissecando um ovo, conversava com Roxy, fazendo gestos de como aplicar delineador. Também já não restava muito de suas sobrancelhas por causa da quimioterapia. Matty conversava com Damon, mostrando os ovos que encontrara, enquanto o outro menino só olhava. Ele estava careca e pálido, mas usava uma camisola de hospital de Star Wars, e Annie viu que havia um sabre de luz pendurado acima da cama dele. Será que Jacob também teria gostado daquilo se tivesse vivido? Ela teria que aprender sobre Stormtroopers, futebol e Lego?

Annie saiu do devaneio e viu Bilal a encarando debaixo da atadura.

— Ei, sabe de uma coisa? — disse ela, tentando parecer animada. — Aposto que você poderia usar uns gorros legais sobre essa atadura. Polly, você tem um chapéu em sua bolsa?

— É claro! Nunca vou a lugar algum sem um chapéu. Deixe-me ver. — Ela procurou dentro da bolsa grande estampada e puxou um gorro. — Que tal este? É o mais descolado que eu tenho. — Ela o colocou na cabeça de Bilal e recuou para examinar o resultado. — Ah, não! Ele ficou descolado demais... Não podemos deixar que ele use isso, podemos, Annie? Vai roubar todo o meu estilo.

Annie seguiu a deixa.

— Ah, por favor, Polly, não precisa ficar com inveja só porque ele é mais descolado que você.

Bilal riu. O gorro era grande demais para ele, mas escondia a brancura ofuscante da atadura e o deixava mais como uma criança comum, ainda que magérrima e usando pijamas do dr. Who durante o dia.

George se aproximou, empurrando suas orelhas de coelho para cima. Estava ruborizado e sorrindo.

— Adivinhem só? Eles querem que eu volte, talvez toda semana. Ao que parece, há um armário cheio de fantasias aqui. Quem diria que o Coelho da Páscoa seria o meu papel de estreia! Preciso me preparar para a minha interpretação de Coco, o Palhaço.

O olhar de Annie encontrou o de Polly e elas começaram a rir.

— Agora ele vai ficar insuportável — falou Polly. — E você, Annie? Aprendeu alguma lição de vida na ala infantil? As crianças te ensinaram o verdadeiro significado das coisas?

— Eu não iria tão longe. — Annie olhou para trás, para a triste coleção de brinquedos. — Mas talvez eu tenha uma ideia da próxima coisa que podemos fazer.

DIA 33
ORGANIZE-SE

— Certo, então Milly vai organizar as mídias sociais e as coisas online... Ela diz que se eu ficar de longe, deixando que ela cuide de tudo, consegue fazer acontecer. Suze vai cuidar da divulgação e da imprensa. O dr. Max vai esclarecer tudo com o hospital, e...

— Ele vai? — interrompeu Annie. — Achei que ele não acreditasse em arrecadação de fundos.

— Bem, alguma coisa o fez mudar de ideia — comentou Polly, fingindo inocência. — Tem ideia do que possa ter sido, Annie?

— Não — apressou-se em dizer. — Eu posso cuidar dos ingressos, receber o dinheiro, essas coisas. Também temos que criar um site para o levantamento de fundos, caso as pessoas queiram doar pela internet.

— Boa ideia. Vai ser incrível.

Annie não estava tão certa. Sempre que pensava no que estavam planejando, tinha a mesma sensação de quando era criança e subiu no escorregador mais alto do parquinho — voltar para trás seria vergonhoso, mas seguir em frente também era muito apavorante.

DIA 34
LIBERE SEU LADO ARTÍSTICO

— O que deveria ser isto?

— É uma criança. Sabe, como as que pretendemos ajudar?

Annie examinou a tela que Polly estava pintando.

— Para mim, parece um urso.

— Um urso?

— Sim. As pessoas vão achar que estamos arrecadando fundos para o urso Paddington.

— Ok, ok, não fui bem em arte na escola, por isso acabei fazendo história da arte. Mas pelo menos estou me esforçando.

Annie deu uma palmadinha no ombro dela. Polly estava usando o macacão de novo, e o que restava de seus cabelos estava preso para trás com uma echarpe de seda. Annie tinha que admitir que a amiga sabia tudo sobre se vestir para uma ocasião.

— Tudo certo, vamos dizer às pessoas que as crianças pintaram. Talvez você deva usar aquela bengala branca, afinal.

Polly fez biquinho por um momento, depois puxou o pincel para trás e jogou tinta azul em Annie. A tinta aterrissou no jeans de Annie, que apenas ficou de boca aberta. Então, ela enfiou os dedos no pote de tinta e jogou de volta em Polly. A tinta acertou no rosto dela, e por um segundo Annie ficou apavorada com a possibilidade de ter machucado a amiga. Mas então Polly caiu na gargalhada e jogou mais tinta.

— *Och*, pelo amor de Deus — repreendeu o dr. Max, que estava só passando. Aparentemente, ele estava "só passando" muito, para alguém tão ocupado. — Vocês duas têm o que, doze anos?

Era assim que se sentia quando estava com Polly, percebeu Annie. Como se fosse jovem e tivesse encontrado uma nova melhor amiga, e elas tivessem a vida pela frente, empolgante, fresca, nova. A não ser, é claro, que não era assim. Ela passou um lenço de papel para Polly.

— Pegue. Desculpe por isso. Por que não me deixa terminar este?

— Tá bem — disse Polly, surpreendentemente dócil. — Acho que vou só me sentar ali um minutinho.

Annie viu a amiga se arrastar para uma cadeira, o rosto com uma expressão de dor, e sentiu um frio de medo no estômago.

DIA 35
AJUDE ALGUÉM

Annie estava parada do lado de fora do quarto de Costas, a mão pairando a um centímetro de bater. Buster fungava ao redor da porta, desacostumado a vê-la fechada. Ela devia bater. Sabia disso. Mas nunca fizera isso, sempre preferindo mandar uma mensagem de texto ou escrever bilhetes passivo-agressivos (na verdade, ela não era muito melhor que Sharon nesse quesito). Do outro lado da porta, Annie ouviu outro soluço profundo. Não havia como negar: Costas estava chorando.

— Talvez seja melhor darmos algum espaço para ele — sussurrou para Buster. O cachorrinho inclinou a cabeça para ela e soltou um ganido baixinho.

— Tá bom, tá bom, está certo. — Annie suspirou e bateu com delicadeza na porta. — Costas?

No mesmo instante, ele ficou quieto. Depois de um momento, disse:

— Sim?

— Hum... você está bem?

— Estou ótimo! — Foi como uma paródia de seu tom animado de sempre.

— Escute, eu ouvi você. Sei que não está ótimo.

A porta se abriu e lá estava Costas usando a camiseta do trabalho, o rosto vermelho e inchado.

Ele passou a mão pelo rosto parar secar as lágrimas como uma criança.

— Não é nada.

— É alguma coisa, sim.

— É o trabalho — falou ele em um tom deprimido. — Eu estava na cozinha, dançando com a Magic FM, sabe? Estava tocando a minha música favorita.

— E qual era? — Como se ela não soubesse.

— Uma da Mariah Carey, é claro. E uns caras, os que entregam os copos, riram de mim, me chamaram de uma palavra feia. — Ele abaixou a voz para sussurrar. — *Viado*.

— Que horror. Sinto muito, mas não ligue, são só um bando de preconceituosos.

— Eu não achei que seria assim aqui. Achei que não teria problema ser gay, sabe? — O rosto dele estava franzido, a respiração, entrecortada, e Annie reconheceu os sintomas de alguém à beira de uma grande crise de choro. — E só o que eu faço é café. Eu queria trabalhar com moda, Annie. Por isso eu vim para Londres. Não temos indústria de moda em Atenas. Só que, em vez disso, só aprendi a fazer aqueles desenhos na espuma do leite.

— Ah, mas isso é bom também.

Ele fungou um pouco mais, os braços musculosos cruzados sobre o peito.

— Sinto falta da minha casa, Annie. Estou com saudade da minha mãe e das minhas irmãs. Elas estão tão longe. Vim para tão distante delas e não consegui chegar a lugar nenhum em minha vida. Só faço imagens no café. — Costas fungou de novo. — Eu... desculpe, Annie. Sei que isso é bobagem, quando sua amiga e sua mãe estão doentes, mas... estou triste.

E, durante todo aquele tempo, Costas estivera do outro lado da parede e Annie não fora capaz de ouvi-lo acima do som do próprio coração partido.

— Sinto tanto, Costas. Isso é mesmo muito chato.

Ele assentiu com a cabeça, as lágrimas escorrendo de novo.

— Está tudo bem. Vou ficar bem. É só... um revés. Pelo menos temos o cachorrinho. Vem cá, bebê. — Ele pegou Buster no colo e o cachorrinho começou a lamber suas lágrimas, fazendo Costas rir. Eles logo teriam que se desfazer do cão, ele não poderia viver para sempre em um apartamento. Mas como Annie conseguiria fazer isso?

Annie olhou para o relógio — duas da tarde. Ela havia planejado passar o dia na cama com seus médicos de ficção favoritos (e não pensar no seu médico favorito da vida real).

— Escute, vamos sair? Este apartamento é deprimente demais para ficarmos aqui dentro, não é de espantar que a gente fique mal. Que tal eu te oferecer o tradicional almoço britânico de domingo, no pub? Podemos até levar o Buster, se você quiser.

DIA 36
CUIDE DO CABELO

— Sinceramente, Annie, você precisa deixar ir.

— Mas sou apegada a ele!

— Esse é o problema. — Polly se inclinou e levantou uma mecha dos cabelos escorridos castanhos de Annie. — Cortar o cabelo é simbólico. Significa abandonar o passado, se libertar... pense em Rapunzel, Dalila, Britney Spears.

— Não vou raspar a cabeça.

— Corte apenas alguns centímetros, pelo amor de Deus. Se vai falar em público, precisa se sentir confiante.

O estômago de Annie deu uma cambalhota quando ela se lembrou daquilo. Por que tinha concordado?

— Ah, tá bom, então. Só alguns centímetros.

Mas todos sabem que "só alguns centímetros" é o código dos cabeleireiros para "corte tudo, por favor". Assim, uma hora mais tarde, Annie estava fitando seu reflexo no espelho com os cabelos cortados logo abaixo das orelhas e modelado em cachos escuros e macios.

— Devemos pintar também — comentou Polly, passando as mãos pelos cabelos da amiga em um gesto possessivo. — Talvez possamos...

— Nada disso. — Annie se desvencilhou. — Olhe só para mim! Estou totalmente diferente!

— Eu sei! — Polly fez joinha em aprovação. — Adeus cabelo cheio de energias negativas, olá novo corte chanel! Gostaria de poder fazer o mesmo. Mas bastaria um jato de ar do secador para que tudo o que sobrou caísse.

— Meu cabelo não tinha energia negativa. Era só... cabelo.

Que agora estava no chão.

Annie se olhou no espelho, para o modo como seu cabelo se curvava para dentro abaixo de suas orelhas, fazendo seu rosto parecer que tinha formato de coração. Ela estava usando um dos vestidos que Polly a forçara a aceitar, um verde de babados com estampa de flores, e All Star nos pés. Parecia bem. Parecia uma pessoa normal. Através do espelho, ela viu o sorrisinho presunçoso da amiga.

— Certo, certo, é só um corte de cabelo. Nada mudou.

— Tem certeza disso? — perguntou Polly.

DIA 37
RETRIBUA

— Onde quer que fiquem esses revólveres, Annie?

Annie checou a prancheta, agitada.

— Hum... Acho que esses são para a apresentação de *Garotos e Garotas*. Se puder encontrar pessoas vestidas de gângster, entregue a elas.

— Certo. — Zarah, que estava ajudando nos bastidores, saiu apressada.

Estava frenético. Dezenas de pessoas procuravam Annie para fazer perguntas. Por incrível que pudesse parecer, ela sabia a resposta para a maioria delas, porque, de algum modo, contra toda as possibilidades, haviam conseguido organizar aquele espetáculo beneficente em uma semana.

Mantiveram tudo o mais simples possível, convencendo a equipe do hospital a cantar ou apresentar alguma cena, assim como os amigos de George, que eram atores e dançarinos nos espetáculos do West End. Annie ficara encantada com a quantidade de pessoas dispostas a ajudar com tão pouco tempo de antecedência, e ainda mais encantada quando os ingressos começaram a ser comprados por membros ricos do conselho de administração do hospital e seus amigos. E continuavam a ser vendidos.

Os ex-clientes de Polly, de quando ela trabalhava com relações públicas, quiseram ajudar e compraram fileiras de assentos.

— Mais uma vez, o trunfo do câncer — explicara Polly. — Todos lamentam por mim, por isso posso pedir o que quiser.

E assim foi. Suze conhecia todo mundo da mídia. Costas ficou muito feliz em escolher figurinos entre as roupas emprestadas pela amiga estilista de Polly e pelo grupo amador de arte dramática de Valerie. O marido de Miriam, que era eletricista, estava cuidando da iluminação. E a própria Annie havia organizado tudo isso, criando planilhas, delegando tarefas, cuidando do dinheiro.

Ela chegou a falar diante do conselho de administração do hospital — homens e mulheres realmente intimidantes — para explicar o projeto. E a notícia se espalhou rapidamente. As doações aumentaram, de pacientes, da família deles, de todos que conheciam Polly. Assim, eles estavam esperando cerca de cem pessoas para assistir ao espetáculo de variedades que haviam conseguido montar. Annie estava fazendo o melhor possível para não pensar muito no assunto, caso contrário acabaria vomitando de nervoso em cima de todos que estivessem na primeira fileira. Como ela, Annie Hebden, Annie Clarke, acabou fazendo aquilo?

Polly. Polly era a resposta.

— Annie. — O dr. Max se aproximou, descendo pelo corredor da sala de convenções do hospital, os olhos estreitados para vê-la no escuro. — Cabelo novo?

— Ah, sim. — Ela tocou nos cabelos, embaraçada.

— Foi o que pensei. Muito... bonito. — Ele se inclinou e pegou uma pena amarela grande. — Vejo que conseguiu que o Garibaldo participasse.

— Ah, isso deve ser de uma das dançarinas burlescas.

— Vai haver um número burlesco? Você sabe que alguns membros mais velhos do conselho administrativo virão esta noite, certo?

— Polly diz que é de bom gosto. Não vai haver striptease. Ela já trabalhou como relações públicas para um cabaré ou coisa assim.

— Tirar a roupa ao som de música? Isso me parece a definição do dicionário para striptease. Não que eu saiba. — Ele passou a mão pela cabeça, deixando o cabelo arrepiado de novo. Mais uma vez Max parecia exausto, as roupas amassadas. Annie se perguntou se ele se olhava no espelho. Como era possível alguém ser capaz de fazer cirurgias no cérebro e ainda assim não conseguir abotoar a camisa direito? — Imagino que tenha sido ideia da Polly. Aliás, onde está ela?

— Na verdade, a ideia foi minha. Ela está ali.

Annie apontou para Polly em cima de uma escada, prendendo luzinhas. O dr. Max cerrou os dentes.

— Pelo amor de Deus. Ela não está bem para fazer isso, Annie. Eu te disse. Polly precisa descansar.

— Ela não quer descansar! — Annie tentou manter a voz baixa. — Polly sabe que não tem muito tempo e não quer desperdiçá-lo deitada em uma cama de hospital! Ok?

— Eu sei. Sei disso. Mas, acredite em mim, ela vai precisar ter força. Quando for a hora.

Annie afastou o arrepio frio que aquelas palavras provocaram.

— Escute aqui, em vez de ficar reclamando, que tal se envolver? Estamos tentando arrecadar dinheiro para a ala infantil. Para comprar alguns brinquedos, coisas do tipo.

Com relutância, ele colocou a gravata manchada de café para cima e se abaixou para afastar algumas caixas que estavam espalhadas pelo palco.

— Tudo isso é muito louvável, Annie, mas o que essas crianças realmente precisam é de investimento adequado do Sistema Nacional de Saúde. De tempo para pesquisas em busca da cura de doenças. De médicos e enfermeiros que não se sintam exaustos e desmoralizados.

Magoada, Annie se abaixou para pegar uma caixa também. Ela achou que Max estava do seu lado, já que ajudou a envolver o conselho de administração do hospital no projeto.

— Estou só tentando fazer alguma coisa.

— Eu sei. Sei que está tentando ajudar. Mas sinceramente... coisas como esta? Onde todos se divertem e voltam para casa se sentindo bem consigo mesmos? Eu me preocupo que seja só uma forma de não fazer as perguntas difíceis. As maiores. Mas vá em frente. Imagino que mal também não vá fazer.

Vá em frente. Como se estivesse dando uma palmadinha de aprovação na cabeça de uma criança. Annie o encarou irritada.

— Ao menos estou tentando. Não sou cientista nem médica, mas posso fazer essa pequena coisa, e estou fazendo. Certo?

Ele levantou as mãos.

— Annie, não tive a intenção de...

— Deixa pra lá.

Ela deu as costas e se concentrou na prancheta, escondendo o rosto.

— É o dr. McRabugento! — falou Polly, oscilando na escada. — Veio nos dizer que estamos quebrando alguma regra de saúde ou de segurança, ou alguma coisa parecida?

— Você com certeza está, em cima dessa escada usando esses sapatos. Vai descer daí algum dia, mulher?

— Em um minuto. — Ela estava olhando com dificuldade para o fio de luzes, tentando prendê-lo com fita adesiva. Pareceu demorar séculos.

O dr. Max a observava.

— Quer uma mãozinha com isso?

— É claro que não, é só fita adesiva. Droga!

O fio de luzes caiu no chão e se apagou. O dr. Max encontrou os olhos de Annie com uma expressão que dizia claramente: *Eu te disse.*

— Polly — chamou Annie. — Preciso da sua ajuda com uma coisa aqui. Hum... as dançarinas burlescas estão sem... spray de cabelo. Pode descer?

— Ah, está bem. — O dr. Max correu para segurar a escada enquanto Polly descia vacilante, vestindo escarpins prateados e um vestido rosa leve. — Não sou inválida — resmungou. Mas parecia. Annie reparou em como a amiga estava magra. Ainda mais do que algumas semanas atrás. Como podia ter perdido tanto peso tão rapidamente? O vestido estava solto, o corpo sumia nas camadas ondulantes de chiffon. Mas ela ainda estava sorrindo. — Agora, o que esse spray de cabelos... Ah, meu Deus.

— POLLLYYY! — gritaram duas vozes agudas.

Milly e Suze haviam aberto a porta da sala de convenções. As duas usavam salto alto, jeans justos e estavam fotografando com os iPhones.

— Quem são essas? — O dr. Max estava observando as duas se aproximarem, mirando os celulares como se fosse uma equipe da SWAT registrando uma cena de crime.

— São minhas amigas. O Esquadrão de Relações Públicas. — Polly acenou para elas. — Ai. Meu. Deus. Vocês vieram! Deixe-me fazer as apresentações. Este é meu neurologista, dr. Max, e estas são Milly e Suze. Essas mulheres basicamente dominam a mídia do Reino Unido.

As duas partiram para cima dele.

— Ai, meu Deus, adoro seu visual. Nobre, mas atormentado. O que acha de uma entrevista rápida?

— Hum, senhoras...

— Ai, meu Deus, ele é ESCOCÊS! Melhor ainda. Estou pensando no rádio. Uma participação no *Today*.

Elas digitavam sem parar nos celulares.

— Os acessos ao site não param de crescer, P — falou Milly. — Já estamos em cinco mil. Todos estão comentando no Facebook. O Twitter está bombando. O *Telegraph* quer uma entrevista.

— Vou ligar para a Ivana, do *Guardian*. Interesse humano, preocupação social etc. etc. Eles vão amar.

Milly segurou Polly pelo queixo.

— Meu bem, você está um pouquinho pálida. O fotógrafo que chamamos já deve estar chegando, posso dar uma maquiada em você?

Suze estava tirando fotos do dr. Max de todos os ângulos.

— No cirurgião também. Mantenha as sombras do rosto dele, mas suavize um pouco o nariz e...

— SENHORAS! — rugiu Max. — Não serei entrevistado, e vocês não vão me maquiar! Tenho formulários para preencher, pacientes doentes para visitar e curativos para checar. Não tenho tempo para isso.

— Amo a fúria — disse Suze com um suspiro. — Talvez possamos aproveitá-la. Estou pensando no noticiário do Channel 4. Vou contatar Liam.

— O dinheiro está entrando. — Milly acenou com o celular. — Uma grande onda de adesão no Twitter. Mas precisamos de uma história pessoal, Polly, meu amor. Para que as pessoas possam se identificar. Um rápido diário em vídeo?

— Dinheiro — disse Polly a Max. — Não ajudaria na compra do escâner novo de que você está precisando? Da máquina de ressonância extra? Assim as pessoas não teriam que esperar tanto pelo diagnóstico e talvez pudessem tratar do câncer mais cedo?

Ele pensou por um momento.

— Nada de maquiagem. Não vou mudar de ideia.

— Viva!

Elas se afastaram com ele, digitando, fotografando e falando, tudo ao mesmo tempo.

Polly suspirou.

— Essas duas poderiam governar o mundo. Acho que eu não deveria ter me afastado delas.

— O câncer é seu. Pode afastar as pessoas o quanto quiser.

Polly riu.

— É por isso que eu gosto de você, Annie. Sem pressão para eu ser positiva, para organizar corridas beneficentes ou para escrever longos posts em um blog sobre como me sinto.

— Achei que fosse exatamente isso que você queria fazer.

— Nos meus próprios termos. Não porque as pessoas esperam isso de mim.

— Mas pelo menos esta noite temos que fingir que somos esperançosas, felizes e que podemos fazer a diferença, certo? — Não importava o que dizia o dr. Max.

— Isso mesmo. Só que acho que podemos ter um pequeno problema.

Annie sentiu uma pontada de pânico no estômago.

— Qual?

Polly checou o relógio.

— Bem, sei que ele tem o papel principal e tudo o mais, mas por acaso você viu o George por aí?

Annie já tinha suado por todo o colete preto que usava. Os bastidores estavam lotados de comediantes ensaiando suas apresentações, dançarinas se alongando, cantores repassando as escalas musicais e até uma pessoa fazendo malabarismo com bolsas de transfusão. Mas de George, que deveria ser o mestre de cerimônias da noite, nem sinal.

— Ligou de novo para ele?

— Tentei. — Polly estava ainda mais pálida. — Ai, meu Deus. Aposto que o George está bêbado em algum lugar. Foi isso que aconteceu quando ele estava estreando no West End... Ele participava do coro como um soldado em *Miss Saigon*. Não conseguiu continuar. Foi demitido depois da primeira noite. Aposto que está com o maldito Caleb. Vou matá-lo.

— O ex-namorado dele? — Mas Polly não estava ouvindo. — Escute, talvez haja uma explicação. Talvez ele tenha ficado preso no trânsito, ou...

— Ele vinha de metrô! — Polly estava começando a se descontrolar, algo que Annie nunca vira. — Vai dar tudo errado. Todo esse pessoal da mídia... vamos desapontá-los, Annie. As crianças. O hospital. Vamos fracassar.

Fracassar. A palavra ficou presa na garganta de Annie. É claro que ela não conseguiria fazer aquilo. Por que nem sequer tentara? Ela não era o tipo de pessoa que conseguia mudar as coisas. Era do tipo que se deixava arrastar pela vida e de vez em quando era rebocada. Mas, através da nuvem incessante de pensamentos, começou a ouvir alguma coisa.

— O que é esse barulho?

— Que barulho? — Polly torcia as mãos uma na outra com tanta força, que estavam brancas.

— Parece...

Era choro. Annie tinha certeza disso. Ela procurou pelo pequeno corredor dos bastidores até abrir a porta do banheiro para deficientes. Lá, curvado sobre o vaso sanitário, usando o terno vermelho enfeitado com lantejoulas de mestre de cerimônia, estava George. Ele tinha o rosto escondido nas mãos e os ombros se sacudiam em soluços.

— O que aconteceu? Você está bem? — Ela correu para ele, mas Polly ficou onde estava.

— Deixe-me ver o seu rosto — disse ela friamente.

Ele balançou a cabeça.

— George! Deixe-me ver.

George levantou a cabeça lentamente. Annie arquejou. O olho e o lado esquerdos de seu rosto estavam cobertos por outro hematoma roxo, e havia sangue em seus cabelos.

— Ele fez isso? — perguntou Polly.

George só assentiu com a cabeça.

Polly praguejou.

— Desta vez, vamos chamar a polícia. Tudo bem? Você prometeu.

George falou em uma voz muito apagada, que Annie nunca ouvira.

— Não posso subir no palco. Olhe o meu estado.

— Mas você precisa! — disse Polly. — Você tem que fazer isso!

George soluçou.

— Olha o que ele fez comigo. Eu... eu o amava. E olha o que ele pensa de mim. Que eu... não sou nada. Sou um ninguém. Um ninguém gordo. E ele é uma grande estrela da TV, e eu um fracasso, e... — Annie de repente juntou os pontos. É claro, *Caleb*. Era o cara naquele programa sobre veterinária.

— Vocês voltaram? — A voz de Polly soou furiosa.

George balançou a cabeça, envergonhado.

— Ele não me quis de volta. Estávamos só... nos vendo de vez em quando. Mas agora... — A voz dele se perdeu em mais lágrimas. — Sinto muito. Sinto tanto, Poll. Eu queria que ele viesse hoje. Queria que me visse fazer as coisas direito. Por isso, liguei para ele e... aconteceu isso.

Polly entrou pisando firme e se ajoelhou na frente do irmão.

— Escute o que eu vou dizer, George. Você não é um nada. Era ele que deveria se envergonhar. Ele deveria estar na cadeia. Mas você é meu irmão, e eu preciso de você neste momento. Preciso muito. Esta é a sua grande noite. Mas é mais do que isso. Podemos arrecadar milhares de libras hoje. Podemos ajudar muitas pessoas, pessoas doentes como eu. Podemos passar a diagnosticar o câncer mais cedo, dar uma chance às pessoas... Veja. — Ela pegou a bolsa. — Onde está, onde está... aqui. — Ela sacou da bolsa seu chapéu do dia. — Hoje é um fedora, por sorte. Coloque na cabeça, incline em um ângulo ousado e vamos pedir a alguém para fazer um curativo em você... aquele enfermeiro querido, o Leroy, está por aqui... Então, um pouco de maquiagem e ninguém vai saber. Vai estar escuro. Eu prometo.

Ele apenas engoliu em seco, com tanta força, que Annie conseguiu ouvir de onde estava. Ela se ouviu dizer:

— O show deve continuar. Certo?

George se levantou, trêmulo. Quando se virou para a luz, Annie se encolheu ao ver como o machucado estava feio.

— Não vou usar um fedora — declarou ele, fungando. — Não sou um ativista pelos direitos dos homens. Veja o que mais consegue encontrar, e me consiga o enfermeiro mais gato e o melhor maquiador que tivermos, e vamos tentar seguir com esse show.

— Combinado. — Polly estendeu a mão. — Venha comigo. Não temos muito tempo.

— Annie? — Ela se virou e viu o dr. Max parado no corredor. — Está tudo bem?

Annie estava distraída, vendo algumas dançarinas com a cauda de penas perigosamente perto das luzes.

— Escute, sei que você acha tudo isso uma bobagem, mas realmente não ajuda se ficar só criticando as coisas, e...

— Não acho uma bobagem. Eu não deveria ter dito aquilo... me desculpe.

Ela o encarou com uma expressão cética.

— Ok, não é o meu tipo de coisa. Mas... você fez um bom trabalho. Um trabalho incrível, na verdade, com o pouco tempo que teve. Vai ser bom, tenho certeza.

— Vai? — De repente, o pânico de Annie ficou visível. — Não sei, porque realmente não tive muito tempo, e foi tudo um pouco improvisado, e você está certo, há pessoas importantes na plateia, e o George está tendo uma crise de nervos, e dançarinas seminuas estão prestes a subir no palco. Ah, Deus. Você está certo. Eu não deveria ter arriscado assim.

— Ei, pare com isso. — Ele estendeu os braços musculosos de um jeito constrangido. — Vai dar tudo certo. Calma. Respire fundo.

Annie se viu amassada contra ele, o cordão do crachá do médico enfiado em sua bochecha. O dr. Max a estava abraçando. Ela estava abraçando o dr. Max. Annie se afastou um pouco, zonza, e o rosto dele estava muito próximo do dela. Como se estivesse em uma espécie de transe, ele levantou uma das mãos, uma daquelas mãos eficientes de cirurgião, e acariciou o rosto dela.

— Vai dar tudo certo, Annie. Eu prometo.

— Eu...

Será que ele ia beijá-la? Com certeza, não. Ele era o médico de Polly, o espetáculo estava prestes a começar e ninguém a beijava havia anos. Por que ele se interessaria por ela, afinal? Mas ele não estava se afastando.

O momento continuou. Annie sustentou o olhar dele. Ela pensou em Mike e Jane. Seu coração ainda sangrava. E se ela o beijasse, se se apaixonasse por ele e fosse magoada de novo? Não sabia se conseguiria suportar. Mas não deveria arriscar? Ele era tão incrível. Tinha cheiro de sopa e café. E seus braços eram tão sólidos ao redor dela.

— Annie! — *Droga*. Polly estava parada atrás deles, o cenho franzido. — O que vocês estão fazendo?

O dr. Max se afastou e pigarreou.

— Annie não estava se sentindo bem. Estava um pouco nervosa, eu acho.

— Estamos prontos para começar.

Annie se recompôs.

— Ótimo, ótimo. Eu só...

— Hum, é melhor eu... — O dr. Max começou a se afastar.

— Está bem... — Ela o observou se afastar.

— Está pronta? — Polly ainda estava com o cenho franzido.

— Desculpe. Sim, sim, estou. Vamos lá.

Depois que tudo acabou, Annie só se lembrava da noite como um borrão. Lantejoulas, luzes, risadas e suspiros da audiência, aplausos. O som de pés batendo no chão do palco da sala de convenções, que normalmente só mostrava slides sobre doenças. Um lugar sempre cheio de morte, morte e mais morte, e eles o haviam enchido de vida, barulhenta, brilhante e vibrante. Ao menos no palco. Nos bastidores, as coisas foram um pouco mais frágeis: todos perdendo os figurinos, a maquiagem, as deixas e os parceiros de dança.

Annie correu de um lado para o outro, mal vendo qualquer uma dessas coisas. No fim, estava ensopada de suor, certa de que tinha uma mancha úmida nas costas, e com os pés doendo. Agora podia ouvir o aplauso final, enquanto George fazia um discurso. Ele passara a noite toda no palco, sorrindo, divertindo as pessoas, totalmente no controle da situação. Ninguém diria que era o mesmo homem que estava chorando no banheiro. Era tão fácil encenar, percebeu Annie. E se perguntou o que aconteceria agora. Ele deixaria Caleb de vez, como Polly queria? Ou continuaria voltando para se machucar mais? Annie sabia que não era tão simples deixar alguém no instante em que essa pessoa o magoava.

Ela parou para ouvir por um momento.

— Senhoras e senhores, médicos e enfermeiros, pais, pacientes. Hoje fizemos algo maravilhoso. Com as doações online, arrecadamos a incrível quantia de sessenta mil libras. — Ouviram-se arquejos. Annie ficou boquiaberta. Como poderia ser tanto assim?

A tela atrás de George foi acesa e Annie viu uma página de arrecadação de fundos, a meta ultrapassada centenas de vezes.

George estava dizendo:

— ... para explicar por que esse dinheiro é necessário, eu gostaria de apresentar possivelmente a paciente mais irritante na história deste hospital: minha irmã, Polly.

Aplausos estrondosos. Annie virou a cabeça e viu Polly entrando no palco pelo outro lado. Ela caminhava lentamente, como se suas costas doessem, mas acenava e sorria. Annie viu Milly e Suze de pé na primeira fila, prontas para filmarem todo o discurso e colocarem online.

— Olá! — disse Polly. Annie percebeu que a voz dela estava áspera, a garganta, seca. — Não vou tomar muito do tempo de vocês, porque tenho certeza de que precisam ir para casa. — O que significava que Polly precisava ir para casa. — Alguns meses atrás, fui diagnosticada aqui mesmo, neste hospital, com um tumor no cérebro. — Mais murmúrios de solidariedade. Ela continuou; Annie sabia que aquela simpatia a teria irritado. — Eu sei, eu sei, parece terrível, e imagino que seja, mas posso dizer sinceramente que não sou corajosa, não sou uma nobre sofredora do câncer. As pessoas bravas e nobres estão nesta sala... e também não estão, porque ainda estão trabalhando, trocando bolsas intravenosas, atualizando prontuários, levando alguma coisa para os pacientes beberem e limpando salas de cirurgia.

Polly deixou os olhos percorrerem a plateia, viu os membros da equipe do hospital nas alas e corredores do sala de convenções e sorriu, apesar do cansaço.

— Quando eu imaginava onde iria morrer, o cenário não era Lewisham. Seria em uma ilha tropical em algum lugar, talvez em um trágico acidente de lancha aos noventa anos. — Risadas. — Mas agora que está acontecendo, eu me sinto muito sortuda. Se tenho que morrer, não consigo imaginar um lugar melhor para isso do que aqui, com essas pessoas tomando conta de mim.

Annie ergueu a mão trêmula para secar o rosto molhado de lágrimas. Será que o dr. Max estava ali? Ela torceu para que ele estivesse ouvindo aquilo. Mas provavelmente Max estava em outro lugar, revirando o cérebro de alguém, brigando com a máquina de venda automática ou tomando um de seus horríveis expressos triplos. Esperava que ele não estivesse zangado com ela depois daquele momento estranho entre eles. Talvez o dr. Max não estivesse prestes a beijá-la, afinal. Por que estaria, quando o hospital estava cheio de mulheres bonitas que o consideravam o presente de Deus para a neurologia? Era tudo tão perturbador.

Então, Annie se deu conta — estava todo mundo olhando em sua direção. Ela se recolheu para as sombras. Polly acenou, chamando-a.

— Então, como eu estava dizendo, todo o crédito por idealizar esta noite sensacional vai para uma pessoa. Todos, por favor, agradeçam a minha amiga, Annie.

Ah, Deus. Ela teria que subir no palco. Ah, Deus. E estava suada, com os cabelos desarrumados. Annie se adiantou lentamente, cega pelas luzes. Teve a impressão de que centenas de rostos a observavam. Todos estavam aplaudindo. Polly a empurrava na direção do microfone. Ah, Deus. Tinha que dizer alguma coisa. Podia sentir o suor escorrendo pelas costas.

— É... olá. — Aquilo estava sendo filmado. *Santo Deus!* — Isso não se deve a mim... e sim a todos que tomaram parte, que divulgaram, que doaram para a campanha de arrecadação online, que compraram ingressos... enfim. Mas eu só queria dizer que Polly estava certa. Mesmo eu tendo sido razoavelmente saudável a vida toda, até agora este hospital já me ajudou a ter um bebê, e foi daqui que mandaram uma ambulância para tentar salvá-lo quando ele morreu. — Annie tinha consciência da atenção redobrada de George nela. Até então, ele não sabia. — Também é aqui que ajudam a minha mãe, agora que ela não consegue mais se lembrar quem é ou onde está. E está ajudando a minha amiga Polly. Então... eu só queria dizer... todos nós provavelmente vamos precisar de um hospital em algum ponto de nossa vida. Se isso ainda não aconteceu com você, um dia vai acontecer. Por isso, por favor, apoiem os hospitais. Todos eles. Por favor, não deixem que sejam destruídos. Só... por favor. Não podemos viver sem eles. Literalmente. — Ela recuou, tremendo com a descarga de adrenalina. Falara demais. Entrara em questões políticas.

Alguém estava subindo no palco e tirando gentilmente o microfone da mão dela, murmurando acima do estrondo dos aplausos. Aplausos para quem? Deviam ser para ela. Eles a estavam aplaudindo.

— Falou bem — murmurou o dr. Max. Ele havia se arrumado um pouco desde que ela o vira nos bastidores, estava usando uma camisa e uma gravata novas e havia domado um pouco os cabelos rebeldes. — Então, a menos que você queira falar mais, e acho que o que disse foi perfeito, você se incomoda?

Annie recuou. *Perfeito*. Ele disse que tinha sido perfeito. O dr. Max pigarreou.

— Olá a todos. Sou o chefe da neurocirurgia aqui. O que Annie acabou de dizer... bem, é para isso que nós aqui trabalhamos todos os dias. Não é por dinheiro ou por prestígio... embora seja divertido quando as pessoas tentam nos processar... — Risadas nervosas. — Mas prometo que não vou reclamar. E, como acabo de perder uma aposta, agora vou cantar para vocês.

E o dr. Max começou a cantar, a voz grave e profunda. Em um primeiro momento, Annie não conseguiu reconhecer a música. Alguma coisa sobre cambalear e sobre ambição, e... Ah, Deus. Ele estava cantando "9 to 5", da Dolly Parton. Trabalho das nove às cinco, uma piada interna. Max cantou de um jeito lento e melancólico, quase como uma balada, então acelerou até as pessoas se levantarem e começarem a bater os pés, a aplaudir e a cantar junto, até a voz dele se perder no enorme coro. Então, quando Annie achava que a situação não poderia ficar mais surreal, um gaitista entrou no palco, em seu traje escocês, tocando uma gaita de foles, acompanhando a melodia da música. Annie reconheceu o gaitista como um dos enfermeiros da Unidade de Terapia Intensiva. Mais aplausos. Mais cantoria. Annie estava olhando para Polly quase engasgada de felicidade, sentindo-se enlevada por tudo aquilo — a alegria do momento, a tolice, a bondade, o alívio — e Polly devolveu o sorriso.

Então, uma expressão estranha dominou o rosto dela. Mais tarde, Annie pensaria naquele momento como se uma sombra tivesse envolvido sua amiga. Uma sombra usando uma capa longa e preta. O rosto de Polly pareceu desmoronar sobre si mesmo, e Annie já estava disparando pelo palco antes mesmo que os aplausos morressem e o dr. Max terminasse de agradecer a todos. Ela já estava correndo quando as pernas de Polly cederam, e por isso estava lá para segurar a amiga quando ela caiu, inconsciente.

DIA 38
VISITE UMA PESSOA DOENTE

— Como ela está?

George só balançou a cabeça. Ele parecia não ter dormido a noite toda — quando Polly desmaiou, mandaram todos para casa depois do concerto dizendo que ela precisava descansar, mas Annie também não havia dormido de preocupação e pegou o primeiro ônibus de manhã.

Ela olhou para o urso de pelúcia gigante que levara, sentindo-se tola. Havia tentado evitar os presentes do tipo "fique boa logo", já que com certeza Polly não iria mais ficar bem.

— Disseram alguma coisa?

— Nem uma palavra. O Max está me evitando. E a mamãe e o papai... — Ele deu um suspiro profundo. — Estão me deixando completamente louco. Você pode entrar? Talvez eles parem, se você estiver lá dentro.

Annie o seguiu até um quarto particular e viu Polly deitada — o corpo frágil desaparecendo entre as cobertas e a camisola do hospital — com fios e tubos ligados a máquinas. Monitor cardíaco. Máscara de oxigênio. Medicação intravenosa. Annie já estivera no hospital vezes o bastante para saber que, quanto mais tubos, pior a situação.

Valerie e Roger estavam sentados um de cada lado da filha, discutindo em vozes abafadas.

— Eu lhe disse que não deveríamos deixá-la ficar zanzando por aí. Ela está doente, Valerie!

— Era o que ela queria. E ela estava tão bem.

— Não estava nada bem! Por que você não consegue encarar os fatos? Polly está morrendo, George é... do jeito que ele é, e...

— Ele só está confuso, Roger! Não sabe o que quer! E quem é você para falar? Eu me senti tão constrangida, na noite passada... ter que chamar um táxi para vir para cá, porque você não estava em condições de dirigir e...

— A Annie está aqui — disse George bem alto.

Valerie e Roger forçaram sorrisos no rosto na mesma hora.

— Ah, que bom. Entre, querida.

Annie ficou parada na porta.

— Não quero ser invasiva. Só precisava ver como ela estava.

Os olhos de Valerie cintilavam com lágrimas contidas, sua voz era tensa.

— Ela teve uma espécie de colapso na noite passada, mas não sabemos se é... se é temporário ou não. Ainda estamos esperançosos, é claro! Ela provavelmente está só cansada.

Roger estalou a língua, reprovando.

A porta foi aberta e o dr. Max entrou, agitado e amarrotado. Ele chegara a ir para casa? Annie duvidava.

— Olá a todos.

Os olhos dele passaram por ela e pelo urso que estava segurando.

— Eu já vou — Annie apressou-se em dizer. — Para dar um pouco de privacidade a vocês. — Depois da noite passada, ela não sabia o que falar a ele.

George agarrou o braço dela e apertou sutilmente.

— Acho que a Polly iria querer você, aqui, Annie.

Ela ficou, mesmo que relutante. Max pigarreou e colocou as radiografias no suporte da parede.

— Certo. Esta é a ressonância dos pulmões dela. Estão vendo esse pedaço branco?

Annie agora já sabia o que pedaços brancos significavam. Não eram nada bom. Significavam *Ah, merda*. Significavam que Polly estava piorando.

— Um tumor — disse George baixinho.

— *Aye*. Um tumor secundário no pulmão. Isso explica a falta de ar e a dor nas costas que ela já vem tentando esconder há semanas.

Ele olhou de relance para Annie, que sentiu uma pontada de culpa quando se lembrou de Polly no alto da escada.

A voz de Valerie saiu vacilante.

— Podemos... há alguma coisa...?

— A radioterapia o faria encolher. Reduziria a dor um pouco, deixaria ela respirar. Mas teria efeitos colaterais. Ela está muito fraca.

Nos espaços entre as palavras, no silêncio deles quatro — cinco, contando com Polly apagada na cama —, Annie compreendeu o que Max estava dizendo. Tinha começado. O princípio do fim. Ela precisava fazer alguma coisa, se mover, falar.

— Eu... — Todos se viraram para olhá-la. Annie enfiou o urso de pelúcia nos braços de Max. — Eu não deveria estar aqui. Sinto muito. Sinto muito. — Ela empurrou a porta e saiu correndo para o corredor. Aquele lugar. Cheio de morte, de notícias horríveis e de intermináveis coisas ruins que continuavam a acontecer. Quando haveria boas notícias? Quando alguma coisa normal aconteceria com ela, como se apaixonar, fazer aulas de zumba ou sair de férias?

— Annie, espere! — Ela se virou e viu o dr. Max caminhando em sua direção com seus passos longos e precisos. Ele ainda segurava o urso nas mãos, como se não soubesse o que fazer com ele.

— Não posso ficar lá, não posso, não é justo, ela é tão jovem e tão viva, e isso não é *justo*, dr. Max. Por que você não pode fazer alguma coisa? Por que não pode curá-la? — Ela engoliu as lágrimas histéricas. — Desculpe. Merda. Desculpe.

Ele disse com gentileza:

— Tudo bem, ninguém está ouvindo agora.

— D-desculpe.

— Escute, eu gostaria de poder fazer alguma coisa. Usei todas as armas que tinha para combater esse tumor desgraçado. Quimioterapia. Radioterapia. Cirurgia. Medicamentos. E ele continua voltando. Fiz de tudo.

— Sei que fez. Desculpe. Desculpe pelo que eu disse. Eu também sinto muito... — Ela queria dizer que sentia muito sobre a noite anterior, mas será que sentia? Estava tão confusa.

— *Och*, todo mundo diz isso em algum momento. Mas não somos magos, Annie. Somos só pessoas.

Ela passou a mão pelo rosto para secar as lágrimas.

— Então... é isso, não é?

— Ainda não exatamente. — A voz dele era gentil. — Mas... sim. É o começo.

— Ah.

— Sempre foi um câncer terminal, Annie. Não tinha cura. Em alguns anos, se os tratamentos experimentais forem bem, talvez tenhamos mais alguma opção para usar em casos como esse. Mas nunca houve qualquer esperança para Polly.

Estava acontecendo. Estava acontecendo. Polly ia morrer.

— Ela vai... nosso tempo com ela acabou?

— Tenha um pouco de esperança, Annie. Só um pouquinho. Talvez a gente consiga trazê-la de volta para uma última celebração. Você vai ver.

Max hesitou por um momento, e Annie queria se jogar em seus braços. Estava desesperada para que alguém a segurasse, a abraçasse com força. Quem mais poderia ser? Nem sua mãe sabia quem ela era.

Mas ele hesitou, Annie também, e então Max disse:

— É melhor eu ir.

Então Annie se apoiou contra a parede e chorou. Por Polly, por ela mesma, por Jacob e pela mãe dela, mas principalmente porque, quando se deixa a esperança criar raízes, ela é uma praga persistente.

DIA 39
TENHA ESPERANÇA

— Mas apenas leia os estudos, por favor!

A voz do dr. Max era calma.

— Já li, Polly. É meu trabalho me manter atualizado com as pesquisas.

— Então, pronto! O tratamento com células-tronco mostrou bons resultados.

— Em um estudo muito limitado. Para um tipo específico de câncer, que não é o seu. E dois pacientes morreram por causa do tratamento. Ainda estão longe de disponibilizar o tratamento. Dois anos, no mínimo. Sinto muito. Esse é um tempo que você não tem.

— Mas... eu assino alguma coisa! Concordarei em experimentar mais cedo, antes que esteja pronto. Posso ser a cobaia! — A voz dela falhou.

Annie não conseguia suportar aquilo. Ela se levantou de seu posto do lado de fora do quarto de Polly, mas esbarrou em George, que chegava com um saco de guloseimas. Annie sabia que Polly não conseguiria comer nada daquilo, mas eles continuavam lhe trazendo coisas para ver se o apetite dela voltava.

— Qual é o problema? — sussurrou ele ao ver a expressão no rosto dela.

— Eu... — ela acenou para a porta — ... não consigo deixar de ouvir. Sinto muito. É terrível.

— ... não posso deixar você fazer isso. O conselho de ética jamais autorizaria.

— Ora, então eu vou para outro lugar. Aposto que alguém nos Estados Unidos está fazendo o mesmo estudo, ou em algum outro lugar, ou...

— *Polly*. — Aquilo foi dito com o tom mais severo que Annie já ouvira do dr. Max. Os olhos de George estavam arregalados enquanto ele também ouvia. — Por favor, tente entender. Pode ser que algum hospital em algum outro lugar lhe oferecesse esse tratamento com células-tronco custando milhares e milhares de libras do seu dinheiro. Não há qualquer evidência de que funcionaria, e na minha opinião você não está bem o bastante para fazer uma viagem internacional. Você precisaria de uma autorização minha, e eu não daria.

— Por quê?

— Porque isso a mataria.

— Vou morrer de qualquer jeito, porra! Por que não me dar uma chance?

— Eu dei. Eu lhe dei todas as chances possíveis. Esse tratamento... mesmo se algum dia for chamado assim... está fora do seu alcance. Não há mais nada que possamos fazer, Polly. Sinto muito, mesmo.

O som de soluços.

— Eu só quero mais tempo. Por favor. Só um pouco mais de tempo.

— Eu... Cristo, Polly. Sinto muito.

Annie e George se sobressaltaram quando o dr. Max abriu a porta, tentando parecer indiferente.

— ... então, é isso, é dia de burrito na cantina — balbuciou George.

O dr. Max ergueu uma das sobrancelhas grossas.

— Imagino que vocês dois tenham ouvido tudo.

— Taaaalvez.

— Por favor, tentem dissuadi-la dessa ideia. Ela vem se agarrando a essa esperança o tempo todo? De que vamos encontrar uma cura mágica no último minuto?

Annie se lembrou das pesquisas que Polly vinha lendo, da insistência da mãe dela em acupuntura, ervas e visualizações criativas.

— Acho que ela tem estado meio... em negação. Não conseguiu assimilar.

— Agora Annie conseguia entender. Polly recitando animada as palavras: *Estou morrendo. Tenho três meses de vida.* Como alguém encenando um papel, sem acreditar realmente no que dizia.

— Jesus. Então é por isso que ela vem lidando tão bem com isso. Escutem, vocês dois. Se eu acreditasse que há algo mais a ser feito, eu faria. Mas não há cura. Não há milagre. Quanto mais cedo ela aceitar, melhor.

George estava tremendo.

— Acho que pensamos... acho que todos acreditamos que havia alguma coisa... — De dentro do quarto veio o som de soluços frenéticos.

Polly, a positiva e alto-astral, havia finalmente desmoronado.

— Realmente não há nada? — perguntou George.

— Nada — disse o dr. Max com firmeza. — Lamento, tenho que visitar outro paciente. Vejo vocês mais tarde. — E saiu pisando firme.

George mordeu o lábio.

— Jesus, Annie. O que eu faço? O que digo aos meus pais? Minha mãe está em total negação.

— Não sei. Realmente não sei.

Ele ainda estava tremendo.

— Ah, Deus. O que eu vou dizer para a Poll? Como vou conseguir falar com ela, agora que sabemos? O que eu vou dizer a ela?

— Hum... — A mente de Annie estava confusa. — Talvez começar com aquela coisa do dia do burrito?

Ele a encarou, chocado, então caiu na gargalhada. Era meio riso, meio choro. O que basicamente todos vinham fazendo muito nos últimos dias.

— Ah, Deus. Ah, Jesus. Que merda. Ela está morrendo, Annie. Está realmente morrendo.

— Eu sei — disse Annie, sentindo essa realidade cair sobre ela também, como um peso ao redor dos tornozelos puxando-a para baixo.

George passou a mão no rosto, esticando a pele.

— Quer dizer, eles falaram que não havia esperança, mas não acreditamos, eu acho, ou... ela parecia tão bem. Você viu. Ela não parecia bem?

— Parecia. Mas acho que... talvez ela também estivesse tentando convencer a si mesma. De que se ela seguisse em frente, a morte não a alcançaria.

E agora havia alcançado. Annie percebeu que ela própria também havia fechado os olhos para aquilo. Polly arquejando para conseguir respirar. A dor nas costas. Os quilos que pareciam sumir da noite para o dia.

George estava olhando para Annie em busca de respostas, como uma criança pequena querendo saber *por quê, por quê, por quê.*

— Acha que ele está certo? Que realmente não temos mais opções?

— Eu... — Annie podia ver o dr. Max no fim do corredor, atacando a máquina de venda automática com irritação. — Acho que ele está certo, sim. Vamos deixar a Polly sozinha por enquanto. Ela tem muita coisa para assimilar.

DIA 40
AJA COM HONESTIDADE

— Ela não quer ver ninguém hoje.

O dr. Max balançou a cabeça e fechou a porta do quarto ao sair.

— Ela parecia tão bem — disse Annie mais uma vez, mesmo sabendo quanto a declaração era inútil. Era como se uma parte teimosa do seu cérebro continuasse a insistir que Polly não podia estar morrendo. Afinal, ela estava de pé, rindo, há poucos dias. Como poderia ter tão pouco tempo?

Dr. Max passou as mãos pelos cabelos, arrepiando-os.

— Foi o tumor, Annie. Ela não havia aceitado nada. É assim que funciona. A princípio, a mente, de certa forma, impede a pessoa de aceitar a realidade. E ela continua por muito, muito tempo no piloto automático. A esperança é a última que morre. — Ele enfiou as mãos nos bolsos do jaleco branco. — Até logo.

Estava presente entre eles o constrangimento da noite do concerto, afastando-os no momento em que Annie mais precisava dele.

— Escute — arriscou ela. — Sinto muito sobre... o que aconteceu. Você sabe. Naquela noite.

— Ah. — Ele baixou os olhos. — Não foi nada, Annie. Só parecia que você precisava de um abraço. Nada de mais. Tchau.

Annie ficou parada vendo-o se afastar enquanto a chuva atingia as janelas do corredor e ela se dava conta de que Polly estava morrendo, realmente morrendo, realmente os deixando, do outro lado da porta. E, de algum modo, o restante deles teria que dar um jeito de seguir em frente.

DIA 41
SAIA

— Para onde você está me levando? — perguntou Polly, amuada. — Não tenho permissão para deixar esta prisão.

— O dr. Max disse que você pode ir lá fora por meia hora. — George empurrava a irmã em uma cadeira de rodas e Annie seguia atrás deles, carregada de bolsas.

— Não quero sair. Estamos em Lewisham, um lugar horrível.

— Só venha. Talvez você se surpreenda.

Eles saíram com ela pelos fundos do hospital, passando pela ala da maternidade e pelo ambulatório, depois por uma pequena ponte onde, de repente, viram-se diante de um riozinho e de um gramado amplo.

— Que lugar é este?

— Ladywell Fields — disse Annie. — Eu vinha muito aqui. É lindo.

Era perto de onde ela e Mike moravam e tinha sido um dos lugares preferidos de Jacob. Mesmo que eles soubessem que o menino não tinha idade para ter lugares favoritos.

— Hum. Nossa, você mudou de tom, Pequena Miss Sunshine.

George e Annie trocaram olhares. Aquilo seria mais difícil do que eles imaginaram.

— Vamos — disse George, ajudando Polly a sair da cadeira de rodas. — Passe os braços ao redor do meu pescoço. Com um pouco mais de força.

Ela ergueu os braços com dificuldade, quase sem forças para abraçar o irmão.

— Eu costumava carregá-lo no colo quando você era bebê — disse ela. — E agora você me carrega. Na verdade, uma vez deixei você cair de cabeça. Provavelmente, explica muita coisa.

Depois de abrirem o tapete de piquenique que Annie havia levado, eles arrumaram a comida sobre ele.

— Veja — animou George. — Seu queijo favorito, roquefort. Também temos azeitonas, presunto e todo tipo de guloseimas de piquenique.

— Não posso comer isso, bobo, estou no nível alto de controle de infecção. — Ela se sentou curvada sobre o cardigã e espalhou gel higienizador nas mãos. — É como estar grávida, só que não estou e agora nunca ficarei. Em vez disso, estou gestando um tumor enorme.

— Escute, P... — começou George. — Sei que isso é um revés...

— Estou morrendo. Isso é um grande revés, sim.

— Nada mudou — disse Annie baixinho. — Quando nos conhecemos, você me disse que seu câncer era terminal.

Polly baixou os olhos para o tapete, em tons alegres de rosa e azul. Estava ensolarado ali fora, e, perto deles, algumas crianças brincavam dentro do rio, dando gritinhos quando sentiam a lama do fundo entre os dedos dos pés. Era uma cena feliz. De algum modo, errada.

— Eu sei. É como... se eu soubesse na minha mente, mas não dentro de mim. Não de verdade. Achei que simplesmente conseguiria atravessar esses cem dias e depois pensaria no resto, e então, a esta altura, talvez já houvesse algum novo tratamento ou coisa assim... mas é tarde demais. Não tenho mais tempo.

— Ainda não acabou — falou George. — O dr. Max disse...

— O dr. Max. Para o que ele serve? O que ele foi realmente capaz de fazer por mim? Há dois meses eu estava muito bem, e agora olhe só para mim. Mal consigo fazer xixi sozinha. — Polly esfregou o rosto com força, como se estivesse tentando não chorar. — O que eu faço? O que faço agora?

— Segue em frente — disse Annie. — O que mais você pode fazer?

— Mas de que adianta? Tenho tão pouco tempo.

— Você disse que queria ajudar as pessoas. Já me ajudou, Poll. Pode fazer mais. Milly disse que o que foi publicado nas mídias sociais está tendo um grande alcance, com um monte de gente comentando, e...

— Redes sociais. O que isso importa? Nunca vou conhecer nenhuma dessas pessoas. Elas não se importam se vou viver ou morrer.

Annie levantou o celular.

— Veja esta página até o fim. Faça isso.

Ela viu Polly ler na tela.

— Isso tudo são doações?

— Sim. Cem apenas ontem. E, veja, todos deixaram comentários também. As pessoas se importam, sim, Poll. Mesmo se for apenas uma ilusão elas a conhecerem. Você está fazendo diferença na vida dessas pessoas. Elas até começaram a postar seus próprios dias felizes.

George esticou as costas.

— Alguém escolheu "limpe o banheiro" como uma das coisas felizes, você acredita? Essas pessoas precisam de você, P. Mostre para elas como se divertir de verdade.

— *Nós* precisamos de você — disse Annie. — Já reparou no que estou usando hoje?

— Sim — resmungou Polly. — Você se perdeu quando estava a caminho de um show em tributo ao ABBA? Sinceramente, Annie... franjas?

Um breve vislumbre da verdadeira Polly, erguendo-se debaixo do desespero sufocante. O dr. Max estava certo. Ainda não terminara.

— Tudo bem — concordou Polly depois de algum tempo. — Vou tentar. Não sei se consigo, mas vou tentar. Só se você fizer uma coisa por mim em troca, George.

— Não vou naquele negócio de dança de novo. Não sem drogas da melhor qualidade.

— Não é isso. Quero que você confronte a mamãe. Diga a ela de uma vez por todas que é gay e, portanto, você e Annie não vão ficar juntos.

— Ela acha isso? — Annie se sentiu enrubescer.

George suspirou.

— Ela fica soltando dicas sobre como nos damos bem. É só que... na verdade, a mamãe sabe. Eu tentei contar a ela. Mas ela não *quer* saber. Ainda acha que vou encontrar a garota certa e sossegar, comprar uma casa em Surrey e uma BMW.

Annie olhou para um e para o outro.

— Mas... os pais de vocês são tão descolados. Eles com certeza não têm preconceito contra gays, certo?

— Bem, a mamãe só... ela se acha muito liberal, mas na verdade quer tudo à imagem da perfeição. Uma família linda e feliz, completa com netos fofinhos. Antes da Poll ficar doente, a pressão para reproduzir não estava em mim, mas agora...

— Agora eu não vou dar neto nenhum para eles — completou Polly. — Agora sobrou para o Georgie. A mamãe não é homofóbica, não realmente. O fato de George ser gay apenas não se encaixa na família de sonhos dela.

— Assim como o fato de eu ser um ator fracassado. — Ele deu um sorriso torto.

— Meu Deus, a família de vocês é boa em negação — murmurou Annie.

— Bem, ela está perto de perder a filha, isso deve colocar um fim na negação — disse Polly. Seguiu-se um breve silêncio. — Por favor, diga a ela de uma vez por todas, Georgie. A vida é curta demais para mentiras. Eu que o diga.

— Está certo, então. Falando nisso, você algum dia vai ligar para o Tom?

Ela fechou a cara.

— George, não.

— Ele merece saber.

— Ele não merece nada. Vamos, leve-me de volta para dentro.

Àquela altura, Annie já sabia muito bem que não deveria perguntar quem era Tom. Além do mais, já tinha uma boa ideia de quem era.

No caminho de volta, eles viram uma figura solitária, com roupa de lycra, correndo ao redor dos edifícios do hospital.

— Dr. Quarani! — gritou Polly. — Dr. Quarani!

Mas a voz dela saiu como um coaxar e ele não ouviu, e logo já não estava mais ali, deixando apenas a poeira que seus calcanhares levantaram.

DIA 42
FAÇA ALGO ESPIRITUAL

— Incrível. Você já viu o Bowie lá?

O som de uma tosse curta e seca.

— Ah, sim. Ele era um frequentador assíduo, era mesmo. Diga oi para ele quando chegar lá em cima, viu?

— Ah, eu ficaria deslumbrada.

Polly se voltou para Annie, que estava parada, constrangida, na porta do quarto. Um homem mais velho estava sentado na cadeira ao lado dela usando pijamas de seda preta. Estava muito magro. Annie disfarçou e tentou não o encarar. Ela disse:

— Ei! Você está melhor.

Polly parecia serena, em contraste com o nervosismo e as lágrimas dos dias anteriores.

— Quase. Dion, esta é minha amiga Annie.

Annie levantou a mão em um aceno constrangido.

— Oi.

Dion se levantou, o que demorou algum tempo. Annie podia ver suas vértebras delineadas sob a seda do pijama.

— Vou deixá-la agora, moça encantadora. A enfermeira bonita logo vai fazer a ronda dos remédios e não quero perder. — Ele soprou um beijo para

Polly. Quando passou por Annie, ele arrumou rapidamente a echarpe rosa dela em uma espécie de laço. — Pronto. Fica muito mais chique assim.

— Hum... obrigada.

Polly deu palmadinhas na cadeira, convidando Annie a sentar, e conseguiu forçar um sorriso. Ela estava com uma péssima aparência — olheiras escuras, a pele acinzentada e sem vida. Annie reparou em como seus cabelos estavam ralos, deixando aparecer o couro cabeludo. Mas Polly estava sorrindo. Aquilo já era alguma coisa.

— Dion trabalhava com produção de figurino no teatro Old Vic. Não há nada que ele não saiba sobre roupas.

— Por que ele está aqui?

Annie se sentou, reparando que o urso de pelúcia que levara estava acomodado em cima do monitor cardíaco de Polly.

— Ah, é uma história fascinante. Ele foi a quarta pessoa no Reino Unido a ser diagnosticada com AIDS. Em 1983. Imagine!

— Nossa, e ainda está vivo.

— Mais ou menos. A doença está começando a atacar seu cérebro e ele esquece muitas coisas. Todos os amigos dele morreram, dois namorados, enfim, todos se foram. Consegue imaginar?

— Que tristeza.

O bom humor de Polly claramente estava voltando, inflando como um balão. Annie esperou para ouvir o motivo.

— Quer dizer... consegue imaginar viver como estou agora, achando que cada dia será o último, só que por trinta anos? Ele não tem economias. Não consegue pagar o aluguel, agora que cortaram seus benefícios. Não tem família e a maior parte dos amigos morreu. — Polly indicou um livro na mesa de cabeceira. — Ele me deu para ler. *Em busca de sentido*. É de um cara que foi mandado para Auschwitz e sua família e esposa morreram, mas ele ainda diz que é possível ser feliz em qualquer situação. Que sempre podemos controlar nossa reação a alguma coisa, dentro de nós. Acredita nisso, Annie?

— Claro. — Annie não acreditava. Havia coisas que simplesmente achava impossíveis de suportar.

— E você viu o site de arrecadação de fundos? Tantos comentários de pessoas fazendo coisas felizes. Preciso continuar fazendo coisas. Não importa o que aconteça comigo. Preciso continuar com os cem dias. Mas estou presa aqui. Não posso deixar o hospital até que tenham feito o novo tumor encolher. Sabia que eu tenho um empolgante tumor novo? Vou chamar esse de Frank.

— Sim. Eu sabia. Escute, o George e eu podemos fazer o negócio dos dias felizes, se significa tanto para você. O Costas também.

— Sério? — Polly levantou o que antes eram suas sobrancelhas.

— É claro. Quer dizer, desde que não haja nenhum animal marinho envolvido.

Polly riu, o que logo se transformou em uma crise de tosse.

— Eu só preciso ligar para o Seaworld e... cancelar. Você realmente faria isso por mim? Olha, você poderia filmar vocês fazendo coisas para subirmos o vídeo para o site de arrecadação de fundos, a Milly acredita que isso vai ajudar a "direcionar o tráfego", ou o que for. Isso é bom, não é? Significaria alguma coisa. Algum tipo de... legado.

Annie se perguntou o que aconteceria se Polly desistisse completamente do plano. A energia daquele projeto parecia ser a única coisa que a mantinha inteira.

— É claro. Bom, não posso ficar muito tempo, desculpe. Já perdi muitas horas de trabalho recentemente e preciso ver a minha mãe.

— Ah, posso ir com você?

— Você está de cama.

— Não estou, não. Você pode me empurrar na cadeira de rodas. Por favoooor. Estou tão entediada aqui.

— Bem, está certo, se você acha que um passeio até a ala geriátrica é divertido.

— No meu mundo, isso é o equivalente a passar a noite fora dançando.

— Pare de tentar angariar compaixão. Eu devo chamar algum enfermeiro?

— Não, não, eles estão ocupados salvando vidas e esse tipo de coisa. Nós damos conta sozinhas.

Com muito vira para cá e vira para lá, Annie conseguiu tirar Polly da cama e a colocar na cadeira de rodas, que estava parada no canto. A amiga estava pesando tão pouco que Annie provavelmente teria conseguido levantá-la nos braços.

— Pronto. Para onde, senhorita? Não vou para o lado sul do rio, não a esta hora da noite.

— Há uma opção de cadeira de rodas Uber? Talvez eu possa começar uma do meu leito de morte.

Annie entrou com Polly no elevador e elas seguiram para a ala geriátrica. Enquanto desciam pelo corredor, Annie cumprimentava com um aceno de cabeça as pessoas que reconhecia: o belo residente de pediatria, a mulher maternal que empurrava o carrinho de livros, a recepcionista do Registro de Pacientes. Realmente, era possível se acostumar com qualquer coisa. Um hospital pode se parecer com um lar. Uma estranha pode começar a ser sua melhor amiga. E sua mãe... bem ela pode se tornar uma estranha.

— Ela está dormindo — disse o dr. Quarani, barrando a entrada delas.

A ala estava silenciosa, o único sinal de que havia pacientes ali eram os pequenos montinhos nas camas. É engraçado como, no fim, as pessoas parecem se encolher para dentro de si mesmas.

— Ela está bem?

— Acho que sim. Mais cedo, ela pensou que eu fosse o Omar Sharif, mas tirando isso...

— Ah, meu Deus — murmurou Annie, envergonhada. — Sinto muito.

— Não tem problema. Ela pareceu muito feliz em me ver. E me convidou para jogar com ela uma partida de bridge.

— Ei, eu estou aqui embaixo — disse Polly da cadeira de rodas.

Ele olhou para baixo.

— Olá srta. Leonard. Deveria estar fora da cama? Pelo que sei, a senhorita tem um tumor secundário e está de cama esperando pela radioterapia.

Polly fez uma careta.

— O senhor me deixa parecendo uma planta delicada ou coisa assim. Não posso só ficar deitada lá. Tenho que fazer alguma coisa.

O dr. Quarani franziu o cenho.

— O dr. Fraser sabe que você está fora da cama?

— Ah, tenho certeza que sabe, em algum nível. De qualquer modo, basta de falar sobre mim. Como está o senhor?

Annie poderia jurar que Polly estava tentando bater as pestanas. Não que ainda tivesse alguma. Ela apoiou o rosto em uma das mãos, a que ainda estava com o cateter.

— Bastante ocupado. — Ele começou a estender a mão para o telefone da ala. — Realmente, acho que devo avisar o dr. Fraser...

— Ah, deixa pra lá, por favor. Ele é tão rabugento. Conte-me mais a seu respeito. Tem família aqui, ou...?

Annie desviou os olhos. Aquilo era de fazer a pessoa se encolher de vergonha, como a própria Polly diria.

— Família? Não. — Ele checou o relógio. — Srta. Leonard...

— É Polly, por favor. Não sou uma ré no tribunal. Ainda não, pelo menos, haha. E na Síria, tem família lá, ou...

O dr. Quarani fechou o prontuário em sua mão.

— Por favor. Devo pedir que volte para a sua ala. Os enfermeiros logo passarão para coletar seu sangue e, se não estiver lá, vai arrumar trabalho extra para eles. Sra. Hebden, sua mãe está estável por enquanto. Sugiro que descanse um pouco, vá para o seu trabalho e volte amanhã.

Polly ficou olhando enquanto ele se afastava a passos largos.

— Prepare as manchetes, acho que temos um novo desafiante para o prêmio de médico mais rabugento do ano.

Annie começou a guiar a cadeira de rodas de volta.

— Sério, Poll, o que foi aquilo? Você estava flertando com ele?

— E se estivesse? Só porque estou no hospital, isso não significa que estou morta por dentro.

— Mas ele é um médico, e você está...

— O quê? Doente? Sei que estou doente, Annie. Pelo amor de Deus. Isso é tudo o que eu sou para você?

Annie a empurrou mais rápido, sibilando entre os dentes cerrados. Era difícil discutir com alguém que já pensara por você.

— Você sabe que isso não é verdade. É só que... não é apropriado, só isso.

— Mas tudo bem você flertar com o dr. McRabugento?

— Eu *não* flerto com ele.

— Ah, dr. Max, mostre-me mais ressonâncias do cérebro, ah, dr. Max, alguém deveria passar suas camisas e lhe preparar uma refeição decente.

— Não falo desse jeito. — As pessoas estavam começando a olhar para as duas discutindo. Annie a empurrou mais rápido. — Vamos lá. Levar você de volta para a cama. A menos que prefira que eu vá conferir se podem levá-la para algum tipo de ala para comportamento inapropriado.

— Tenho um tumor no cérebro, tenho permissão — falou Polly e cruzou os braços finos.

— Às vezes, é difícil dizer o que é o tumor e o que é a sua personalidade.

— Ah, que graça... Merda! O dr. Max! Dá ré, dá ré! Entre aqui! Rápido!

— Mas aqui é...

— AGORA!

Annie virou a cadeira de lado e fechou a porta atrás delas.

Ela olhou ao redor do espaço tranquilo e aquecido, a luz entrando através de um vitral azul. Estavam na capela. O único lugar do hospital onde Annie sempre se recusara a entrar, mesmo quando a mãe pediu para ser levada ali. Simplesmente não conseguia. Ela segurou com força as barras emborrachadas da cadeira de rodas.

— Vamos, Polly, sair daqui.

— Por quê? Vamos nos sentar por um minuto. Aqui é bonito e tranquilo.

Annie ia se atrasar para o trabalho de novo. Relutante, ela estacionou a cadeira de rodas e se sentou em um dos bancos de madeira. Aquele lugar não parecia fazer parte do hospital. Mal se conseguia ouvir o som agitado de passos do lado de fora, e o cheiro de desinfetante era neutralizado por outro, mais suave, de incenso.

Polly ficou sentada em silêncio por algum tempo.

— Para ser honesta, venho adiando isso há algum tempo.

— Isso o quê?

— O momento em que me volto para Deus, ou para Alá, ou para o universo místico, ou como você quiser chamar. O momento em que busco uma escapatória.

Polly estava afundando outra vez na negação, buscando por milagres?

— Uma escapatória?

— É isso que a religião é, certo? Um modo de evitar aceitar que se vai morrer e pronto. De não encarar o fato de que quando morremos, simplesmente... desaparecemos.

— É isso que você acha?

O olhar de Polly se fixou no altar, seu rosto iluminado de azul pela luz que entrava pelo vitral.

— É o que sempre achei. Não queria mudar de ideia só porque tenho câncer. Acho que toda essa história de "dias felizes"... A razão para isso é que eu queria que a minha vida significasse alguma coisa agora, não só depois de morrer.

— Sua vida significa alguma coisa. Você precisa saber disso, Poll. Já alcançou tantas pessoas.

— É mesmo? — Ela passou a mão pela cabeça e fez uma careta quando viu que estava com um punhado de cabelos loiros. — Deus. Estou me desfazendo. É isso, Annie? Algum dia vou sair daqui de novo?

— É claro que sim — disse Annie, tentando soar confiante. — Isso é só um... revés.

— Às vezes, desejo que já tivesse terminado. É terrível, não? Afinal, aí estão mamãe, papai e até mesmo o dr. McRabugento fazendo tudo o que podem para me manter viva, e alguns dias eu tenho vontade de poder dizer *parem*. Parem com todas as agulhas e tubos, parem de injetar veneno em mim. Deixem que eu vá para algum lugar bonito e ensolarado, onde garçons gostosos possam me servir mai tais na piscina e eu possa simplesmente me deixar ir. Acho que não quero morrer em Lewisham, Annie. Sem ofensa. Quer dizer, sei que é uma área realmente vibrante e que tem os impostos mais baixos de Londres, mas não é exatamente Bali, certo?

— Não exatamente — concordou Annie. — Embora eu me pergunte se Bali vai ter Crossrail, esse incrível sistema de transporte ferroviário. Acho que não.

— Droga, Annie, vou sentir falta do Crossrail. Não é típico? Toda a confusão que esse projeto causou, e eu não vou nem conseguir usar a maldita coisa. Ops, desculpe por praguejar. — Ela dirigiu o pedido de desculpas para o altar. Não houve resposta. Polly deu um suspiro trêmulo e pousou as mãos nas coxas magras com determinação. — Certo. Vou te dizer o que vamos fazer. Ainda não estou morrendo... prometeram-me cem dias e ainda não tive esse tempo. Portanto vou ficar bem, ou um pouco menos à beira da morte, pelo menos, sair daqui e vamos fazer alguma coisa agradável. Não vou ficar sentada aqui esperando a morte.

— Parece um bom plano. Mas agora é melhor você descansar, ou não vai conseguir ficar mandando na gente, e aí, o que mais te restaria para fazer?

— Vou mandar em você até o meu último suspiro, Annie Hebden, nascida Clarke. Agora, leve-me de volta para a cama.

Quando saíam, foram vistas pelo dr. Max, que estava olhando o prontuário de um paciente no balcão da enfermagem.

— Aí está! Pelo amor de Deus, Polly, nós quase mandamos um grupo de busca atrás de você!

— Eu estava rezando — disse Polly em um tom piedoso. — Rezando por você, dr. Max, para que tenha força para cumprir seus deveres com paciência e clemência. — Ela fez o sinal da cruz com gestos exagerados.

O dr. Max balançou a cabeça.

— Mulher terrível. Fico surpreso com você, Annie.

— Desculpe, doutor — disse ela, envergonhada. — Vou levá-la de volta para a cama.

Enquanto as duas seguiam para o quarto, ela ouviu Polly sussurrar:

— Ah, desculpe, doutor, sou uma garota tão mááá. Por que não me diz o que há embaixo do seu kilt?

— Quanto mais rápido a puserem em um respirador, melhor — resmungou Annie, batendo a porta atrás delas.

DIA 43
ANDE EM UMA MONTANHA-RUSSA

Annie parou no corredor com um buquê de rosas amarelas farfalhando na mão. Podia ouvir vozes à frente, do lado de fora do quarto de Polly. Valerie e Roger de novo, sussurrando irritados um com o outro.

— Sua filha está morrendo, Roger, e você não consegue deixar seu celular em casa por um dia?

— É trabalho, Valerie! Alguém ainda precisa ganhar dinheiro por aqui. E se Polly precisar dos cuidados de um especialista? Não quero que minha garotinha sinta dor ou desconforto, e Deus sabe que você não ganha um centavo há anos.

— Isso é bem típico de você: usar o trabalho como desculpa para não fazer nada em casa há quase quarenta anos. Mas agora não é hora para isso, certo? Ela precisa de você em casa! Não no escritório, ou no pub, ou entornando uísque no seu estúdio, e...

— Cristo, Valerie, por que tudo sempre tem que ser sobre você? Não sou eu que estou aborrecendo Polly, gritando como uma peixeira.

Annie sentiu uma mão se apoiar de leve em seu ombro. Ela se virou e viu George.

— Desculpe-me pela intromissão — disse ela baixinho.

— Eles estão desse jeito há dias. Está horrível em casa. É tiro atrás de tiro.

— É melhor eu ir. Eu trouxe isso, pode entregar a Polly?

George balançou a cabeça.

— Deixe com o pessoal da enfermagem. Ela está fingindo que não está bem, mas não está tão mal assim. Só não consegue mais aguentar o papai e a mamãe.

— Então, o que você vai fazer?

— Ora, eu e você temos instruções a seguir.

— O quê? Tenho que sair para trabalhar em um minuto.

— Diga que está doente.

— Mas não posso, eu...

— Por favor, Annie. Preciso fazer isso. Não posso ficar aqui sentado, me sentindo um inútil, assistindo a Polly morrer e escutando a mamãe e o papai brigarem. E Polly foi insistente. Sei que é bobagem, essa coisa dos cem dias, mas parece estar dando esperança a ela. Se não esperança, alguma outra coisa, de qualquer forma. Uma razão para não se entregar. Para acordar de manhã.

Annie havia pensado a mesma coisa. Ela olhou o relógio: oito da manhã.

— Quais são as instruções?

George pegou um pedaço de papel.

Annie olhou para a anotação.

— É sério?

— Sim. E ela quer que a gente filme tudo. Já que não pode ir ela mesma, foi o que disse. Então... você pode dizer que está doente?

Annie odiava fazer aquilo — sua voz falsa de doente não era nada convincente.

— Sou a pior atriz do mundo.

— Não é uma sorte você ter um famoso ator do seu lado, então? — George estendeu a mão. — Passe-me o celular. Com quem devo falar?

Annie entregou o aparelho para ele, já com o número na tela.

— Sharon Horton. Peça para falar com ela. Diga que eu tive um colapso nervoso, ou alguma coisa parecida.

Ela teve que enfiar a manga da blusa na boca para não cair na gargalhada durante o telefonema.

— ... A questão, Sharon... posso lhe chamar de Sharon? Obrigado. Você tem uma voz tão gentil, Sharon. A questão é que a pobre sra. Hebden vem se dedicando tanto à mãe e à amiga doente que tivemos que mantê-la aqui em observação. Achamos que ela precisa de um tônico para os seus pobres nervos.

George alternava entre um Noel Coward imponente e o sotaque do East End londrino.

— Sabe do que estou falando, Sharon. Percebo que sabe. Eu? Ah, meu nome é Kent Brockwood. Sou chefe da equipe de enfermagem aqui no hospital. Admiramos demais a sra. Hebden. Ela é tão *generosa*. E forte como uma rocha. Obrigado. Deus a abençoe, Sharon. — Ele desligou e entregou o celular a Annie com um floreio.

Ela imitou uma minissalva de palmas.

— Deem um Prêmio Tony a esse homem.

— Eu tento.

— De onde você é mesmo, Kent Brockwood?

— Dos arredores de Letterkenny, eu acho. Ela vai deixar você em paz por alguns dias, acredito. E você pode chegar lá cambaleando em um sofrimento honroso e, se realmente tiver sorte, eles a mandarão para casa.

Ser mandada de volta para casa era a vitória máxima no trabalho. Você havia feito o esforço de ir, mas estava realmente doente demais para ficar lá, por isso podia ir embora impunemente.

— "Você tem uma voz gentil, Sharon" — Annie riu. — Foi brilhante. Então... agora vamos para o Thorpe Park?

— Agora vamos para o Thorpe Park. Polly disse para pegarmos o Costas no caminho.

Annie olhou na direção de Roger e Valerie, que ainda discutiam, agora com a voz mais baixa.

— Devemos...

— Não. Só vamos. Polly sortuda. Pelo menos ela pode fingir estar em coma.

Do lado de fora, George levantou o braço para chamar um táxi. Annie recuou.

— Não fica um pouco longe? Que tal irmos de trem?

— A Polly me deu um monte de dinheiro. Ela quer que a gente tenha um bom dia de folga. E, se pegarmos o Costa em um táxi preto, imagine como aquela carinha dele vai ficar animada.

Annie observou George enquanto eles se acomodavam no interior confortável do táxi, protegidos da chuvosa e deprimente Lewisham.

— Você gosta dele, não é?
— Do Zorba, o Grego? Ele é um encanto. Bom demais para esta cidade.
— Você *gosta mesmo* dele?
— Ele é um garoto. E passa os dias fazendo espuma de leite.
— Pare com isso — repreendeu Annie. — O Costas está fazendo o melhor que pode. Ele trabalha duro.

George pareceu culpado.

— Eu sei. Ele é só... tão feliz, sabe? Isso me faz sentir culpado. O garoto está sozinho aqui, longe da família, sem chegar a lugar algum na carreira. Mas é animado. É solar. Mesmo quando o fazem passar o diabo no trabalho.
— Como você sabe disso?
— Ah. Nós... por acaso estamos na mesma academia de ginástica.
— Você entrou em uma academia? Achei que fosse só uma mentira que você contava a sua mãe para sair de casa.
— Sim, eu entrei. Achei que estava na hora de começar a cumprir os estereótipos gays. A próxima coisa é irmos ao show da Barbra Streisand. Enfim, como eu disse, ele é jovem demais para mim.
— Costas tem vinte e dois anos. Você tem vinte e nove. E não saiu do armário há... tipo... dois minutos?

Ele deu de ombros.

— Eu estava em um armário muito pequeno e desconfortável por algum tempo. Como você viu, a minha mãe não aceita muito bem seu precioso menino se associando a gays indecentes em roupas de couro e drags. Ao menos é assim que ela imagina. Qual é o seu argumento?
— Então, o Costas talvez seja mais velho do que você em tempo como gay. Isso existe? Como a idade dos cães em relação aos humanos?
— Ah, existe. Sou praticamente um ancião, na minha idade.
— Você não parece ter um dia a mais do que vinte e oito anos. — Annie o cutucou. — O que a Polly diria? Aproveite o dia! Pule de um penhasco! Faça xixi ao vento! E por aí vai.

Ele suspirou.

— Talvez. Eu ouvi você, tá? Mas por ora, com essa situação da Polly, e eu tentando ficar longe do Caleb, só é legal ter um amigo, sabe?

Annie sorriu para ele. E imaginou como Costas iria ficar feliz com a perspectiva de um dia de folga.

— Eu sei, sim. Sei.

— Prontos?

— Ah, Deus. Vou passar mal.

— Eu não deveria ter comido algodão-doce. — Costas estava pálido.

A montanha-russa — uma das mais apavorantes, que mergulhava fundo e dava cambalhotas — estava subindo lentamente com eles, e subindo, e subindo. Annie sentiu o estômago se revirar com o hambúrguer, as fritas e o milk-shake que também colocara para dentro. Ela não tinha dezoito anos. Aquilo teria consequências. Lá embaixo, as pessoas pareciam tão pequenas. Tão distantes.

— Aqui vamos nós!

Eles estavam ganhando velocidade. Os nós dos dedos de Annie ficaram brancos. Ela sentiu Costas agarrando sua mão e a de George, do outro lado dele. Com a mão livre, George segurava o telefone erguido, preso em seu pulso por uma alça.

— Certo! — gritou ele, acima do barulho crescente das engrenagens. — Abram um grande sorriso e não falem palavrão... ahhhhh! CACETE! CACETE! SANTO DEUS! VAMOS MORRER!

DIA 44
REAFIRME SEUS OBJETIVOS

— *Cace**! Cace**! Santo Deus! Vamos morrer!*

George espiou na tela do iPad de Polly.

— Mal dá para me ouvir com esses bipes que Suze colocou.

— Ela precisou — falou Polly. — Esse bebê está viralizando. Já tem dez mil visualizações no YouTube. O site de arrecadação de fundos está com um tráfego louco por causa disso.

— É mesmo? — George pareceu animado. — Vou incluir um link para a minha página de ator.

— Sim, você pode ser aquele irmão da corajosa sobrevivente do câncer, Polly Leonard, qual é mesmo o nome dele? O que fala palavrões na montanha-russa?

Ele mostrou a língua para ela.

— Foi assustador de verdade, não foi, Annie?

— Eu vomitei em uma lata de lixo depois que saí — disse ela. — Consegue me ver no vídeo? Acho que não vão acreditar, no meu trabalho, que a cura para o meu súbito colapso nervoso tenha sido ir à montanha-russa mais apavorante da Europa.

— Vai ficar tudo bem — disse Polly. Ela parecia muito melhor, sentada na cama com o rosto corado de tanto rir do vídeo. — Ninguém no seu trabalho sequer consegue navegar direito na internet, né?

— Só para jogar *Farm World* no Facebook — falou Annie. — Mas é melhor eu ir. Não posso me atrasar de novo.

Annie não conseguia parar de rir sozinha pensando no vídeo da montanha-russa. Foi tão bobo. Tão divertido.

— Você parece feliz — disse uma voz austera com sotaque escocês. O dr. Max estava parado diante da máquina de venda automática de novo, olhando para dentro dela com atenção, como se pudesse encontrar grande sabedoria entre os Twix e Bounty.

Annie se sentiu envergonhada. Não deveria estar sorrindo quando Polly estava morrendo.

— Está tentando decidir que barra de chocolate pegar?

— Hum? Ah. Sim. Um paciente acaba de morrer na minha mesa de operação.

— Ai, meu Deus! Sinto tanto.

— Tinha dez anos. Não pude fazer nada por ele, o tumor era grande demais.

Annie podia ver o reflexo do rosto dele no vidro da máquina, parecia exausto e desapontado.

— Ao menos você tentou — arriscou ela, timidamente.

— Tentei. Tentei e falhei. — Ele sacudiu a cabeça e começou a golpear os botões na máquina até cair uma barra de chocolate Mars. — É melhor eu voltar. Até logo, Annie.

Quando estava saindo, Annie viu Jonny, o sem-teto, sentado no ponto de ônibus. Os olhos dele encontraram os dela, e Annie ficou constrangida de desviar o olhar.

— Oi.

— Olá. Dia difícil?

— Minha amiga está muito doente.

— Lamento — disse ele, educado. Os dedos, nas luvas em farrapos, estavam sujos e inchados.

— Hum... há alguma coisa que eu possa fazer por você? — perguntou Annie rapidamente, constrangida. — Precisa de alguma coisa?

Ele olhou ao redor para sua escassa coleção de pertences, o papelão em que estava sentado para se proteger da umidade.

— Uma jacuzzi seria bom. — Ele riu da cara que ela fez. — Falando sério, você não tem que me dar nada. Estou passando o dia, como qualquer outra pessoa. Está tudo bem.

— Está certo. Obrigada.

O ônibus chegou e Annie entrou. Mas ela olhou pela janela quando já se afastava e ficou observando a figura desamparada de Jonny, sentado sozinho no chão.

DIA 45
SEJA BOBO

— Pronta? Preparar... vai!

— Tem certeza que isso é seguro? — gritou Annie.

Polly e seu oponente a ignoraram e passaram correndo em cadeiras de rodas, girando freneticamente as rodas com as mãos. Elas correram por toda a extensão do corredor e frearam ao lado de uma prateleira de lençóis. Uma enfermeira que passava deixou cair uma pilha de urinóis e xingou.

O dr. Max enfiou a cabeça para fora da sua sala do tamanho de um armário com os cabelos em pé, furioso.

— Eu deveria ter imaginado que era você, Polly. Mas Ahmed, não esperava isso de você.

— Desculpe, doutor — disse o rapaz em tom dócil. Ele tinha dezessete anos, estava careca e usava um pijama do Action Man. Tinha um aneurisma cerebral que ameaçava se romper a qualquer momento.

— Não dê ouvidos a ele, Ahmed. Você é o terror da ala de neurologia. Mais rápido do que uma bala. — Polly ergueu a mão espalmada para bater na dele.

Ahmed sorriu, mirou a mão dela e errou — perda de percepção de profundidade era um dos efeitos colaterais. Os olhos do dr. Max encontraram os de Annie no fim do corredor e ela deu de ombros. Tinha sido ideia de Polly — o grande pentatlo da ala de neurologia. Evento seguinte: curling com o urinol usando um esfregão como bastão. O dr. Max revirou os olhos e deu um sorrisinho do tipo "aqui não se pode piscar o olho", depois voltou para sua salinha apertada.

DIA 46
ARRECADE DINHEIRO PARA CARIDADE

— Aceita um cupcake? — perguntou a criada francesa. Era um homem de mais de 1,90 de altura e joelhos peludos.

Annie estreitou os olhos.

— É você, Yusuf?

Yusuf, ou dr. Khan, como era mais conhecido, era o chefe da Cardiologia do hospital.

— Sim, sou eu. Hoje é dia de se vestir de um jeito divertido. Todos estão arrecadando dinheiro: vendendo bolo, se fantasiando.

— Entendo. — Ela deixou cair uma nota de cinco libras na cesta dele e pegou alguns cupcakes, que tinham cobertura rosa ondulada. Muito parecido com o que Polly havia dado a ela no dia em que se conheceram. — Por acaso isso tem alguma coisa a ver com a Polly?

O dinheiro do evento de arrecadação de fundos ainda estava entrando, e Polly estava determinada a conseguir o bastante para uma nova máquina de ressonância magnética.

— Tem mesmo que perguntar?

— Tem razão. O que mais está acontecendo? — balbuciou Annie com a boca cheia de cobertura. Tinha gosto de morango, e o açúcar foi direto para sua corrente sanguínea.

— Estamos leiloando alguns radiologistas, o pessoal da enfermaria da Unidade de Cuidado Intensivo Neonatal vai dançar uma conga e... ah, alguns funcionários mais peludos vão se depilar com cera quente no refeitório...

— É mesmo? Hum... que funcionários?

— Os mais peludos, eu acho. Eu também deveria estar participando disso, mas achei que os pelos ajudavam a compor o meu figurino.

Annie chegou bem a tempo de ver o dr. Max sem camisa deitado em uma das mesas, que tinha sido coberta com o papel azul do hospital. Suas costas, assim como o restante dele, eram realmente muito peludas.

Ele viu Annie.

— Ah, pelo amor de Deus. O que você está fazendo aqui? Não tem uma casa aonde ir?

— Pode falar quanto quiser. Achei que odiava coisas idiotas para arrecadação de fundos.

— Odeio mesmo. Odeio com todas as fibras do meu ser. Quase tanto quanto vou odiar essa depilação.

— Ah, isso não dói quase nada.

— Verdade? — Ele inclinou a cabeça, esperançoso.

— Mentira, dói pra caramba.

Ela se afastou para o lado quando uma das enfermeiras da cirurgia — acostumada a depilar pacientes para a sala de operações — aplicou uma longa faixa de gaze sobre a cera que já estava nas cosas dele e puxou. O urro de Max provavelmente pôde ser ouvido em todo o terceiro andar, onde Polly sem dúvida estava arquitetando a coisa toda.

Annie checou o relógio.

— Por mais que eu adorasse ficar e assistir a isso, preciso fazer minhas visitas e depois ir para o trabalho.

— Vão tirar fotos — disse ele, mal-humorado. — Maldita Polly.

Do lado de fora da ala geriátrica, o dr. Quarani estava dando corridas rápidas para cima e para baixo, em cada uma reiniciando a pulseira Fitbit.

— Não vai se juntar à arrecadação de fundos? — perguntou Annie.

— Não tenho tempo para isso. Só cinco minutos entre os horários de atendimento.

O jaleco branco flutuava para trás enquanto ele corria contando baixinho, todos os músculos rígidos e sob controle.

Depois que terminou suas visitas, Annie foi novamente para o ponto de ônibus. Jonny estava usando as mesmas roupas. *Provavelmente ele só tem essa*, pensou ela, então percebeu como estava sendo idiota. Onde o homem guardaria as outras roupas? Ele literalmente não tinha para onde ir.

— Olá — disse Jonny. Ele estava virando as páginas de um livro da Terry Pratchett.

Annie apontou timidamente para o livro.

— Também já li esse. É bom.

— Ah, sim. Pelo menos me faz rir. Como você está hoje?

— Estou bem. — Comparada a ele, ela tinha que dizer que estava bem. Ao menos tinha uma casa para ir, amigos e um emprego. Annie desejou poder fazer alguma coisa por ele. — Hum... você gosta de cupcake? — perguntou, constrangida, e estendeu o saco de papel. Naquela situação, bolo era pouco, mas ela sabia, pelo seu primeiro encontro com Polly, que ainda assim era alguma coisa.

DIA 47
CONHEÇA PESSOAS

— Você parece muito melhor.

Polly olhou satisfeita para seu reflexo no espelho de mão que Annie apoiara na bandeja da cama.

— Pareço mesmo, né? Ainda bem, aquela palidez toda do câncer não estava combinando com o meu tom de pele. Me passe a sombra.

— Qual? — Annie estava com o enorme estojo de maquiagem de Polly aberto diante dela.

— A verde cintilante. Estou com um humor verde cintilante hoje. — Ela fechou os olhos. — Você aplica. Meu pulso já não é mais tão firme quanto antes. Mas não espalhe isso por aí, certo? Não quero que os rapazes escutem.

— *Polly*. Você quer mesmo que eu faça isso? Sou uma tragédia.

— Você precisa aprender. Não estarei aqui para sempre para fazer sua maquiagem e escolher suas roupas. Embora eu esteja gostando da combinação de hoje. Deixe-me ver.

Envergonhada, Annie recuou um pouco para que Polly pudesse admirar sua saia de camurça com botas e suéter listrado.

— Bom. Muito bom. Daqui a pouco, você nem vai precisar mais de mim.

— Silêncio agora.

Annie não queria falar do fim. Não hoje, quando Polly estava com o rosto corado — e não só por causa da generosa aplicação de blush. Não quando ela parecia melhor, mesmo que fosse apenas outra das peças cruéis que o câncer pregava.

— Pronto. Espero que goste do visual "drag queen fazendo quimioterapia", porque foi o que eu fiz. Preciso assistir a mais alguns tutoriais de maquiagem antes de...

Ela quase disse *antes de você partir*. Como se Polly estivesse indo para um longo cruzeiro, ou coisa parecida. Parecia impossível, por mais que Annie repetisse para si mesma, aceitar o fato de que a amiga não voltaria da jornada final. E que essa jornada estava muito próxima. Talvez não fosse hoje, talvez nem mesmo este mês. Mas logo.

A porta foi aberta e uma nuvem de perfume Chanel as envolveu.

— Querida, como... ah, oi, Annie.

— Oi, Valerie. Estamos só embonecando a Polly.

— Isso é ótimo. Acho que o George está por perto, em algum lugar. Tenho certeza que ele adoraria ver você.

Annie apenas assentiu com a cabeça. George obviamente ainda não tivera "a conversa" com a mãe.

— Você me trouxe mais daquelas ervas anticâncer, mãe? Porque, tenho que dizer — falou Polly em uma voz animada —, elas têm gosto de xixi de cavalo.

— Hum... Polly, querida, você tem visita.

Valerie estava usando um cardigã longo até o tornozelo, tinha a maquiagem recém-aplicada e os cabelos brilhantes, mas mesmo assim parecia exausta. Aquela situação estava cobrando um preço alto de todos.

— Quem é? Milly? Eu disse a ela, chega de vídeos de câncer por um tempo. Apenas coisas positivas. O site de arrecadação de fundos está indo bem por conta própria... vinte mil visualizações só ontem!

— Não é a Milly. Bem... Acho... acho que você deve ficar sozinha para receber essa pessoa, querida.

Annie entendeu a deixa e começou a arrumar a maleta de maquiagem.

— Eu preciso ir, de qualquer forma...

A mão de Polly segurou rapidamente o braço dela.

— Não vá. Você acabou de chegar. A menos que a visita seja o Ryan Gosling, e, nesse caso, Annie, vá pela sombra.

Valerie estava torcendo as mãos. Ela suspirou, então saiu de novo, mantendo a porta aberta. E falou com quem quer que estivesse do lado de fora.

— Entre. Não vou me envolver.

E aí, no lugar de Valerie entrou alguém que Annie nunca havia visto. Um homem usando um terno visivelmente caro... nada de poliéster ali. Sapatos engraxados. Gravata vermelha. Alto, bonito de um jeito "catálogo de modelos", com os cabelos escuros cortados curtos. Braços e peito grandes. Um frequentador de academia.

Polly o encarava. A mão dela ainda segurava com força o braço de Annie, e a cor estava desaparecendo de seu rosto, fazendo com que a maquiagem recém-aplicada parecesse uma piada de mau gosto.

— Merda.

— Oi — disse o homem. Sua voz era rouca. — Você está... Cristo... você parece... eu não tinha ideia.

— Estou bem. Ótima. Que diabo você está fazendo aqui?

— O que eu estou... Cristo. Você tem ideia de como eu fiquei preocupado? Eu nem sabia que você estava viva até ver o seu maldito site de arrecadação de fundos!

Annie tentou disparar para a porta, mas Polly se agarrou a ela como se sua vida dependesse disso.

— Não vá.

O homem se aproximou mais.

— Poll. Por favor, fale comigo. Você não pode simplesmente soltar uma bomba dessas e ir embora.

— Posso fazer o que eu quiser, tenho câncer — disse ela com uma voz estrangulada.

A raiva entre eles pareceu explodir, como se alguém tivesse jogado uma granada e saído correndo.

— Câncer. Isso não é o câncer, é você. Sempre fez exatamente o que queria. Pintar a casa. Viajar com os amigos. E quanto a mim? E o que eu queria?

Annie virava a cabeça de um para o outro. Quem era aquele? O que estava acontecendo?

— Não me importo com o que você queira! — bradou Polly, como se estivesse esgotando o resto de sua voz e suas forças. — Só quero que vá embora daqui! Você não tem o direito! Não me quis, então não pode ficar ao meu lado quando estou morrendo. Tenho outras pessoas para fazer isso.

— Ah, tá, uma esquisita que você acabou de conhecer!

Annie o encarou, espantada. Aquilo tinha sido um pouco hostil.

— Annie é minha *amiga* e tem estado *presente* em minha vida, ao contrário de algumas pessoas...

— Como se você tivesse me dado chance!

— Feche a porta, Annie — pediu Polly, trêmula.

— É... o quê? — balbuciou Annie.

— Feche a porta na cara dele. Chute-o para fora. Não tenho força para fazer isso sozinha, mas não posso escutar essa conversa.

Certo. Então era para ela ir até a porta e simplesmente chutar para fora um homem de mais de um metro e noventa de altura, musculoso, que a encarava como se ela fosse uma sujeira na calçada.

— Bem, desculpe-me, mas a Polly não deve se cansar, portanto se você pudesse...

— Quem diabo é você? O que lhe dá o direito? — Ele se virou para Polly. — Escute, por favor, eu preciso conversar com você. Você não pode simplesmente me mandar embora.

— Posso — disse ela, a voz muito baixa.

Annie levantou o queixo.

— Ela me quer aqui. E não quer você. Portanto... — Ela segurou a porta aberta para ele. — Como Polly disse, vá pela sombra.

Ele foi e bateu a porta ao sair. Annie cambaleou. Ela realmente havia feito aquilo.

— Deus. O que foi tudo isso?

Polly estava com o rosto acinzentado, arquejando para conseguir respirar.

— Obrigada. Você foi... incrível.

— Você está bem?

Ela fez que sim com a cabeça enquanto uma crise forte de tosse sacudia seus ombros frágeis.

— Aposto que ele nunca foi chutado para fora de algum lugar na vida.

— E... você vai me contar quem é ele?

Polly suspirou e se recostou nos travesseiros, fechando as pálpebras verdes cintilantes.

— Droga. Esse é... — Ela se interrompeu para tossir de novo.

— Diga, Polly. Não é justo você não me contar.

— Está certo! Deus, deixe-me respirar primeiro. Esse... Annie... esse era o Tom. Meu marido.

O rosto dela se franziu, e Annie percebeu que Polly estava chorando.

— Certo — disse Polly quando conseguiu falar sem fungar ou soluçar. — Vou te contar o que aconteceu. Mas só porque você me contou sua história e agora não temos segredos.

— Temos alguns segredos.

— Bem, que seja. Mas preciso contar tudo direto, sem ser interrompida. Está certo? Nem pra dizer: Deus, que terrível, ou coitada de você, ou qualquer coisa assim. É só o que aconteceu. Não é uma tragédia, nem uma história épica, nem é importante. É só o que aconteceu comigo. — Ela inspirou com dificuldade. — Porque não posso *fazer* isso. Não posso passar mais tempo da minha vida chorando por isso. Não tenho tempo.

— Está certo — disse Annie. — Não vou dizer uma única palavra. A partir de agora.

Ela ficou sentada em silêncio na cadeira de plástico laranja enquanto Polly levantava mais o corpo contra os travesseiros.

— Muito bem. Capítulo 1. Recebi meu diagnóstico de câncer como acontece com a maioria das pessoas, do nada. Vida ocupada. Obviamente, nada poderia acontecer comigo. Eu era... bem, você vê como são Suze e as outras. Ela tem um app no celular para alternar as calcinhas na gaveta da cômoda, e Milly agenda sexo com o marido com seis meses de antecedência. Eu era assim. Acordava cedo, tomava smoothie de couve, o BlackBerry na mão no caminho para o trabalho, checando a imprensa, pensando no melhor ângulo. Para tirar o máximo de possibilidade de divulgação de tudo. Ioga. Meditação. Fins de semana em Cornwall ou em Val D'Isere. Indo a peças, a exposições, ao restaurante recém-aberto em que a comida era servida em uma minirrede ou coisa parecida. Essa era a minha vida. E eu tinha o marido que combinava com ela. Bonito, rico, corretor da Bolsa no centro de Londres, é claro. Alguns talvez digam que me casei com o meu pai. Ele é um homem que sempre trabalhou até mais do que eu. Estávamos seguindo por um caminho de mão única que levava a um, ou talvez dois filhos superprogramados, uma casa de férias em Devon e eu me tornando freelance enquanto ele ganhava todos os bônus no trabalho.

Annie assentia, tentando acompanhar. Polly estava ofegante. Suas mãos apertavam as cobertas com força.

— Então, de repente, eu fiquei doente. Estava em casa, depois de receber os resultados, entrando no personagem mulher com câncer corajosa, expressão nobre, esse tipo de coisa. Em total negação, é claro. Pode me culpar? Então, bem... minha vida se partiu em mil pedaços. Quase conseguia ouvir o barulho dela se estilhaçando, sabe? Vibrando no meu ouvido.

— Sei como é. O que aconteceu?

— Vou te contar.

Era o barulho da porta? Sim, ele estava em casa. Jesus, por que ela estava tão nervosa? Ela alisou o vestido por cima dos joelhos. Assim que chegou do hospital, tinha ficado muito, muito tempo embaixo do chuveiro, até sua pele ficar rosada e enrugada, então vestiu seu vestido favorito, o que era estampado com raminhos de centáureas. Ela se pegou passando as mãos obsessivamente pelos longos cabelos loiros.

Tom estava no corredor olhando para a tela gordurosa do celular. Os ombros curvados no terno Savile Row.

— Você ligou para o encanador? Aquele maldito vaso sanitário ainda está vazando. O que está fazendo aqui?

Ela havia até acendido uma vela por alguma razão — talvez pensando que finalmente chegara o momento que valia as quarenta e oito libras pagas pela vela Jo Malone de mimosa e cardamomo. Ela estava sentada na sala em seu vestido bonito e com a maquiagem feita, em vez da calça de ioga e meias de esqui que costumava usar em casa. Talvez, se estivesse bonita, o universo percebesse que pegara a pessoa errada. Ela era ocupada demais para isso. Tinha compromissos marcados até o Natal seguinte. Siga adiante, por favor, não há nada para você aqui, câncer.

Ele levantou os olhos brevemente.

— Ainda não começou a fazer o jantar? Estou faminto.

— *Eu estava fora* — *Uma parte dela estava pensando:* Ele vai se sentir tão mal quando eu contar. — *Você pode vir até aqui?* — *Calma. Nobreza. Elevar-se acima de assuntos corriqueiros como um vaso sanitário vazando e um jantar atrasado.*

Ele abriu a porta — camisa amassada, gravata torta. Os cabelos ficando grisalhos nas têmporas.

E ela pensou: Como isso aconteceu? Como nos perdemos um do outro assim?

— *O que é? Preciso de um banho de chuveiro. O caminho para cá foi um inferno, como sempre.*

— Tive a consulta no médico hoje. Lembra? — Ela havia contado a ele, mas de passagem, pois sabia que Tom não iria registrar. E porque não seria nada. Todo mundo tem dor de cabeça, mesmo sendo todo dia, e mesmo ela já não conseguindo mais ver a mensagem de avisos no trem a caminho do hospital. Quase havia cancelado a ressonância magnética quando a reunião sobre a conta de cereal atrasou. Provavelmente, ela só precisava começar a usar óculos, ou beber mais água, ou dormir, ou tomar ibuprofeno, ou fazer acupuntura, ou se organizar, sair do trabalho e começar um blog a respeito disso.

— *Ah.* — *O rosto dele... a culpa imediatamente escondida em uma atitude agressiva.* — *Você deveria ter me lembrado.*

Tom não percebeu como as dores de cabeça eram fortes, ou que no outro dia ela havia se esquecido de se calçar antes de sair de casa. Ele não estava preocupado. Ainda não.

— Sem problema. — *Ela ficou sentada ali, comedida. A pulsação acelerada, quase como se estivesse animada. Esperando para destruir a vida deles.* — Eu... meu bem... — (ela nunca o chamava assim, mas pareceu algo que sua nova persona nobre diria) — Encontraram algo. No meu cérebro. As dores de cabeça...

— *O quê?* — *Os olhos dele já estavam se desviando de novo para o celular. Ela teria adorado esmagar o maldito aparelho com um pisão. Escute enquanto eu faço meu discurso nobre, seu cretino egocêntrico.*

— Eles acham... não parece bom.

O rosto dele.

— O que você está falando?

— Estou falando que tenho um tumor no cérebro.

— Merda. É mesmo? O quê?

Então ela disse algumas palavras:

— Glioblastoma estágio quatro. Muito agressivo... crescendo rápido...

— Merda. Merda. Poll, deve haver alguma coisa...

— Eles vão tentar algumas coisas. Quimioterapia e tal. Mas o médico não estava esperançoso. Ele pareceu... meio sinistro. — Aquela era a palavra certa, ela resolveu, para o médico rabugento que a atendera. Sinistro.

— Ah. Merda. — Tom levou as mãos à cabeça (o celular ainda cirurgicamente preso a uma delas). — Estou tão... merda. Merda. Por que agora?

— Existe uma hora boa para uma coisa dessas?

— Sinto muito. Preciso... — E ele saiu em disparada da sala. Talvez estivesse só assoberbado... de amor e sofrimento. Ela esperou. O celular dela zumbiu na mesa e ela o pegou. Pensando: Como vou contar às pessoas? Mensagem no Facebook? Um diário corajoso do câncer? Grupo de WhatsApp?

Era dele. Dizia: Merda. Más notícias aqui. Ela está doente. Doente de verdade, eu acho. Preciso ajeitar as coisas.

Obviamente, no estado de tristeza em que estava, ele tinha mandado a mensagem para a pessoa errada. Talvez fosse para a mãe dele.

E ela poderia ter deixado para lá, não ter percebido o que estava acontecendo, porque, afinal, estava um pouco distraída. Se ele não tivesse feito o esforço, ido além, o que já não fazia mais por ela: Eu te amo, juro.

Ele voltou, ainda segurando o celular. Estivera chorando. A camisa estava para fora da calça.

— Não posso acreditar nisso. Não posso. É... é verdade?

Ela ergueu o próprio celular. Ainda estava em órbita na cancerlândia. Calma. Nobre.

— *Quem é a pessoa que você ama, Tom?* — *Porque sabia que não era ela. Já sabia disso havia muito tempo, percebeu.*

O rosto dele desmoronou como papel molhado.

— *Ah, merda.*

— Uau — disse Annie depois de Polly contar toda a história de como voltara para casa com o diagnóstico de câncer e Tom, acidentalmente, mandara uma mensagem de texto para a mulher com quem estava tendo um caso. — Desculpe. Tenho permissão para dizer uau?

— Sim. Ele não quis me contar, mas usei o trunfo do câncer (muito útil isso). No fim, ele confessou e disse que:

Sim, ele estava saindo com outra mulher.

O nome dela era Fleur.

Sim, quando ele disse saindo, queria dizer trepando.

Sim, ele "tinha pensado" em me deixar.

Sim, Fleur estava na casa dos vinte anos.

Sim, ela é professora de ioga e fazia dança interpretativa.

Ela trabalha na academia em que fiz ele entrar.

Annie assentiu lentamente.

— Então, você simplesmente o deixou?

— Sem dizer uma palavra. Se a vida é curta demais para não acender a vela Jo Malone, certamente é curta demais para me preocupar com o meu marido traidor viciado no iPhone. Então fui embora, voltei a morar com mamãe e papai e passei cerca de duas semanas na cama, chorando de me acabar. Veja, eu não estava nem chorando por causa da droga do câncer. Estava chorando por causa dele. Dele e dela. Não é uma idiotice?

— De jeito nenhum — disse Annie. — Às vezes, nosso cérebro não consegue assimilar a coisa maior. Ele meio que a mascara para nos proteger. Uma vez, chorei por três horas porque não conseguia encontrar o pé esquerdo de um sapato.

— Soube que ele a levou para morar na casa assim que eu saí de lá. Legal, né? — Polly parou, a respiração ofegante. — Então. É isso.

— Hum... tenho permissão para dar o meu veredicto agora?

— Sim, você pode falar. Minha história trágica acabou.

— Eu... Jesus, Poll.

— É melhor não dizer como sou uma corajosa vítima de câncer.

— Eu não ia dizer isso. Ia dizer parabéns. Você venceu a competição da "história mais trágica". Tem mesmo que ser melhor em tudo, não é?

Ela ficou aliviada ao ouvir Polly rir e tossir ao mesmo tempo.

— É melhor acreditar nisso, Hebden.

— Então... no dia em que nos conhecemos, quando você parecia tão feliz...

— Eu estava me sentindo uma merda, Annie. Havia acabado de deixar o meu marido e tinha câncer.

— Então, o quê...?

Polly sorriu. O sorriso que Annie reconheceu, o que dizia, *Aha, veja o que eu te ensinei.*

— É claro que eu queria ficar furiosa, infeliz e impaciente... como você, minha caríssima Annie... Mas tenho tão pouco tempo de vida. Eu me perguntei o que aconteceria se eu não ficasse. Se eu me obrigasse a ficar feliz, apesar de tudo.

— E isso funciona?

Polly abriu os braços, indicando os tubos e monitores a que estava conectada, seu corpo combalido, a cabeça careca.

— Pareço arrasada?

— Bem, não, mas...

— Felicidade é um estado de espírito, Annie.

A cabeça de Annie estava uma confusão. A Polly que ela havia conhecido no balcão da recepção, quarenta e sete dias atrás... A vida daquela mulher também tinha acabado de ser despedaçada? Ela não conseguia acreditar.

Polly voltou a se deitar.

— Espero que você esteja anotando todas essas frases inspiradoras. Espero pelo menos quatro livros de memórias sobre a vida comigo, depois que eu me for.

DIA 48
CONTEMPLE A MORTALIDADE

— Olá, estou aqui para ver...

— Ela está ocupada agora — disse Annie em tom resignado. No momento, ela era basicamente a assistente pessoal não remunerada de Polly.

Os curiosos começaram a aparecer no dia seguinte à internação de Polly. Antigos amigos, conhecidos casuais, pessoas com quem ela fizera algum curso, ou conhecera em uma viagem de férias, ou a irmã de algum ex-namorado. As pessoas chegavam com uvas — Polly brincava que poderia abrir uma quitanda no quarto —, ou chocolate, ou flores, ou enormes cartões com desenhos de elefantes segurando bolsas de gelo na cabeça machucada. Estes, Polly fez Annie jogar no incinerador de lixo tóxico.

— Pelo amor de Deus, eu tenho um tumor cerebral, não um hematoma no braço. Qual é o problema dessas pessoas?

Mas ela sempre os recebia. Annie não sabia por quê.

A visitante mais recente foi uma mulher de meia-idade, muito magra, que usava um anoraque azul-marinho e segurava uma bolsa de palha contra o peito.

— Quem eu devo anunciar? — perguntou Annie em tom animado, levando-a para o corredor.

Talvez, depois de tudo aquilo terminar, ela pudesse conseguir um emprego como recepcionista. Experiência: ajudar uma amiga narcisista muito popular a morrer.

— Sou Emily.

— Emily...?

— Ah, ela vai saber. — Todos sempre achavam isso.

— Mas só para o caso... você sabe, ela está muito cansada.

— Trabalhamos juntas anos atrás. Eu cuidava da administração do escritório.

Annie estremeceu ao pensar em Sharon.

— E vocês mantiveram contato?

— Ah, não. Eu a vi na internet e disse: é a Polly! Polly, a garota de Relações Públicas! E quis trazer isso para ela. — A mulher pegou alguma coisa dentro da bolsa, um panfleto com impressão de péssima qualidade onde se lia: *Cure-se com a alimentação*. Annie podia sentir seu cheiro de patchuli e suor. — Sabe, ainda dá tempo, mas tem que ser agora.

— Tempo para quê? — Annie deu corda.

— Para se tornar vegana. Ela sempre comeu muito daquele presunto fino fibroso, né? Bebia demais, punha leite no café. Mas, se mostrar este panfleto a ela, Polly pode se curar com jejum, ervas e...

Annie colocou um sorriso no rosto.

— Obrigada, Emily. A questão é que Polly só tem permissão para receber um determinado número de visitantes por dia. Ordens médicas. Mas vou garantir que ela receba o panfleto. Obrigada. Tchaaau!

— Não, não, você tem que me deixar vê-la, é muito importante. Quem é você, afinal?

— Eu cuido disso, Annie. Obrigada. — Valerie tinha aparecido segurando um copo de papel com chá. — O que está acontecendo?

Emily se adiantou para um aperto de mão.

— Você deve ser a mãe dela! São tão parecidas. Olá, olá, eu vim dar alguns panfletos a ela.

— "Ela" tem nome — disse Valerie em um tom lacônico. — Que tipo de panfleto?

Emily enfiou um na mão dela.

— Eu tenho uma cura para o câncer dela bem aqui. É muito simples. Ela só precisa evitar consumir carne, açúcar, álcool, glúten e todos os aditivos.

Houve uma pausa enquanto Valerie lia o panfleto.

— Você conhece mesmo a minha filha? Manteve contato com ela?

— Não por alguns anos, mas soube o que estava acontecendo e me senti compelida a vir aqui! Quer dizer, é tão fácil se curar sem todas essas terríveis toxinas e venenos. — Ela olhou para o corredor do hospital com desprezo. — Eles não nos contam a verdade por causa da "big pharma". — Ela fez aspas no ar quando se referiu à indústria farmacêutica, deixando alguns folhetos caírem.

— Vamos ver se eu entendi. Você, praticamente uma estranha, resolveu por conta própria vir ao leito de hospital da minha filhinha para lhe dizer que ela tem câncer, porque... o quê? Porque comeu uma barra de chocolate uma vez?

— Não só isso. Carne, álcool, laticínios... tudo isso leva diretamente ao câncer. Mas ela ainda pode se salvar! Só precisa sair do hospital, abandonar os tratamentos e começar imediatamente um jejum intermitente. — Emily abriu um sorriso.

Valerie respirou fundo, furiosa.

— Como você... *ousa*?! Como ousa vir aqui, onde estão de fato tentando salvar a vida dela, e sugerir que ela está sofrendo desse jeito por causa de... presunto?! Vá embora!

— Mas...

— Não. Eu disse para ir embora, ou vou chamar a segurança!

Emily saiu correndo, soltando alguns palavrões nada zens pelo caminho.

— Você está bem? — perguntou Annie a Valerie, que estava tremendo.

— Sim. Não, na verdade não estou. Essas pessoas não deixam Polly em paz! Todo mundo quer alguma coisa dela, ou acha que pode lhe dizer o que fazer. Não é justo.

Annie se perguntou se era assim que Valerie a via também. E talvez fosse verdade.

— Posso pegar alguma coisa para você... Precisa se sentar?

— Estou bem. Eu vou só... não quero que Polly me veja assim. — Ela estava segurando o copo de papel com tanta força, que gotas do líquido bege escorriam pelas laterais e empoçavam no chão. Valerie se abaixou para recolher os folhetos e ficou olhando para eles. — Está realmente acontecendo, não é? Ela não vai ser salva por massagem, reiki, alguma nova cura incrível nem nada assim.

— Acredito que não — disse Annie, com a maior gentileza possível. Era tão tentador mentir, dizer que talvez ainda houvesse um milagre de última hora, mas ela sabia que isso não aconteceria.

— Achei que não faria mal tentar. Ter alguma esperança.

— Não faz mal. Mas... acho que agora Polly está pronta para encarar isso. Para tornar o restante da vida dela o melhor possível.

Valerie mordeu o lábio.

— Obrigada por tudo o que está fazendo por ela, Annie. Por favor, não pense que não percebi. Sei que não é fácil.

— Está tudo bem. Ela faz mais por mim, muito mais.

— Ainda assim. Somos muito gratos.

Annie deixou Valerie sozinha — achou que ela precisava de um pouco de privacidade para chorar — e voltou para o quarto, onde Polly estava encarando, com uma expressão de desdém, seu mais recente tributo em forma de flores: um arranjo de cactos em um vaso com os dizeres: *Espero que não tenha um pico de temperatura.*

— O que você acha que os cactos simbolizam? Minha personalidade aguçada?

— Talvez. Tome. — Ela deixou o panfleto na cama. — Sua mãe se livrou de uma hippie para você, embora eu tenha certeza de que ela vai voltar. Emily, do seu antigo trabalho.

Polly teve que pensar para se lembrar.

— Santo Deus. A Emily vegana? Que salva o mundo, mas não os arquivos. Ela era péssima com TI; perdemos todo o servidor três vezes.

— Essas pessoas não percebem que não é legal vir aqui e ficar acossando você?

Annie se deixou cair na cadeira ao lado da cama.

Polly deu de ombros.

— É emocionante para elas. Ficam apavoradas com a possibilidade de acontecer com elas, e aliviadas por não ter acontecido. É voyeurismo, na verdade. E, se conseguem encontrar um modo de parecer que é culpa minha, isso faz com que se sintam mais seguras.

— Por que você recebe essas pessoas?

— O que tenho para fazer aqui, afinal? Além do mais, as pessoas escutam o que você diz quando está morrendo. É um dos privilégios. Talvez eu inspire algumas delas a mudarem sua vida e serem felizes, quem sabe?

— Elas podem estar vindo só para dar uma olhada na sua careca.

— Talvez. — Polly sorriu. — Muito bom ter você aqui, Annie. Caso contrário, as coisas poderiam ficar perigosamente positivas, e não queremos isso. O que eu faria sem você, hein, dona estraga-prazeres?

— De nada. Agora está na hora de fazer xixi no urinol, Carequinha.

DIA 49
APOIE ALGUÉM

— Uhu! Vai, dr. Quarani! Vai!

Annie pulava, acenando com entusiasmo. Havia esperado quase uma hora para vê-lo passar correndo, esguio e concentrado. Ele não pareceu ouvi-la, apenas seguiu em frente. Sua roupa de corrida não estava nem suada. Annie virou o celular para que Polly pudesse ver via Skype.

— É ele.

Todas as pessoas ao redor deles estavam pressionadas contra as barreiras de contenção da maratona, acenando com faixas de instituições de caridade, gritando para encorajar os corredores. A atmosfera estava viva com a positividade — Annie até se preocupou que pudesse contagiá-la. Ela levara Buster na coleira, e o cachorro latia furiosamente toda vez que passava alguém com roupa de corrida. Annie não havia se dado conta de que estar com um cachorro fazia as pessoas sorrirem para você. Era desconcertante, mas ela não podia dizer que era desagradável.

Polly ainda estava se derretendo pelo dr. Quarani.

— Ele tem um belo traseiro nessa roupa de lycra.

— Poll!

— Ora, tem, mesmo. Onde está o dr. McRabugento?

— Não sei bem. Ah, veja, lá vem ele agora! Uhu! Vai dr. Max!

Max estava tendo dificuldade no último trecho. Seu rosto estava tão vermelho que Annie ficou com medo de ele explodir. Ele estava encharcado de suor, com o logo do fundo de doação para o hospital obscurecido por manchas escuras — apesar de resmungar tanto, ele obviamente vinha arrecadando dinheiro para o fundo desde o começo.

— Continue! — gritou Annie. — Você consegue!

— Sabe, acho que ele não vai conseguir. Vou pedir para liberarem um leito na emergência — disse Polly, sua voz saindo bem baixa pelo celular.

— Quieta — repreendeu Annie. — Ele está fazendo o melhor que pode.

Ela acenou para Max, que mancava e tinha as sobrancelhas muito franzidas, os ombros inclinados para a frente.

— Amo você, dr. McRabugento! Com certeza, não vou olhar debaixo do seu kilt se você desmaiar!

— Cala a boca, Polly!

DIA 50
PEÇA DEMISSÃO

— Lamento, Annie, mas realmente precisamos ter uma conversa.

Annie sentiu o estômago afundar. Havia sido chamada no escritório de Jeff, onde Sharon estava sentada na "área de bate-papo" com a expressão de quem tinha mastigado uma sardinha podre. Ela usava a roupa número três: um grande suéter estampado com cachorrinhos e cheio de pelos de cachorro de verdade. Annie tentou não espirrar só de pensar a respeito.

— Qual é o problema, Jeff?

Ele pareceu ainda mais constrangido.

— Hum. Annie. Recebi um vídeo por e-mail.

Ah, não. Ela sentiu o estômago afundar tanto que parecia encostar nos tornozelos. Não a bobagem do Thorpe Park.

— Ah.

— Esta é você?

Jeff virou o laptop, que estava com o vídeo do YouTube aberto, pausado em uma cena de Annie gritando com a boca aberta.

— É difícil dizer — respondeu ela, evasiva. — A imagem está bem borrada.

— Uma fonte segura me afirmou que é você. Que você estava lá, em um parque de diversão, quando supostamente estava de licença médica.

— Não sei quem era o tal Kent que ligou — murmurou Sharon. — Ele pareceu tão gentil.

— Mas você não pode provar que sou eu — disse Annie, mantendo o tom leve e distante.

— Não. Teríamos que abrir um processo disciplinar oficial e lhe entregar uma advertência por escrito. Isso levaria meses. No entanto, se você confessar logo, podemos acabar com isso apenas com uma advertência verbal. Três advertências verbais equivalem a uma escrita. Duas advertências escritas significam uma audiência...

Annie experimentou uma sensação familiar. Lembrou-se de si mesma sentada na sala de Jeff, o ar impregnado com o cheiro de shake de proteína e de macarrão instantâneo, sendo repreendida por não ouvir o bastante, por estar triste, ou por não querer conversar sobre os bebês saudáveis de outras pessoas. Em suma, por ser humana em um lugar que queria transformá-la em um robô processador de faturas. Annie soube então, com toda certeza, que nunca conseguiria mudar aquele lugar, sua burocracia, suas regras. Ela não conseguiria nem pedir para retirar as plantas mortas sem um sermão sobre saúde e segurança. Ela não seria capaz de encarar mais um dia tendo que levantar a mão para digitar o código da porta. Nem mais um dia.

— Não posso fazer isso — ela se ouviu dizer.

— Confessar o que fez? Devo dizer, Annie...

— Não. Estou me referindo a tudo. Jeff... Sharon... por que fazemos isso, dia após dia? Vir para este escritório horrível... Sua casa é mais agradável do que aqui, eu espero. Não cheira a comida velha, nem tem mesas que não são limpas há pelo menos quatro anos, certo? Deve ser. Mas passamos a maior parte de nossas horas acordados aqui, até mais do que somos pagos para passar, e nem sequer gostamos das pessoas com quem temos que trabalhar.

Jeff abriu a boca como se fosse discordar, mas acabou não dizendo nada.

Annie continuou.

— E para quê? Por que passamos horas dentro de trens lotados, com um monte de gente infeliz e furiosa, e passamos o dia sentados diante de uma mesa neste lugar horrível e sujo, comendo sanduíches sem graça e sopas instantâneas, ignorando uns aos outros, ficando com dor no ciático, e depois voltamos para casa e passamos a noite diante da TV assistindo a programas de culinária, dança e sobre outras pessoas vendo TV?

— Nem todos somos ricos — disse Sharon, torcendo o nariz. — Alguns de nós precisam de dinheiro.

— Não somos ricos. Mas por que vivemos aqui em Londres, onde trabalhamos só para pagar para viajar e alugar apartamentos horríveis e úmidos no décimo andar? E com certeza somos capazes de encontrar outra coisa para fazer com nossa vida, algo remunerado, não? Você, Jeff. Sei que tem sonhos. Você quer ser o chefão do governo local. Com um ótimo salário. Quer se mudar para Surrey. Pedir em casamento uma das mulheres da academia de ginástica que frequenta, uma que faça bronzeamento artificial e tenha silicone nos seios. Quer mandar seus filhos para uma escola particular, dar a eles o que você nunca teve.

Ele arquejou.

— Como você...?

— Mas vale a pena? Vale a pena passar seus próximos trinta anos fingindo se importar com revezamento de pratos, regras para uso da copiadora e com quem coloca um selo em um pouco de papel? Só para um dia conseguir uma boa aposentadoria?

— Annie! Devo pedir que pare, isso não é nada profissional.

— Eu sei. Sei disso. Foi ser profissional que me colocou nesta situação, para começar.

Annie teve a sensação de estar caindo, deslizando, como se a gravidade tivesse assumido o controle e ela não conseguisse parar nem se quisesse. Seus medos estavam se agarrando a suas pernas, berrando. Como ela pagaria o aluguel? Como tomaria conta da mãe? Como compraria chocolate? Mas, como Polly dizia, estar morrendo coloca sua mente em perspectiva. E Annie também estava morrendo. Talvez não morresse nos próximos cem dias, claro, mas em algum momento, e, nesse contexto, passar mais uma hora que fosse naquele escritório era demais.

— Eu me demito — ela se ouviu dizer. — Não posso mais trabalhar aqui. Sinto muito. Não é sua culpa. Bem, é meio que culpa da Sharon, mas acho que ela não consegue evitar.

Sharon ficou boquiaberta.

— Sua cretina atrevida!

Jeff não parava de piscar, tentando acompanhar.

— Annie, há um processo, um período de aviso prévio, e...

— Sei disso. Mas se eu for embora imediatamente, por exemplo, há alguma coisa que você possa fazer?

— Mas... referências... seu último pagamento...

— Não me importo com nada disso. — Se ela estava determinada a colocar fogo na própria vida, podia muito bem jogar gasolina. — Então... você pode me impedir? Se eu literalmente apenas sair agora?

— Não, mas... quer dizer, a festa de despedida! Normalmente, entregamos um cartão, fazemos uma vaquinha...

— Isso é gentil da sua parte, Jeff. Mas não vou conseguir passar por isso, fingir que todos nos amamos e que vocês vão sentir a minha falta. Preciso começar a ser mais honesta em minha vida. Então... tchau.

— Mas... mas...

Annie se levantou.

— Ah, a propósito, sabe todas essas insinuações de demissões que você vem fazendo pairar sobre a nossa cabeça há meses? Para manter todos na linha, fazendo hora extra e ficando de boca fechada? Que tal parar com isso? Ah, e vai ser uma loucura da sua parte se dispensar a Fee. Ela é a única aqui que trabalha de verdade.

Annie saiu da sala de Jeff, a visão nublada, os passos vacilantes. Ah, Deus. AH, DEUS. Precisava falar com Polly. Polly acharia aquilo incrível.

Ninguém levantou a cabeça para olhar para ela. Todos permaneceram na própria mesa com os olhos fixos na tela do computador, jogando Candy Crush ou navegando no Facebook. Annie pegou a bolsa e o casaco e desligou o computador. Ela olhou ao redor uma última vez — o vaso com a planta morta, a bandeja de faturas manchada de tinta, a poeira grudada no teclado. O metro quadrado de chão onde passara a maior parte da vida nos últimos quatro anos. Suas mãos estavam tremendo. Annie pegou as canetas cintilantes, os saquinhos de chá elegantes e o pequeno narciso que Polly lhe dera. Abriu a boca para dizer alguma coisa — *Tchau, pessoal, espero que tenham uma vida boa e que também saiam daqui, a menos que realmente gostem, é claro* —, então resolveu não dizer nada e saiu em silêncio, fechando a porta atrás de si pela última vez.

— Está bem, está bem, pare de comemorar. Mesmo assim, fui demitida. — Annie afastou o celular do ouvido.

— Você não foi demitida — lembrou Polly. — Lutou contra o sistema, isso sim. E saiu em direção à liberdade! Annie, que notícia maravilhosa.

— Acha mesmo? Toda vez que penso no aluguel, tenho vontade de vomitar.

— Dane-se o aluguel. Você vai encontrar alguma coisa. Tem algum dinheiro guardado, certo?

— Um pouco. — O dinheiro acaba somando um pouco quando você nunca sai nem compra nada bonito.

— Você pode fazer o que quiser, agora. Pode desejar a lua, Annie! E, mesmo se não conseguir, vai estar entre as estrelas.

— Você tem consciência de que as estrelas estão milhões de quilômetros mais distantes que a lua? Essa sua frase motivacional, na verdade, não faz nenhum sentido.

— Que seja. Não ligue para trabalho agora. Você precisa de tempo para pensar a respeito. Para se reorganizar. Relaxar.

— Aham — falou Annie, desconfiada. — Qual é o plano desta vez?

— Escócia — disse Polly, animada. — Visualize a cena, Annie. Hordas de gado das Terras Altas. Colinas majestosas cobertas de neve. Um bom gole de uísque para aquecer seus mariscos...

— Você está trabalhando para algum comitê de turismo ou algo parecido?

— Nós todos vamos. Os médicos disseram que estou bem o bastante para sair, agora, fazer uma pausa no tratamento. E não vou passar nem mais um minuto em Lewisham. Você, eu, George, Costas e o dr. McRabugento. Vamos ficar na fazenda da mãe dele nas Terras Altas.

— Mas não vamos congelar? Não poderíamos ir para, sei lá, Barbados?

— Eu tentei. Ele disse que não posso voar, o estraga-prazeres, e não posso ir para muito longe do bom e velho sistema de saúde britânico. Ainda assim, vai ser legal. Tem um monte de coisas incríveis para fazer lá, e podemos nos aconchegar diante de lareiras... vai ser ótimo. É até provável vermos a aurora boreal. Sempre quis ver, mas, todas as vezes que tentei, não consegui. Fui até para a Noruega, para a Islândia... nada de luzes. Desta vez vou conseguir, com certeza.

Era como se a aurora boreal fosse decidir aparecer diante da convocação de Polly. Afinal, foi o que aconteceu com todo o resto.

— Bem, tudo certo. Minha agenda ficou subitamente muito livre.

— Ótimo. Vou dizer ao McRabugento. Ele vai nos levar de carro.

Annie teve uma breve visão de fogo em brasa na lareira, um tapete de pele e o dr. Max ao lado dela, uísque na mão, usando um kilt, e...

Não. Santo Deus, o que ela estava pensando? Não poderia ter uma queda por um médico rabugento e desmazelado, principalmente um que tinha nas mãos peludas a vida de sua amiga.

— Ah, e coloque roupas quentes na mala — acrescentou Polly. — Você sabe esquiar, certo?

DIA 51
PLANEJE FÉRIAS

— Mãe, tenho uma notícia para te dar.

A mãe de Annie estava inquieta, mexendo as mãos no colo.

— O que é? Você é a dentista, querida?

— Não, não sou a... seu dente está doendo, mãe?

Ela espiou por cima do ombro de Annie, para o nada.

— Foram os caramelos que fizeram esse estrago. Sally sempre gostou deles, mas os caramelos arrancaram o dente dela!

— Está bem, mãe, tudo bem, mas tente escutar, certo? Vou viajar por alguns dias, mas prometo que volto logo. Vou para a Escócia, é perto.

— Ah, então pode dizer um oi para o Andrew.

Annie franziu o cenho.

— Andrew? O que você quer dizer, mãe? — Por que, de repente, a mãe o mencionava o tempo todo? Quando Annie era pequena, falar sobre o pai se tornou quase um tabu; ele só era mencionado como um motivo para Annie não poder ir para a universidade, ou a uma excursão de esqui com a escola. *Não nadamos em dinheiro. Não deseje a lua.* — Mãe? Você entendeu o que eu disse?

— É claro que sim — disse ela, irritada. — Você vai sair de férias.

A mãe costumava sempre passar na casa de Annie quando ela e Mike saíam de férias, para regar as plantas, recolher a correspondência e, com certeza, dar uma boa bisbilhotada nos armários. Quando eles voltavam, normalmente descobriam que todas as peças de porcelana tinham sido tiradas dos armários e lavadas com bicarbonato de sódio. Era irritante — Mike sempre revirava os olhos —, mas ao menos, na época, havia alguém tomando conta de Annie. Agora, ela nem tinha certeza de que a mãe notaria sua ausência.

— Certo. Sabe, fui demitida do meu emprego. Bem, eu me demiti.

— Seu emprego? — Seus olhos azuis aquosos passaram por Annie.

— Lamento, mãe, mas prometo que vamos ficar bem. Eu só não conseguia suportar aquele lugar por nem mais um segundo.

— Está certa, querida. Por que deveria trabalhar, uma moça nova como você? Deveria ficar em casa, tomando conta dos filhos.

Annie observou as mãos.

— Mãe, você está bem? Parece inquieta.

— Ah, é que eu gostaria de ter trazido o meu tricô. A fila está tão longa neste dentista. Parece que estou aqui há semanas.

A mãe não tricotava desde que recebera o diagnóstico, mas antes era muito talentosa, capaz de tricotar padrões complicados em meias, gorros, suéteres, o que fosse.

— Posso conseguir lã para você, mãe. Se os médicos permitirem que tenha agulhas de tricô.

Ela viu o dr. Quarani se aproximando.

— Oi, doutor. Estava só tentando explicar para ela que vou viajar.

— Foi o que ouvi dizer. — Ele fez uma anotação no prontuário. — O dr. Fraser também. São as primeiras férias dele em cinco anos. Tente não se preocupar, sra. Hebden. Vou tomar conta da sua mãe. Ela não vai ficar perturbada se você não aparecer por alguns dias.

Não, porque a mãe não tinha ideia de quem era Annie. Às vezes, ela nem se lembrava de que tinha uma filha. Às vezes achava que tinha cinco anos, ou dezoito.

— Obrigada. Fico feliz em ouvir isso.

Annie se perguntou quando o médico havia tirado férias pela última vez. Ele era sempre tão controlado, tão distante. Era difícil imaginá-lo tendo qualquer tipo de vida que não fosse ali.

DIA 52
COMPRE ROUPAS NOVAS

— De jeito nenhum — disse Polly, decidida.

— Mas eu gosto dele! — Annie agarrou o casaco para protegê-lo de qualquer ataque. Era seu moletom favorito, que tinha desde os dezessete anos.

— Há adolescentes literalmente mais novos do que esse casaco. Compre alguma roupa nova para você, pelo amor de Deus! Há um mundo de roupas lá fora. E não me diga que não pode pagar, porque você com certeza não comprou nada novo desde 2003.

Annie ficou emburrada.

— Odeio fazer compras. Os provadores são sempre minúsculos e a iluminação é péssima, e nada nunca cabe em mim. E, de qualquer forma, agora estou desempregada. Tenho que economizar meus trocados.

Polly podia ter apenas mais alguns meses de vida, mas Annie precisava dar um jeito de se sustentar pelo resto da dela e tomar conta da mãe. Quando pensava nisso, parecia que seu estômago estava de volta na montanha-russa.

Polly estava sentada na cama de Annie, a cabeça coberta por um chapéu de palha flácido. Ela suspirou.

— Annie, eu gostaria de conseguir fazer você entender. Não estou dizendo para você gastar todo o seu dinheiro. Só estou sugerindo que, talvez, algumas de suas roupas já tenham passado de seu melhor momento e que, talvez, substituí-las possa acabar te dando um incentivo. — Ela encarou a blusa preta de Annie, já frouxa, o tecido disforme ao redor da gola. — De qualquer modo, você não vai precisar de roupas para entrevistas de emprego?

Entrevistas de emprego. É claro. Annie começou a assentir com a cabeça, relutante.

— Acho que sim.

— E, se você se sentir culpada por gastar dinheiro consigo mesma, compre um presente para outra pessoa também. Isso é o que eu sempre faço. Tom ficava louco com isso. Ele tinha mais pares de meia do que uma centopeia no inverno — disse ela e acenou com a cabeça para o canto do quarto. — Além disso, acho que aquele casaco está perdido.

Annie ficou de pé de um pulo e tirou o casaco da boca de Buster, que havia dado um jeito de se esgueirar para dentro do quarto e mastigar o bolso em um minuto.

— Menino malvado! Não coma as minhas roupas!

— Ah, ele não é um menino malvado, é um bom menino, um bom menino. — Polly pegou o cachorrinho no colo e ficou beijando-o e sussurrando para ele. — Não dê ouvidos à velha e malvada Annie, você não é um menino malvado.

Buster tossiu e cuspiu um pedaço de tecido.

— É fácil pra você dizer, Polly. Ele não comeu todos os seus sapatos, não é mesmo?

— Mais um motivo para você comprar novos. — Polly sorriu, triunfante.

— Está bem, mas eu falei sério quando disse que não gosto de comprar roupa.

Polly colocou Buster na cama — Annie tentou não se encolher diante da ideia de pelos de cachorro em seus lindos lençóis novos — e estendeu uma mão magra.

— Passe-me o seu laptop.

— Por quê?

— Só me passe.

Annie obedeceu e entregou o trambolho coberto de poeira. Polly estremeceu.

— Depois conversamos sobre acessórios. Por enquanto, deixe-me apresentá-la à maravilha da entrega no dia seguinte.

DIA 53
DÊ UM PRESENTE

— Então, eu estava comprando umas coisas para mim e pensei: Será que cabe?

Jonny ficou sem fala, olhando para o casaco que Annie comprara para ele durante suas compras online. Era à prova d'água e forrado de flanela, e parecia algo que alguém que fica ao ar livre o tempo todo iria gostar de ter.

— Tudo bem? — Annie se sentiu desprezível. Estaria sendo condescendente? Será que ele preferiria receber dinheiro?

Jonny fez um movimento súbito, e Annie percebeu que ele estava chorando.

— Desculpe! — disse ela. — É que eu reparei em alguns furos no seu casaco, e...

— Não tenho nada novo há dois anos — disse ele, a voz embargada. — Tem até cheiro de novo. Não é como aquelas coisas que vendem em bazares, ou que eram de velhos, ou do lixo. — Ele tirou o trapo velho que usava, e Annie tentou com valentia não franzir o nariz por causa do cheiro. Ele vestiu o casaco novo. — O que você achou?

O tecido azul destacava ainda mais seu rosto fino e pálido, mas Annie disse:

— Está ótimo. Ficou muito bem.

— Obrigado...
— Annie. Meu nome é Annie.
— Jonny.
— Sim, eu sei.
— Obrigado, Annie.
— Não foi nada. Sério, não foi nada. — Comparado a tudo o que ela tinha, realmente não era nada. Mesmo tendo perdido o emprego, Annie estava longe de precisar morar na rua. Ainda tinha amigos. A mãe. Polly.
— Escute, vou ficar fora por uns dias, mas se precisar de alguma coisa, me avise, está bem? Quer dizer, sei que você precisa... de muitas coisas, tenho certeza, mas...

Ele afastou com um aceno o constrangimento dela.

— Farei isso. Divirta-se, Annie.

DIA 54
FAÇA UMA VIAGEM DE CARRO

— De forma nenhuma, categoricamente, não.

— Mas por quêêêêêê? — lamentou Polly.

— Porque o carro é meu. Não vamos ouvir ABBA. Eu proíbo.

Polly, que, é claro, ocupava o assento do carona, se virou para os outros. Annie, Costas e George estavam espremidos no banco de trás do Renault do dr. Max, cercados pelas coisas de Polly. Polly ergueu as sobrancelhas para Annie: *Peça a ele você.*

Annie balançou a cabeça.

— De que música você gosta? — ela perguntou ao médico.

Polly fez um gesto de enfiar os dedos na garganta. Annie a ignorou.

— O rock das antigas de sempre. Clapton, Fleetwood Mac. E jazz, é claro.

George resmungou.

— Santo Deus, jazz não. Que tal trilhas de peças? Tenho a de *Miss Saigon* no meu Spotify.

— Por que não música disco? — falou Costas, a voz abafada pelo casaco de esqui de Polly. — Donna Summer! Frankie Goes to Hollywood!

Aos pés dele, Buster deu um latidinho, concordando. Max havia relutantemente aceitado levar Buster com eles, desde que o cachorro viajasse sobre uma folha de jornal.

— Como se um cachorrinho tão pequeninho pudesse tornar esse carro pior — comentara Polly.

— Nada de trilhas de peças — declarou dr. Max com firmeza. — Sinto muito, George. Eu literalmente teria que fazer uma lobotomia em mim mesmo se ouvisse trilhas de peças pelas próximas dez horas. — Ele encontrou os olhos de Annie no retrovisor. — Annie, por que você não escolhe? Você é sensata.

— Hum... — Annie teve que se esforçar muito para não olhar para Polly. — Para ser sincera, também adoro ABBA.

— Tá bom, sou voto vencido. — Ele suspirou e apertou o som do carro, que começou a tocar "Dancing Queen".

Enquanto todo mundo — até mesmo o dr. Max — cantava o coro em voz alta, as gloriosas notas crescentes que sempre faziam o coração das pessoas se elevarem com elas, Annie levantou os olhos e viu que Polly estava com os olhos fechados e tinha um sorriso satisfeito no rosto pálido.

DIA 55
SUPERE UM MEDO

Annie olhou para a procissão de esquiadores, subindo lentamente a montanha em uma espécie de esteira rolante. O dr. Max havia chamado aquilo de tapete mágico, mas não se parecia nada com o de Aladdin, rangendo conforme se movia na neve, o que já estava fazendo o rosto de Annie ficar entorpecido e congelado, como depois de uma consulta ao dentista.

— É muito *alto*.

Ela deveria ter imaginado que a viagem envolveria atividades apavorantes. Maldita Polly.

— Na verdade, não. Não tem mais que trinta metros.

O sotaque escocês de Max ficara mais acentuado depois que cruzaram a fronteira e ele parecia mais animado, menos soturno. Estava equipado com uma funcional roupa de esqui preta, escorregadia como uma lontra. Annie, que obviamente não tinha nada próprio para esquiar, sentia-se ridícula nas calças de caminhada e capa de chuva que vestira. Ela estava com uma quantidade tão grande de suéteres, que ficou com medo de acabar rolando montanha abaixo como uma bola. O que era muito provável. Ela mudou o pé de apoio, nervosa — os esquis pareciam pesados e desengonçados, como pés de Hobbits.

— Não tenho certeza se devo fazer isso. Só esquiei uma vez na vida, em uma excursão da escola para uma pista indoor em Milton Keynes. Você acha que ela vai se importar se eu desistir?

Polly e o dr. Max haviam discutido acaloradamente sobre se ela poderia ou não esquiar. Estava frio demais, disse ele, e os ossos de Polly estavam tão fracos que uma queda poderia acabar com ela. Mas Polly foi inflexível. Não morreria antes de esquiar uma última vez. Nunca caíra na vida, e ficaria nas pistas mais suaves, com diversas pausas para tomar chocolate quente. É claro que ela vencera a discussão. Polly já estava serpenteando elegantemente por uma pista para crianças, o rosto rosado, vestindo uma roupa de esqui rosa-choque e com o que restava dos cabelos loiros dentro de um gorro com pompom muito fofo. Ela parecia uma das garotas populares da escola, a menina rica que ia para os Alpes nas férias de inverno, enquanto Annie e a mãe ficavam assistindo a filmes da Doris Day. Uma daquelas que nem em um milhão de anos falaria com Annie, que riam de seus coletes sem caimento e das roupas costuradas em casa. E agora, ali estava ela, vinte anos depois, parte do círculo íntimo de Polly.

George passou por eles, levantando neve.

— Talvez eu tente aquela pista preta a seguir. Topa, Max?

Costas, que vinha de climas muito mais ensolarados, se recusara até a tentar e estava tomando chocolate quente batizado com Bailey's no café da estação de esqui acompanhado de Buster.

Max olhou para Annie, que ainda se esforçava para chegar ao teleférico, andando como um potro recém-nascido.

— Vou ficar por aqui por enquanto. E Polly também não pode ir! Com uma perna quebrada, não lhe restariam muitos dias felizes.

Polly mostrou a língua para ele enquanto passava deslizando. Annie ainda não havia subido. Estava paralisada na base do teleférico, segurando a fila.

— Com licença.

Ela se afastou para o lado para deixar a pessoa que estava atrás dela passar.

— Ah, meu Deus, aquela criança não pode ter mais de quatro anos.

— *Aye*, eles começam bem pequenos.

Como Annie esquiaria se tivesse pais que a levassem ainda pequena para aprender em vez de começar agora, como um bebê adulto e desengonçado? Não era justo.

— Você não precisa fazer isso — voltou a falar Max, olhando com anseio para as pistas mais altas, tão lisas e brancas quanto lençóis de hotel. — A Polly vai entender.

— Isso não está me deixando muito feliz no momento. Na verdade, está me deixando totalmente apavorada.

Ele virou os esquis. Estavam entre os dela, como pés entrelaçados na cama pela manhã.

— A questão da felicidade, Annie, é que às vezes ela está nos contrastes. Banho quente em um dia frio. Bebida gelada sob o sol. Aquela sensação de quando o carro quase derrapa no gelo por um segundo, e então vemos que estamos bem... É difícil apreciar as coisas de verdade sem saber como é ficar sem elas.

Annie levantou os olhos para a pista. Parecia muito alta para ela, e, ainda assim, crianças pequenas desciam zunindo, as perninhas bem separadas e firmes. Ela afastou os cabelos do rosto, seus óculos de proteção embaçados de vapor no frio.

— Você não quer tentar as pistas mais difíceis? — perguntou Annie, esperançosa. Se ele fosse, ela poderia escapar para o bar.

— Hum, não, posso ir a qualquer outra hora.

Mas Polly não poderia. Aquela provavelmente era sua última chance de deslizar pista abaixo, sentindo o ar entrar frio e limpo em seus pulmões, de ouvir o *zuuum* agudo da neve quando deslizava por ela. Já Annie, que poderia fazer aquilo pelo resto da vida, estava ali, com medo demais até para esquiar na pista das crianças.

— Você me ajuda a subir no teleférico? — perguntou ela.

Annie estava se agarrando a ele com todas as suas forças. As mãos de Max, suas preciosas mãos de cirurgião, provavelmente corriam o risco de cair. Ele continuava a seu monólogo tranquilizador conforme ela descia do teleférico e começava a andar como uma girafa bêbada.

— Isso mesmo. Boa garota. Lá vai você.

Annie sentiu o chão embaixo dela escorregar e deslizar, enquanto juntava as pernas com tanta força que deixou marcas na neve.

— Ah, Deus. Ah, Deus.

— Annie? — falou Max, ofegante. — Posso te dar um conselho? Não se prenda com tanta força, ou nunca vai chegar a lugar algum. Certo?

Por um momento, Annie achou que ele estava se referindo à vida — que estava fazendo uma citação inspiradora ao estilo de Polly. Então, compreendeu. Ela endireitou os calcanhares e sentiu o chão deslizar sob os pés.

— Não solte! Não solte!

Ele soltou. Ela estava se movendo — estava voando — levada pela gravidade e deslizando para longe dele montanha abaixo. Max gritou:

— Calcanhares para fora. Para foraaa!

Annie tentou empurrar as pernas para fora em formato de V, como ele ensinara. Mas não teve a força necessária. E percebeu, com um segundo de antecedência, que iria cair com cem por cento de certeza. Ela agitou os braços, as pernas falharam. E aí, Max estava ao lado dela, disparando em um borrão negro.

— Calcanhar para fora! Vire para a esquerda! Para a esquerda!

Annie se apoiou com força na perna direita e virou. Mas virou direto para cima dele, e, por um segundo, viu na expressão dele um "O" cômico de choque, depois caiu em cima dele.

— Ufff!

Sem fôlego, os dois ficaram deitados na neve enquanto as criancinhas passavam por eles.

— Deus, me desculpe. Você está bem? Suas mãos!

Ele estava embaixo dela, esforçando-se para respirar.

— Vou ficar... bem.

— Desculpe. Sou uma idiota.

— *Ach*, Annie. Todo mundo cai. É assim que se aprende. Consegue se levantar?

Polly passou em disparada e viu os dois ainda amontoados.

— Nossa, vão para um chalé, vocês dois!

Annie enrubesceu e se viu cheia de uma estranha espécie de culpa, além das sensações de vergonha, medo e constrangimento que já a dominavam. O dr. Max a levantou com dificuldade.

— Pronto — disse ele. — Você esquiou!

— Bem, eu caí.

— Não se preocupe. Esquiar é isso, os momentos entre uma queda e outra. Você só precisa se levantar de novo.

— Como na vida — disse Annie, abalada. — Só que eu não consigo me levantar sozinha.

— Ora, no esqui, como na vida, às vezes você precisa de outra pessoa para ajudá-la a se levantar. Venha cá. — Ele limpou a neve das costas dela. — Pronta para continuar?

Annie olhou para a descida da pista. Já caíra mesmo, o que mais poderia dar errado? Afinal, as pessoas caíam o tempo todo, isso não significava que ela era desajeitada, tonta, ou inútil. Só significava que estava... aprendendo.

— Mostre-me o que eu fiz de errado — pediu ela antes e enfiou os bastões de esqui com firmeza na neve.

DIA 56
APRECIE AS MARAVILHAS DA NATUREZA

— Eu vi! Eu vi! Aquilo com certeza era uma cauda!

Todos correram para a lateral do pequeno barco, fazendo com que ele balançasse de forma alarmante. Annie se agarrou à amurada.

O dr. Max estava usando um casaco azul da North Face todo respingado de chuva. Mais gotas ficavam presas em seu gorro e na barba que ele estava deixando crescer enquanto estava longe do hospital. Já estava bem impressionante: não era mais um sombreado, mas uma penumbra.

— Você viu?

Ela balançou a cabeça.

— Estava só tentando não cair na água.

— Pegue.

Ele estendeu os binóculos para ela, frios e pesados.

Annie olhou, mas o mar era só um borrão cinza.

— Não consigo ver nada.

— Vou te mostrar. — Max se inclinou na direção dela, e Annie prendeu a respiração. A voz dele agora estava bem junto ao ouvido dela. — Ali. Para a esquerda. Está vendo aquela cauda levantada? É uma baleia-piloto.

Annie olhou, mas não conseguia ver. Via apenas cinza, cinza, cinza, até que...

— Eu vi alguma coisa! — Tão rápido, que era fácil não notar, como um tremular de desejo indo e vindo no estômago. — E ali estão... ah, meu Deus! — Enquanto ela observava, três golfinhos saltaram no ar e voltaram a mergulhar, levantando água. Foi tão rápido.

Max riu do rosto surpreso de Annie.

— Eles brincam com as baleias, os danadinhos.

— Por que fazem isso, saltam desse jeito?

Ele pegou os binóculos de volta e os enrolou ao redor dos pulsos fortes.

— Só para se divertirem. Para se sentirem felizes, pode-se dizer.

— Pulando de alegria — disse Annie, os olhos fixos na água.

— *Aye*. Mas nunca entendi por que as pessoas estão sempre tão ansiosas para nadar com eles. Deve ser terrível para os pobrezinhos. Eles são criaturas inteligentes.

Annie fez que sim com a cabeça tão vigorosamente que seu gorro quase caiu.

— Eu não poderia concordar mais.

— Ah, Deus. Por que vocês estão tão felizes? Ah, Deus. Isso é horrível. — George passou cambaleando por eles, o rosto acinzentado, e vomitou ruidosamente por cima da amurada. O colete salva-vidas laranja que usava contrastava horrivelmente com o cinza do rosto.

— Esses londrinos — comentou Max, balançando a cabeça. — São péssimos marinheiros.

— Eu *estou* bem — lembrou Annie, esquecendo-se convenientemente de que levara meia hora para chegar perto da lateral do barco.

— *Aye*, bem, talvez você seja especial. — Ele falou isso casualmente, então foi para perto de Polly, que estava sentada em uma cadeira no deque, toda enrolada em casacos e mantas. — Não vá pegar um resfriado agora, ouviu? Poderia ser catastrófico.

Deus, como ela gostou do modo como ele falou. *Catttassstróóóófico*.

Annie olhou para o mar, vendo os golfinhos novamente e um movimento maior da cauda da baleia. Não havia como dizer, pela superfície cinza e agitada do mar, que havia alguma coisa ali, mas ela sabia que, abaixo deles, o mar era cheio de vida, e os golfinhos estavam tão felizes com isso, que não conseguiam ficar quietos na água nem por um segundo.

DIA 57
COMA ALGUMA COISA DIFERENTE

— O que há nesse haggis? — Costas estava encarando o prato à sua frente, cutucando a comida dentro dele. Parecia um tumor ou coisa assim sob a pele translúcida, pensou Annie.

— É só carneiro — disse o dr. Max, tirando mais um haggis do forno com uma luva térmica e colocando no prato de Annie. Buster farejava aos pés deles, louco com o cheiro de carne. — Vocês comem muita carne de carneiro na Grécia, não é mesmo?

— Não dê ouvidos a ele, Costas — disse George, fazendo uma careta. — Isso é estômago de carneiro.

— Estômago? — Costas arregalou os olhos. — Talvez eu coma só essas batatas aqui.

— Haggis, neeps e tatties — disse o dr. Max. — Prato nacional da Escócia. Experimente só um pouquinho, você vai amar.

Polly já terminara as poucas garfadas que conseguiria comer.

— Eu como qualquer coisa. A vida é curta demais para torcer o nariz para comida.

— Uma vez eu comi uma larva viva — disse o dr. Max, animado. Na verdade, ele estivera animado o tempo todo em que estavam na Escócia, percebeu Annie. Talvez fosse Londres que o deixasse rabugento. — Estava fazendo um estágio de um ano no Brasil. Tinha gosto de coco.

— Eca. — George fingiu estar vomitando. — Adoro você, dr. Max, de verdade, mas há algum lugar que entregue pizza por aqui?

— Não em cerca de oitenta quilômetros. Prove. Annie? — Max levantou uma molheira cheia de molho cremoso de uísque. Ele estava usando o avental florido da mãe, e os cabelos estavam ainda mais desarrumados que o normal, por causa do calor da cozinha.

— Não sabia que você cozinhava. — Annie empurrou o prato na direção dele. Talvez o molho conseguisse disfarçar o gosto do estômago de carneiro. — Achei que vivia exclusivamente de Twix.

— *Och aye*, muitos cirurgiões cozinham. Boas mãos, sabe?

Annie deliberadamente não olhou para Polly.

— Imagino que você esteja acostumado a ver o interior dos corpos — resmungou George, cutucando com o garfo o haggis em seu prato.

Polly deu um tapinha no prato dele.

— Coma! Não seja mal-educado.

Annie cutucou o dela. Max a observava.

— Vamos, coma. É delicioso, de verdade. Meu prato favorito.

Annie cortou a pele do haggis e de dentro saiu uma massa preta, parecendo adubo de plantas. Com cautela, ela levou uma garfada minúscula até os lábios. Sua boca logo se encheu de um sabor rico e bem temperado de carne.

— É bom mesmo!

— Eu disse. Experimente com o molho de uísque, usei um Lagavulin dez anos.

— Talvez eu possa só fazer um brinde — sugeriu George, a voz trêmula, cheia de autopiedade.

O dr. Max cedeu.

— Este aqui é um haggis vegetariano. Também é muito saboroso. Não chegou nem perto de um estômago. Juro.

No fim, todos comeram seus haggis e beberam seus uísques, puros ou o clássico whisky sours — o que fez o dr. Max praguejar e resmungar baixinho que eles eram um bando de filisteus. Edna, mãe de Max, uma senhora pequenina com uma coroa de cachos bem grisalhos, apareceu para dar boa noite (seu horário de dormir era às nove da noite, sem exceções). Ela usava uma camisola rosa acolchoada, abotoada até o pescoço, e aquilo não foi nenhuma surpresa — estava absolutamente fora da cozinha.

— *Och*, vocês gostaram do haggis?

— Estava delicioso — disse George com um sorriso largo. Talvez ele acabasse tendo sucesso como ator, afinal, pensou Annie. — Já vai se recolher, sra. F?

— Ah, *aye*, já está tarde para eu estar em pé. As camas já estão arrumadas e deixei uma bolsa de água quente para cada um de vocês. Os rapazes não se incomodam de ficarem juntos, *aye*? — A última frase foi dirigida a Costas e George, e Polly piscou para Annie do outro lado da mesa.

— Não precisava se incomodar, sra. F — voltou a falar George. — Não queremos dar trabalho.

— Não foi trabalho algum — disse Edna. — Fiquem tranquilos e durmam bem. Maximillian nunca traz amigos aqui. Faz bem ao meu coração ver vocês.

— Todos subiram? — perguntou o dr. Max.

Ele e Annie haviam acabado de lavar os pratos ouvindo rádio em um silêncio confortável. Max cantou junto quando tocaram músicas de que ele gostava. The Eagles. Smokey Robinson. Até mesmo ABBA, por mais surpreendente que fosse.

— Não diga nada — falou ao ver Annie levantar as sobrancelhas. — Talvez o ABBA não seja tão ruim.

Agora a louça estava lavada e eles estavam de novo na sala de estar. Buster dormia diante da lareira, agitando as patinhas enquanto caçava coelhos imaginários.

— Acho que Polly está no banheiro.

George e Costas tinham dito alguma coisa sobre "procurar a aurora boreal" e desapareceram. Annie ia dormir no sofá-cama da sala de estar. Ela havia planejado se sentar diante do fogo, com um copo de uísque. Achou que talvez estivesse tomando gosto pela bebida, como todos tanto falavam, pelo brilho avermelhado que aquecia e pelo aroma de turfa que a fazia se lembrar de urzes e riachos em um dia de primavera.

Max indicou com um gesto o sofá no qual estava sentado.

— Algum problema com isso? Acabei de me dar conta de que estou na sua cama.

Annie torceu para que o rubor em seu rosto fosse interpretado como calor do fogo da lareira.

— Sem problema. Estou só saboreando a bebida.

Ele se agachou diante do fogo e usou o atiçador para mexer na lenha, fazendo as chamas se erguerem mais alto no centro da lareira. O cheiro de turfa era o mesmo do uísque de Annie, de certa forma quente e puro, como ar fresco, terra e estar ao ar livre. Ela podia ver o topo da cabeça de Max, onde o cabelo indomável começava a rarear um pouco. Ele ficaria careca quando fosse mais velho, pensou consigo mesma. Não agora, não até ter uns cinquenta anos. Max envelheceria bem, a barba ficaria grisalha e... ela se deteve de continuar imaginando.

— Fico feliz por você gostar — disse ele. — Não estou falando só do uísque, mas da Escócia de modo geral. Você está gostando, certo?

— É claro. Não acredito que nunca estive aqui. É tão lindo.

— Sempre penso com mais clareza aqui. Em Londres, tudo parece estar em um volume tão alto. Não só as ruas, mas até os meus pensamentos, a minha cabeça. Aqui eu posso apenas ficar... quieto.

— Entendo o que quer dizer. Então... se não se importa de eu perguntar, por que você não trabalha aqui?

Ele se sentou sobre os calcanhares, girando o próprio uísque no copo.

— Eu pensei a respeito. Teria que ser em uma cidade grande, é claro, e os empregos até agora não apareceram. Além disso, em Londres estamos fazendo um trabalho mais moderno. Mas... é claro que pensei a respeito. E com a minha mãe ficando mais velha, você sabe.

Annie realmente não queria que ele se mudasse para a Escócia.

— Acho que Londres tem mais opções de cultura e essas coisas.

— Claro. — Ele coçou a barriga de Buster, distraído. — Quando foi a última vez que você assistiu a uma peça?

— Hum... há cerca de seis anos, provavelmente.

— Eu também. Pois é. Por que ficamos então?

— Minha mãe está lá. Eu cresci lá. O trabalho... bem, era lá. Agora, vai saber.

— O mundo é sua ostra. Nunca entendi essa expressão. Ostras não são interessantes, são? Acho meio grudentas e nojentas.

— Grudento e nojento descreve bem o meu mundo.

Mas então Annie se deu conta de que aquilo não era mais verdade. Naquele momento, ela estava na parte mais linda da Escócia, com uma boa amiga no andar de cima, comida boa no estômago, e um homem bom e desalinhado sentado a seus pés. Ele estava tão perto, que ela poderia ter estendido a mão e acariciado seus cabelos.

— Annie?

— Sim?

— Já pensou no que pode acontecer... você sabe, depois?

— Depois? — A princípio ela não entendeu.

— Polly. Ela ainda está muito doente, você sabe. Isto aqui é só... é a última celebração, eu acho. — Ele estava falando bem baixo. — O que você vai fazer?

Annie suspirou.

— Não tenho ideia. Ela meio que jogou uma bomba em minha vida. Vou ter que arrumar outro emprego e algum lugar para a minha mãe viver.

— Tem que ser em Londres?

— Não, acho que não. Algum lugar mais barato seria bom. Mas também preciso trabalhar.

Max levou o copo à boca. Seu rosto estava voltado para o fogo e, de repente, Annie teve a impressão de que ele estava prestes a dizer alguma coisa importante. Suas costas ficaram tensas.

— Bem, talvez...

— Não estou interrompendo, estou? — falou Polly da porta.

Annie sentiu o coração afundar no peito.

— É claro que não. Você já está pronta para se deitar?

Polly estava usando um pijama de flanela estampado com corações, e dava para ver como ela estava magra, abatida. Mas tinha o queixo erguido e os olhos brilhantes.

— Quase. Max, posso dar uma palavrinha com Annie?

— Ah. Claro. Vou trancar os portões. E ver para onde os rapazes foram.

Polly se sentou no lugar onde estivera Max e dobrou as pernas na direção do fogo. Ela pegou o copo dele e virou o restante do uísque, um gesto banal, mas íntimo, que por algum motivo incomodou Annie.

— Eca. Não sei como ele consegue beber esse negócio — Soltou Polly.

— O que houve?

— Bem, você sabe que amanhã é o nosso último dia aqui.

— Não posso ficar mais, sinto muito. Sei que fui demitida, mas ainda há a minha mãe, ela não tem mais ninguém além de mim — explicou Annie.

— É mais ou menos sobre isso que eu queria conversar com você. — Polly levantou o copo agora vazio e estreitou os olhos para as marcas deixadas pelo uísque. "Lágrimas", como Max chamava aquilo. — E se houvesse outra pessoa?

— Como assim?

— Não fique brava. — Polly abriu um sorriso largo.

— Bem, vou tentar. O que é?

— Quando você contou sobre o seu pai, que nunca chegou a conhecê-lo e tudo o mais, eu fiquei sensibiliza. Ainda mais levando em consideração que, de certa maneira, agora você também havia perdido a sua mãe. Não queria que você ficasse sozinha. Por isso fiz o que fiz. Espero que consiga entender.

— O que você fez? — Annie se sentou muito empertigada, em pânico.

— Bem. Só o que fiz foi procurar pelo seu pai, na verdade. — Polly falou em um tom excessivamente casual.

— Você... o quê? Polly. Por que você fez isso?

— Para que você não ficasse sozinha, como eu disse. Escute, Annie, nós nos divertimos juntas, não é? Mas não vou estar aqui para sempre. Então, como você vai ficar? Vai voltar àquele apartamento com sua pobre mãe que não sabe mais quem você é, stalkeando Mike e Jane on-line, sem nunca sair? Não quero isso para você.

— Eu... — Annie estava sem fala. — Não sou criança, Poll. Posso tomar conta de mim mesma.

— Pode? Você não estava fazendo isso muito bem quando nos conhecemos.

Ela está morrendo, ela está morrendo. Com suprema paciência, Annie falou:

— Então. Você procurou pelo meu pai. E... você o encontrou?

— Ah, sim. É fácil encontrar pessoas no cartório eleitoral. Ele mora bem perto daqui, na verdade. Bem, em se tratando da Escócia. — Então era isso que a mãe dela quis dizer sobre ver o Andrew. Ele morava ali. Mas... como a mãe sabia disso? Annie sentiu o estômago latejar. Polly ainda estava falando. — Então, pensei que amanhã o Max poderia levar você lá enquanto nós damos um passeio pela cidade. Podemos visitar a destilaria e outras coisas. — Ela ainda estava sorrindo.

— Simples assim.

Polly entregara a Annie um pai que ela nunca conhecera — que nunca sequer pensara em procurar.

— É, simples assim. Vou explicar tudo ao Max, mas tenho certeza de que ele não vai se incomodar.

— Claro... — Porque transporte era o único problema nessa situação.

Polly franziu o cenho.

— Qual é o problema? Você não está feliz?

Por onde Annie poderia começar? Uma coisa era Polly promover mudanças em seu visual, forçá-la a faltar no trabalho diversas vezes até ela se encrencar, obrigá-la a participar de danças bizarras e andar em montanhas-russas. Mas interferir na família dela, como se Annie não fosse capaz de encontrar o pai por si mesma?

— Polly — começou Annie, ouvindo a hesitação na própria voz.

Então a porta se abriu e Costas e George entraram, trazendo o frio gelado do inverno com eles, os casacos e gorros carregados de neve.

— Vimos muitas, muitas estrelas! — disse Costas, animado. — Cassiopeia, as Plêiades... nomes gregos!

— É o que ele disse — falou George, também sorrindo. — Não sei nada sobre estrelas, mas, cara, está deslumbrante lá fora. Só que nada de aurora boreal ainda, sinto muito, Poll. O que está rolando com vocês duas?

DIA 58
CONECTE-SE COM SUAS RAÍZES

— Por que você parou? — perguntou ela, nervosa.

O motor tinha sido desligado e a Radio 2 fora abruptamente silenciada.

— Porque... — respondeu Max — nós chegamos.

Annie se sentiu dominada pelo pânico.

— Tem certeza? O GPS...

— Tenho certeza. É a única casa na rua.

Rua era um exagero — era mais uma trilha de terra com uma casa solitária. Já se via luzes acesas nas janelas. O dia não chegara de fato a clarear, e eles estavam dirigindo havia bastante tempo, até chegarem naquela casinha solitária ao lado da floresta. A casa do pai dela. Talvez.

Annie esfregou uma parte da janela, embaçada com o vapor.

— Acho que tenho que fazer isso.

— Bem, nós viajamos mais de trezentos quilômetros para chegar aqui.

— Em uma nevasca.

— *Och*, aquilo não foi uma nevasca, só uma tempestade de neve rápida.

Está certo, uma tempestade rápida... O céu estava nublado de neve, que caía branca e pesada cobrindo o carro no curto espaço em que estavam parados ali. Annie respirou fundo.

— Aposto que ele nem vai estar aí. Provavelmente, é um outro Andrew Clarke. É um nome comum.

— Talvez. — O tom dele era neutro. — Acho melhor eu ficar aqui, Annie. Vá e chame se precisar de mim.

— Você não vai congelar?

Ele a encarou como se aquilo fosse uma bobagem.

— Não está frio. Se esfriar, eu posso vestir o casaco. — Ele pegou um livro.

— *Rivals*, da Jilly Cooper?

Ele pareceu envergonhado.

— Conheci os romances dela quando estava fazendo residência. É uma época em que temos pouco tempo para ler, por isso o livro precisa ser contagiante, fácil de retomar e deixar de lado. E acho que... gosto do glamour. Sabe, não está todo mundo coberto de vômito e sangue, nem há gente morrendo por toda parte. — Max abriu o livro. — Agora vá. Não perturbe a minha leitura, alguém está prestes a fazer sexo em uma baia.

Annie abriu a porta do carro e sentiu a rajada de ar frio.

— Deus. Está congelante.

A neve caía no rosto dela como o toque de dedos gelados. Por dentro, Annie sentia o estômago agitado, como se ali também acontecesse uma tempestade. O que estava fazendo? O pai fora embora quando ela tinha dois dias de idade. Annie não sabia se ele sequer chegara a trocar uma fralda dela, a lhe dar um banho. Se ele a amara ou se mal pudera esperar para sair pela porta. Sua mãe nunca falava sobre ele, a não ser para insinuar que era culpa dele elas não poderem ter coisas boas. Como poderia fazer aquilo — ir até a porta, tocar a campainha, sorrir e se apresentar, e então conversar sobre ele ter perdido trinta e cinco anos da vida dela?

Annie teria desistido, mas lá estava o dr. Max no carro, lendo seu romance erótico, esperando por ela. Annie começou a atravessar o pátio na frente da casa, as pedras já escorregadias por causa da neve. Ela tirou a neve dos olhos e tocou a campainha. Ninguém respondeu. Annie sentiu uma onda de alívio. Provavelmente haviam saído e deixado as luzes acesas...

— Olá? — A porta foi aberta apenas alguns centímetros, a corrente de segurança ainda passada. Atrás dela, Annie conseguiu ver apenas o rosto de uma mulher usando grandes óculos.

— Hum... — Annie não sabia o que falar.

— Não compramos nada de vendedores que batem à nossa porta. Há uma placa...

— Não. Não é isso. Hum. Desculpe. Não sei como... — *Respire fundo, Annie. Respire fundo.* Ela conseguia imaginar Polly revirando os olhos. *Tente não parecer louca, Annie.* — Meu nome é Annie Hebden — falou. — Quer dizer... Annie Clarke.

O silêncio foi a resposta.

Ela tentou de novo.

— Lamento interromper. É só que estou procurando por uma... pessoa... e achei que ela morasse aqui.

A porta bateu e aí foi aberta. A mulher tinha cerca de cinquenta anos e usava um cardigã longo e jeans, grandes óculos sobre o nariz e cabelos longos e grisalhos.

— Entre.

— Mas...

— Sei quem você é, menina. Saia da neve.

Nervosa, Annie seguiu a mulher até a cozinha da casa, que estava abençoadamente quente com relação ao frio intenso do lado de fora. A lenha queimava na lareira e a mesa estava posta para o jantar, com tigelas cinza e copos nas cores de vitrais. Uma adolescente estava encolhida diante da TV, o rosto emburrado. Ela assistia a *Countdown*, o programa de jogos de palavras, e Annie teve uma súbita lembrança da mãe sentada diante da TV assistindo ao mesmo programa, movendo rapidamente a caneta, buscando sentido em um monte de letras aleatórias. Parecia uma traição simplesmente estar ali.

— Desligue isso, Morag — disse a mulher mais velha, que sem dúvida era mãe da menina. As duas tinham os mesmos cabelos longos e pálidos, os mesmos óculos. A menina usava uma camiseta preta com uma estampa do Nirvana e jeans rasgados. Ela encarou Annie. Annie a encarou de volta.

— Posso lhe servir alguma coisa, uma xícara de chá?

— Hum... eu não... — Annie não tinha ideia do que estava acontecendo.

— Tome uma xícara de chá, menina. Vai ajudar.

— Está certo, então. Hum. Com leite, por favor.

— Morag, faça o chá.

A menina deixou escapar um suspiro teatral e foi rapidamente até a cozinha, onde colocou a chaleira com água para ferver. Ela voltou a encontrar o olhar de Annie quando passou, e Annie sentiu um sobressalto. A menina tinha olhos azuis. Olhos que Annie conhecia muito bem.

— Sente-se. — A mulher mais velha indicou o sofá, que era confortável e macio. Annie se sentou. Havia uma foto de família em um porta-retratos sobre a TV, mas não teria como examiná-la em detalhes sem ser óbvia. — Então, Annie. Você veio.

— Bem, sim, mas como... Desculpe, você é...?

— Ah! Achei que você soubesse. Sou Sarah, e aquela é Morag.

Morag se ocupou lendo as caixinhas de chá.

Annie disse:

— Deve estar se perguntando por que eu apareci assim, do nada.

— *Och*, não, querida, para ser honesta, achamos que você viria mais cedo. Estou certa de que deve ser uma moça muito ocupada lá em Londres.

Eles acharam? E como ela sabia que Annie morava em Londres? Ela falou em um rompante:

— A questão é que... estou procurando por uma pessoa chamada Andrew Clarke. Ele... ele mora aqui?

A mulher — Sarah — pareceu abalada. Ela olhou para Morag e as duas pareceram ter uma rápida conversa silenciosa. Sarah suspirou e se virou para Annie.

— Ah, menina. Você não sabe, não é?

— Não sei o quê? — Annie sentiu o pânico começar a dominá-la de novo. Cerrou os punhos.

— Bom... o Andrew... o seu pai... — Annie achou que ela ia dizer que ele estava doente. — Sinto muito, menina, mas ele faleceu há dois anos.

Annie não entendeu. Ela ouviu as palavras, foram faladas no idioma dela, mas de algum modo, não conseguiu assimilar seu significado.

— *Ah*.

Annie ouviu um barulho na cozinha, e a menina — Morag — deixou escapar um soluço abafado e saiu correndo da cozinha, jogando a caixa de chá na pia.

Sarah suspirou de novo.

— Pobrezinha. Ela era muito próxima do pai.

Do pai. Do PAI dela. Então, aquilo significava...

— Sinto muito. Na verdade, eu não... — começou a dizer Annie. — Uma amiga minha, bem, uma suposta amiga, já que no momento estou bem irritada com ela, essa amiga tentou encontrar o meu pai, porque sabia que não nos conhecíamos, bem, ao menos eu não me lembro de conhecê-lo, e ela me deu esse endereço, e...

— Então você realmente não sabia de nada. Santo Deus, menina, o que a sua mãe estava pensando? Eu escrevi para ela quando ele ficou doente. Achei que vocês duas deveriam saber. Ela não lhe contou?

— A minha mãe não está bem. Ela... ela fica confusa. — Será que a mãe sabia que ele estava morto? Por isso ela não parava de falar dele? — Mas... ela não respondeu? — Annie não estava entendendo nada.

— Deixe-me explicar, menina. Estou vendo que você está completamente perdida. O Andrew, seu pai, morava aqui, sim. Você veio ao lugar certo. E eu sou, era a esposa dele, e a Morag é sua irmã. Meia-irmã. Seu pai ficou doente alguns anos atrás e eu escrevi para a sua mãe. E ela escreveu de volta, contou tudo sobre você, disse que você havia tido um bebê. Sua mãe queria que ele soubesse.

Jacob. O pai soubera sobre Jacob.

— Ah.

— Ele ficou tão feliz, meu bem. Há anos o Andrew queria entrar em contato com você, desde que a Morag nasceu, mas ele achou... ele não sabia o que a sua mãe diria. Quando ela respondeu, o Andrew achou que conseguiria ver você antes de... Ela não lhe contou nada disso?

Annie balançou a cabeça lentamente.

— Ela já estava doente nessa época. Demência. Talvez tenha esquecido, ou talvez... ah, não sei.

Mais uma vez, Sarah pareceu abalada.

— Ah, menina. Sinto muito. Seu pai também não estava muito bem na época. Ele não tinha mais muito tempo de vida. Se ao menos... ah, bem, não se pode fazer mais nada.

Annie não sabia muito bem o que aconteceu a seguir. Só sabia que precisava de Max, precisava dele como se precisa de uma boia salva-vidas quando se está se afogando no mar. Ela se levantou e saiu correndo por cima das pedras escorregadias até chegar nele, acenando histericamente com as mãos. Ele abriu a porta do carro, deixando Jilly Cooper de lado.

— O quê...

Ela não se deu conta de que estava chorando até sentir as lágrimas frias escorrendo pelo rosto.

— Ele está morto. Ele está morto, dr. Max. Meu pai está morto.

Annie tinha uma vaga noção do que acontecia. O calor e o estalar do fogo nas costas das mãos dela. Sarah e Max na cozinha, murmurando um para o outro em voz baixa, vozes escocesas, a chaleira fervendo, o tilintar das xícaras. Annie achou que ele estava explicando delicadamente a situação dela, em relação à mãe e a Jacob. A luz ficava mais fraca do lado de fora — agora eles não conseguiriam voltar antes que o tempo fechasse de vez. Annie viu a neve rodopiando pela janela, mas logo Sarah fechou as cortinas. A mesma Sarah empurrou uma xícara de chá para as mãos de Annie, que segurava a cabeça.

— Beba isso. Você sofreu um choque.

— Sinto muito. Eu só... nunca pensei que o conheceria. Achei que ele tivesse ido embora e pronto. Então, de repente, achei que talvez pudesse conhecê-lo, afinal, e... agora isso nunca vai acontecer.

— Ele quis conhecê-la. Sabia que não tinha agido certo com você, meu bem. Por anos, eu tentei convencê-lo a escrever para você, mas ele tinha medo.

Annie sentiu o golpe vagamente e sabia que ainda sofreria por isso. Por alguma razão, a mãe não contara a ela que eles haviam retomado contato, e agora era muito tarde. Era aquilo que significava a morte. Que era tarde demais para tudo. Não havia como voltar atrás. Não era de espantar que Polly estivesse tentando fazer tantas coisas, ser tantas pessoas diferentes, tudo isso em cem dias. Depois que ela se fosse, seria como se nunca tivesse existido, e o restante deles teria que lhe dar as costas e seguir em frente. Annie tomou um pouco de chá, mas mal sentiu o gosto.

— Sinto muito, Sarah. Eu não teria vindo se soubesse.

— Queríamos que você viesse, meu bem. Escrevi a convidando para vir ao funeral.

O funeral do pai dela. Ele tinha sido enterrado e ela nem soubera. Se tivesse sabido sobre ele a tempo, poderia tê-lo conhecido. Perdoá-lo, talvez, por abandonar Maureen e ela. Tantas emoções rodopiavam dentro dela, que Annie se sentia no meio de uma tempestade. Ao menos uma pessoa poderia entender o que ela estava sentindo. Enquanto Sarah e Max se ocupavam na cozinha — fazendo mais chá, só para ter alguma coisa para fazer —, Morag voltou, os olhos vermelhos.

— Oi — arriscou Annie.
— Hum.
— Sinto muito. Eu não tinha ideia... não sabia sobre você. Eu juro.
— Então... você é, tipo, minha irmã ou alguma coisa assim?
— Acho que sim. — Era uma sensação muito estranha. A vida toda sendo filha única, tendo apenas a mãe, e agora havia aquela menina, lançando olhares para Annie de canto de olho. Uma irmã. — Quantos anos você tem? — perguntou Annie.
— Quinze. — Ela se voltou para Annie com relutância. — E você?
— Muito mais velha. Trinta e cinco.

Então, ela tinha vinte anos quando aquela menina nasceu. Já estava trabalhando, namorando Mike. Morag poderia ter sido a daminha em seu casamento. Mas não. Não poderia ter sido assim. Não adiantava nada todos aqueles "e se". Nunca adiantava.

Morag se inclinou para a frente, abaixando a voz.
— Ele é seu marido? Ou seu namorado, ou algo assim?
— O dr. Max? Ah! Não, não, ele não é. Ele é...

Annie olhou para ele, movendo-se pela cozinha desconhecida como se estivesse na sala de cirurgia, pegando canecas e colheres totalmente concentrado. Os cabelos dele estavam úmidos de neve e a blusa de flanela era velha e esfarrapada.

Ele deve ter sentido o olhar dela, porque levantou os olhos e perguntou silenciosamente, apenas mexendo os lábios: *Tudo bem?*

Annie tentou forçar um sorriso como resposta, mas não conseguiu. Ia precisar de tempo. Havia tanto a explicar. Que ela já teve um marido, mas não tinha mais, e que Max definitivamente não era marido dela. E, de repente, ela se deu conta. Jacob também havia sido parte daquela família. Ele fora neto do pai dela, sobrinho de Morag, mas eles nunca o conheceriam. Uma nova onda de perda a atingiu e Annie sentiu-se ligeiramente atordoada, como se tivesse sido acertada por um golpe.

— Ele é só meu amigo — falou.

Morag a observava com atenção. Seus olhos eram iguais aos de Annie — azuis, atentos. Os olhos do pai delas... que ela nunca conhecera. Ela se perguntou o que mais as duas teriam herdado. A inconstância de se manter em algo — fosse um emprego ou um casamento? Ao menos fora assim que a mãe de Annie o descrevera. Mas ele havia ficado ali, não? Morag tinha uns quinze anos. Mais tempo do que ele tivera com a outra filha.

Ela estava sendo esmagada por sentimentos. O pai escolhera outra vida, outra família, outra filha. E agora ela não tinha de fato ninguém. O pai estava morto, a mãe perdida na escuridão. E Polly. Logo Polly também partiria. Annie se levantou, abalada.

— Desculpe — ela disse, erguendo a voz para poder ser ouvida acima da chaleira fervendo —, acho melhor irmos.

Sarah pareceu desapontada.

— Ah, menina! Achei que vocês ficariam para o jantar... Podem passar a noite aqui também, se quiserem.

— Não. Não podemos. Nossa... Minha amiga está doente, precisamos partir amanhã cedo.

— Tem certeza? — Max tinha um pano de prato florido sobre o ombro; ao que parecia, estava lavando louça. — Não tem problema ficarmos mais um pouco, Annie.

Por que ele não entendia? Ela começou a procurar sua bolsa, ignorando a expressão hostil que voltara ao rosto marcado de lágrimas de Morag.

— Não. Precisamos ir. Pode me levar, por favor?

Muito, muito depois, na calada da madrugada, como Max descreveu, o carro parou diante do portão da casa da mãe dele. Estava muito frio, sem qualquer movimento do lado de fora.

Annie estava rígida e gelada, os olhos inchados. Ela não falara nada durante todo o caminho de volta, passando pelas montanhas e rios escuros, as luzes dos faróis capturando o brilho dos olhos dos animais noturnos.

— Poderíamos ter ficado lá — disse Max, desligando o motor.

Annie encarou as mãos frias. Ele devia estar desapontado com ela. Ela sabia que fora fria e esquisita.

— É muito para assimilar. Descobrir que meu pai mora aqui, e então saber que ele está morto e, imagine só, que ele tinha tentado me encontrar, mas a minha mãe nunca me entregou as cartas, e não posso lhe perguntar o motivo porque ela acha que sou sua amiga de colégio. Ah, e também tenho uma irmã da qual nunca soube da existência.

— Eu sei, sei que é muita coisa. Mas... elas estavam realmente tentando. Não foi culpa delas.

— Sim, bom, nada disso é problema seu.

Ele fez uma pausa por um momento.

— Sei que não é.

— Escute, estou grata por ter me levado. É só que... não parece justo. Saber que eu poderia ter visto o meu pai, poderia tê-lo conhecido, mas que cheguei tarde demais. É a história da minha vida. Nada dá certo.

Annie teve a impressão de que Max estava se esforçando muito para não se irritar com ela.

— Annie... sei que aconteceram coisas com você, coisas ruins. Deve ter sido terrível. Mas você não é a única, certo? Polly está morrendo. A família dela está perdendo a única irmã, a única filha, aos trinta e cinco anos. E o dr. Quarani... você sabe que ele é da Síria? Ele veio para cá com um visto de trabalho, mas não deixaram a família dele entrar, por isso ele trabalha todas as horas extras que pode para tentar trazê-los para perto. A irmã dele está em Aleppo com os dois filhos pequenos. Ele tem uma foto deles no consultório, você deve ter visto. Ninguém tem notícias do irmão dele há meses. Ele está praticamente sozinho aqui, em um país que o considera um parasita, enquanto ele se mata de trabalhar tentando salvar vidas.

Mais tristeza, mais sofrimento.

— Eu não sabia.

— Não estou tentando fazer você se sentir mal.

— Ora, está, sim.

— Desculpe. Mas são só os fatos.

Eles ficaram sentados em silêncio por um tempo. Annie passou as mãos pelos olhos, tentando conter as lágrimas.

— Isso é terrível. Ele deve estar tão preocupado.

— A vida é assim. Não conte a Polly, está bem? Ela vai acabar contando para o hospital todo, ou vai tentar organizar alguma espécie de missão de resgate. O Quarani só quer fazer o trabalho dele.

Annie viu que ainda havia uma luz acesa na sala de estar.

— Vamos entrar. Obrigada por me levar.

— Tudo bem. Você vai pelo menos pensar em entrar em contato com elas? Depois que tiver assimilado melhor as coisas?

— Talvez — murmurou Annie. Ela não conseguia imaginar que algum dia assimilaria. — Vamos só entrar, tudo bem? Estou cansada. Você também deve estar.

Dentro de casa, o calor os atingiu com tudo. Polly estava encolhida no sofá, enrolada em uma manta e com o gorro de esqui na cabeça. Buster dormia na dobra do braço dela, fungando. Devia estar uns trinta graus na sala, e ela ainda estava com frio. Não era um bom sinal. Suas pálpebras azuladas se abriram quando eles entraram.

— Ah, aí estão vocês. Fizeram boa viagem?

— Não saiu exatamente como planejado — disse Annie, tensa.

— Por que não? Por causa do clima? Achei que estariam bem com seus famosos pneussss de neeeeve. — Ela marcou cada palavra com um exagerado sotaque escocês.

— Annie recebeu más notícias — adiantou Max enquanto fechava a porta. — Talvez você não devesse...

— O que aconteceu agora? — Polly bocejou. Ela realmente perguntou em um bocejo. O que Polly quis dizer com aquele: *O que aconteceu agora?* Que Annie estava sempre arrumando problemas, motivos para ficar triste?

— Meu pai está morto — falou Annie friamente. — Morreu há dois anos.

— Ah, Deus! Annie, sinto tanto. Que droga.

— Sim. E tenho uma meia-irmã da qual nunca soube a respeito. — Ela ouviu a própria voz tremer. — Ela tem quinze anos.

Polly abriu um sorriso.

— Mas isso é fantástico! Uma irmã! Aposto que você está feliz por eu ter feito toda essa investigação. E você tinha ficado toda rabugenta comigo...

Annie cerrou os punhos.

— Polly, você não deveria ter feito o que fez. Cabia a mim procurar o meu pai, se algum dia eu quisesse fazer isso.

— Você não teria procurado. Estava com medo demais de encarar isso. Ela não teria procurado, teria? — Polly apelou para Max, que estava fechando as cortinas e posicionando a tela de proteção diante da lareira.

— Me deixe fora disso — foi só o que ele disse.

— E daí? — disse Annie. — É problema meu. Você não pode controlar todos os aspectos da minha vida. Não pode simplesmente decidir quando é a hora de eu encontrar o meu pai, ou de descobrir que tenho uma irmã. O que eu devo fazer com essas informações? Meu pai se foi, e a minha irmã o teve por toda a sua vida. Eu o tive por apenas um dia e nem me lembro. Como devo lidar com isso? — Polly revirou os olhos. Annie sentiu uma raiva gelada se espalhar por suas veias. — O que foi?

— Ah, Annie. Você está tão determinada a se sentir infeliz. Estava triste por não ter mais família, eu arrumo uma irmã para você e agora você não está nem grata!

— Você não arrumou nada para mim! Você não é Deus, Polly! Não pode manipular todos nós!

— Annie, fale baixo — pediu dr. Max, em um tom razoável. — Estão todos dormindo.

Ela se virou para ele.

— Você concorda comigo! Sabe que ela está sempre interferindo. Foi você quem disse que ela era instável. — Annie tremia toda. Polly só a encarava, imóvel. Ela se ouviu dizer: — Vou embora. Amanhã cedo.

— Vamos todos embora amanhã. Não seja tão dramática, Annie! — falou Polly, com a voz arrastada.

— Vou sem vocês. Vou pegar o trem.

— Ótimo. Se quer me fazer viajar sozinha, doente como estou...

— Você está com o seu irmão e o seu neurologista, que por acaso está deixando de salvar vidas para passear com você pela Escócia. Porque tudo tem que ser sempre sobre *você*.

Finalmente, Polly perdeu a paciência.

— É pedir demais? — Os olhos dela ardiam. — Deram-me três meses de vida, Annie. Só isso. Cem dias para fazer tudo o que eu sempre quis. Esse câncer levou tanto de mim... Meus cabelos. Minha dignidade. Não consigo comer nem dormir, e ninguém olha para mim a não ser para ver se vou morrer logo ou para enfiar agulhas em mim. Não tenho nada, e você se ressente de me dar uns poucos dias de atenção? Jesus, Annie. Achei que fôssemos amigas.

Annie engoliu em seco. Não ia mais permitir que Polly ficasse usando o trunfo do câncer.

— Um amigo não manipula o outro como... como se fosse uma marionete.

Polly riu. Um som duro e antipático.

— Você está misturando as metáforas, Annie. Onde você estaria se eu não a tivesse pressionado? Enfiada naquele emprego que odiava, sentindo-se infeliz e detestando cada dia? Sentindo pena de si mesma e desperdiçando a sua vida? Você não faz ideia da sorte que tem. Eu só a ajudei a se livrar daquilo.

— Do que você está falando? — Annie franziu o cenho. Mas assim que perguntou, percebeu a que Polly estava se referindo. O link para o vídeo do YouTube. Jeff nunca entrava no YouTube, era dedicado demais ao trabalho. Qual era a chance de ele ter esbarrado no vídeo por acaso? Alguém tinha mandado para ele. — Você não fez isso, Polly! Você fez com que eu fosse demitida?

Polly deu de ombros.

— Você não foi demitida, se demitiu. De qualquer forma, alguém precisava fazer isso. Você estava enlouquecendo naquele lugar. Eu só dei um empurrãozinho.

— Você me fez perder o emprego! Como pôde? Você... você é inacreditável. É a pessoa mais egoísta do planeta.

— Ótimo — retrucou Polly. — Quero ser mesmo. Ao menos assim as pessoas talvez se lembrem de mim quando eu me for.

Annie sentiu a mão do dr. Max em seu braço. Não do modo como teria gostado que ele a tocasse — com gentileza e carinho —, mas como um alerta.

— Acho melhor vocês pararem com isso agora. Vão para a cama, as duas.
— Não pensem que não percebi os olhares entre vocês dois — disse Polly, irritada. — Aposto que estão satisfeitos, eu estar morrendo funcionou muito bem para os dois. Estão se apaixonando por cima do meu cadáver, não é mesmo? Não é *justo*. Todos vão continuar com sua vida e eu terei ido embora. Estarei morta!
— Ninguém está apaixonado — disse o dr. Max friamente. — Vocês estão agindo como crianças. As duas. Agora, vão para a cama e amanhã resolveremos isso.
— Não vou estar aqui amanhã — falou Annie, fazendo a própria voz soar fria. — Como eu disse, vou embora. Tenho uma vida para recuperar e um emprego para ir atrás. Graças a ela.

DIA 59
VIAJE

"Senhoras e senhores, pedimos desculpa pelo atraso, que é devido a... bem... a vacas nos trilhos."

Ouviu-se um grande murmúrio.

Annie não conseguira um assento no trem lotado para Edimburgo, foi sentada em cima da mala, perto do banheiro, até Dooncaster, com as pessoas tropeçando em cima dela e sentindo cheiro de desinfetante e xixi a cada inspiração. E para o que ela tinha de voltar? Costas e George iam ficar na Escócia por mais alguns dias porque "Buster está tão feliz aqui".

Assim, ela voltaria para o apartamento úmido vazio — havia ansiado tantas vezes que Costas estivesse a quilômetros de distância, e agora sentiria falta dele cantando sozinho no quarto ao lado. Sozinha, mais uma vez seria só ela com pizza congelada, uma série, e depois de volta ao hospital para visitar a mãe.

Teria que começar a evitar ir ao hospital nos mesmos horários que Polly — embora todos naquele maldito lugar a amassem tanto que seria difícil evitar ouvir o nome dela. Não era justo. Polly estava sendo mais bem-sucedida morrendo do que Annie jamais havia sido vivendo — era popular, descolada, estava fazendo do mundo um lugar melhor a cada dia que lhe restava. Enquanto Annie só arruinava tudo. Perdera a melhor amiga, o marido e o filho, e agora também um pai e uma meia-irmã. A mãe também logo partiria, e então como ela ficaria? Sem âncora. Órfã. Divorciada. Annie se sentiu dominada por uma onda de tristeza, de desamparo.

— Você está bem, querida? — Uma senhora espiou Annie por cima da revista que estava lendo.

Annie ficou encarando firmemente o chão sujo do trem. *Invente alguma coisa.* Uma alergia. Estar descascando cebola. Mas não havia cebolas ali, então ela deixou escapar um soluço sentido, vindo do fundo do peito.

— É que estou triste. *Tão* triste.

— Ah, criança! Qual é o problema?

Como ela poderia explicar tudo? A mãe, Mike, Jacob?

— Minha... minha melhor amiga está morrendo — sussurrou ela, então se perdeu em uma sucessão de soluços, o ranho escorrendo pelo rosto.

Todos foram tão gentis. A senhora — Patricia — contou que sua melhor amiga havia morrido no ano anterior.

— Que Deus a abençoe, ela estava com oitenta e quatro anos, mas ficou furiosa porque iria perder Wimbledon.

E disse que compreendia como aquilo fazia a pessoa se sentir solitária.

Um soldado com o braço tatuado cedeu seu lugar a Annie, e um estudante com dreadlocks no cabelo foi buscar chá para ela no vagão do restaurante. Annie não conseguiu tomar o chá porque estava chorando demais, e o gesto a fez soluçar ainda mais.

— Vocês são todos tão gentiiiiis. Obri-gada. — disse soluçando.

Ela não entendia o que encontro com aquela mulher poderia significar. Às vezes, você consegue se manter firme diante de todos que conhece, mas é a bondade de estranhos que emociona até o fundo da alma.

DIA 60
FIQUE SEM FAZER NADA

Costas passou vários dias fora. Sozinha, o primeiro dia de Annie foi assim:

Das 11h às 13h38 — ficar na cama olhando para a mancha de umidade no teto, relembrar a conversa com Polly.

Das 13h38 às 14h07 — relembrar a conversa com o dr. Max. Bater com a cabeça nos travesseiros e gemer alto.

Das 14h07 às 15h45 — pensar em sair para comprar comida. Não ir.

Das 15h45 às 15h59 — revirar os armários da cozinha, pegar pedaços de pão e enfiar na boca, comer um saco inteiro dos pistaches do Costas. Jogar as cascas pelo chão. Chorar mais porque Costas provavelmente se mudaria logo e ela sempre havia sido má com ele.

Das 16h às 18h — chorar deitada no chão frio da cozinha. Encontrar um dos brinquedos mastigados nojentos de Buster, melado de baba, e chorar porque sempre tinha sido má com ele também.

Das 18h às 20h45 — tomar um banho em uma tentativa de se animar, mas ficar deitada na banheira chorando mais até a água ficar fria. Revirar a geladeira suja, passando por pimentões mofados, para pegar uma garrafa de vinho rosé. Beber tudo deitada na banheira morna, chorando.

Das 20h45 às 3h — assistir a episódios antigos de Grey's Anatomy, *chorando de novo toda vez que alguma coisa triste acontecia (aproximadamente a cada três minutos).*

DIA 61
COMECE UM NOVO HÁBITO SAUDÁVEL

No dia seguinte: o mesmo, a não ser por uma ida rápida à loja a esquina — um lugar horrível onde o leite estava sempre fora da validade — para comprar vinho rosé, pacotes de salgadinhos e sorvete Ben and Jerry's, desejando que costas tivesse deixado Buster com ela para que ao menos tivesse alguma coisa para abraçar. Annie teria limpado feliz o xixi dele se isso significasse ter uma companhia que não a criticasse. Ela pensou em ligar para Polly, esclarecer as coisas, mas se lembrou das palavras da amiga — *desperdiçando a sua vida, sentindo pena de si mesma* — e se deu conta de que não conseguiria encarar aquilo.

DIA 62
ESTIMULE O COMÉRCIO LOCAL

— Lamento, meu bem. Não sobrou nenhum. Você comprou o último pote ontem.

— O quê? — Annie olhou pela loja suja em pânico, passando pelas revistas vagabundas e pela cerveja de má qualidade. — Você deve ter algum sabor. Chunky Munk? Phish Food?

— Não sobrou nenhum Ben and Jerry's, eu lhe disse. Não pode ser um Carte D'Or?

— De que sabor? — A voz dela vacilou.

Ele checou no freezer.

— Baunilha?

Annie mordeu o lábio para não começar a chorar no meio da loja. Na saída — sem sorvete, porque ainda lhe restava algum orgulho —, viu a própria imagem na tela do monitor de segurança. Cara de louca, o cabelo despenteado e com o que parecia ser uma casca de pistache no meio dele. A pele oleosa com os poros abertos. Olhos inchados e de louca. Ela teria atravessado a rua para evitar passar por essa pessoa. Foi para casa e voltou para a cama, onde ficou encarando o celular por quase uma hora sem fazer nada. Polly não iria querer falar com ela mesmo. Ela teria que ligado, se quisesse. *Desperdiçando a sua vida. Sentindo pena de si mesma.* Quem iria querer ser amiga de alguém assim?

DIA 63
APRENDA UMA NOVA HABILIDADE

— Vai ser divertido! — suplicou Costas.

Ele havia finalmente voltado, cambaleando sob o peso de biscoitos amanteigados, haggis (aparentemente, agora ele adorava a comida) e almofadas de tartan. Buster pulou e bateu nas pernas de Annie, e ela ficou tão grata por ele estar feliz em vê-la, que quase chorou, embora Buster ficasse feliz até com caixas de papelão.

— Vamos, Annie. Você não saiu do apartamento esse tempo todo?

— Saí, sim — murmurou ela. — Tenho visto amigas... amigas locais. Não preciso da Polly. Hum... ela está bem?

Ele deu de ombros.

— Do mesmo jeito, acho.

— Ela comentou se iria... deixa pra lá. Não me importo.

Costas a fitou com pena.

— Por favor, eu gostaria que você viesse comigo esta noite.

— Parece péssimo. Não é um lugar cheio de hipsters?

— O que são hipsters?

— Você sabe. Aqueles tipos de classe média na moda, com barba e camisa xadrez?

Os olhos dele se iluminaram.

— Você já foi lá!

— Não, não, eu... esquece. Agora, falando sério. Não quero ir a uma aula de ukulele. Não consigo nem tocar flauta doce.

— É divertido! Aprendemos algumas músicas e tocamos todos juntos e cantamos, é legal. Pessoas legais. Pub legal. Música legal. Taça de vinho legal.

Annie o encarou.

— Pare de tentar me animar. Não posso sair. Nem tomei banho em três dias.

— Não brinca... — comentou Costas, franzindo o nariz. Ele estava passando tempo demais com George. — Vamos, vamos. Só por uma hora. Vou comprar muito vinho para você, prometo.

— Ah, está bem, então — concordou Annie, mal-humorada, mas só porque ficara sem biscoitos e não conseguiria encarar outra ida à loja depois de seu colapso nervoso por conta do sorvete. — É bom ser uma taça bem grande.

Meia hora depois, eles saíam de casa, Annie piscando ofuscada com o ar fresco como um bebê recém-nascido. Costas, com sua habilidade para se vestir adequadamente para cada ocasião, estava usando um suéter estampado com pinguins. Annie voltara ao seu padrão de sempre: preto e mais preto. Mas pelo menos estava limpa.

— Eu nem tenho um ukulele —tentou ainda para ver se escapava.

— Eles têm lá. Vamos! É hora do violãozinho!

Annie sentiu seu antigo nervosismo familiar conforme subia as escadas do pub, o suor sobre o lábio superior e a sensação de cabeça pesada, como se não pudesse olhar par cima. Teria fugido em direção à porta de saída, mas Costas a fez seguir em frente, acenando para as pessoas reunidas em um semicírculo, todas segurando ukuleles. Pulôveres irônicos estavam em evidência.

— Oi, oi! — Costas encontrou dois lugares para eles. — Pessoal, esta é a minha amiga Annie.

Ela conseguiu forçar um sorriso que mais parecia uma careta, os olhos fixos na parede oposta. Alguém pôs um ukulele em suas mãos e uma pauta musical a sua frente.

— Uma bem fácil para começar — disse o professor, um homem com uma barba que se estendia abaixo dos mamilos.

Annie se perguntou o que Polly diria daquilo. Então lembrou que as duas não estavam se falando e puxou o instrumento idiota mais para perto. Ela tentou entender as notas na ilustração. É claro que a música era "Over the Rainbow". Aff. No mundo de Annie, não havia pássaros felizes ou problemas se dissolvendo como gotas de limão, como dizia a letra da música. Ela se sentia como a Bruxa Má do Oeste.

— E então? Gostou da noite do violãozinho?

— Não foi tão ruim assim — admitiu Annie. Por algum tempo, ela tinha ficado tão absorvida em dedilhar as notas certas, que quase se esquecera de tudo o que estava acontecendo. — Você vai muito lá?

— Quando não tenho que trabalhar, ir à academia, ao treino de basquete ou ao curso de figurinista — disse ele, animado. — Há tanto para se fazer em Londres.

— Você gosta daqui? — Ela nunca havia pensado em perguntar isso a ele antes.

— Às vezes, assim que cheguei, eu me sentia solitário. Sinto falta das minhas irmãs e da minha mãe, e da comida grega. Mas há tantos cafés bons aqui em Lewisham, e tantas coisas divertidas par fazer! E aqui também é melhor para quem é gay. As pessoas não são tão preconceituosas.

Annie não conseguia imaginar como deveria ser mudar-se para outro país com apenas vinte e dois anos, sem conhecer ninguém e sem um domínio completo do idioma. E olhe só para Costas. Ele conhecia mais pessoas e fazia mais coisas que ela, que vivera no mesmo código postal a vida toda. Ela precisava melhorar. Iria melhorar.

— Você, bem... quer comer uma pizza ou alguma outra coisa? — perguntou Annie com cautela. — Podemos levar para casa, assistir a um filme.

Todo aquele tempo morando no mesmo apartamento, e ela sempre fizera o possível para manter paredes entre os dois. Não apenas paredes físicas, mas sociais também — mandando e-mails para ele, em vez de bater na porta do quarto; recusando-se a assistir TV com ele, a sair para tomarem um drinque juntos ou a comer a comida que ele preparava. E agora se dava conta de que Costas era um de seus melhores amigos.

Ele se animou na mesma hora, como uma criança pequena.

— Quero pepperoni na minha, por favor. E, por favor, podemos assistir a *Dirty dancing: ritmo quente?*

DIA 64
SAIA E PRODUZA

— Vamos, Buster. Por favor. Faça o seu xixi! Por favor!

Buster balançou o rabo, condescendente, mas logo se afastou para cheirar uma embalagem descartada de batata frita. Annie estremeceu — tinha colocado um casaco por cima do pijama e descido com ele, mas eram três da manhã e estava muito frio. O trecho irregular de grama entre os prédios não era convidativo de dia, e de noite era apavorante.

— Vamos, por favor. Estou implorando. Eu te dou um petisquinho. Dois.

Buster voltou e lambeu a lateral do pé dela. Annie suspirou.

— Certo, tudo bem, vamos entrar.

Ela o carregou no colo para dentro do elevador e de volta ao apartamento aquecido, fechando agradecida a porta ao entrar. Costas estava trabalhando no turno da madrugada, preparando-se para fazer café para o pessoal que saía cedo para o trabalho. Que emprego horrível. Pelo menos Annie, agora desempregada, podia devotar todo o seu tempo a ficar deitada na cama, sentindo-se arrasada.

Ela colocou água para ferver para fazer chá, sabendo que teria dificuldades de voltar a dormir, e puxou o laptop para cima do joelho. Entrou na página da Polly no Facebook, sentindo-se ligeiramente envergonhada, mas não havia nenhuma atualização ali desde a viagem para a Escócia. Ela deveria ligar para Polly. Sabia disso. Não podia de repente parar de falar com uma amiga que talvez tivesse apenas semanas de vida. Mas toda vez que pegava o celular, Annie se lembrava do que Polly tinha dito e se acovardava. Achava que não conseguiria suportar se tentasse se reaproximar e Polly não quisesse falar com ela.

Em vez disso, Annie entrou em um site de empregos, porque sabia que de fato precisava fazer alguma coisa àquele respeito. E percebeu, enquanto examinava a página, que muitos empregos na área de finanças eram em instituições filantrópicas. Mal pagos, mas ao menos você sente que está fazendo alguma coisa positiva. E ela precisava começar a pensar no futuro. Em depois de Polly. Era impossível imaginar. Mas a vida continuaria. E Annie teria que fazer parte dela. Buster se aproximou e se acomodou na dobra do braço dela, que continuou a examinar as diversas ofertas de emprego em instituições filantrópicas, começando a pensar em talvez planejar algum futuro para si mesma, até que os roncos suaves do cachorrinho encherem o ambiente.

DIA 65
VÁ À BIBLIOTECA

Annie abriu a porta e sentiu o cheiro de livros antigos. A biblioteca estava cheia de pessoas se abrigando da chuva fria do lado de fora. Que estranho, ela não entrava ali desde que estava no colégio. Costumava ir com a mãe todo sábado de manhã para escolherem livros em companhia silenciosa, então iam para tomar café com leite com pão doce e examinavam os livros que tinham pegado. A mãe adorava romances adocicados, Catherine Cookson, histórias sangrentas de crimes reais, sagas de família e qualquer outro livro grosso e reconfortante. Agora já fazia anos desde a última vez que Maureen conseguira terminar um livro, mas Annie tinha a vaga ideia de que talvez pudesse encontrar algumas receitas de tricô para ela.

Sua atenção foi capturada por uma banca de "novidades" na qual viu um livro intitulado *Aprendendo ukulele*. Costas ia gostar. Ela pegou o livro. Então, viu a seção de jardinagem. Cinco estantes inteiras com livros sobre plantar, cuidar, podar e sobre desenho de jardins. Tudo sobre o que Annie antes adoraria ler. Ela sempre achara que ter um jardim era um sinal de que a pessoa era uma adulta de verdade. Literalmente, criar raízes em um lugar onde planejava ficar para sempre. Onde Jacob e um irmão ou irmã brincariam entre as plantas que ela havia cultivado. E agora nada daquilo iria acontecer — Mike provavelmente colocaria um deque no pátio para poder convidar os colegas vendedores de seguro para churrascos ao ar livre. Aquela não seria a vida de Annie. Ela não tinha mais jardim, nem uma terra onde criar raízes e chamar de sua.

Mas, em vez disso, tinha parapeitos na janela. Tinha vasos de planta em que nunca se dera ao trabalho de plantar nada. Ela pegou um livro com o título *Plantando em jardineiras* e correu para a recepção da biblioteca, agindo quase furtivamente.

Quando estava saindo, com a bolsa cheia de material de leitura, reparou em uma placa na entrada. *Jardineiros de guerrilha. Melhorando a paisagem urbana.* Annie ficou olhando por um longo tempo para a placa, então pegou depressa o celular e tirou uma foto.

DIA 66
PEÇA DESCULPAS

— Annie. Annie!

— Hum? — Ela despertou lentamente e viu Costas pairando sobre a cama. No quarto dela. — O que está fazendo aqui?

— Desculpe! — Ele recuou, as mãos para cima. — Você não acordou quando eu bati. Desculpe, Annie. Mas você precisa se levantar agora.

Ela deu um longo bocejo.

— Não, eu não preciso. Não tenho emprego, graças a Polly, por isso posso muito bem dormir até tarde.

— Annie, a Polly está mal. Muito mal. Ontem, ela... — Ele agitou as mãos, tentando pensar em uma palavra. — Ela piorou. Piorou muito.

Annie ficou de pé em um segundo.

— Os pulmões?

— Não, não, a cabeça. George disse que o tumor voltou. Maior.

Merda. Tinha crescido. Annie arremessou as cobertas, momentaneamente constrangida por Costas vê-la em seu pijama manchado de chá.

— Quão pior?

— Annie, ela não consegue enxergar. Acordou e não conseguia enxergar nada. Por favor, você precisa vir agora. — Ele abriu as gavetas dela e encontrou um jeans e um suéter limpo. — Use isto.

— Tudo bem. Estou indo agora mesmo. Merda.
Costas lhe entregou as roupas.
— Talvez você devesse tomar um banho antes?

Uma hora mais tarde, com os cabelos lavados e sem fragmentos de salgadinhos e usando roupas limpas, Annie descia apressada o corredor da neurologia atrás de Costas. As paredes pareciam estar se inclinando e oscilando. Aquilo não podia estar acontecendo. Ela acabara de ter uma briga com Polly — não se briga com pessoas que estão prestes a morrer. Só haviam se passado dois meses, não três. Ainda havia tempo. Tinha que haver tempo.

Na porta do quarto de Polly, o dr. Max estava parado com um prontuário nas mãos e uma expressão soturna. Annie se esforçou para não pensar no que havia dito a ele na Escócia. *Idiota.*

— Como ela está?
— Estável. Por enquanto. — Ele não sorriu. — É isso, Annie.
— Ah, não. Por favor, não.
— Sinto muito. O tumor cresceu de novo e está pressionando os olhos dela. Eu coloquei um shunt e drenei parte do fluido, então ela pode conseguir recuperar um pouco da visão, mas... é um paliativo temporário. — Ela reconheceu o tom de voz dele, tranquilizadora, mas honesta. A voz de notícias ruins para parentes. E sentiu um aperto no peito.

— Ah, Deus. Você não pode...
— Não. — Ele colocou o prontuário no suporte perto da porta. — Acredite em mim, Annie. Fiz tudo o que podia. Não há mais nada a tentar.

Ao lado de Annie, Costas estava chorando.

— Quanto tempo, dr. Max?
— Não posso dizer com certeza. Uma semana, talvez duas.
— Mas ainda estamos no dia sessenta e seis. Ela não conseguiu todos os dias que teria! — disse Annie tolamente.
— Eu sei. — Max parecia exausto. — Sinto muito. Vocês podem entrar, se quiserem. Ela logo voltará a si. Mas preciso avisar que a cirurgia foi brutal. Ela não vai parecer... como antes.

Como aquilo era possível? Annie tinha visto Polly havia uma semana. Sentiu vontade de se estapear. Como era egoísta, enfiada em seu apartamento durante o que talvez fossem os últimos dias de Polly. Por que deixara aquilo chegar tão longe? Por que não derrubara a porta de Polly e a forçara a voltar a ser amiga dela? Annie pousou a mão na porta e a tirou no mesmo instante, assustada com o que encontraria do outro lado. O dr. Max assentiu. *Vá*. Ela abriu a porta.

Polly parecia minúscula na cama, a cabeça toda raspada, uma marca vermelha de um dos lados com os pontos sobre uma crosta de sangue. Annie levou a mão à boca. Costas ficou pálido ao lado dela e começou a recuar.

— Annie, eu vou... me encontrar com o George. Ele me mandou uma mensagem de texto da cantina. Desculpe. Vou deixar você.

Annie ficou olhando para a amiga, horrorizada. O gorro estava grande demais para ela, caindo por cima do rosto fundo. As mãos eram como garras, cheias de tubos presos a elas, a pele roxa com hematomas antigos e novos.

— Por que fizeram isso com você? — murmurou Annie.

Ela pousou a mão com gentileza sobre a cama, que estava coberta por mantas extras apesar do calor no quarto.

— Não estou... morta... ainda — disse Polly, ofegante, sem abrir os olhos. — Annie... é você? Eu reconheceria esse cheiro de salgadinhos e... desespero em qualquer lugar.

Annie fungou.

— Oi, Carequinha.

— Gosta? É muito... "Sinead O'Connor retrô". Todos dizem que o... estilo dos anos 90 está de volta. — Ela abriu os olhos e se retraiu, como se a luz a machucasse. — Não posso ver direito. Aproxime-se.

Ela acenou, chamando Annie mais para perto. Annie se sentou na cadeira laranja e se inclinou sobre a cama.

— Desculpe, não tive tempo de comprar nada para você. Costas fez parecer que você estava à beira da morte, então vim o mais rápido que pude.

Polly tossiu, chacoalhando os tubos.

— Eu disse para ele fazer isso. Sabia... que você estaria enfiada naquele apartamento.

— Parabéns, Sherlock Carequinha. Então você não está às portas da morte?

— Talvez... no jardim de entrada. — Ela pegou a mão de Annie. Sua pele estava gelada. — Annie. Acho que é o fim.

Annie sentiu a garganta apertada, sufocando-a.

— Sinto muito.

— Ah, qual é, sem tristeza. Lembre-se do pacto. Mas é uma... pena. Não consegui completar todos os... dias.

Os olhos de Annie estavam marejados.

— Está tudo bem. Tivemos muitos. Eu não teria tido nenhum deles sem você. Poll, estou tão... Deus. Não acredito que disse aquelas coisas para você. Você está doente, e eu berrei com você, dei um chilique... Sou uma pessoa horrível.

Polly acenou com a outra mão.

— Esqueça. Eu exagerei. Também sinto muito. É só que... fico tão brava ao ver as pessoas... desperdiçando o tempo que têm quando eu não tenho nenhum. Eu... sinto muito, de verdade... sobre o seu pai. E sobre o seu emprego! O que eu estava... pensando? *Eu* sou uma pessoa horrível. Cristo, você vai ficar bem?

— Sinceramente, não sei, não pensei muito a respeito. Não tenho pais ricos com quem contar, entende? — Annie suspirou. — Escute. Sei por que fui meio hostil com você algumas vezes.

— Não percebi — falou Polly, a respiração ofegante. Sarcástica mesmo nos últimos suspiros.

— Eu só... sendo totalmente honesta, e sei que isso fala muito, muito mal a meu respeito... eu sentia inveja de você, às vezes. De todas as coisas que você tem. Uma família incrível, pais legais, a casa linda onde você cresceu, todos os seus amigos, a formação que teve, as roupas, o jeito descolado. Até o seu nome. Uma Polly nunca acabaria fazendo trabalho administrativo para o município, ou morando em um apartamento feio em um antigo conjunto habitacional em Lewisham. Eu ficava pensando em como tudo isso era injusto. Sei que é uma coisa horrível de se pensar, levando em consideração que você tem câncer, mas... era o que eu sentia.

Polly abriu levemente um dos olhos. Ainda tão azuis, apesar de amarelados e injetados de sangue.

— Eu também sentia inveja de você. Você tem tempo, Annie. Tempo para ser o que quiser. E eu via as coisas entre você e o dr. McRabugento caminhando tão bem. Enquanto eu tentava me jogar em cima do dr. Quarani e ele só me olhava como... um tumor andante. Não uma pessoa. Entrei em pânico... você não precisa mais de mim. Vai ficar bem depois que eu me for. Terá um futuro. Mas Annie, eu preciso de você. Não vou conseguir passar por isso sem você.

— Não vai precisar. Prometo que vou ficar ao seu lado. O tempo todo, até você enjoar de mim.

— Promete?

Annie apertou a mão de Polly com mais força.

— Deus, é claro que prometo. Vou ficar com você o tempo todo... até o fim.

— Ora, não sejamos tão dramáticas. Você ainda pode passar em casa para tomar banho e essas coisas.

— Que nada, esse negócio de banho é supervalorizado.

— Essa é a Annie que eu conheço. Ah, e a propósito... meu nome na verdade não é... Polly.

— O QUÊ?

— Não fui batizada como Polly.

— O quê? Então, qual é o seu nome de verdade?

Ela tossiu.

— Você tem que prometer que nunca vai contar a ninguém. Mesmo depois que eu morrer, ou juro que o grande... Monstro do Espaguete vai voltar e assombrar você.

— É tão ruim assim?

— É ruim. — Ela estremeceu, quase tirando a cânula do lugar. — Meu nome verdadeiro é... Pauline. Em homenagem a uma tia-avó. Eu mudei quando tinha cinco anos, sempre odiei esse nome.

Annie ficou boquiaberta. *Pauline*. Uma Pauline poderia facilmente acabar fazendo trabalho administrativo para o município. Uma Pauline poderia ter sobrepeso, ser triste e obcecada por *Grey's Anatomy*. Uma Pauline poderia ser abandonada pelo marido e, com toda certeza, poderia morar em um apartamento horrível.

— Meu Deus — disse Annie, a mente embaralhada. Polly não nascera Polly. Polly *se tornara* Polly.

— Se algum dia você contar a alguém, vou matar você com... as minhas próprias mãos.

— Você vai estar morta antes disso, Pauline.

— É verdade — disse ela. E começou a rir, um profundo som gorgolejante. Depois de algum tempo, Annie se juntou à amiga.

DIA 67
CONHEÇA UM RECÉM-NASCIDO

— Ah, Deus, outra amostra de sangue, não — resmungou Polly. — Por que não dispensam logo o intermediário e instalam um cano entre as minhas veias e o laboratório? Desculpe, Khalid. Sei que você só está cumprindo as ordens do malvado dr. McRabugento.

O enfermeiro vestido de verde deu um sorriso desconfortável.

— Não estou aqui por sua causa, Polly. — Ele olhou para Annie. — Você é a sra. Hebden?

— Bem, sim...

— Há outra sra. Hebden na maternidade, e ela está chamando pela senhora.

A princípio, Annie não entendeu. A mãe de Mike? Então se deu conta. E Polly também.

— Ah, não, ela não fez isso! Ela está tendo o bebê aqui?

— É a maternidade mais próxima.

Annie ficou impressionada como soava razoável. Depois de tudo o que acontecera.

— E ela quer *você* lá? Jesus? A audácia da mulher!

— Bem, achei que você tinha dito que precisamos perdoar as pessoas e deixar o passado para trás, não?

— Bem, sim, mas há limites.
Khalid pareceu confuso.
— Devo dizer a ela que não? Ela está meio que... ela está berrando muito.
Annie se levantou.
— Poll, vejo você mais tarde, tá?
— Você está me trocando por ela? Não vou me esquecer disso, Annie Hebden. — E fingiu um beicinho.
— De qualquer modo, a culpa é sua. Por me tornar toda santinha e disposta a perdoar, como uma Madre Teresa de calça de nylon. Até já.

— Ela não para de gritar — disse a enfermeira de aparência atormentada. — Tentei dizer a ela que isso vai durar por muito mais tempo. Você é a amiga?
— Bem... sim. — Era mais fácil concordar do que explicar. — Ela já está em trabalho de parto, então? — Com certeza, era cedo demais.
— Mal começou. Mas ela está histérica. Você sabe onde Mike pode estar? — Ela checou a prancheta que carregava. — É o marido, certo?
É o meu *marido.* Era difícil deixar o impulso de lado, mesmo agora.
— Sim. Você não está conseguindo contatá-lo?
— Ele não está atendendo. Ela diz que os dois tiveram uma briga e ele saiu de casa intempestivamente. O bebê só deveria nascer daqui a um mês. Ao menos, acho que foi isso que ela disse. Ela está gritando muito.
— Tudo bem. Obrigada. Devo entrar?
— Se quiser. Eu usaria protetores de ouvido, se fosse você.
Annie se adiantou cautelosamente pelo corredor. E, como previsto, logo ouviu urros guturais, como um animal com dor. O que acabava sendo verdade. Uma coisa que ela havia aprendido durante todo aquele tempo no hospital era que as pessoas não eram mais do que animais sob um verniz muito fino, que rapidamente se esvaía diante da dor e do medo.
Annie abriu a porta. Jane estava apoiada contra a cama, agarrando a grade com força, usando uma camisola do hospital que se abrira e deixava à mostra a tatuagem em suas costas. Era uma flor de lótus, que Jane fizera em um estúdio duvidoso em Croydon quando elas tinham dezessete anos.

Annie perdeu a coragem de fazer uma também, como em toda a sua vida. Até agora.

— Jane. Jane!

— *Aaaaaaiiiiii* Annie, é você?

Ela parou de gritar por um momento e ficou arquejando.

— Você me chamou?

— Venha cá. Venha cá. — Jane estendeu a mão e agarrou a de Annie com muita força. — Ah, Deus. A dor. Como você conseguiu?

— Você vai superar. Vai tomar a anestesia epidural?

— Eu não ia, mas santo Deus! Acho que vou quebrar ao meio. Onde está o Mike? Onde diabos está o Mike?

— Não sei. — Em um gesto mecânico, Annie começou a esfregar as costas da ex-melhor amiga. A respiração de Jane saía em arquejos pesados, superficial e apavorada. — Vão encontrá-lo. Ainda falta muito tempo. Como você soube que eu estava aqui?

— Liguei... sua casa... um garoto... disse que você estava... aqui.

Maldito Costas. Incapaz de mentir. Mas por que ele faria isso, se Annie nunca contou a ele o que acontecera com ela?

Jane chorava de soluçar.

— Vou morrer, Annie. Vou literalmente morrer e vai ser bem feito pelo que eu fiz com você.

— Ah, pare com isso, deixe de ser boba. Você não vai morrer. Vão tomar conta de você direitinho aqui.

As lágrimas escorriam pelo rosto de Jane, a testa franzida em agonia.

— Mas você me perdoa? Por favor, diga que me perdoa, Annie. Não quero morrer sem você me perdoar.

— Você não vai morrer.

Jane soluçava. Annie esfregou as costas dela e pôde sentir seu coração disparado. Jane estava apavorada. Annie se lembrava muito bem da sensação. Aquele medo de que o corpo vá partir ao meio. De que você nunca mais será a mesma. De seu corpo e seu coração serem esmagados pela pura força do amor explodindo em você. E como ela poderia continuar zangada com Jane quando a outra estava tão apavorada, com tanto medo, e com tanta dor?

— Tudo bem — disse Annie com a voz calma. — Está tudo bem. Vai ficar tudo bem. Eu prometo.

Ela olhou ao redor, encontrou o olhar da enfermeira e acenou freneticamente pelo vidro da porta. Quando a mulher abriu a porta, Annie sussurrou:

— Por que não dão alguma coisa a ela? Não está vendo como ela está com dor?

A enfermeira deu de ombros.

— Sinto muito. Ela já tomou todos os remédios que podemos dar a ela por ora.

— Bem... e quanto à epidural?

— É cedo demais para uma epidural. Vamos mandar algumas lascas de gelo para ela mastigar.

A porta voltou a ser fechada.

— O que ela disse? — perguntou Jane, chorando. — Estão trazendo remédios? Ah, Deus, preciso de tudo que tiverem. Eu disse que não queria tomar nada. O que eu estava pensando? Por que fui tão idiota?

— Todo mundo pensa assim antes de começar as dores. Vamos. Você vai ficar bem.

Jane agarrou a mão de Annie de novo, com tanta força que cortou a circulação.

— Ah, Deus. Onde diabos está o Mike? Você não vai me deixar, vai? Por favor, não vá embora.

Annie continuou a esfregar as costas dela, sentindo o bebê rolar e se mover sob a pele. O filho do ex-marido dela. Aquela era a situação mais estranha do mundo. Por sorte, graças a Polly, ela havia tido bastante experiência com coisas esquisitas recentemente.

— Ei — disse Annie. — Vamos fazer a respiração especial, ok?

Mais tarde, Annie se lembraria daquele dia como ilustrativo, apavorante e completamente exaustivo. Durante o parto do próprio filho, ela passara a maior parte do tempo fora do ar, alternando-se entre gritos e risadas, conforme os remédios faziam efeito e ela era levada para fazer uma cesariana. Ao acordar, encontrara um bebê limpinho aconchegado em seu peito e Mike olhando a cena com adoração. Se ao menos eles soubessem o que os aguardava.

Em contrapartida, como espectadora, ela esteve presente a cada grito, a cada momento dilacerante do nascimento da filha de Jane. Annie fez o possível para ficar longe e neutralizar as coisas que estavam acontecendo, levando lascas de gelo à boca de Jane, que choramingava, segurando sua mão e tentando secar o suor de pânico da testa da amiga.

— Onde está o Mike? Onde diabos está o Mike? — Jane não parava de repetir.

E Annie respondia:

— Eu não sei. Eu não sei.

Jane se recostou no travesseiro, exausta por causa da contração que sacudira todo o seu corpo.

— Estou feliz por você estar aqui. Sempre achei que você estaria comigo se eu tivesse um bebê.

E Annie se lembrou de uma coisa em meio à névoa feliz em que estava quando tivera Jacob: Jane tinha sido a primeira a chegar, quase antes da própria Annie segurar o filho, entrando intempestiva com balões e com um urso de pelúcia azul do tamanho de um pequeno cachorro, abraçando Mike, encantada. Será que já existia alguma coisa entre eles naquela época? Annie deveria ter visto o sentimento crescendo entre Mike e Jane?

Não. Ela não tomaria aquele caminho de novo. Não deixaria que todas as boas lembranças se tornassem feias em suas mãos, como uma fruta podre, manchada por sua infelicidade e sofrimento. Jane tinha sido sua melhor amiga. E Mike, seu marido. Nada começou entre eles até depois de perderem Jacob e tudo desmoronar. Annie precisava acreditar nisso.

O médico que estava entre as pernas de Jane levantou os olhos, o rosto tenso atrás da máscara.

— Muito bem, sra. Hebden.

Annie quase disse "Sim?", mas mordeu a língua.

— Jane, preciso que você faça bastante força uma última vez. Ela está prestes a nascer.

— Mas o Mike não está aqui! Onde diabos ele está? Nunca vou perdoá-lo, nunca.

— Não podemos esperar. Vamos. Faça bastante força uma última vez.

Jane gritou tão alto, que Annie achou que a partiria ao meio, sentindo o efeito na própria mão, que Jane apertou quase até os ossos, fazendo a dor subir por todo o braço de Annie. Jane deu um último grito, e de repente, do nada, havia outra voz, outra pessoa no quarto. Um montinho escorregadio foi colocado sobre o peito de Jane, cheio de sangue e muco, com um tufinho de cabelo escuro, os olhos bem fechados.

— Uma menininha — disse o médico. — Parabéns, mamãe.

Mamãe. Annie percebeu que estava chorando. Ninguém nunca a chamara assim. Jacob nunca havia dito aquela palavra, e nunca diria. Estavam todos chorando, ela, Jane e a bebê, com o rostinho vermelho e gritando sem parar.

— Ela está bem? — Jane tateou o corpinho da filha, puxando-a instintivamente mais para perto. — Está tudo certo com ela?

— Ela é linda — disse Annie. — É a coisinha mais linda do mundo.

Depois — Annie não tinha certeza de quanto tempo mais tarde —, ela estava sentada na cadeira ao lada da cama enquanto Jane dormia, sem forças. A bebê estava nos braços de Annie, ainda sem nome, embrulhada em uma manta branca de piquê. Uma das mãozinhas estava cerrada. Annie a embalava com toda a gentileza, ninando-a junto ao corpo, quando a porta se abriu.

Mike a encarou — sua ex-esposa — segurando a filha dele.

— O quê...?

Annie sentiu um arrepio de medo. O que ele estaria pensando de ela estar ali? Annie se levantou tão rápido que assustou a bebê, soltando um som que parecia um miadinho.

— Não conseguiram encontrar você. Eu estava aqui... minha amiga está doente... então, Jane mandou me chamar. Eu... Tome!

Ela estendeu a bebê como se fosse um presente de Natal.

O olhar de Mike ia de Jane para Annie, e então para a filha.

— Eu... desliguei o celular. Nós tivemos uma briga... Jesus. O parto era para ser só daqui a um mês!

— Bem, aqui está ela!

— Ela?

— Sim. Você tem... — Annie sentiu os olhos subitamente marejados. — Tem uma filha, Mike. Tome. Olhe para ela. É perfeita.

Ele pegou a bebê no colo e olhou para ela do modo como olhara para Jacob.

— Não posso acreditar nisso. Você esteve aqui o tempo todo?

— Tenho uma mão quebrada para provar.

Annie levantou a mão, e teve outro sobressalto quando Mike agarrou a mão que ela mostrava.

— Annie... eu não estava aqui. Não posso acreditar que eu não estava aqui. Ela deve me odiar. Sinto muito. Estou tendo que me esforçar para assimilar tudo.

— Não sei se Jane vai se lembrar da maior parte do que aconteceu — mentiu Annie.

— Tivemos uma briga... eu disse que ela não deveria ter deixado você entrar em casa naquele dia. Jane se sentiu tão mal com aquilo! Ela tem estado péssima desde então. Achou que seríamos punidos de algum modo pelo que fizemos com você... e agora aqui está a bebê, chegou mais cedo.

— O médico disse que ela está ótima. É só um pouco pequena.

O rosto dele se contorceu, e Annie percebeu que Mike também ia chorar, só para completar a cena.

— E se acontecer de novo, Annie? Não posso suportar. Eu... — Ele inclinou a cabeça para a filha e um soluço sentido escapou de seu peito. — Eu nem queria outro filho! Não vou aguentar se perdê-la também.

Annie pegou a bebê de volta, com gentileza.

— Você não vai perdê-la, Mike. O que aconteceu com Jakey... foi só uma terrível falta de sorte. Não vai acontecer de novo.

O corpo dele oscilou no lugar.

— Como você pode ainda falar conosco? — perguntou Mike, a voz embargada. — Depois do que fizemos? Do que eu fiz? Você deve nos odiar.

Annie deu de ombros, em um gesto de impotência.

— Eu... odiei todo mundo por um tempo. Você. Ela. A mim, principalmente. Mas... acho que as coisas mudaram recentemente. Você e eu... não teríamos conseguido passar por aquilo juntos de qualquer maneira, não é?

— Eu não conseguia chegar em você de jeito nenhum. Eu me sentia tão impotente. Nunca tive a intenção de magoá-la.

— Eu sei — tranquilizou-o Annie (embora achasse que nunca estaria totalmente certa disso). — Estávamos arrasados, você e eu, e você simplesmente seguiu com a sua vida. Não é um crime. Não posso julgá-lo só porque eu não consegui seguir com a minha.

— Jane estava tão desesperada para que você a perdoasse.

— Eu a perdoo — disse Annie. — De verdade.

Podia até ser verdade. E, mesmo se não fosse — mesmo se Mike tivesse feito a pior coisa imaginável a ela —, agora aquilo parecia não ter importância. Não quando havia uma nova pessoa no mundo.

Ele ainda chorava desconsolado, dizendo coisas incoerentes. Annie o levou até a cadeira, então andou com a bebê pelo quarto, ninando-a para que voltasse a dormir. Quando levantou os olhos, viu Polly espiando pela porta, esticando-se na cadeira de rodas e protegendo os olhos para tentar ver. Silenciosamente, Annie abriu a porta e levou um dedo aos lábios.

— Você não deveria estar fora da cama!

— Fiquei entediada. Que diabos está acontecendo? Você saiu há horas.

— Isto aconteceu. — Annie mostrou a bebê em seus braços.

— Esta é... Santo Deus. Você acompanhou o parto dela?

— Não tive muita escolha. O Mike tinha sumido. — As duas sussurravam.

— Aquele é o Mike? — Polly espiou pela porta e viu Mike de ombros curvados e Jane ainda apagada. — Annie, você vai ter que me contar cada detalhe disso.

— Vou contar. Mas... olhe só para ela. — E estendeu a bebê para que Polly visse.

— Ah, meu Deus. Ela é tão pequenina.

— Eu sei. — Annie sentiu a voz embargada. — E se parece tanto com ele. Realmente se parece. Com Jacob.

— Ah, Annie. — A expressão no rosto abatido de Polly era bondosa. — Você vai ter outro bebê um dia. Sei disso. Montes de bebês fofinhos, talvez vestidos com kilts...

— Pare com isso. — Annie secou o rosto com a manga, já que as mãos estavam ocupadas com a menininha, que a encarava com os olhos azul-escuros. Vendo tudo pela primeira vez. Um mundo inteiro diante dela, novinho em folha. — Vou ficar bem. Eu prometo. Mas por enquanto... diga oi para alguém que foi, agora há pouco, pelo menos por um tempo, a pessoa mais nova no mundo.

DIA 68
REÚNA AS PESSOAS

— Então, é entrar no buraco do coelho, dar a volta na árvore, sair do buraco do coelho, e lá vai ele correndo!

— É mais difícil do que faz parecer, sra. C — disse Polly, lutando para se acertar com as agulhas e a lã. Annie sabia que ela não tinha força nos punhos nem para manter as agulhas erguidas.

— Ninguém sabe tricotar hoje em dia. Vocês, meninas novas, simplesmente compram seus suéteres nas lojas! É tão caro.

— Sei tricotar, mãe — disse Annie. — Você me ensinou, lembra?

Essa era outra coisa que elas faziam nos longos domingos em casa — um hobby que não era muito caro e ainda as poupava de comprar roupas. Aquilo não estava certo, pensou Annie. A aparência da mãe era melhor do que a de Polly, que há apenas alguns meses tinha sido tão vibrante e colorida. Agora, tudo na amiga era desbotado, a camisola do hospital, os lençóis brancos, o rosto pálido, a cabeça careca. Enquanto a mãe de Annie havia recuperado a energia. O rosto estava mais redondo, a perna estava melhor, seu humor, mais solar, e ela estava menos confusa. Mas ainda não sabia quem era Annie. Talvez nunca mais soubesse.

Maureen parecia confusa de novo, como se estivesse tentando compreender as coisas.

— Eu ensinei a você? Mas quando... Quem é você mesmo, querida?

Talvez fosse cruel ficar relembrando-a seguidas vezes de que ela não era ela mesma.

— Não importa — disse Annie, procurando acalmar a mãe. — É gentil da sua parte nos ensinar, Maureen.

— Eu ensinava crianças, sabe, em uma escola. Quis estudar para ser professora, mas não havia dinheiro sobrando.

Ela fora assistente de professora em meio período quando Annie entrou no ensino médio. Aceitou tão pouco. Uma vida pequena. Sem pedir nada, sem conseguir nada. Parecia cruel sentar-se ali com sua mãe, sabendo que o pai estava morto, e não contar. Mas Annie não teria como explicar sua viagem à Escócia, ou a raiva que sentira da mãe por nunca ter lhe contado que ele estava tentando entrar em contato. Annie afastou o pensamento e se forçou a sorrir.

— Pode nos mostrar de novo, Maureen? Você é tão boa nisso.

DIA 69
PEGUE LEVE

— Annie! — Costas estava parado do lado de fora do quarto de Polly no hospital balançando as mãos, agitado. — Graças a Deus você chegou. Houston, nós temos um problema.

— Que problema? É a Polly? — Annie tentou ver por cima do ombro dele, mas Costas estava bloqueando o caminho.

— Annie, fiz uma coisa ruim.

— Tenho certeza de que não pode ser tão ruim.

Ele ergueu os braços acima da cabeça, se rendendo.

— Então, veja. Entre e veja. É muito ruim.

Dentro do quarto, Annie viu a parte detrás da cabeça de Polly, que estava debruçada na janela que ela abrira. Não que estivesse adiantando alguma coisa, porque o quarto cheirava a maconha. George estava sentado na cadeira perto dela com os olhos fechados.

Annie se virou de volta para Costas, que havia fechado a porta depois de entrar, e ele estava com os olhos arregalados de medo.

— Você conseguiu isso para eles?

— Um amigo no trabalho tinha um pouco... Eu não sabia que eles fumariam aqui, Annie! Vamos nos encrencar feio!

— Anime-se, Costas do Costa — Polly falou arrastado da janela. — Só queria ficar chapada uma última vez. O que há de errado nisso?

— Você está *fumando* — sussurrou Annie. — Em um hospital! E tem um tumor no pulmão! Pode sair da janela?

Polly tirou a cabeça da janela e uma crise de tosse fez suas costelas chacoalharem.

— Isso dificilmente vai me dar *outro* tumor, não é mesmo?

— Não é esse o ponto! Olhe para você. Está congelando.

E era verdade. Polly tremia e estava toda arrepiada, e tinha os olhos injetados e inchados de um jeito que Annie reconheceu dos meninos do colégio que costumavam fumar atrás do bicicletário.

Ela colocou Polly contra a vontade na cama, tirou o cigarro dos dedos dela e o mergulhou em um copo de água.

— Vamos, você precisa se aquecer. George, como você deixou isso acontecer?

Nenhuma resposta.

— Hum... Annie — disse Costas —, ele está dormindo.

Ela se virou e viu George afundado na cadeira, aparentemente apagado. Costas o abanava com as mãos.

— Ah, pelo amor de Deus. Costas, vá chamar o dr. Max.

— Não! — berrou Polly da cama. — Ele vai brigar comigo!

— Com toda razão. Vá, Costas.

Ele foi. George deixou escapar um ronco alto. Annie ficou parada, as mãos no quadril, olhando brava para a pequena figura na cama.

— Imagino que isso tenha sido ideia sua.

— Eu só queria fazer isso... uma última vez — chiou Polly. — Me sentir viva. Me sentir normal. Pare de ser tão estraga-prazeres, Annie.

— Polly, estou preocupada com você. Escute como está a sua respiração.
— O som da respiração de Polly parecia o de uma moeda sendo sugada pelo aspirador de pó.

Polly tossiu.

— Não importa. Estou morrendo, mesmo. Que diferença faz se eu usar drogas, beber até cair ou trepar com todo mundo no hospital? Diga, Annie.

O que mudaria de fato se eu vivesse o mais loucamente possível os dias que me restam?

Annie tentou pensar em alguma coisa.

— Bem... ninguém quer morrer com cistite — falou.

Polly deixou escapar um som alto, misto de choro e risada. Annie vinha ouvindo muito desse choro-riso nos últimos dias. Então, Polly passou a só chorar mesmo, o rosto contorcido e úmido.

— Merda, Annie. Eu já tive minhas últimas vezes. Ficar chapada, bêbada, até ir pra cama com alguém... Nunca mais vou fazer nenhuma dessas coisas de novo. Não vou nem me deitar em uma cama com alguém de novo. Vou morrer aqui, neste quarto horrível de hospital, com estes lençóis que, definitivamente, não são de algodão egípcio quatrocentos fios.

Annie pensou por um momento, então descalçou o All Star.

— Chega pra lá.

— O que você está fazendo?

— Deitando-me ao seu lado.

— Hã... Sem querer ofender, mas eu estava pensando mais em um perfil estilo Ryan Gosling.

— Bem, é a mim que você tem. Portanto, aguente.

A cama era estreita, mas Polly agora tinha o tamanho de uma criança. Annie se deitou ao lado dela e se lembrou das noites em que dormira com Jane e as outras garotas quando adolescente, trocando segredos no escuro, rindo tanto que a mãe de Jane acabava batendo na porta para que elas fizessem silêncio. A respiração de Polly era difícil e os lençóis estavam úmidos de lágrimas.

— Sinto muito.

— Tudo bem. Não teve nenhuma consequência. Provavelmente.

— O dr. Max vai ficar bravo? — perguntou Polly em um tom patético.

— Vai.

— Talvez você possa interceder por mim com ele. O dr. McRabugento gosta de você, sabe? Tipo, muito.

Annie não queria pensar naquilo agora.

— Shhh. Está tudo bem.

Ela passou a mão nos cabelos de Polly, o pouco que restara deles, afastando-os do rosto dela. Ela parecia uma velhinha, a pele esticada sobre os ossos. Estava se esvaindo, minuto a minuto.

— Annie — chamou Polly bem baixinho. — Acho que agora você é a minha melhor amiga. Sabia disso? Obrigada por... obrigada por estar aqui. Você vai ficar?

— É claro. Não vou a lugar algum.

— Porque eu preciso de você. Para enfrentar isso. Sei que fui egoísta, terrível e... Desculpe.

— Shhh — sussurrou Annie de novo, com um bolo na garganta. — Está tudo bem, tudo bem. — Embora não estivesse.

— Que diabos está acontecendo aqui?

A porta foi aberta em um rompante e o dr. Max entrou, seguido por Costas, aflito. O médico tinha uma marca no rosto, como se tivesse adormecido apoiado na mesa.

— Shhh. — Annie levou um dedo aos lábios. — Ela está dormindo.

Porque a respiração de Polly havia se acalmado e seus olhos estavam fechados. Ela estava com os punhos fechados embaixo do queixo como uma criança.

Max baixou a voz.

— Ela está dormindo mesmo ou só fingindo para não ouvir a minha bronca? Fumando maconha, pelo amor de Deus! Ela está bem?

Ele se aproximou para conferir os sinais vitais de Polly e levantou o punho flácido dela para verificar a pulsação. Annie colocou as pernas para fora da cama e se levantou.

— Sinto muito — disse Costas, retorcendo as mãos. — Ela está bem?

— Bom, não está pior do que estava. Mas, falando sério, isso não pode acontecer aqui. Entendeu? Terei que chamar a polícia, da próxima vez.

Costas parecia prestes a chorar.

— O Costas não se deu conta de que eles fumariam aqui — intercedeu Annie. — Estava só tentando ajudar.

— Com *drogas ilegais*.

O dr. Max ergueu uma das pálpebras de Polly delicadamente.

— Você nunca experimentou? Tenta entender. Pega leve com ele.

— Não em um hospital, e não com um tumor no pulmão. — Ele abrandou o tom. — Acho que não houve danos, mas, sinceramente, eu esperava um pouco mais de consciência de George, e... onde está ele?

Todos se viraram e encontraram a cadeira vazia e a porta do quarto aberta.

— *Skata* — praguejou Costas.

George, no entanto, não tinha ido muito longe. Os três ficaram parados acima dele, que estava caído no chão ao lado da máquina de venda automática.

— Estou preso aqui nesta máquina — disse ele, emburrado.

O dr. Max se ajoelhou.

— Não sei o que vamos fazer com você, George. Primeiro drogas, e agora tentando roubar um KitKat?

— Eu *paguei* por ele. Não saiu.

— *Aye*, conheço a sensação. Deixe-me ver. — O dr. Max olhou dentro da fenda para as moedas, pressionou alguns botões e estendeu a mão para pegar o que foi cuspido para fora. — Ora, veja bem, George, este é o problema. Esta máquina não funciona com fichas de vestiário de academia.

— Ah — disse George. — Hum... você pode me ajudar?

O dr. Max enrolou as mangas da camisa.

— Você tem sorte por estar aqui com o mais conhecido especialista do mundo em extração cirúrgica de dentro de máquinas automáticas.

— Cirúrgica? — Os lábios dele tremeram.

— *Aye*, o único jeito é arrancar o braço, camarada.

George começou a chorar. O dr. Max revirou os olhos.

— Santo Deus, as pessoas levam as coisas a sério quando estão chapadas. Vamos, segure as pernas dele. Costas, você é magro, veja se consegue enfiar a mão lá dentro.

Pouco tempo depois, com alguns empurrões daqui e puxões dali enquanto George choramingava como um cachorrinho, ele foi libertado — sem o KitKat, mas pelo menos ainda com todos os membros.

— Isso foi horrível. Achei que fosse *morrer*.

— Talvez você devesse desistir das drogas, meu jovem. Parece que não tem o temperamento certo para elas.

Costas estava ajoelhado ao lado de George, examinando com carinho seu pulso inchado.

— Por favor, George, você precisa ser mais cuidadoso. Vai acabar se machucando.

George levou a mão boa aos olhos.

— Foi ideia dela. Polly queria liberar geral uma última vez, foi o que ela disse. Como eu poderia dizer não? Ah, Deus. Como pode ser a última vez? Minha irmã. Ela é minha irmã. Vou ser... é... Qual é a palavra para como um órfão, mas que não é órfão?

Annie e o dr. Max trocaram olhares.

— Filho único? — arriscou ela.

— Não é justo. — George estava chorando de novo. — Não é justo. Por que a Polly? Ela é uma boa pessoa, é tão esperta, viva e incrível, e agora está morrendo. Não é justo.

Costas o abraçou, murmurando palavras em grego. Annie olhou para dr. Max, e uma estranha corrente elétrica pareceu percorrê-la da cabeça aos pés. O sangue disparou nas veias de tal forma, que ela ficou surpresa por ainda estar de pé, ainda totalmente vestida. Max coçou a cabeça, enrubescendo de um jeito que ela soube que ele havia sentido o mesmo.

— Escute — murmurou Annie, sem conseguir encará-lo nos olhos. — Sobre a Escócia. Não sei se já me desculpei por... tudo. Mas eu sinto muito. De verdade. Você foi um bom amigo, e eu retribui daquele jeito. Fui terrível.

— Um amigo.

— Bom, sim. Você foi. — E ela queria que ele fosse mais, muito mais, mas não sabia como dizer isso, como encontrar espaço no próprio coração com a enorme pedra que era o fato de Polly estar morrendo. — Eu...

Houve um momento de silêncio, que se estendeu por mais tempo do que Annie imaginaria ser possível.

— Tudo bem — disse ele, por fim. — Não importa. Venha, vamos levar o jovem George aqui para uma cama, para que ele possa dormir até o efeito da droga passar.

DIAS 70 A 80
DEIXE IR

Perto do fim, durante os últimos dias de Polly, Annie quase nem via mais a luz do sol. Ela ia para casa apenas para tomar banho e trocar de roupa. Fora isso, passava o tempo todo no hospital, indo de uma cama para outra.

Jane tinha recebido alta e foi embora com a filha presa ao peito, ainda chorando e implorando para que Annie aparecesse para uma visita. Mike repetiu o convite, embora em um tom reticente.

Annie disse que é claro que iria. E talvez fosse mesmo. Era difícil vislumbrar mais de um dia à frente naquele momento. Por ora, estava deixando que se fossem, Jane, Mike e a filhinha deles, estava deixando que saíssem de seu campo de visão como um barco navegando na direção do horizonte. E aquilo já era suficiente.

O aparelho de ressonância magnética que tinham comprado para o hospital foi entregue, pago com o dinheiro arrecadado online e durante o concerto beneficente. A máquina foi instalada, a imprensa local compareceu e dr. Max, constrangido, cortou a fita de "inauguração" do aparelho. Milly conseguiu que a história aparecesse no *Guardian*, que acrescentou um trecho sobre como Polly era inspiradora. O aparelho trazia uma placa onde se lia: *Doado pelos amigos de Polly Leonard*. A própria Polly estava doente demais para sair da cama.

Annie começou a perceber que sua mãe a olhava desconfiada, como se a filha estivesse usando uma espécie de disfarce não muito convincente. Como se a reconhecesse e seu nome estivesse na ponta da língua, mas ainda assim lhe escapasse...

George fez outro teste para o coro de um espetáculo no West End — dessa vez, *Garotos e garotas*. Ele mencionou que talvez não fosse porque Polly estava muito doente, e, a pedido de Polly, Annie atirou uvas nele até fazê-lo mudar de ideia.

Costas foi nomeado o Funcionário do Mês no Café Costa e levou doces de graça para todos. Na maioria dos dias, ele entrava com Buster escondido para ver Polly, até dr. Max reparar que sua bolsa da academia estava latindo e banir o cachorrinho do hospital.

— Fascista — sussurrou Polly, sem ar.

Milly levou os filhos gêmeos, Harry e Lola, que rabiscaram as paredes do quarto de Polly com lápis de olho e depois comeram todos os chocolates que haviam mandado para Polly até Harry vomitar atrás do monitor cardíaco.

Suze apareceu com almofadas de pescoço, sacos de água quente e com o mais recente péssimo namorado, Henry, que estava à frente de uma start up de café em Shoreditch (Polly sussurrou: "Meu último desejo é que você nunca mais namore alguém que esteja à frente de uma startup"). Eles tiveram que pedir às pessoas para fazerem doações para o fundo beneficente em vez de mandarem flores, porque já eram tantas, que dr. Max reclamou que estava se sentindo em *O terror veio do espaço*.

Havia Valerie, que estava sempre por lá penteando os tufos de cabelo que restavam na filha, passando creme na pele seca de Polly, segurando lenços umedecidos para aparar o sangue que começou a surgir quando Polly tossia, vermelho como papoula.

— Pronto, querida, você está com a pele tonificada e hidratada como deve ser, certo?

E havia Roger, lendo matérias de revistas femininas para a filha.

— Lá vamos nós. Os dez maiores erros que se pode cometer ao usar rímel... Santo Deus, que porcaria é essa?

Os dois estavam praticamente acampados no hospital, levando pijamas limpos, livros que Polly não conseguia ler e comida caseira que ela não conseguia comer. Mas era visível que escolhiam ir em horários diferentes um do outro.

Também havia o dr. Quarani, que parecia passar muito tempo no andar de Polly, levando-se em consideração que ele trabalhava em um andar completamente diferente.

— Como está ela? — perguntava a Annie sempre que a via.

Annie apenas balançava a cabeça.

— Ainda aqui. Por enquanto. — Não havia mais nada a dizer. Um dia de cada vez.

Quase todos os dias, no hospital, Annie passava pelo dr. Max — comprando expressos quádruplos na cafeteria, checando prontuários, medindo pulsações, pedindo a pacientes que acompanhassem seu dedo com os olhos, conferindo exames, barbeando-se no banheiro, comendo Twix, sentado em macas lendo livros médicos ou de Jilly Cooper. Ela sentia que havia muito a ser dito entre eles — o bastante para encher um daqueles livros enormes que ele lia —, mas por ora Annie só conseguia ver alguns passos à frente, como se estivesse caminhando na neblina à noite. Só conseguia se levantar, tomar banho, se vestir e tentar cuidar de Polly e de Maureen.

Então, houve o dia em que Polly convenceu o homem que cuidava da rádio do hospital — DJ Steve Elegante — a tocar "(Is this the Way to) Amarillo" e fez todos naquela ala, funcionários, visitantes e qualquer paciente que estivesse bem o bastante, dançarem uma conga subindo e descendo o corredor, acenando para dentro e para fora dos quartos, até receberem uma visita do pessoal da segurança, estupefato — que Polly deu um jeito de persuadir a se juntar para terminar a conga.

E houve o dia em que ela pediu pizza para todos no hospital, entregando de cama em cama vestindo uma fantasia de Papai Noel, embora fosse maio, com George empurrando a cadeira de rodas vestido de elfo...

E houve visitas. De Dion, que tinha recebido alta e apareceu muito abatido, mas elegante, em um terno cinza-pálido, segurando uma bengala de madeira polida. Da amiga estilista de Polly, Sandy, estilosa e quase tão magra quanto Polly, que contrabandeou Amaretto para dentro do quarto em um cantil de bolso e contou histórias indecentes das passarelas de moda. De amigos novos e antigos, de verdade e de mentira, chorando e rindo, estoicos e egoístas, e a coisa toda seguiu em frente, porque essa é a questão do tempo. Ele sempre passa. Eventualmente, ele sempre acaba.

DIA 81
FAÇA AS PAZES

— Não entendo — disse Tom. — Por que você está aqui?

Annie tentou ser compreensiva. Sabia bem quanto era desconcertante ver uma mulher estranha aparecendo à sua porta.

— A Polly me pediu para vir. Ela está pronta para conversar com você.

Tom estava usando um roupão azul-marinho atoalhado, embora fossem dez horas da manhã de um dia de semana. Ele não aparecia para trabalhar havia algum tempo, haviam dito no escritório. Também não se barbeava havia alguns dias, e coçou a barba por fazer enquanto estava ali, diante dela.

— Mas... da última vez ela me expulsou.

— Eu sei. Ela não estava pronta. Agora está.

— Eu nem sei quem é você.

— Eu sou... escute, isso realmente importa? Sou amiga da Polly. Não a conheço há muito tempo, claro, mas... sou amiga dela. E acho sinceramente que você deveria vir comigo agora. Confie em mim. Se não vier, vai se arrepender.

Ele olhou para o corredor atrás dele.

— Não estou vestido. Eu... bem... tirei uns dias de folga do trabalho. Na verdade, eles me mandaram para casa. Depois do que aconteceu no hospital na última vez. Eu não estava mais sendo eu mesmo. Houve... uma cena e tanto. Eu quebrei uma coisa.

— Sério? O quê?

— Uma xícara de café. E, bem... uma copiadora. Fiquei um pouco... frustrado.

Annie conhecia a sensação.

— Ela está aqui? Fleur é o nome dela?

Ele balançou a cabeça.

— Ela... ela se mudou. Eu estava muito perturbado, segundo ela.

Annie suspirou. Tantas baixas naquela guerra em andamento.

— Por que você não toma um banho rápido, se arruma e vem comigo? A Polly está realmente doente, Tom. É o fim.

Ela observou a forma como a notícia o atingiu, atravessando-o lentamente, como o leite se misturando ao café.

— Ah. Pensei que de alguma forma... Merda. Não estou pronto.

— Acho que ninguém está. Mas vai acontecer. Logo. Então, venha comigo e conserte as coisas. É o mínimo que você pode fazer.

Annie esperou na cozinha enquanto ele tomava banho. A casa estava uma bagunça, com pratos sujos empilhados na pia e caixas de pizza amontoadas perto da lixeira, mas ela conseguia ver que já tinha sido um belo lugar, antes daquilo tudo. O piso era de mármore cintilante, a mobília eram antiguidades cuidadosamente escolhidas. Uma das paredes era repleta de fotos da vida de Polly e Tom, em uma variedade de molduras descontraidamente chiques. Eles com os pais, com George. Annie reconheceu Milly e Suze em outra foto, usando roupas de damas de honra. Nada de chiffon ou mangas bufantes, apenas vestidos com caimento de seda vermelha. No centro da foto estava Polly, vestida de noiva. Estava tão linda, que Annie teve dificuldade em assimilar. Parecia uma estrela de cinema, os cabelos em uma trança bagunçada enfeitada com margaridas, o vestido de renda se moldando à curva dos quadris. Era difícil acreditar que aquela era a mesma mulher que agora estava naquela cama do hospital, que encolhera até ficar do tamanho de uma criança, careca, pálida e coberta de erupções na pele. Annie sentiu a garganta apertada. Estava certa: Polly *tinha* tido a vida perfeita antes do câncer, ao menos aparentemente. Mas, ao mesmo tempo, não era perfeita. Nem um pouco.

— Foi no dia do nosso casamento. — Tom estava na porta de entrada, cheirando a limão e vestindo jeans cinza e um grosso suéter azul-marinho. Mais uma vez, um homem de catálogo de moda. O marido perfeito, também.

Annie não sabia o que dizer.

— Parece ter sido lindo.

Ele esfregou os olhos.

— Não posso acreditar que isso esteja acontecendo.

— Eu sei. Mas está. Vamos.

— Você vai ficar?

Tom parou na porta do quarto de Polly no hospital, parecendo extremamente desconfortável. Ela não abrira os olhos quando eles entraram. Sua respiração era lenta e ruidosa, as máquinas bipando e zumbindo ao seu redor.

— Sinto muito — disse Annie —, ela me pediu para ficar. Ela está tendo dificuldade para falar ultimamente por causa do respirador, mas me disse o que dizer a você. Sei que é difícil.

Ele pareceu arrasado.

— Mas eu... precisamos dizer algumas coisas. Coisas particulares.

Annie sabia que Polly estava acordada. Ela conseguia saber pela forma sutil como os olhos da amiga estavam fechados. Era preciso passar muito tempo ao lado dela para perceber a diferença, mas Annie mal deixara o hospital nos últimos dois dias. Polly respirou fundo e tossiu dentro da máscara de ventilação.

— Tom — disse ela, a voz abafada. O plástico da máscara ficou embaçado.

— Ei. Você está...? — Ele se interrompeu. — Jesus, Poll. Sinto muito. Sinto tanto, tanto. Não tinha ideia de que seria tão rápido, achei que curariam você, e...

Polly apertou a mão de Annie, uma pressão tão leve quanto o pulsar das veias dela. Annie disse:

— Ela não quer que você se desculpe. Polly sabe que deveria ter contado o que de fato estava acontecendo e lamenta por isso.

Tom ficou apenas olhando para Polly.

— Não podem fazer alguma coisa? Por que não fazem alguma coisa?

— Já tentaram de tudo — disse Annie gentilmente, ciente de que estava repetindo as palavras do dr. Max. — Radioterapia, quimioterapia, cirurgia...

É um tumor agressivo que continuou a crescer e já não pode mais ser controlado. Ela tem ainda um tumor secundário no pulmão que está pressionando a coluna vertebral. Não consegue mais andar, e sua visão e a fala também estão indo. Ela sente muito dor.

— Sinto tanto — disse ele mais uma vez. Seu rosto estava coberto de lágrimas.

Polly tirou a máscara e o corpo frágil logo foi sacudido por uma crise de tosse.

— F-Fleur...

— Ela não está mais lá. Sinto muito por tê-la levado para morar lá, não sei o que eu estava... mas ela se foi.

Polly bateu no braço de Annie.

— Eu sei. Shhh — disse Annie. — Tom, ela quer saber se você é feliz com Fleur. Ou se pelo menos foi feliz.

— Hum... acho que sim, mas eu não...

— A-amor? — conseguiu falar Polly.

— Você a amava? Ela o amava? Polly quer saber a verdade, Tom.

Ele assentiu. E um soluço profundo subiu de seu peito.

— Então, Polly quer que você volte para Fleur e seja feliz. Porque você e ela não foram felizes, não de verdade, e ela não tem mais tempo, mas você tem. E a vida é curta demais para que qualquer um de nós não seja feliz. — Annie relanceou o olhar para Polly, que assentiu fracamente. Annie estava fazendo tudo certo. — Então... volte para casa, ligue para Fleur e se acerte com ela. E, se você quiser ir ao funeral, será bem-vindo, ela promete. Você pode até levar a Fleur.

Polly havia insistido que ela acrescentasse a última frase, embora Annie sofresse agora por Tom. Pela expressão no rosto dele, alguém poderia imaginar que havia alguma coisa pressionando a coluna vertebral *dele*.

— Mas não posso... como ela pode simplesmente... Jesus, Polly! Isso não pode ser verdade! Você é minha esposa!

Polly tocou novamente em Annie, que disse:

— Está tudo certo. Considere-se divorciado, Tom, mas sem toda a papelada. Desculpe, ela me fez prometer que eu diria tudo isso. — Polly a encarou irritada, o que era difícil de fazer quando resta tão pouca força em seu rosto.

— Ela não tem a intenção de ser cruel. Só acha que estamos todos desperdiçando a vida, sendo infelizes, quando poderíamos ser felizes. Sei que não é simples assim, mas é o que ela diz.

Polly bateu mais uma vez na mão de Annie, autoritária, e fechou os olhos. A respiração dela era difícil.

— Polly está cansada. Acho que isso é tudo o que ela precisava dizer.

Tom passou por Annie, pegou a mão magra de Polly e a levou ao rosto. Polly ficou tensa por um momento, então deixou que ele a segurasse em seus braços enquanto passava os próprios braços frágeis ao redor do ex-marido, que ficou embalando-a e soluçando sem parar.

Annie deixou rapidamente o quarto e ficou ouvindo o som mais baixo do choro de Polly se misturando ao de Tom: um som fraco e cansado de tristeza. As lágrimas de alguém que já quase não tinha mais lágrimas para chorar. Aquela já fora Annie. Será que um dia Tom seria capaz de se perdoar? Saber o que fizera a Polly estragaria qualquer futura felicidade que tivesse? Annie percebeu que tinha que se obrigar a perdoar Mike e Jane sinceramente, de uma vez por todas. Mais por si mesma do que por qualquer outra pessoa.

Logo Tom estava de volta ao corredor, aquele que tinha cor de sofrimento, com a boca aberta e os ombros curvados.

— Não há mesmo... nada que possam fazer?

— Não. Temos que deixá-la partir.

Ele se encostou na parede, ainda soluçando alto, como se estivesse prestes a vomitar.

— Há uma cadeira atrás de você — disse Annie. — Sente-se um minuto.

Foi o que ele fez, deixando-se cair sobre ela como se suas pernas não o sustentassem mais. Ele chorou com o rosto enfiado nas mãos por algum tempo, então levantou o rosto molhado.

— Você deve me achar uma pessoa horrível. Traindo a minha esposa doente.

— Você não sabia que ela estava doente.

— É só que... eu realmente amei a Polly. Eu acho. Não consigo me lembrar. Não é péssimo que eu não consiga me lembrar se já fomos felizes? Éramos como... tínhamos uma boa vida. Uma bela casa. Viagens de férias, tudo isso. Achei que éramos felizes. Nós dois trabalhando o tempo todo, nós nos víamos quando ela estava saindo para fazer ioga e eu voltando do golfe, ficávamos no celular na cama, trabalhávamos até as três da manhã... Então, um dia conheci a Fleur... e me dei conta de que não era feliz, não mesmo. Eu e a Polly éramos como estranhos morando juntos em uma casa modelo.

— Você sente falta dela, dessa Fleur? — Annie estava visualizando uma moça de vinte e poucos anos em uma calça de lycra.

— Demais. Outro dia, comecei a chorar quando encontrei uma de suas meias de ginástica na lavadora.

— Então, pronto. Vá atrás dela. E, Tom... sei que você provavelmente vai se sentir um merda sobre isso tudo, a Polly morrendo, você a traindo e todas as coisas, mas foi só falta de sorte. Ela estava sendo sincera. Todos nós, eu mais do que todos, temos que deixá-la ir. E depois teremos que fazer uma coisa ainda mais difícil.

— O quê?

Ele estava secando o rosto, tentando se recompor. Annie imaginava que um homem como Tom provavelmente não chorava havia uns trinta anos.

— Viver nossa vida. Tentar ser felizes. É isso.

Annie se afastou, e os soluços sentidos dele continuaram a segui-la enquanto descia o corredor.

DIA 82
ESCREVA O PRÓPRIO OBITUÁRIO

— Não, não, não, não, de jeito nenhum.

— Mas... por quê? — perguntou Polly com dificuldade.

— Pelo amor de Deus, Polly. Não quero escrever um elogio fúnebre para você enquanto ainda está viva!

Polly estava sentada na cama, a cabeça careca coberta por uma de suas perucas, uma curta e cor-de-rosa. A não ser pela magreza, ela parecia bem. Seria aquele o "último dia bom" de que falavam sobre o câncer?

— Por que não? Assim, eu vou poder... ouvir.

— Porque é... piegas, parece que está querendo chamar atenção e, Deus, é como Instagram da vida real, ou alguma coisa assim.

Polly estava calma.

— Eu só quero saber... o que as pessoas achavam de mim antes de morrer. De que adianta dizer coisas boas a meu respeito depois que eu... me for? Por que não dizemos às pessoas que as amamos enquanto elas ainda podem... ouvir? Você entende que eu estou... morrendo, certo?

Annie retrucou:

— Como você pode dizer isso? Tudo o que temos feito, todos nós, e isso há meses, é porque você está morrendo. Você está tão ocupada morrendo, que se esqueceu de que ainda estamos vivos.

Polly tentou revirar os olhos.

— Se alguém se esqueceu de que estava viva foi você, Pequena Miss... Séries de TV e Nenhuma Diversão.

Annie odiava quando Polly estava certa.

— TÁ BOM, então. Você vai conseguir que seja do seu jeito, como sempre. O que você quer?

Polly sorriu.

— Quero uma... simulação de funeral. Acho que na capela daqui, já que não posso mesmo... sair. Mas dê uma *arrumada* nela, certo? Você sabe: flores, velas e... essas coisas. Aqui é tão... deprimente. Peça ajuda a Sandy. Ela... é formada em design de interiores. Também não deixe ninguém usar... preto. Especialmente você. É tão deprimente. Quero cores, cores... e mais cores.

— Mais alguma coisa?

— A lista de todas as músicas que eu quero. — Ela deu uma palmadinha no caderno com capa de couro que estava na mesa de cabeceira. — Pelo amor de Deus... não deixe a minha mãe tocar "The Wind Beneath My Wings" ou alguma música... cafona assim. A mamãe provavelmente vai querer... um padre. Secretamente, ela é muito... tradicional. Mas quero que meu camarada Ziggy celebre também. Ele é um... zoroastrista humanitário que mora em uma árvore. A minha mãe vai *odiar* isso. Diga a ela que é o que... eu quero.

— Mas... você vai estar lá, não? Por que não diz você mesma a ela?

Polly acenou com a mão.

— Claro. Próximo, comida... não da cantina. É... horrível demais. Pergunte a Tom qual foi a empresa que fez o nosso... casamento. Diga a eles nada... de pepino em conserva, sob qualquer circunstância.

Annie anotou no celular.

— Esse vai ser o evento mais esquisito que já foi organizado.

— Um clássico de Polly, estou... certa?

— Você não pode dizer isso de si mesma. Faz com que pareça absolutamente narcisista.

— Por que mudar os hábitos de uma vida inteira... querida? — Ela esticou os pés para fora das cobertas. — Eu gostaria de uma... pedicure. Pode encontrar alguém que venha ao hospital? Não alguém que só tire... calos horríveis. Alguém que saiba fazer unhas em gel. Quero que elas realmente... *chamem atenção*.

Annie escreveu: *unhas dos pés que chamem atenção*.

— Agora sou sua secretária?

— Você tem... alguma outra coisa para fazer?

— Não, já que ALGUÉM me fez ser demitida.

— O que você acha que eu devo... usar? Usamos preto no próprio funeral?

— Você pode usar o que quiser. É o que vai fazer mesmo.

— É verdade. Certo, ligue para Sandy. Diga a ela que quero um vestido que só se tem uma vez na morte. Tipo... o melhor vestido que ela conseguir me imaginar usando. Ao menos estou magra o bastante para... vestir qualquer coisa agora.

Annie fez anotações. Era mais fácil simplesmente se deixar levar.

— Pedicure, roupas, comida, música, decoração. O que mais?

— Quero uma exibição de slides da minha vida. Consiga alguns contatos de... pessoas que fazem vídeos. E quero que todos digam alguma coisa a meu respeito. Como um brinde em um... casamento, só que eu não terei que dividir o momento com ninguém.

— Você sempre foi assim tão narcisista? Ou estava guardando isso dentro de você há anos?

— Acredito que minha morte iminente reduziu meus estoques de... dar a mínima para o que os outros pensam. — Polly olhou de novo para os pés ressecados e rachados e suspirou. — Você sabe o que eu realmente queria fazer?

— Sobrevoar o Saara de balão? Ver uma apresentação de *Os miseráveis* feita por gatos?

— Eu gostaria de ter um... encontro. É uma bobagem, né? Não saio com ninguém desde Tom, e me esqueci como é. Se vou estar toda... arrumada, gostaria de ir a algum lugar... bonito. Com um homem. Mas quem me levaria? Não posso nem sair desse... hospital idiota.

Annie fez mais algumas anotações.

— Ora, nunca se sabe, Poll. Se você me ensinou alguma coisa, é que tudo é possível.

Ela assentiu.

— Talvez eu possa entrar... no Tinder e ver se há mais alguém neste hospital que também esteja morrendo e queira um encontro de último minuto. Talvez atraia todos aqueles... que têm fobia de compromisso por aí.

— Claro — disse Annie, revirando uma ideia que tinha tido na cabeça. Polly se recostou e fechou os olhos.

— Então, o que você vai dizer no meu... elogio fúnebre?

— Ah, que você era obcecada por controle, que me fez ser demitida do meu emprego e me fez dançar em uma fonte suja congelante, e também que me fez descer uma montanha de neve umas cem vezes.

— De... nada.

Annie fez uma pausa enquanto rolava a caneta entre os dedos. Era uma das canetas brilhantes que Polly lhe dera, semanas atrás, para alegrar sua mesa sem graça no trabalho.

— Polly.... venho querendo perguntar uma coisa a você. Por que fez tudo isso por mim? Quer dizer, eu sou horrível. Sou rabugenta, tenho medo o tempo todo e sou má.

Polly riu, um som seco saindo de sua garganta.

— Quando vi você no hospital naquele dia, lá atrás, você parecia tão... infeliz, tão arrasada, que eu pensei comigo mesma: Aqui está alguém que vê as coisas como elas são. Que sabe que a vida é... uma merda e que tudo acaba com a pessoas morrendo em quartos pequenos e horríveis, totalmente sós. Eu não queria... lugares-comuns. Meus amigos... eles são ótimos, mas são sempre tão positivos. Eles teriam curtido todos os meus posts no Facebook, mas nunca conversariam honestamente comigo sobre o fato de eu estar... morrendo, e teriam tirado selfies no meu funeral e postado com emojis de carinhas tristes, e de algum modo não assimilariam o fato. Mesmo Milly e Suze, elas não queriam ouvir nada... negativo. Elas quiseram buscar um significado nisso. Até os meus pais. Eles estavam tão assustados, que não conseguiam encarar a verdade. São bem-intencionados, mas eu precisava de... realidade, acho. Tentar ser positiva encarando a verdade. Sabe, eu não era assim antes. Eu era como você: passava o tempo todo no escritório, reclamando do... transporte para o trabalho, mal falava com meu marido ou com a minha família, angustiada com o número de curtidas que eu tinha no... Instagram, ou que tipo de creme para o rosto deveria estar comprando. Toda essa... bobagem. Mas você... achei que, se você conseguisse começar a ser feliz depois de tudo por que passou, então seria real. Eu saberia que é realmente possível mudar as coisas. Que era possível realmente se tornar... feliz.

— Então eu sou o que, seu legado ou coisa assim?

— No começo, talvez. Então, bem, sabe como é, eu comecei a me apegar a você. Dona Estraga... Prazeres. Sei lá... é tão estranho. Eu não vou poder nem ligar ou mandar um e-mail para você... seja lá para onde eu for. Como vou te dizer o que... fazer? Como vou descobrir se você algum dia ficou com o McRabugento? Ou só perguntar como você está?

Annie olhou para Polly, que ainda estava com os olhos fechados. Ela voltara a ficar pálida, da cor da fronha. Era fácil demais imaginar qual seria a aparência dela quando seus olhos se fechassem para sempre.

— Poll... eu já agradeci a você?

— Não. Eu... me lembraria disso.

— Bem... obrigada.

— Mesmo tendo feito você ser... demitida?

— Aham.

— Você vai ficar... bem, Annie. Há tantas coisas em que pode trabalhar, tantos lugares aonde ir. Confie em mim, quando você estiver deitada onde eu estou, e um dia vai estar, você ficará... feliz por isso.

— Eu sei — disse Annie baixinho. — Eu sei. Obrigada, Polly.

Sua mão fina saiu de baixo das cobertas e segurou a de Annie.

— Obrigada, Annie Hebden-Clarke. Não acho que eu conseguiria ter... passado por isso sem você. Sem isso, eu seria uma... louca, gritando sem parar. Você me mostrou que, quando alguma coisa é uma merda, tudo bem ficar triste. Não é uma doença incurável. Você pode simplesmente... ficar triste.

— Bem, você foi uma louca gritando sem parar, algumas vezes.

Polly riu bem baixinho, e depois de alguns minutos sua respiração voltou a ficar regular. Annie segurou a mão da amiga por mais algum tempo, então a soltou com cuidado e saiu sem fazer barulho.

DIA 83
TENHA UM PRIMEIRO ENCONTRO

— Ei, olha essas unhas!

— Ficaram boas, né? — Polly sacudiu os pés mostrando as unhas que agora estavam pintadas com um esmalte cor de tangerina. — Estão roubando... a cena. — Então ela acenou os dedos das mãos, com cada unha pintada em um tom neon diferente. Verde-limão, rosa, amarelo. — Vou ser o cadáver mais... descolado do necrotério.

Annie se retraiu. Queria que Polly não dissesse essas coisas, mas sabia que não tinha o direito de ficar aborrecida. Não se poderia esperar que Polly poupasse os sentimentos dos outros quando era ela quem estava morrendo.

— Como você está?

— Bem. Estou me sentindo bem. Meus cabelos estão arrumados, tenho uma roupa legal, estou pronta para... arrasar. — Ela realmente parecia melhor. A peruca fora arrumada para se parecer com seus cabelos de verdade: cachos loiros, finos e brilhantes como os de um bebê. A maquiagem lhe deu um pouco de cor, e ela estava sorrindo. — Sandy mandou o vestido... mais incrível. É uma pena eu ter que esperar pela simulação de funeral para usá-lo.

Annie checou o relógio — estava quase na hora.

— Bem, talvez você não tenha que esperar.

— O quê? — Polly estava torcendo o nariz para a bandeja do jantar, composto de uma sopa rala de vegetais e algumas fatias de pão. — Santo Deus, o que é isso? Tenho uma séria desconfiança de que foi tudo feito em um... extrator de nutrientes.

— Não coma isso. Hoje você vai sair. Bem, não sair *sair*. Mas vai sair deste quarto, pelo menos. Sinto muito, mas não nos deixaram tirar você do hospital.

— Nós? O que está acontecendo? — Polly pousou a colher na bandeja com estardalhaço.

Lá vai. A idéia de Annie poderia tão facilmente ter o efeito contrário...

— Bem, quando você disse que queria ter um último encontro, eu... arrumei um para você.

— O quê? Com... quem?

— Com quem você acha? Com o seu crush do hospital.

— Não é... Ah, Annie. Pelo amor de... Deus. Eu fiz papel de boba flertando com ele... Ele não estava interessado.

— Bem, agora está.

Ao menos ela esperava que sim. Ainda não conseguia acreditar que George conseguira que ele aceitasse. Ele era tão profissional, tão reservado.

Polly tentou cruzar os braços, mas estavam fracos demais.

— Isso não é justo, armar assim... para mim.

— Ah, diferente de eu ser demitida? Ou de dizer ao dr. Max que eu me interessava por ele...

— ... o que é verdade...

— ... ou me fazer posar nua, ou qualquer uma das outras centenas de coisas malucas que você me fez fazer? Você me deve isso, Polly Leonard.

— Hum. Não quero um encontro sem graça... por pena.

— É o que tem pra hoje. Sinto muito, queridinha.

— Não me venha com "queridinha", Annie Hebden.

— Ah, pare de resmungar, tire logo esse pijama tosco e vista seu vestido lindo. Ele vai chegar em breve.

Polly pareceu pensar por um instante, mordendo o lábio. Então levantou os braços.

— Droga, acho que esta é... a minha última chance. Pode me ajudar? Lamento, mas acho que você vai ter que... assumir a tarefa de vestir a minha calcinha.

— Você está linda.
— Obrigada. Linda para quem... está morrendo de câncer, eu presumo.
— Não. De qualquer forma, todas as modelos parecem estar morrendo mesmo. Você se encaixaria perfeitamente.

Polly se olhou no pequeno espelho do banheiro, girando o corpo de um lado para o outro. Era a primeira vez que Annie a via de pé em semanas. O vestido era feito de uma seda vermelha pesada, tinha decote canoa e mangas justas até o cotovelo. Ele se abria nos quadris, escondendo suas pernas finas e costelas e dando cor ao rosto pálido. Annie lhe estendeu um batom.

— Tome. Vermelho, para combinar.
— Obrigada. — Ela passou o batom pelos lábios secos, ainda se encarando no espelho. — Estou parecendo... Deus, Annie. Eu me pareço... normal. Pareço comigo. Depois de... um mês de sucos detox.
— Vai deixá-lo de queixo caído.

Polly estreitou os olhos.
— Haha.
— Desculpe. Ah, MEU DEUS, ele está chegando! — Annie espiou pelo painel de vidro da porta. — É ele!
— Cristo, Annie, não estou indo para o... baile de formatura. — Mas era o que parecia. Polly segurou as mãos de Annie com um sorriso largo no rosto. — Eu tenho... um encontro! Em um romântico hospital!
— Shhh. Certo, você está pronta?

Elas ouviram uma batida na porta.
— Deixe-o esperar um pouco — murmurou Polly. — Um, dois, três... ah, deixa pra lá, não tenho tempo para me... fazer de difícil. — Ela abriu a porta. — Dr. Quarani.
— Sami, por favor. — Ele usava um terno azul-marinho e camisa azul-claro e cheirava a algum perfume delicioso e almiscarado. — Polly. Você está muito bonita.
— Ah, é só um... vestido antigo. Então, Sami. Aonde vai me levar?

— Vamos a um... lugarzinho que eu conheço.

— A cantina? — perguntou Polly em um sussurro.

— É claro que não. É um restaurantezinho encantador, que por acaso fica no mesmo lugar da cantina. Vamos?

Ele estendeu o braço e ela se adiantou suavemente, o vestido oscilando ao redor dos tornozelos, e apoiou-se pesadamente nele. Polly se recusara a usar a cadeira de rodas naquela noite. Eram só dez passos até o elevador, então talvez ela conseguisse.

— Ande devagar — disse Annie, passando por eles. — Posso garantir que a garçonete ainda não chegou.

— Então, hoje temos um menu grego especial para vocês. Para começar, folhas de parreira recheadas, seguidas por moussaka. Que vinho gostariam de tomar?

Annie teve que evitar os olhos de Polly, ou sabia que começaria a rir. Ela estava com um pano de prato dobrado sobre o braço e havia vestido um colete, que pegara emprestado de George, por cima da camisa branca. As luzes foram diminuídas e havia velas acesas nas mesas da cantina, cobertas por toalhas vermelhas. Annie colocara Michael Bublé para tocar no iPod. Parecia quase bonito — se a pessoa estreitasse os olhos e ignorasse o forte cheiro de desinfetante, que nem mesmo um buquê de lírios conseguira abafar.

— Temos vinho?

— Champanhe. — Annie indicou o balde de gelo que Costas havia afanado do restaurante de um amigo.

— Eu posso?

— Aparentemente, sim. Uma taça.

O dr. Quarani balançou a cabeça.

— Para mim, não, obrigado. Eu não bebo.

— Sem problema. Temos suco de uva para o senhor.

Ele ergueu o copo depois que Annie serviu o suco da caixa.

— Parabéns, Polly. Quantos anos você tem? — Polly lançou um olhar para Annie: *Quê?* O dr. Quarani viu. — Ah, perdão, é uma pergunta grosseira de se fazer, não é? O que vocês dizem... saúde!

Annie serviu o champanhe de Polly e se afastou, dizendo:

— Vou deixar vocês dois conversarem.

Na cozinha, as coisas estavam fervendo, e não de um jeito bom. Costas estava brigando com alguma coisa que estava picando, o rosto vermelho. Ele xingou em grego.

— Não está parecido com o que a minha mãe faz.

George também estava suando, a camiseta branca encharcada.

— Malditas folhas de parreira que não ficam fechadas com o recheio. A sua mãe respondeu à mensagem, Costas?

O celular de Costas bipou e ele o pegou, sujando a tela de carne.

— Ela está perguntando por que estou fazendo trabalho de mulher. Típico da minha mãe.

— Mas não ajuda muito. Droga.

George levou à boca o dedo que tinha acabado de cortar com a faca.

— Problemas? — perguntou uma voz com sotaque escocês. O dr. Max estava apoiado na porta, as mãos nos bolsos do jaleco branco (encardido).

— As folhas de parreira não ficam fechadas com o recheio — lamentou Costas. — Não consigo fazer o que a minha mãe diz.

Max arregaçou as mangas.

— Alguém poderia dizer o que está acontecendo aqui?

— Bem... nós acertamos tudo com o hospital — explicou Annie, culpada. — Ela queria uma última noite fora, sabe? Um último encontro.

— E você fez Sami assumir esse papel? Sami, que nunca sai da linha profissionalmente? Ele está em um encontro com uma paciente à beira da morte?

George limpou arroz do rosto.

— Hum. Talvez eu não tenha usado a palavra *encontro*.

— O que você disse ao dr. Quarani? — Annie ficou olhando para ele.

— Talvez eu tenha dito alguma coisa sobre jantar com ela... e talvez possa ter insinuado que outras pessoas se juntariam a eles... Escute, eu disse ao dr. Quarani que era a festa de aniversário de Polly, ok?

— Você *o quê?* — Annie se sentiu uma idiota sob o olhar irônico do dr. Max.

Max suspirou.

— Certo. E nenhum de vocês considerou a possibilidade de Sami ser penalizado por ter um encontro com uma paciente? E que, se ele tiver que sair do hospital, vai ser mandado de volta para uma zona de guerra?

— Como poderíamos saber disso? — George recuou, agitado. — Sinceramente. Cozinhar, convidar homens héteros para sair, não pedi por nada disso!

Costas pareceu confuso, limpava a carne das mãos.

— Não vamos preparar o jantar?

— Não se preocupe — disse o dr. Max, prestativo. — Posso fazer isso. — Com destreza, ele começou a fechar as folhas de parreira recheadas.

— Como sabe fazer isso? — perguntou Annie, observando-o meio irritada, meio aliviada.

Ele deu de ombros.

— Na verdade, cirurgia é exatamente assim. Tirar coisas que não pertencem, garantir que outras coisas fiquem guardadas. — Ele fechou a folha de parreira com um espeto com a mesma habilidade com que dava pontos em ferimentos. — Pronto. Como está indo o resto?

— A moussaka está no forno — disse Costas, ansioso. — George está fazendo baklava.

— Não que alguém vá me agradecer por isso — disse George do outro lado da cozinha.

O dr. Max lavou as mãos e fechou a torneira com os cotovelos.

— Muito bem, então. Annie, venha aqui fora comigo.

— Por quê? — Ela desamarrou o avental, que agora estava salpicado de arroz.

— Se esta é a última chance de Polly ter uma noite fora, cabe a nós dois salvarmos a ocasião. Bem, a mim principalmente, mas você pode fazer volume.

Fazer volume, sinceramente... Furiosa, Annie seguiu atrás dele.

— ... foi um procedimento realmente complicado, porque o intestino do paciente havia sido perfurado, e a matéria fecal estava vazando... — Na cantina, o dr. Quarani tomava o suco de uva e contava a Polly sobre uma cirurgia particularmente nojenta. O champanhe de Polly permanecia intocado, e ela encarou Annie com uma expressão furiosa. *Que diabos?*

Annie evitou os olhos da amiga. O dr. Max se adiantou.

— Sami, Polly! Não está bonito este lugar? Mas que bobagem é esta que vocês estão ouvindo? — Ele desligou o iPod. — Acho que podemos fazer melhor do que isso. — No canto, sob uma toalha vermelha, havia um piano. — Os Amigos do Hospital colocaram isso aqui; acharam que levantaria o moral, alguma coisa assim... Ah, pronto. — Ele tirou a coberta do piano e se sentou no banquinho diante do instrumento. — Algum pedido?

— Você sabe tocar piano? — perguntou Annie, a surpresa fazendo com que saísse do personagem. Havia alguma coisa que aquele homem não soubesse fazer?

— É claro — disse ele. — Tudo tem a ver com os dedos. Que tal um pouco de Frank... não o seu tumor, Polly... para começar?

Então, ele começou a cantar "I Get a Kick Out of You", as notas ressoando no salão vazio, sua voz profunda e rouca. No verso sobre não se divertir com champanhe, o dr. Max acenou com a cabeça para o dr. Quarani, que chegou até a sorrir. Annie ficou feliz por ele não sorrir com mais frequência, caso contrário, ninguém no hospital teria condições de trabalhar.

Costas e George se esgueiraram da cozinha para ouvir, e Max tocou, e Polly finalmente tomou o champanhe, e o dr. Quarani ergueu o copo em um brinde. *Ah, Deus, não deseje feliz aniversário a ela.*

— A você, Polly — disse o dr. Quarani. Só isso.

— Quer que eu a ajude a tirar o vestido?

O encontro/não encontro não durou muito, já que Polly estava cansada demais para ficar sentada, mas pelo menos ela comeu uma folha de parreira, duas colheres de moussaka e meia baklava.

— Há literalmente milhões de camadas de massa nisso — tinha dito George.

Pareceu tolice esconderem os bastidores, por isso os seis acabaram ao redor da mesa, à luz de velas, com Bublé tocando de novo sob protestos do dr. Max. E todos comeram, riram e conversaram. Foi realmente divertido.

Polly balançou a cabeça. Ela estava deitada na cama, ainda usando o vestido vermelho, olhando para o teto.

— Acho que vou ficar com ele. É bonito... demais para tirar.

— Foi bom o seu encontro?

— Ele, na verdade, não sabia que era um encontro, né? Estava me perguntando por que ele havia... concordado com isso.

Annie se ocupou afofando os travesseiros.

— Você precisa falar com George se quiser saber mais sobre isso.

— Tudo bem. Consegui o que queria: um homem bonito vindo me pegar, um vestido... bonito e uma noite com as melhores pessoas que eu conheço. Talvez todos os primeiros encontros devessem ser... em grupo. — Ela fez uma pausa. — Ele me contou o que está acontecendo lá. Com a família dele.

— Ah.

— Você vai ficar de olho nele? Você e Max? Acho que Sami é solitário. Imagine ficar enfiado em Lewisham, entre todos os lugares, e não beber. Pobre homem.

— Ficarei de olho nele — prometeu Annie. Polly não dissera *depois que eu me for*, mas Annie sabia o que ela queria dizer. — Quer que eu fique com você?

— Ah, não. Vá dormir... um pouco.

— Se você tem certeza. — Annie foi até a porta e diminuiu a luz. — Toque a campainha se precisar que uma enfermeira tire a sua maquiagem ou de alguma outra coisa. Afinal, é para isso que elas são pagas, para atender a cada capricho seu.

— Está certo. Annie?

— Sim?

— Obrigada por isso. Foi o melhor... não encontro que eu já... tive.

— Boa noite.

— Boa noite... Annie Hebden-Clarke.

Ao sair, Annie olhou para trás, para Polly deitada por cima das cobertas em seu vestido vermelho, imóvel e branca como uma estátua, com o que restava dos cabelos dourados cintilando sob a luz fraca.

DIA 84
DIGA ADEUS

Tocando. O celular estava tocando. Annie tateou embaixo do travesseiro até achar o aparelho e bateu o dedo na tela. A luz azul fantasmagórica tomou o quarto.

— Uh? — Que horas eram? Ainda estava escuro lá fora.

— Annie?

— Uh? — Era George. Por que George estava ligando no meio da...? Annie se sentou na cama na mesma hora. — George? — A voz dela soava distante, como se estivesse vindo do espaço. — A...

Ele não respondeu. Ela ouviu o som de um choro engasgado. Ele não precisou dizer mais nada. Annie já estava fora da cama, vestindo um jeans e procurando as chaves.

— Estou indo. Estou indo agora mesmo.

Ela jamais se lembraria de como percorreu o caminho até o hospital. As luzes laranja passando rápido enquanto atravessava Catford em disparada, o silêncio do motorista do Uber, que pareceu ter percebido sua ansiedade e dirigia rápido, freando com força a cada semáforo. Ela desceu do carro, agradeceu ao homem e entrou correndo no brilho verde que iluminava o hospital à noite, os bipes e luzes fortes, pessoas arrastando os pés, médicos de olhos cansados e enfermeiros atentos. Em vez de esperar pelo elevador, ela subiu as escadas. No fim do corredor onde ficava o quarto de Polly, Annie viu um aglomerado de pessoas. Seus olhos viram, mas ela não conseguiu assimilar. Valerie chorando no ombro de George enquanto ele dava tapinhas nas costas da mãe, o rosto encharcado de lágrimas. Roger parado ao lado com os ombros se sacudindo como uma garrafa de champanhe prestes a estourar. Annie parou diante da porta do quarto e olhou para dentro pelo painel de vidro. Por um momento, ela não entendeu — haviam mudado Polly de quarto? Por que estava todo mundo parado ali se ela estava em outro quarto e...

— Annie.

O dr. Max estava ali, usando as mesmas roupas, com a mesma mancha de molho de tomate na manga da camisa. Ele claramente não fora para casa.

— Onde está ela?

— Annie. Eu sinto muito... ela simplesmente se foi...

— Não.

— Deve ter sido logo depois que você foi embora. Ela ainda estava usando o vestido, e parecia em paz, de verdade...

— *Não*.

— Você lhe deu uma boa última noite. Mas ela se foi, ela se foi, Annie. Sinto muito. Polly morreu há cerca de uma hora. Ela morreu dormindo, não sentiu nada. Eu garanto. Era o melhor pelo que poderíamos esperar, tendo em vista as circunstâncias.

— NÃO! — Como ela podia ter partido? Fazia apenas duas horas desde que Annie a deixara, feliz e viva, conversando, rindo, tomando champanhe. Como ela podia estar ali em um momento e ter morrido no seguinte.

O dr. Max passou um braço pela cintura dela, afastando-a gentilmente, mas com firmeza.

— Vamos. Não há nada que você possa fazer. Precisamos tirar todos daqui.

— Mas... a simulação de funeral seria em alguns dias! — disse Annie tolamente.

— Eu sei. Acho... acho que talvez ela quisesse que fosse dessa forma, Annie. Acho que Polly queria que nós estivéssemos preparados. Ela sabia que não chegaria até lá. Venha, agora. Por favor.

Annie ficou olhando para trás sem acreditar, para o quarto que Polly ocupara por semanas. O lençol da cama estava esticado, as máquinas, desligadas e apagadas. Parecia que ela nunca havia estado ali.

DIA 85
DEITE-SE NA CAMA E CHORE

Polly estava morta.

DIA 86
PEGUE OS COMPRIMIDOS PARA DORMIR NO ARMÁRIO DO BANHEIRO, OLHE PARA ELES E DEPOIS GUARDE-OS NOVAMENTE

Polly estava morta. Ela estava morta. Morta. Como podia estar morta? Era tão injusto. Tão, tão injusto, merda.

DIA 87
SENTE-SE NO CHÃO DA SALA SEM PENSAR EM NADA E ENCARE A TELA DA TV DESLIGADA

Polly estava morta. Ela estava morta ela estava morta ela estava morta ela estava morta ela estava morta.

— Annie? — Ela sentiu a mão suave de Costas em seu ombro. — Vou levar Buster para passear. — O cachorrinho estava farejando os pés de Annie, mas o coração dela estava pesado demais para pegá-lo no colo. — Quer que eu traga pizza?

Annie encontrou sua voz bem no fundo.

— Não. Obrigada.

— Você precisa comer, Annie.

Por que precisava? Polly estava morta. Polly estava morta, e nada fazia sentido. Polly estava morta. Não importava quantas vezes Annie dissesse aquilo para si mesma, ainda não conseguia assimilar. Dessa vez, ela sabia como algum dia conseguiria juntar os cacos de novo.

DIA 88
FALE EM PÚBLICO

Como era possível uma mulher ter conhecido tanta gente em apenas trinta e cinco anos de vida? A igreja estava lotada — eles não haviam feito o funeral no hospital, mas todos os outros detalhes eram os mesmos. A não ser pelo fato de que Polly não estava ali. Ao menos não viva.
    Annie atravessou a nave da igreja se sentindo como uma noiva tímida em seu casamento. Havia passado tempo demais se arrumando, pois pensou que Polly iria querer ao menos que ela lavasse o cabelo, usasse um pouco de maquiagem, encontrasse uma meia-calça que não estivesse com o fio puxado. Além disso, não estava acostumada a andar com os novos sapatos prateados que comprara poucas semanas antes. Ela não sabia disso na época, mas claramente os comprara para o funeral de Polly. E agora ali estavam.
    Annie encontrou um lugar na frente, atrás da família, e se espremeu para passar, murmurando pedidos de desculpas. George estava na frente em seu terno brilhante, os olhos muito vermelhos. Seus pais estavam um de cada lado — Valerie usando um grande chapéu vermelho com véu e Roger, impassível, em um terno de tweed verde que precisava de uma lavagem a seco. E bem diante do altar — naquele caixão de cânhamo biodegradável — estava Polly. Seu corpo, sua mente, tudo o que sempre foi. Em uma caixa. Para sempre.

Annie se sentou e olhou ao redor. Lá estava Suze com o namorado hipster, repreendendo-o para que deixasse o celular de lado. Ela parecia magra e infeliz, contrastando com seu vestido coral. E Milly, de verde, tentando controlar os filhos — a menina em um vestido azul e o menino em um pequenino terno — enquanto o marido pedia para que se calassem, sem sucesso. Ela também viu outras pessoas: Costas, vestido em um belo terno cinza-chumbo com uma gravata rosa; Dion, parecendo muito frágil, apoiado em uma bengala, usando um terno azul-pálido que provavelmente já fora do tamanho certo, mas dentro do qual agora ele sumia. E atrás, ocupando quase metade da igreja, o pessoal do hospital. Funcionários da limpeza. Recepcionistas. Radiologistas. Zarah, é claro, e Miriam também, embora não tivesse conhecido Polly. Annie deu um breve sorriso para elas. O dr. Quarani também estava lá. E ao lado dele — o coração de Annie saltou no peito —, o dr. Max.

Ele vestira um terno para a ocasião, mas ainda parecia amarfanhado, com o cabelo para cima como o de Wolverine. Seu rosto também estava amassado de cansaço. Os olhos dele encontraram os de Annie. Ela desviou o olhar.

Houve uma agitação no altar e um padre entrou, ladeado por um homem com cabelos longos grisalhos e uma casula de todas as cores do arco-íris ao redor do pescoço. Aquele devia ser o amigo de Polly, o ministro humanitário. O olhar de Annie encontrou o de George. Ele levantou os olhos para o céu, deu um sorrisinho e deu de ombros. Isso era Polly. O que poderiam fazer a não ser seguir o fluxo?

— Senhoras e senhores, sejam muito bem-vindos — disse o padre, um amigo de Valerie do clube do livro. — Gostaria também de estender as boas-vindas ao reverendo... hum... Ziggy, que vai me acompanhar nessa celebração, de acordo com o espírito humanitário que Polly queria que nos reunisse aqui hoje. Como solicitado, vocês estão todos em uma profusão de cores, e sei que ela teria adorado isso.

O reverendo Ziggy subiu ao púlpito.

— Paz, amigos. Vamos deixar o espírito de Polly brilhar como um arco-íris, sim! Posso ouvir um *sim*?

A congregação soltou um murmúrio vago. O vigário continuou bravamente.

— Agora, vamos ouvir algumas homenagens de amigos e parentes de Polly. Primeiro, ela pediu para ouvirmos sua amiga Annie Hebden.

Era ela. Annie segurou com força as fichas que tinha nas mãos, já marcadas por seus dedos suados. Ela foi até o altar, sentindo todos os olhos sobre ela. *Ah, Deus, Polly. Você está me devendo uma. Está me devendo muito.*

Caminhar até lá pareceu levar dez anos. O púlpito era alto demais, por isso o padre teve que ajustar o microfone para ela. Enquanto ele fazia isso, Annie viu que ele tinha se cortado embaixo de uma das orelhas ao se barbear.

— É... Olá.

O silêncio na igreja era absoluto, pessoas de vermelho, verde e laranja olhando para ela.

— Hum. Na verdade, agora sou Annie Clarke, ou serei... Isso é algo que muitos de vocês não vão entender, mas acho que Polly iria gostar. — Polly, que estava naquele caixão bem na frente dela, e que nunca saberia. — Eu... bem... conheci a Polly muito recentemente, na verdade, se comparado à maioria de vocês. Mas passamos muito tempo juntas, e acho que ela me pediu para falar hoje porque sabia que eu aprendi muito com o modo como ela encarou a morte. Foi simplesmente extraordinário. Ela pegou o pior pesadelo da maioria das pessoas, um diagnóstico de câncer terminal, e o transformou em uma oportunidade de ser alegre, produtiva, de mudar a própria vida e, mais do que isso, de transformar a vida de outras pessoas. E eu sou uma dessas pessoas.

Mais silêncio. Annie se esforçou para continuar.

— Quando conheci Polly, eu estava arrasada. Odiava a minha vida e tudo o que fazia parte dela, e me sentia a pessoa mais solitária, mais explorada do mundo. Bom, naturalmente a Polly não aceitaria isso, então ela sacou o trunfo do câncer, como costumava dizer. Eu não estava interessada, a princípio... sinceramente, achei que ela era maluca... mas ela me envolveu e, bem... aqui estou eu. Portanto, quero compartilhar o que aprendi nos últimos oitenta e tantos dias.

Annie respirou fundo.

— Às vezes, as pessoas dizem que se deve viver cada dia como se fosse o último. Ora, eu não acho isso muito prático... talvez você viva por mais cinquenta anos, e as coisas vão se complicar rapidamente se resolver nunca mais lavar o chão da cozinha, não pagar seus impostos nem comer salada. Para não mencionar que vão ficar pegajosas. — Ela olhou ao redor para o mar de rostos. As pessoas estavam sorrindo e secando os olhos. Annie respirou fundo mais uma vez. — Então, quero compartilhar uma coisa que aprendi com a Polly: ela me ensinou, pelo modo como morreu, a viver. Acho que todos deveríamos viver como se também estivéssemos morrendo... porque estamos, não se enganem. Deveríamos viver como se fôssemos morrer em algum momento indeterminado, mas possivelmente bem próximo. Não podemos esperar que todos os dias sejam felizes. Sempre haverá doenças, mágoas e tristeza, mas só para garantir, nunca devemos nos render a um dia triste, tedioso ou deprimente. Nenhum de nós tem tempo para isso, não importa se temos mais cem dias de vida ou cem mil.

Annie olhou para os cartões que segurava, e subitamente se sentiu oprimida pelo momento: por ter de resumir tudo o que sentia agora, por ter que falar da amiga, tão colorida e viva, quando ela mesma sempre fora tão insípida.

— Hum... — Em meio a todos os que estavam ali, os olhos de Annie encontraram o dr. Max, com seu terno e uma gravata de um tom horrível de tangerina. Ele não estava chorando. Provavelmente, perdia pacientes o tempo todo. Ossos do ofício. — Hum... isso é tudo. Eu só queria dizer que convivi com a Polly por pouco tempo, mas ela mudou a minha vida, e eu nunca mais serei a mesma de novo. E vou sentir saudades dela. Vou sentir muita falta dela. É isso.

Annie desceu do púlpito, os olhos fixos nos sapatos prateados, ciente dos aplausos, que pareciam o ronco de um motor de avião, a vibração dos pássaros. As pessoas estendiam a mão para ela, tocavam seus braços, dando palmadinhas carinhosas e sussurrando palavras de conforto.

Falou tão bem...

Obrigada, Annie...

Ela teria amado...

Mas Annie só conseguia ver um rosto, ouvir uma voz, sentir um par de braços ao seu redor. Ajudando-a a se sentar. O cheiro limpo de sabonete do dr. Max.

— Você se saiu muito bem, moça. Conseguiu. Agora acabou.

O restante da celebração foi como um borrão para Annie. O dr. Max ficou sentado ao lado dela, com os braços ao seu redor, e ela chorou sem qualquer constrangimento no ombro dele, sentindo seu cheiro. Música, flores, histórias divertidas e lágrimas. George desmoronando enquanto contava histórias de infância de Polly, a filhinha de Milly cantando "Over the Rainbow", esquecendo a letra e saindo correndo, o reverendo Ziggy fazendo todos se deslocarem pela igreja para se abraçarem. Annie viu Valerie presa em um abraço muito desconfortável de um dos recepcionistas do hospital, e o pequeno Harry, filhinho da Milly, trocando um aperto de mãos com o dr. Quarani.

Assim que a cerimônia terminou — com uma versão alta e desafinada de "(I've Had) The Time of My Life" saindo dos alto-falantes —, Annie abriu caminho entre a multidão até o sol e inspirou fundo várias vezes, como se estivesse sufocando.

— Deus — disse para si mesma, trêmula.

— Eu sei. Eu quis escapar. — Ela se virou. Valerie estava sentada em um túmulo, com o chapéu vermelho pousado ao seu lado, fumando um cigarro. — Não conte ao George, ok? Eu precisava de alguma coisa. Ela se casou nesta igreja, sabe? Toda de branco. Estava tão linda.

— Você está conseguindo aguentar? — Era uma pergunta idiota, mas Annie não sabia mais o que dizer.

Ela tragou o cigarro mais uma vez.

— A Polly me contou que você perdeu o seu bebê.

— Sim.

— Algum dia a gente supera? Isso passa, essa sensação... — Valerie bateu no peito. — Como se você estivesse morrendo também? Ela era a minha menininha, Annie. Meu bebê.

— Eu sei. Sinceramente... não sei se conseguimos superar. Acho que só... vamos sufocando essa dor, conforme o tempo passa.

— Não quero me esquecer dela. Quero me lembrar de tudo. — Valerie apagou o cigarro. — Por que essas coisas acontecem, Annie? O seu bebê e a minha menina?

— Não sei — disse Annie, tirando a bituca de cigarro da mão dela delicadamente. — Não sei se é para sabermos. Não há motivo. Apenas acontecem. Acontecem e temos que viver com isso.

Valerie deixou escapar um suspiro trêmulo e voltou a colocar o chapéu.

— Que coisa besta. Típico de Polly, fazer nos vestirmos como palhaços.

— Eu gosto — disse Annie com sinceridade. — É especial. Como ela.

— Obrigada pelo que disse sobre ela. Significou muito para mim. — Valerie se levantou. — Só preciso passar pelo dia de hoje. Só tenho que aguentar firme. — Ela foi olhar as coroas de flores empilhadas perto da parede. Havia tantas, que não cabeiam todas na igreja. — As pessoas são tão gentis. Não são? Muitos são completos estranhos. Veja este aqui: "De Jeff e todos da Câmara Municipal de Lewisham". Eu não sabia que a câmara municipal prestava esse tipo de serviço. Que gentil.

Annie se adiantou rapidamente para ler o cartão. Uma coroa de flores amarelas. Eles provavelmente tinham feito uma vaquinha ao saber que ela perdera a amiga, passaram um envelope como acontecera tantas vezes enquanto ela trabalhava lá, para o bebê de alguém, um aniversário, ou um presente de despedida. Todos os pequenos gestos que Annie um dia considerou sem sentido, já que as pessoas não se conheciam de verdade. Ela precisava se lembrar de mandar um cartão de agradecimento.

George atravessou o pátio da igreja.

— Tudo bem, mãe? Annie, você estava fumando?

Annie lançou um olhar conspiratório para Valerie.

— Hum, não, só encontrei a bituca largada ali.

Ele estalou a língua.

— Gente porca. Mãe, parece que uma espécie de ônibus vai nos levar para casa.

Valerie deu de ombros.

— Outro dos planos malucos da sua irmã.

— Típico. — Ele ofereceu o braço à mãe. — Venha. Vou encontrar um assento para você.

— Típico da Poll — murmurou George de novo enquanto subia no ônibus de dois andares, vermelho. — Contratar um ônibus de casamento para o funeral dela. Deus do céu, tem até lembrancinhas.

Havia mesmo — pequenos porta-retratos com uma foto de Polly de um lado e um poema do outro.

— Não fique chorando diante do meu túmulo — leu George. — Santo Deus. Eu queria poder dizer a ela como isso é piegas.

— Posso emplacar uma matéria sobre isso — comentou Suze, que estava dando goles de uma garrafa que levava na bolsa. — Os funerais são os novos casamentos? Alguém quer gim?

— Vou precisar, para conseguir suportar isso — disse George, dando um bom gole.

Costas estava resmungando, escandalizado.

— Onde estão as preces? Onde está o incenso? E todas aquelas palmas e abraços na igreja! Isso não está certo.

— Este é o meu pequeno gay ortodoxo. — George passou o braço ao redor dele. — Vamos, beba um pouco de gim. Você tem mais de dezoito anos, né?

Na casa dos pais de Polly, eles foram recebidos com mais abundância. As árvores tinham sido enfeitadas com bandeirolas e Polly havia conseguido que alguém imprimisse placas onde se lia FUNERAL, POR AQUI. Havia uma projeção de fotos na sala. Polly se formando. Polly em um iate. Polly na Trilha Inca. Polly correndo uma maratona. Uma mulher loira, sorridente, envernizada e perfeita. Annie não conseguia se imaginar sendo amiga daquela pessoa. Da Polly Antiga. Ela só podia ser grata por terem se conhecido quando se conheceram, as duas já tão transformadas pela vida.

Dentro da casa havia funcionários sorridentes do serviço de bufê vestindo coletes pretos e servindo taças de champanhe.

— Pelo amor de Deus — murmurou Annie, observando tudo. — Quanto custou tudo isso? Você não podia ter se contentado com uma boa cidra?

Então ela se deu conta de que Polly não estava ali para sorrir de sua frugalidade rabugenta, ou para revirar os olhos, ou para gritar "trunfo do câncer!" enquanto fazia a rolha saltar com os polegares. Onde antes estava ela, agora havia apenas um vazio, um silêncio que duraria para sempre. Ela nunca mais ouviria a voz de Polly.

— Oi! — disse Polly.

Annie ficou paralisada. Havia tomado algumas taças de champanhe, mas certamente não o bastante para começar a ter alucinações com a voz da amiga. Então percebeu que a voz era real e que vinha da sala de estar.

Annie cambaleou em direção à sala, e pedaços do gramado ficaram presos em seus saltos estúpidos. Um jovem de camisa polo estava manejando o projetor, desviando de Valerie.

— Sinto muito, senhora. Ela me pagou para vir e projetar o vídeo. Tenho que fazer isso.

— Mas é um funeral! George, você sabia alguma coisa sobre isso?

Ele deu de ombros.

— Outra maluquice da Polly, eu aposto. Que vídeo é esse?

O pobre técnico pressionou o play e o rosto gigantesco de Polly encheu a tela. O vídeo havia sido filmado uma semana antes — Annie soube pelo gorro de tricô que a amiga estava usando e pela cama do hospital como pano de fundo.

— Oi, pessoal! Espero que estejam se divertindo no meu funeral. Desculpem por eu não poder estar presente, no fim das contas. Experimentem os negocinhos de salmão, são incríveis.

Estavam todos encarando a tela, perplexos. Uma mensagem de vídeo da morta? Era realmente inédito.

— Então, como não posso estar aí pessoalmente... embora acredite sinceramente que transmissões em funerais vão se popularizar, agora que vivemos a geração das selfies... quero dizer umas últimas palavras do além-túmulo. — Ela fez uma voz assustadora, então riu e tossiu. — Droga. É melhor eu não ser engraçada demais. Certo. Aqui vão as últimas vontades e testamento de Pauline Sarah Leonard... Ha, sim, Pauline. Consegui esconder isso muito bem, não foi? Estou em perfeitas condições mentais, mais ou menos, e em nenhuma condição física. Este não é um testamento para distribuir meus bens terrenos. Não tenho nada de valor, uma vez que Tom ficou com a casa... Oi, Tom, se você estiver aí.

Tom, que estava comendo um ovo de codorna, ficou muito vermelho e começou a tossir, com o guardanapo junto à boca.

Polly continuou na tela.

— Então, o que eu vou distribuir hoje não são bens materiais, são coisas intangíveis. Costas. Costas está aí?

Ele acenou, como se Polly pudesse vê-lo.

— Sandy... Sandy está aí também? — Ela estava tomando água mineral, muito magra e elegante em uma roupa off white. — Quero que dê um emprego ao meu menino Costas. Ele está desperdiçando o próprio talento preparando cafés. Costas tem o melhor olho para cor que eu já vi, e acho que ele vai deixá-la orgulhosa. Aposto que ele está superbem-vestido hoje, acertei?

Sandy assentiu.

— Vamos conversar, Costas.

— Agora, George. Onde está o meu querido irmão? Reclamando da comida, sem dúvida. — George parou com a mão acima da travessa de crudités, para os quais estava olhando de cara amarrada. — George, meu caríssimo irmão, nós dois sabemos que você não vem vivendo uma vida honesta. Na verdade, eu não o culpo... Quem de nós está? Mas já está na hora de você ser quem realmente é. Não importa o que a mamãe pense. — Valerie, que estava sentada sozinha no sofá, fungou. — Então eu te dou o Dion... Dion está aí? Espero que esteja bem o bastante para ter vindo.

— Ele estava! — gritou alguém.

Dion acenou com a bengala do canto onde havia se deixado largar, parecendo exausto.

— George, tome conta do Dion. O que aconteceu com ele e os amigos dele foi terrível, mas por causa da geração deles, espero que não aconteça com você. Dion teve que lutar para ser ele mesmo... não vai ser tão difícil para você graças a ele. Sei que você está preparado, irmão. Escute as histórias que Dion tem para contar. Descubra o que aconteceu. Você é parte de uma comunidade, de uma história, e quero que sinta orgulho disso, não vergonha. E, mãe, sinto muito. Minha intenção não é magoar você. Mas é verdade. Deixe Georgie ser quem ele é, deixe-o ser feliz, e talvez assim ele pare de sair com imbecis que batem nele. George é amado, e amor é sempre bastante, não importa de onde vem. A propósito, espero que eles não tenham voltado, caso contrário, isso vai ter sido bem constrangedor.

Todos olharam para George.

— Não voltamos! — disse ele, na defensiva. — Hum, oi, Dion.

— Olá, menino querido — falou Dion com sua voz rouca. — Não sei se vou conseguir dar conta de sair para a noite, mas vamos tomar uns drinques em breve.

Polly, na tela, continuava a falar.

— ... agora para mamãe e papai. Desculpe por ter causado tanta preocupação. Sei que foi difícil, que eu não morreria normalmente. Por favor, cuidem-se, está bem? E, George, tome conta deles. Deve ser horrível perder um filho, especialmente tão incrível quanto eu. — Valerie deixou escapar um soluço sentido. — Mas não é isso que eu quero dizer. O que quero dizer é: mãe, pai, por favor, divorciem-se.

Todos ouviram um barulho alto quando Roger deixou cair a taça de vinho. Ninguém se moveu, todos enfeitiçados por Polly. Tanto na morte quanto tinham sido em vida.

— Vocês nunca foram felizes, não realmente. Construíram uma boa fachada: a casa bonita, os amigos, os jantares... mas George e eu sempre soubemos que vocês não se amavam. O papai estava sempre trabalhando, a mamãe sempre ranzinza... não está certo.

Roger se atirou na direção do técnico de vídeo, que todos ouviram dizendo em um tom sofrido:

— Sinto muito, senhor, não tenho permissão para desligar o vídeo.

— Então, pai... por que não segue sua vida e vai ser feliz? Sei que atualmente você anda bebendo demais. Acho que é compreensível no momento, mas... fique de olho nisso, tá? Não quero você se juntando a mim tão cedo. E, mãe, acredite em mim, falando como alguém que se agarrou a um marido que não a amava, isso não traz nada além de infelicidade. Deixe o papai ir embora. Encontre alguém que vá amá-la de verdade. Faça suas aulas de cerâmica, taekwondo e o que for. Você não precisa do papai para ser você

mesma. E, pai, sei que você vai se sentir culpado, mas não é errado tentar ser feliz. Ah, imagino que eu deva dizer o mesmo para o Tom, se ele aparecer...
— Tom ficou ainda mais vermelho. — ... se você ama a Fleur, por que não fica com ela e vai ser feliz? Façam dança interpretativa, ioga ou o que for. Só tome conta do meu piso de cerâmica marroquina, custou uma fortuna para ser trazido de Essaouira. — Ela sorriu na tela. — Agora, para o restante de vocês. Milly, meu amor, você é a melhor social media que eu conheço. Por favor, volte a trabalhar. O Harry e a Lola vão ficar bem. Não deixe Seb mantê-la em casa para sempre. Oi para você, Seb, se estiver aí.

Lola perguntou:

— Mamãe, é a tia Polly?

— Shhh, querida — disse Milly, muito vermelha.

— ... Suze. Minha querida Suze. Você é tão especial, tão incrível. Por favor, por favor, dispense aquele namorado horrível e encontre alguém legal. Ou fique sozinha por um tempo. É melhor do que estar com alguém que não te dá valor e a faz pagar as contas dele enquanto começa um café pop up ridículo. Está bem?

Suze e Henry estavam lado a lado, tomando champanhe e evitando os olhos um do outro.

— Agora, Annie. — Annie se sobressaltou. Não esperava ser incluída, afinal fora uma amiga de última hora, por menos de cem dias. — Você está aí, Annie? Espero que tenha feito seu elogio fúnebre, ou vou assombrá-la do além. Quero agradecê-la. Você pode achar que eu te ensinei coisas, o que obviamente eu fiz, *um monte* de coisas, mas a verdade é que também aprendi algo com você. Aprendi sobre tristeza. Parece bobo, mas era algo que eu nunca tinha experimentado. Cresci achando que quando estávamos para baixo, bastava um copo de vinho, um livro de autoajuda, uma aula de ioga, ou alguns comprimidos. Nunca tinha precisado pensar em como é quando a vida desmorona em uma grande pilha de merda. Quando a pessoa não está exatamente deprimida, está só se sentindo tão triste, que acha que nunca mais vai voltar a ser feliz. Posso ter tido câncer, mas você, Annie... você é a corajosa. Teve que conviver com a pior dor que posso imaginar. Uma dor que pensamento positivo e ioga nunca vão ajudar a superar. E continua seguindo em frente. Admiro isso. Isso é coragem. Isso é uma batalha. Quanto a mim, eu só... me afoguei com estilo. Você nada contra a corrente, todo dia.

Todos os olhos estavam em Annie. Ela olhava para a tela, para o rosto sorridente da amiga.

— Hum, obrigada, Poll — disse com a voz embargada. — Não poderia ter me dito isso quando estava viva?

Houve risadinhas ao redor, um breve alívio da tensão. O técnico de vídeo pareceu aliviado. Annie imaginou que aquela era a projeção mais esquisita que ele já tivera que fazer. Que talvez hoje ele voltaria para casa, encontrasse a pessoa com quem vivia, ou a namorada, ou o namorado, ou os pais, e contaria o que tinha ouvido. E assim Polly tocaria mais vidas, como um cometa ardendo através do céu.

— Então, Annie, deixo para você o meu trunfo do câncer. Pode transformá-lo em um "trunfo de merdas feias na vida", se quiser. Mas ele só é válido por mais um mês, depois disso você precisa seguir a vida. Essa é a regra. E deixo mais uma coisa para você. O dr. Max. E, dr. Max, se estiver aí, eu lhe deixo a Annie. Vocês dois precisam ficar juntos, e rápido. Todos conseguem ver isso.

— Amém — murmurou George.

Annie continuava a encarar a tela, boquiaberta.

— Então, vão em frente. Façam isso. Aproveitem a vida. E encerro por aqui. De várias maneiras. A todos: por favor, não digam que perdi a batalha contra o câncer. Não perdi nada. A verdade é que há coisas contra as quais não se pode lutar, não importa quanto se dedique a isso. O dr. Max fez o melhor que podia para me salvar, e ninguém poderia ter tentado com mais empenho, mas não funcionou. A vida é assim. Nem tudo pode ser positivo. Depois de dançar dentro de uma fonte, é preciso secar os pés. Depois de andar em uma montanha-russa, talvez você vomite na lixeira mais próxima. E, por favor, não se preocupem comigo... estou bem de verdade. Estava tão desesperada para ser lembrada... mas nas últimas semanas percebi que serei, de qualquer forma. Vocês vão pensar em mim quando ouvirem determinada música no rádio, ou quando rirem de uma piada que contei, tomarem café ao sol, usarem sua roupa favorita. Sei que serei lembrada, e isso significa que não vou abandonar vocês. Estarei sempre com vocês. — Ela fez um V de vitória irônico. — Então... fique em paz, pessoal. — E a tela ficou em branco.

— Annie? — Ela se virou ao ouvir a voz dele. O dr. Max estava parado na porta, com a gravata frouxa e as mangas enroladas. — Você apoiou isso?

— Não! Eu não tinha ideia. Juro!

— Porque não vou ser manipulado por vocês duas. Todas essas mensagens contraditórias, ora se aproximando, ora se afastando. Não vou aceitar isso, Annie.

Ele deu as costas e saiu, batendo a porta da frente com tanta força, que chacoalhou as vidraças das janelas.

Annie ficou ali por um instante, paralisada.

— Vá atrás dele! — gritou Costas. — Nunca viu uma comédia romântica?

E foi o que ela fez. Subiu correndo a rua atrás dele, que se afastava rapidamente. Ele estava vestindo o casaco enquanto caminhava, com as mangas enroscadas.

— Dr. Max! Espere!

— O que você quer, Annie?

— É... seu casaco está todo... — Ele tinha enfiado o braço na manga errada. — Escute, sinto muito, ok? Sinto muito. Eu não sabia de nada disso, juro. O que eu sei... é que Polly estava certa. Sobre nós. De minha parte, pelo menos.

Ele estava balançando a cabeça.

— É tarde demais. Para mim, chega, ok? Dei àquele hospital tudo o que eu tinha pelos últimos dez anos. Minha vida pessoal. Qualquer esperança de um bom condicionamento cardiovascular. A maior parte dos meus amigos, três relacionamentos. E uma grande quantidade de cabelo. E o que recebo em troca? Pacientes morrendo, um após o outro, sem poder fazer nada para ajudar. Uma administração que faz cortes e que nos trata como lixo, famílias que ameaçam nos processar, que reclamam e questionam tudo o que fazemos, que consultam o Google e aparecem exigindo uma segunda opinião. Chega. Não pude ajudar a Polly, e com certeza não sou capaz de ajudar você. Ela se foi. E dessa vez você vai ter que se arrastar para fora do poço, Annie. No fim, todos temos.

— Mas... mas..

O que ela poderia dizer? Que ele estava errado? Não estava. E as paredes do poço onde ela estava subitamente pareceram mais altas e escorregadias do que nunca.

Max deu as costas de novo e desapareceu rua acima, gritando por cima do ombro:

— Diga aos pais de Polly que sinto muito.

E se foi.

DIA 89
LEIA CARTAS ANTIGAS

Annie entrou na casa da mãe e sentiu o ar parado e úmido. Tufos de poeira oscilavam sob a luz do sol que entrava pelas janelas sujas, e as vidraças chacoalhavam toda vez que um ônibus passava pela rua principal. Esta era a casa em que Annie crescera, onde passara a vida toda até conhecer Mike e ir morar com ele. Se fechasse os olhos, seria capaz de ver a mãe como era: confiável, mesmo se gostasse de interferir, às vezes. Sempre presente quando Annie caiu e machucou o joelho, brigou com Jane, ou abandonou Mike e fugiu. Até, de repente, não estar mais presente. Annie agora sabia que ninguém estaria sempre presente.

— Você estava certa, mãe — sussurrou. — Não existe essa história de vida perfeita. Mas... existe vida feliz. Talvez.

Tudo ali era tão familiar — as estatuetas de porcelana sobre a lareira, que agora precisavam de uma boa limpeza. A poltrona caindo aos pedaços, onde a mãe se sentava para fazer palavras cruzadas, ver TV e ler. O tapete estampado surrado que estava ali desde que Annie era pequena. Elas nunca substituíram nada — *Não temos como pagar*, costumava dizer a mãe. *Não nadamos em dinheiro. Por causa do seu pai.*

E agora Annie sabia que o pai havia tentado, ao menos no fim. Era muito fácil imaginar as coisas sendo diferentes. Com os olhos fechados, ela foi capaz de pensar em fins de semana e férias com seu pai, que conhecia bem, de quem era próxima e por quem se sentia amada. Tinha uma irmã. Quando voltou a abrir os olhos, estava na sala barulhenta e seu pai, morto. E sabia que a mãe nunca mais voltaria para lá. Annie teria que encontrar outro lugar para Maureen viver. Aquela casa, com todas as lembranças tristes que carregava, teria que ser vendida.

Annie encontrou a carta na última gaveta da mesa de cabeceira da mãe, dentro de uma caixa de sapatos que já guardara práticos calçados da Clarks. Annie pousou a mão sobre ela e prendeu a respiração. Então, como se Polly estivesse atrás dela a instigando a ir em frente, ela puxou a carta do envelope. Um papel azul comum, a letra rabiscada. Esta era a letra do pai dela. *Querida Annie. Espero que a sua mãe lhe entregue esta carta...* Os olhos de Annie ficaram marejados, e ela guardou a carta com cuidado. Era algo para ler mais tarde, talvez, quando se sentisse mais forte, quando fosse capaz de processar aquilo tudo.

Havia algo mais na caixa — um pedaço de tecido salmão desbotado. Um fragmento do vestido de formatura que a mãe tinha feito com tanto cuidado e Annie rejeitara; o vestido que ela achou que era a prova de que a mãe não se importava, sem se dar conta de que era exatamente o oposto. Annie encontrou mais uma coisa. Uma pulseirinha de plástico minúscula, tão pequena que mal conseguia enfiar dois dedos através dela. *Anne Maureen Clarke.* Sua pulseira de identificação de quando nasceu. Guardada todo esse tempo, exatamente como Annie fizera com a de Jacob.

Lágrimas ardentes a sufocaram de novo e o conteúdo da caixa começou a ficar borrado. Annie se sentou no tapete rosa peludo do quarto da mãe, saturado com cheiro de perfume Anais Anais e de umidade, e chorou por tudo o que perdera, por tudo o que nunca nem chegara a ter.

DIA 90
VISITE UM TÚMULO

O túmulo era como uma ferida aberta no solo, a terra revirada, as coroas de flores já começando a parecer feias e apodrecidas.

— Você odiaria isso, não é? Nada chique — disse Annie em voz alta. Silêncio. — Acho melhor eu começar a vir aqui com mais frequência. Para manter você arrumadinha. Você está no mesmo cemitério que Jacob. Posso visitar os dois.

As flores oscilaram na brisa. Annie enfiou as mãos no fundo do bolso do casaco.

— Acho melhor eu te contar as novidades. O dr. Max foi embora. No fim, ele não estava interessado em mim. — Silêncio. Ela suspirou. — Tá bom, você está certa. Ele estava interessado, sei disso, mas eu o assustei agindo como uma doida e entrando em pânico quando ele tentou me beijar. Culpa minha. A não ser por isso, todos estão fazendo o que você pediu. Seus pais estão se separando... seu pai já está procurando apartamento. E tudo parece estar sendo resolvido de forma amigável. Costas pediu demissão. George vai denunciar Caleb à polícia. Minha mãe logo vai sair do hospital. Gostaria que você estivesse aqui para me dizer o que fazer. Devo vender a casa dela? Devo contar que sei sobre o meu pai? Talvez ela nem compreenda.

Não houve resposta, é claro. Nunca haveria. Se Annie pensou ter ouvido a voz de Polly em sua cabeça, era só fruto da sua imaginação, uma projeção, um fantasma.

— Gostaria que você pudesse me mandar aquele e-mail — falou. — Para me dizer que está bem. Que sou uma idiota. Para dizer alguma coisa.

Nada. No silêncio, Annie se ajoelhou e começou a limpar algumas coroas de flores.

DIA 91
RELEMBRE

— Qual é o problema com você, meu bem? Parece triste.

Annie ficou olhando as mãos da mãe voarem tricotando a lã amarela macia. E torceu para que não fossem mais roupinhas de bebê. Aquilo era sempre difícil de digerir.

— Estou triste, sim, Maureen. Sabe, a Polly morreu. Ela morreu e não sei como encarar o mundo, agora que ela não está mais nele. Tenho a sensação de... ficar até mais tarde em uma festa da qual todas as pessoas legais já foram embora.

— Quem é Polly?

Os olhos da mãe olharam pelo quarto do hospital, desfocados, mas as mãos não paravam de tricotar. Tão habilidosa, tão rápida, sem nunca deixar escapar um ponto. Como ela ainda era capaz de fazer aquilo, quando não reconhecia mais ninguém?

— Ela é... minha amiga. Era minha amiga.

— Jane? A Jane é sua amiga, não é?

Annie ficou paralisada.

— Isso mesmo. Você sabe quem eu sou, então, Maureen?

A mãe nem levantou os olhos do tricô.

— É claro que sei quem você é, Annie. Não estou sentada aqui conversando com você? E que história é essa de Maureen? Me chame de mãe.

— Hum, desculpe. — O coração de Annie estava disparado. O dr. Quarani tinha dito que talvez houvesse momentos assim, em que as nuvens se abririam e Maureen ficaria lúcida. Voltaria a ser ela mesma. Mas Annie quase havia perdido a esperança. — Como você está, mãe?

— Ah, estou bem. Para ser sincera, meio enjoada deste lugar. A comida é horrível. Pior do que quando seu pai e eu fomos para Butlins, em 1975.

Annie poderia ter falado: Mãe, o papai está morto, e por que não me contou que ele queria me encontrar? Mas não queria estragar o momento, quebrar o encanto.

— Bem, talvez possamos tirar você daqui logo. Para onde gostaria de ir, mãe? Quer morar comigo?

— Naquele seu apartamento apertado? — Então ela se lembrava de que Annie havia saído da casa bonita onde morava. — Sem querer ofender, meu bem, mas prefiro ficar em casa.

— Eu sei, mas mãe... não é seguro, entende. Você teve uma queda, lembra? E se conseguíssemos encontrar uma ótima casa de repouso para você? Acha que ficaria bem? Poderíamos... acho que poderíamos vender a casa, o que acha?

— Acho que sim. Nunca gostei daquela casa mesmo. — Ela voltou a tricotar.

— Desde que não seja um lugar cheio de velhas decrépitas. O que estou dizendo é que ainda não estou babando dentro da minha tigela de mingau, Annie.

— Eu sei, mãe. Tenho certeza de que vamos encontrar um bom lugar. — Ela decidiu arriscar: — Mãe... você se lembra de tudo o que aconteceu? Comigo, Mike, Jane e... tudo?

Maureen franziu o cenho.

— Você e Jane tiveram um desentendimento, certo?

— Isso mesmo, mãe. Mas agora está tudo bem. Você sabia que ela teve um bebê? Uma menininha. Matilda.

— Que amor. Como aquele livro que você gostava de ler quando era pequena.

— Sim, mãe. — Annie torceu para que a mãe não perguntasse quem era o pai do bebê.

— Vai ser bom para Jacob, não vai? Uma amiguinha para brincar. Você não o trouxe hoje? — Ela olhou vagamente ao redor, como se o neto pudesse estar ali em algum lugar.

O coração de Annie afundou no peito. Então ela não se lembrava de tudo. E Annie não conseguiria suportar relembrá-la, inúmeras vezes, o que havia acontecido. Era mais bondoso deixar Maureen pensar que o único neto ainda estava vivo.

— Não, mãe. Eu não o trouxe.

— Paciência. De outra vez, então. Podemos levá-lo ao parque!

Ela abriu um sorriso feliz. Era curioso que agora, quando Maureen tinha dias bons, ela parecesse tão feliz, de um modo como nunca fora antes. Como se a doença estivesse alongando, levando-a aos extremos de si mesma, lágrimas, riso e tudo o que havia entre eles. E Annie percebeu que nos últimos meses havia sido daquele jeito para ela também. Tinha se tornado maior que ela mesma. Grande o bastante para conter toda a tristeza, riso, alegria e infelicidade a que se viu exposta.

Ela olhou para a mãe. Como alguém que lhe dera à luz podia ser um mistério tão grande? Ela precisava ao menos tentar.

— Mãe — disse Annie —, encontrei a carta que o papai mandou. Antes de morrer. Por que não me contou?

A mãe voltou a tricotar, como se não tivesse ouvido. E talvez não houvesse.

— O que eu quero dizer, mãe... Não quero aborrecer você, e sei que fez o melhor que podia, mas todos esses anos me dizendo para não ter grandes ambições na vida, não ir à universidade, sempre economizando... — Annie engoliu mais lágrimas. Andava sempre tão à flor da pele, ultimamente. Será que a mãe nem sequer sabia que o pai estava morto? Seria cruel dizer isso?

— Não foi certo me dizer para não desejar a lua. Sei que você queria me proteger, mas... sinceramente, qual é o mal de desejar mais da vida? Algumas pessoas dizem que, mesmo se não alcançar a lua, vai estar entre as estrelas. Embora isso não faça sentido algum em termos astronômicos.

Silêncio. Annie fitou a mãe, que sorria para o tricô em seu colo.

— Sabe de uma coisa, Sally? Vou usar este suéter para sair para dançar no sábado.

Annie suspirou. Ela voltara a ser Sally.

— Que bom, Maureen.

— Talvez Andrew Clarke esteja lá. Você acha que ele vai? Andrew é o garoto mais lindo do colégio.

— Sim. Aposto que vai. — Annie fez uma pausa. — Pode me contar um pouco mais sobre Andrew, Maureen? Como ele é?

DIA 92
TOME CAFÉ

George suspirou.

— Não parece certo sem ela aqui nos perturbando para fazer alguma coisa estúpida e apavorante.

Eles se encontraram para um café, os três — Annie, George e Costas —, mas, como ele disse, definitivamente faltava alguma coisa.

— Então vocês têm novidades, pelo que disseram?

Costas e George sorriram um para o outro.

— Você conta.

— Não, é você quem deve contar.

Costas parecia ansioso.

— Annie, preciso te dizer que vou sair do apartamento... Tudo bem por você? Vou me mudar para outro apartamento com o George.

Annie o encarou, surpresa.

— Você quer dizer... juntos? Ou só para dividir as contas?

Eles trocaram um olhar tímido e Annie entendeu. O apartamento provavelmente teria só um quarto.

— Ah! Ora, é claro que tudo bem para mim, Costas. Isso é ótimo. De verdade.

George deu um gole no café com espuma de leite, que deixou uma leve camada em sua boca. O que fez Annie se lembrar dolorosamente do dr. Max.

— Acho que isso teria acontecido antes, mas, você sabe, com Caleb, Polly e tudo o mais...

— É o que Polly desejaria para vocês. Tenho certeza.

— Mas vai você ficar bem em relação ao aluguel? — Costas, que estava usando um suéter preto justo e jeans cinza, parecia a epítome do europeu chique. — Vamos levar Buster para morar conosco, se você não se importar, Annie.

Annie ficou surpresa com a pontada de tristeza que sentiu. É claro que aquilo fazia sentido — logo ela arrumaria outro emprego e ainda teria que visitar a mãe. Mas, ainda assim, o cachorrinho dera um jeito de conquistar seu coração.

— Tudo bem. Acho que ele será mais feliz com vocês. — Embaixo da cadeira, Buster abanou o rabo preguiçosamente. — E vou conseguir me virar com o aluguel também, não se preocupe. Talvez... bem, a minha mãe vai precisar ir para uma casa de repouso. Talvez eu tenha de me mudar para ficar perto dela.

O coração de Annie se apertou quando ela disse isso. Cuidar da mãe doente, envelhecer, não sair nunca... Era isso o que seria a vida dela a partir de agora? O interlúdio com Polly teria sido apenas um lampejo de vida, como atravessar um túnel iluminado à noite?

— E você? — perguntou George. — Seguiu as instruções que lhe foram deixadas e foi atrás do gato do dr. McRabugento?

— Ah, não. Vocês viram o que aconteceu. Ele contava as horas para se livrar de mim. Nem está mais trabalhando no hospital. — Annie havia passado "acidentalmente de propósito" pelo corredor da neurologia algumas vezes. O cartaz escrito à mão na porta dele se fora e a placa onde ficava o nome dele estava coberta. — Disseram que ele pediu demissão.

— O quê? Para onde ele foi?

— Não sei. O dr. Max tinha um monte de férias vencidas, o que não é nenhuma surpresa, então não precisou cumprir aviso prévio.

— Talvez ele precise de um tempo — comentou Costas. — Ainda estamos todos muito tristes por causa da Polly. Talvez ele volte.

Annie se lembrou do jeito que ele falou: *Para mim, chega. Não consigo mais fazer isso.*

— Não sei se ele vai voltar.

George suspirou.

— Estou tentando pensar em que conselho inspirador para você ir atrás dele a Polly teria te dado. Mas não consigo.

— Não. Nem eu. — Annie não disse o que realmente estava pensando... que estava apavorada de não saber como ter um dia feliz sem Polly instigando-a o tempo todo. Ela terminou o café. — É melhor eu ir.

— Ah, fique! Vamos levar Dion e Sandy a uma boate mais tarde.

Annie sorriu.

— Obrigada, mas acho que não. Não sou do tipo que vai a boates. De qualquer modo, preciso ajudar Suze a se desfazer das roupas e coisas da Polly.

A agenda de Annie, na verdade, andava bem cheia. Almoço com Fee, sair à noite com Zarah e Miriam. Ela tinha amigos. Muitos amigos. Mas nada de Polly. Nem Max.

Conforme Annie saía, viu que Costas e George estavam de mãos dadas embaixo da mesa. Costas limpou o bigode de leite do lábio de George, e ela ouviu os dois rindo, o som se elevando no sol de primavera. Ela sempre teria pessoas, percebeu. Pessoas com quem rir, se divertir, tomar um café e conversar. Mas será que algum dia haveria alguém só para ela de novo? Estava feliz por eles, mas não conseguia afastar a sensação de que o resto de sua vida seria um desfecho tedioso e de que o evento principal já havia acontecido.

DIA 93
FAÇA UMA LIMPA NO GUARDA-ROUPA

— É tão difícil — comentou Suze com um suspiro. — Toda vez que olho para essas coisas, penso nela. Essas malditas calças de ioga. Polly praticamente morava dentro delas. Olhe o estado em que estão. Não aguento isso.

— Eu sei — disse Annie com gentileza. Ela não tinha o mesmo apego às coisas de Polly, não a conhecia havia anos. Mas, ainda assim, era bem sofrido olhar para os sapatos que nunca mais estariam em seus pés dançantes, os chapéus que nunca mais cobririam sua cabeça maluquinha. O que machucava mais era como essas coisas eram normais. Annie conhecera Polly como um arco-íris, um cometa em fogo atravessando o céu, mas aquelas coisas — sutiãs de alta sustentação, suéteres antiquados e óculos de leitura no armário de cabeceira — pertenciam a uma mulher que fora excepcionalmente comum. Do mesmo jeito que todos eram excepcionais e comuns, tudo ao mesmo tempo.

— É melhor terminarmos com isso antes que o Tom volte.

Elas estavam na antiga casa de Polly, recolhendo as coisas que ela havia deixado quando a abandonara. Em um acordo tácito, Tom levara Fleur para comprar um cortador de legumes elétrico.

— Oo-ii. — Milly entrou e bateu de leve na porta aberta. — Consegui uma babá, afinal. Não se importam, certo?

— É claro que não! — Suze puxou a amiga para um abraço, e, por uma fração de segundo, Annie se sentiu deslocada, segurando constrangida um gorro vermelho. Então Milly voltou a estender os braços. — Annie, querida, como vai? — Como se ela fosse uma delas. Uma amiga. Mais duas amigas.

Annie retribuiu o abraço, sentindo o perfume de Milly, sem dúvida algo especial de alguma perfumaria de nicho. Ela havia perdido peso, seu corpo parecia anguloso na blusa listrada.

— Ah, estou bem. Tentando sobreviver.

— Você fez alguma coisa em relação àquele adorável médico que lhe foi atribuído em testamento? — perguntou Milly, fingindo inocência enquanto abria uma gaveta.

— Ah! Bem, não. Ele foi embora. Além disso, acho que não se pode dizer às pessoas o que fazer em testamento daquele jeito.

Houve um breve silêncio, durante o qual Annie viu as duas trocarem um olhar.

— Decidi voltar a trabalhar — disse Milly. — Seb vai ter que reduzir a carga horária dele. Ou pagar uma babá.

— E eu terminei com o Henry — anunciou Suze. — Vocês sabem... — Ela fez um gesto ao redor do queixo, indicando uma barba cheia. — P definitivamente estava certa a respeito disso. Ele disse que me ver chorar todo dia estava "realmente o tirando do sério".

Milly começou a rir.

— Ah, meu bem, ele acha que estamos em 1997? Já foi tarde, querida.

— Eu sei. No começo, eu fiquei bem brava com ela, para ser sincera. Como Polly ousava ficar nos dando ordens desse jeito? Primeiro, ela nos afastou, quando recebeu o diagnóstico... mal ouvimos falar dela por meses... então, de repente, era sua melhor amiga, Annie, e tudo tinha a ver com os cem dias felizes e viver a vida plenamente.

— E agora ela se foi — completou Milly. — E não podemos ficar bravas com ela, rir com ela ou lhe dizer para parar de se achar tão importante. Tudo só... parou.

Annie nunca havia pensado em como foi perder Polly para suas amigas antigas. Só as via como mulheres elegantes e cheias de estilo que tinham a vida encaminhada.

— Você... você realmente chora todo dia? — Annie perguntou, tímida. Suze assentiu.

— Ah, sim. Normalmente, no chuveiro.

— Eu também — disse Milly. — O único momento que tenho só para mim. Embora também já tenha desmoronado enquanto assistia à Peppa Pig algumas vezes.

— É o que o hospital provoca em mim — confidenciou Annie. — Quando visito a minha mãe. Mas, felizmente, ela deve sair logo de lá.

— Qualquer ajuda de que precise para acomodar a sua mãe, é só nos dizer — ofereceu Suze. — Milly e eu podemos mover montanhas, como P sempre disse. E agora precisaremos de uma terceira mosqueteira.

Annie baixou os olhos para o mocassim marrom que tinha nas mãos até sentir as lágrimas recuarem.

— Fatias de pepino — disse ela quando conseguiu falar de novo. — Nós só precisamos de mais fatias de pepino. Só isso.

DIA 94
AGRADEÇA

— Sinceramente, não tenho como lhe agradecer pelo que fez.

— É só o meu trabalho, sra. Hebden.

— Vai voltar a me chamar assim? De qualquer modo, é Clarke de novo.

O dr. Quarani deu um sorrisinho.

— É o hábito. Desculpe, Annie. Foi muito bom para o meu estudo clínico a sua mãe responder tão bem ao fármaco. Os períodos de lucidez dela aumentaram. Mas a doença... é tenaz. Não posso garantir que vamos contê-la.

— Eu sei. Sei disso. Mas, na verdade, nunca pensei nem que teria o que tenho agora.

A mãe a chamara pelo nome quando ela chegou. Ela parecia achar que estavam em 2003 e que Tony Blair ainda era o primeiro-ministro, mas já era um progresso.

A porta do banheiro se abriu e a mãe de Annie saiu de dentro dele de casaco e com a bolsa na mão.

— Muito obrigada, doutor — disse formalmente.

Aparentemente, ela já não pensava mais que ele era o Omar Sharif, o que também já era alguma coisa.

— O prazer foi meu, sra. Clarke. Desejo-lhe boa sorte em seu novo lar.

Com a ajuda dele, elas haviam encontrado um bom lugar em Kent, com jardins verdes, um clube de tricô e outras pessoas com menos de sessenta anos cujas memórias haviam sido roubadas. Elas também tinham perdido tempo, mas de um jeito diferente de Polly. E talvez aquilo também fosse acontecer com Annie — ela ainda não fizera o teste para o gene de Alzheimer, e não sabia se algum dia faria. Esperava não precisar do estímulo de ter um prazo para viver plenamente o resto de seus dias. Mesmo se tivesse apenas uns bons vinte anos restantes, seria o bastante para que fizesse todas as coisas que sempre quis. Conhecer Machu Picchu, no Peru. Visitar os jardins perdidos em Cornwall. Até ter outro bebê, um dia — mas Annie tinha medo de ter esperanças em relação a isso. E não havia exatamente um pai em potencial à vista.

— Sinto muito pelo que aconteceu — disse Annie ao dr. Quarani. — Naquela última noite com Polly, enganar você daquele jeito. Sei que não foi certo. Mas agradeço pelo que fez... significou tanto para ela, mesmo sendo faz de conta.

Ele deu de ombros, envergonhado.

— Ela era muito bonita. Isso eu posso dizer. Como... um raio engarrafado, ou algo encantador e breve que não se pode segurar nas mãos. Mas não posso me envolver com pacientes, Annie. Há um motivo para essa regra. E não posso... não tenho espaço em mim para nada assim. Não é possível, ainda não. Mas talvez já seja hora de eu me juntar ao mundo novamente, só um pouquinho.

— Verdade?

— Não sei. — Annie viu que ele olhava para a foto da irmã com os filhos. — Não sei se consigo, Annie. Ainda há tanto com que me preocupar, tanto por que lutar. Sabe, quando cheguei aqui, não conseguia me adaptar de jeito nenhum. Todas essas pessoas, vivendo com tanta segurança, tanta riqueza, e ainda assim reclamando, criticando, pedindo por mais, mais e mais. Eu ficava furioso por não terem noção de como eram sortudos. Enquanto isso, minha família vive todo dia com bombas caindo do céu.

Annie assentiu, sentindo-se culpada. Sabia que tinha sido uma dessas pessoas.

— Mas agora... agora tenho alguns amigos... — disse o dr. Quarani timidamente. — Talvez eu possa começar a pensar em formar um lar para mim aqui. Talvez possa parar de correr tão rápido.

E Annie sabia que aquilo era mais do que meia batalha ganha.

— Espero que sim. Vamos, mãe, é melhor irmos.

Os olhos da mãe pareceram voltar subitamente ao foco.

— Você é a enfermeira, querida?

— Sou eu, mãe. Annie.

— Quem?

— Mãe, sou eu. Você sabia quem era eu há dois segundos! — Era demais. A frustração. Nada bom durava, nem por um minuto. — Por que não pode tentar, mãe? Por favor, tente se lembrar. Só tente. Por favor!

Os lábios da mãe estavam trêmulos.

— Não precisa *gritar*. Quem é você? Que lugar é este?

Annie sentiu uma mão pousar em seu ombro. Era o dr. Quarani, alertando-a gentilmente. Os olhos dela ficaram marejados.

— Ela me reconheceu. Sabia quem eu era, e agora ela...

— Vai ser sempre assim, Annie. Como o sol. Vindo, depois indo. Ao menos você teve um momento.

Annie assentiu e secou as lágrimas que escorreram pelo rosto.

— Obrigada, doutor. Obrigada por ajudar. Espero vê-lo de novo muito em breve.

Ele levantou a mão se despedindo.

— Fique bem, Annie.

Enquanto guiava a mãe confusa para fora do hospital para encontrarem um táxi, Annie procurou por Jonny no ponto de ônibus, mas ele não estava em nenhum lugar à vista. O pequeno pedaço de chão que ele costumava ocupar estava desbotando rapidamente, ficando da mesma cor do resto da calçada, como se ele nunca tivesse estado ali. Não era certo, pensou Annie, como o mundo se movia depressa, como todos se esqueciam de você. Mesmo alguém como Polly logo seria esquecida para trás, sem deixar nenhum vestígio.

DIA 95
VÁ A UMA FESTA

Annie ficou parada na calçada, o enorme embrulho de presente que carregava escorregando de suas mãos. Conseguia imaginar Polly a incentivando a entrar. *Entre e pronto. O que você tem a perder?*

Por sorte, a porta foi aberta enquanto ela estava parada ali. Miriam estava usando um chapéu de festa e uma fantasia para adultos da Elsa, de *Frozen*.

— Vi você da janela. Vai entrar ou o quê?

— Hum... estava pensando sobre isso.

— Temos bolo. E fantasias. E varinhas de condão.

— Bolo é bom.

Cautelosamente, Annie começou a caminhar em direção à porta. As lembranças daquele mesmo dia, dois anos antes, a atingiram com força. Ela correndo para o carro, gritando com Mike, saindo em disparada sem ele.

Miriam passou um braço ao redor dela.

— Ei, está tudo bem. Hoje é outro dia, certo?

— Mamãe, mamãe, posso comer bolo agora?

Atrás de Miriam, apareceu uma garotinha vestida como uma pequena Elsa, com um grande crachá com o número 3 preso ao peito.

Annie sentiu o coração apertado; era uma menina tão linda. Enormes olhos escuros e uma fita vermelha trançada nos cabelos. Uma garotinha que Annie talvez nunca tivesse conhecido, nunca tivesse visto de novo, se não fosse pela interferência de Polly. Ela se inclinou, ainda segurando o enorme presente.

— Oi, Jasmine. Sou Annie. Feliz aniversário, querida.

DIA 96
JUNTE-SE A UM CLUBE

— Oi — disse Annie. — Aqui é... hum, vocês são os jardineiros?

Pergunta idiota. Por que mais um grupo de pessoas se reuniriam em torno de um pedaço de terra malcuidado, atrás de um ponto de ônibus, inclinadas sobre pás e arrancando ervas daninhas?

Uma mulher com um bebê em um sling disse:

— Somos, sim. Veio se juntar a nós? Eu sou Kate e este é o Finn.

Annie olhou para o rostinho que aparecia acima da faixa enrolada no corpo de Kate e se deu conta de que não doía mais tanto quanto antes. Agora ela conseguia sorrir para um bebê sem ver sempre Jacob no lugar dele, sem ver o corpinho do filho naquela manhã terrível, a pele já fria. Aquela visão nunca a abandonaria, não realmente, e ela não queria isso. Mas ao menos já era capaz de interagir de novo.

— Sou Annie. O que posso fazer?

— Talvez possa ajudar o Geoff a arrancar aquelas ervas daninhas ali.

Geoff era um senhor de barba branca que usava uma camiseta dos Rolling Stones. Ele tirou a luva suja de terra para apertar a mão de Annie.

— Seja bem-vinda, Annie. Sabe manejar uma pá, não sabe?

— Acho que sim. — Ela colocou um tapetinho no chão e se ajoelhou, sentindo o prazer de ter a terra sob seu corpo. Aquele pedaço de terra não parecia grande coisa — cheio de canabrás e urtigas, de garrafas quebradas e, sem dúvida, de coisas piores —, mas, com um pouco de trabalho, ela sabia que conseguiriam fazê-lo florescer de novo.

DIA 97
VÁ MAIS LONGE

— Oi, Annie!

Ela se virou, confusa ao ver um homem vindo em sua direção pela rua. Ele estava recém-barbeado e usava os cabelos escuros bem curtos. Annie não o teria reconhecido se não fosse pelo casaco azul. Ela não tinha ideia de que em pé ele era tão alto.

— Jonny? É você?

— Sou eu. — Ele riu da expressão dela. — Só tomei um bom banho e me barbeei.

— Uau! Você foi para um abrigo?

— Por enquanto. — Ele fez uma careta. — Não é fácil, você sabe. Mas ao menos tomei um banho.

— Fico tão feliz. Fiquei me perguntando para onde você teria ido.

— Como está o velho ponto de ônibus? — perguntou Jonny em um tom quase nostálgico.

— Não vou lá há alguns dias. Minha mãe saiu do hospital.

— E sua amiga?

Annie só deu de ombros em resposta e seus olhos ficaram marejados de novo.

— Ah, merda, sinto muito.

— Tudo bem. Sempre soubemos que iria acontecer.

— Ela parecia bem legal. Uma pessoa boa de verdade.

— Bem, ela era meio mandona, egocêntrica e meio maluca, às vezes, mas sim, ela era legal. Era muito, muito boa.

Houve uma pausa constrangida.

— Bem, tenho que ir. Temos horário para voltar. Mas obrigado mais uma vez, tá?

— Eu não fiz nada.

— Você conversou comigo. Como se eu fosse uma pessoa. Isso significa mais do que pode imaginar.

Ele desceu a rua de um jeito leve, e Annie ficou observando-o se afastar.

DIA 98
DECORE SUA CASA

Annie desejou não ter comprado tantas latas de tinta. Estava sendo difícil carregar todas da loja para casa. Mas as cores eram tão empolgantes — os verde-pálidos, os azul-claros, amarelos, vermelhos e roxos. O locatário tinha dito que ela poderia pintar a cozinha desde que arcasse com os custos, e Annie enlouqueceu recolhendo amostras de tinta. Era a primeira vez que tomava aquele tipo de decisão sozinha, sem ligar para a mãe, para Jane ou para Mike pedindo ajuda. Agora era só ela. E isso era bom.

Ela parou para descansar por um momento, bufando e arfando, sentindo o suor escorrer pelas costas. Ia ser um lindo dia de verão, pensou. Sempre amou aquela época do ano — flores desabrochando por toda parte, os dias mais longos e uma inexplicável sensação de esperança. E Polly não estava ali para ver aquilo. Polly já tivera seu último verão, inverno e tudo o mais. Mas, com sorte, Annie tinha muitos mais por vir, e era melhor começar a aproveitar isso ao máximo.

Quando se inclinou para pegar a bolsa com as latas de tinta, ela viu uma figura conhecida saindo da igreja em frente. Havia uma placa impressa presa à grade onde se lia: Slimming World, uma organização para perda de peso. A mulher, que usava um kaftan com estampa de cachorros, parou no portão, olhou ao redor furtivamente, então pegou uma barra de chocolate Double Decker na bolsa e começou a enfiá-la na boca, sujando o rosto todo de chocolate.

Annie pensou em ir embora sem falar nada — afinal, era Sharon —, mas algo a fez erguer a mão e acenar.

Sharon estreitou os olhos para ver quem era, então ergueu a mão que segurava o chocolate e acenou de volta. Annie não se aproximou para falar com ela. Uma coisa de cada vez, pensou.

DIA 99
MANDE UMA CARTA

Sra. Annie Hebden, nascida Clarke. A carta parecia oficial, impressa em um papel creme pesado. Annie a pegou em cima do capacho e logo reconheceu o logotipo do advogado de Polly. Ela abriu o envelope, o coração aos pulos. Dentro, havia outra carta, esta em um envelope lilás, todo estampado com corações e estrelas, como se Annie subitamente ganhasse uma amiga por correspondência de dez anos de idade.

Ela se sentou à mesa e abriu a carta, sabendo que seria algo importante. Afinal, era de Polly. Qualquer coisa menos que explosiva não seria o estilo dela.

Minha caríssima Annie, minha estraga-prazeres do coração,

Não se preocupe, não estou escrevendo do além-túmulo. Pedi para que isso fosse enviado a você algum tempo depois de eu ter partido porque sei que vai precisar que eu lhe recorde algumas coisas. E sei como você e o dr. Max são teimosos.

As pessoas dizem que só devemos nos arrepender do que não fizemos. Isso obviamente é bobagem, porque e se for quem começou a Terceira Guerra Mundial, comprou um monte de discos em Blu-ray ou coisa parecida? Uma coisa de que me arrependo é de nunca ter pressionado você a convidar o dr. Max para sair. Eu tinha um pouco de inveja, sabe? De você poder continuar a viver e se apaixonar, quando para mim tudo isso estava acabado. Pode me perdoar por isso? Você é muito triste e ele é muito bravo, mas tenho a sensação de que vocês dois podem amenizar essas coisas um no outro. Duvido muito que vocês estejam se falando agora, por isso, aqui vai a minha mensagem do além: VÁ ATRÁS DELE. Seja feliz, Annie. Você merece isso. Já teve mais do que a sua cota da outra coisa.

Se eu estiver errada e vocês já estiverem juntos, então ótimo, você venceu, aproveite para dizer oi a ele por mim. NÃO comece a passar as camisas dele.

Não sei se acredito em paraíso nem se terei entrado nele, mas, se eu também estiver errada sobre isso, você pode apostar que vou encontrar o Jacob e o seu pai e dar um abraço bem apertado em cada um deles por você. Não que eles vão saber quem é a moça careca esquisita.

Com todo o meu amor e toda a minha vida,

Bjs,
Polly

Annie secou as lágrimas que caíram sobre a carta, borrando a tinta roxo-cintilante. Maldita Polly. Maldita, terrível, incrível, insubstituível Polly. O que ela faria sem ter com quem discutir? Conseguia até ouvir a voz da amiga em sua mente, estimulando-a a agir.

Mas ele foi embora. Ele disse não.
Ele estava só chateado. Ele se culpa.
Mas ele pode dizer não de novo.
Annieeeee — o que você tem a perder?
Mas não sei onde ele está!
Onde mais ele estaria?

Annie pousou a carta, pegou o celular e começou a checar os horários dos trens para a Escócia.

DIA 100
DIGA A VERDADE

O metrô a caminho da estação estava lotado. Annie se viu enfiada embaixo do braço de um homem de negócios suado que ouvia música muito alto nos fones de ouvido. Ela tentou invocar Polly — *Não fique com raiva, seja superior.* Uma mulher usou um carrinho de bebê para abrir caminho e acertou o tornozelo de Annie, que gritou.

— Desculpe — disse a mulher, que tinha os olhos assombrados de tensão. — Está tão cheio.

O bebê parecia apavorado com tantas pessoas ao redor dele, o rosto vermelho todo sujo de algum tipo de comida orgânica para bebês.

Annie pousou a mão no braço do homem de negócios.

— O que foi? — perguntou ele, irritado, tirando um dos fones do ouvido.

Annie se deu conta de que já fora aquela pessoa: ardendo de raiva, se afogando em tristeza, contaminando todos ao redor com seu sofrimento tóxico.

— Você se importa de chegar um pouquinho para o lado? Para deixar a moça passar? É que está muito cheio. Obrigada.

Ele chegou para o lado, sentindo-se culpado.

— Desculpe, eu não vi.

— Pode se sentar aqui — ofereceu outro homem, que antes estava jogando no celular, determinado a ignorá-las.

— Ou aqui, se quiser.

De repente, pessoas se levantavam por todo o vagão, culpadas, querendo ajudar.

— Obrigada — disse a mulher para Annie, quase em lágrimas de tão grata. Ela se sentou e tirou o bebê do carrinho. — Quer se sentar também?

— Ah, não. — Annie ficou onde estava. — Estou bem, obrigada. Muito bem.

Como já estava mesmo cometendo uma loucura, Annie se permitiu comprar uma passagem de trem na primeira classe. Ela se acomodou nos assentos largos enquanto o trem se afastava de Londres, vendo passar rapidamente casas, cidades, vilarejos e campos, milhões de vidas que Annie nunca tocaria, milhões de corações que bateriam e se partiriam sem que ela sequer chegasse a conhecê-los. Os comissários serviram chá e café, e Annie saboreou a bebida no conforto e silêncio, com a sensação de estar em movimento para algum lugar acalmando sua mente. Aquela era uma boa ideia. Mesmo se nada acontecesse a partir daquele impulso, era sempre melhor estar se movendo do que ficar parada.

Quando Annie finalmente chegou, já era muito tarde, estava muito escuro e muito frio. O solo estava congelado sob seus pés conforme ela atravessava o campo, a neve delicada como açúcar de confeiteiro sob suas botas de caminhada. Dessa vez, ela estava preparada para o frio, sabendo que junho na Escócia não significava verão de verdade. Sem poluição, o céu estava coalhado de estrelas, um milhão de minúsculos pontinhos de luz. Ela quase não conseguiu vê-lo, sentado sozinho na base da colina.

Annie pigarreou. O que dizer depois de tudo isso? Agora que Polly estava morta. Por sorte, naquele momento ela tropeçou em um buraco de coelho e saiu voando até aterrissar diante dele, que se levantou de um pulo.

— Jesus! Annie!

— Hum, oi.

— Você se machucou? — O sotaque dele estava ainda mais forte.

— Estou bem. Quer dizer, fisicamente.

— Por que você está... o que está fazendo?

— Sua mãe disse que você estaria aqui. Sentado em um campo, no escuro.

— Eu trouxe uma manta. Sente-se ou vai pegar uma friagem nessa grama úmida.

— Isso existe? — Ela arrastou o corpo para a manta xadrez macia e se sentou ao lado dele.

— Bem, não, mas um traseiro molhado não faz nenhum bem. — Ele olhava para longe dela, o rosto nas sombras. Annie via que sua barba havia crescido de novo, já estava quase do tamanho da de um homem da montanha ou de um hipster. — O que você está fazendo aqui, de modo geral?

— Hum. Bem. Procurando por você, já que fugiu de mim.

— Não fiz isso. Eu só tinha que ir embora. Tinha.

Annie respirou fundo, batendo os dentes. Ela havia ensaiado esse momento muitas vezes no trem.

— Houve uma vez que achei que você ia me beijar — começou, indo direto ao ponto.

— *Aye*, eu ia. Mas você se afastou.

— Eu não! Eu só... fiquei desconcertada. Fazia anos desde a última vez que eu tinha feito alguma coisa parecida, e acabou sendo um completo desastre. Meu coração foi pisoteado e ficou parecendo um morango maduro demais. Eu só... não consegui me arriscar de novo. Acho que não o conhecia o bastante.

— Então, o fato de eu ter passado a vida toda salvando bebezinhos, gente idosa e sua amiga também... não conta nada para você?

Annie suspirou.

— Não podemos colocar toda a culpa em Polly, já que ela convenientemente não está aqui para se importar? Ela me convenceu de que não tínhamos tempo para romance.

— Ela era tão egoísta... — disse ele. — Quer dizer, eu nem a conhecia antes disso. Por que você se importava tanto com ela, cuidava dela, escutava todas as bobagens que ela dizia? Eu tinha que estar com ela todo dia, mas você... você fez isso por amor. Fico impressionado com isso, Annie.

Era. Fez. O tempo passado ainda machucava. Polly já fora e fizera tudo o que seria e faria. As lembranças que eles tinham dela se cristalizariam como âmbar, e ela nunca estaria por perto para se defender.

— Porque — disse Annie —, olhe o que ela fez por mim. Eu estava tão infeliz quando a conheci. Tão furiosa e infeliz. Basicamente, tinha parado de viver. Mas Polly... ela viveu mais nesses últimos meses do que eu jamais tinha vivido. E isso me fez sentir envergonhada. Ter toda essa vida e estar desperdiçando tudo. Era assim que ela era. — *Era*.

— E eu não pude salvá-la. Isso foi meio que a gota d'água. Aquela mulher incrível, tão viva, e eu não pude fazer nada para salvá-la. Um a zero para o câncer.

— Você fez tudo o que podia. Ela sabia disso.

— Eu perdi. Ela morreu.

Annie suspirou.

— Você deve estar acostumado a ter pacientes morrendo. Quer dizer... não estou insinuando que você é uma porcaria de médico, nada disso. Mas tumores cerebrais são inimigos poderosos. Piores do que Voldemort.

— Não diga o nome dele — murmurou Max.

— Polly não iria querer que você deixasse o seu trabalho, pelo amor de Deus. Não há outras pessoas que precisam de você? Crianças fofas? Velhinhas indefesas com famílias grandes e amorosas?

— Annie. Você se deu ao trabalho de vir até aqui só para me fazer sentir mal?

— Quem disse que vim aqui para ver você? Tenho família aqui, sabe?

Ela sentiu que ele se virou para encará-la.

— Você vai vê-las? Morag e Sarah?

— Ah. Provavelmente. Aparentemente, meu pai me deixou algum dinheiro. Não que eu ache que tenho direito a ele.

Max resmungou, irritado.

— Annie, pelo amor de Deus. Você não recebeu um centavo dele a vida toda. Não seja a sua pior inimiga. Vá vê-las.

— Eu sei, eu vou. Talvez. Depende.

— Do quê?

— Hum... de como for o resto dessa conversa?

— Como você esperava que fosse?

Annie se deu conta de que não sabia.

— Esperava que você deixasse de ficar bravo comigo. E que voltasse, talvez. Não sei. Se você quiser. — Ela respirou fundo. *Maldita seja, Polly*. Malditas promessas no leito de morte. — Esperava só ver você, porque sinto muito, muito a sua falta.

Por um longo tempo, eles ficaram só olhando para a frente, para a escuridão. Ela estremeceu.

— Frio?

Sem perguntar, Max passou o braço ao redor do ombro dela. Ele era tão quente, tão grande, e o calor irradiava do velho casaco Barbour que ele usava. Annie se inclinou para ele.

— Ah, Annie Clarke — suspirou Max. — O que vamos fazer agora? Agora que ela se foi? Eu me pergunto o que vem a seguir... Cem dias infelizes? Cem dias se sentindo uma merda? Cem dias de volta ao normal, dormindo na sala dos médicos e prendendo a mão na máquina de venda automática?

Annie se aconchegou, sentindo o coração de Max bater através das dezessete camadas de roupa que ela vestia.

— Que tal cem dias fazendo o melhor por estarmos vivos... mesmo que seja triste, ou comum, ou que a gente sinta vontade de chorar na maior parte do tempo? Acho que isso é viver. Deixar tudo entrar. Os dias felizes, os dias tristes, os dias de raiva. Estarmos despertos para isso.

— Você está começando a soar como um dos livros motivacionais dela.

— Ora, a culpa é sua. Sem você por perto, não há ninguém para ser rabugento e dizer que todas as minhas ideias fazem mais mal do que bem. Costas não serve, ele é todo sol e arco-íris. E George também está indo por esse caminho. É muito triste ver um rapaz jovem no auge de sua arrogância se perder em tanta luz.

— Parece que as coisas por lá estão piores do que eu pensava — comentou Max. — Logo, logo vocês vão estar todos limpando seus chacras.

— Talvez você devesse voltar — arriscou ela. Ele não disse nada. — Por favor, volte — disse Annie, quase em um sussurro. — Precisamos de você. Eu... eu preciso de você.

A mão dele estava acariciando muito suavemente a nuca de Annie. Ela mal conseguia respirar. Como terminara ali, congelando na base de uma montanha com um neurologista rabugento, sentido que toda a sua vida dependia do que ele diria a seguir?

— Você disse que eu tentei beijá-la — falou ele. — Você estava... aquilo foi uma sugestão para que eu tentasse de novo?

Annie não disse nada. Ela segurou a mão que estava ao redor de seu pescoço e a apertou. Havia perdido quase toda a sensação nos dedos.

— Max.

— Você nunca me chamou assim antes. *Och*, você está congelando, menina.

Menina. Ela achou que poderia derreter, se não estivesse com tanto frio.

— Talvez possamos entrar?

— Só um minutinho. Você não achou que eu estava sentado aqui fora à toa, né? Você achou que eu estava ficando maluco?

— Hum...

— Annie. Você vai ter que melhorar sua opinião sobre mim. Não sou seu ex-marido, que fugiu com a sua amiga, o cretino. Eu sou eu. E olhe.

Ele apontou para o céu, que assumira um tom fora do comum. Como se estivesse recebendo uma projeção de luzes verdes. Como a luminosidade de uma grande cidade, a não ser pelo fato de que não havia nenhuma cidade por perto.

— Aquilo é...?

— *Aye*. Eu te disse que conseguimos ver com frequência daqui.

— Ela perdeu. Droga, ela perdeu.

Annie o sentiu sorrir enquanto apoiava as costas nele, e os dois ficaram assistindo juntos à aurora boreal cintilar e piscar em todas as cores do arco-íris. Roxos, rosas, verdes e azuis, cintilando e se movendo... Era a coisa mais linda que Annie já vira. Única. Absorvente. Como Polly.

— Um de seus livros motivacionais diria que agora ela está assim. Distante Cintilante.

Annie estalou a língua.

— Proibido falar de Deus, Max.

— É justo. Mas... é lindo, não é?

— É lindo.

— Então, ainda há isso. Mesmo que tudo esteja uma porcaria, deprimente, que as pessoas estejam morrendo durante o espetáculo. Estamos aqui, agora, com os traseiros congelados, é verdade, mas estamos aqui, assistindo a isso, e estamos vivos. É o suficiente para você?

Annie sentiu os braços dele ao seu redor, puxando-a mais para perto, só os dois sob o céu tão vasto, as estrelas lhes mandando luz de tão longe, mesmo depois de estarem mortas, escuras, de já terem partido. Elas ainda brilhavam. Polly também brilharia, enquanto eles se lembrassem dela. Annie estava ali. Não havia ninguém como ela em todo o planeta, ninguém que já tivesse vivido ou fosse viver. Não havia uma única pessoa com as impressões digitais dela, com as lembranças que ela carregava no emaranhando de carne e nervos que era o seu cérebro, ninguém com o sangue que corria em suas veias. Annie era Annie, e estava viva naquele momento, apesar de tudo. E Max também.

— Sim — disse ela. — É o bastante.

AGRADECIMENTOS

Há uma quantidade enorme de pessoas envolvidas na produção de um livro, que surge de uma ideia aleatória que alguém tem em um trem, até chegar à coisa linda publicada que está diante de você. Em primeiro lugar, preciso agradecer à minha maravilhosa agente Diana Beaumont, que sempre me orienta quando estou um pouco perdida com um livro e me estimula a ir "dez por cento além", especialmente quando eu acho não que consigo. Sasha Rankin, em Nova York, também fez um incrível trabalho com direitos autorais no exterior, e é muito emocionante saber que este livro será publicado em diferentes idiomas. Obrigada também a todos na UTA e na Marjacq, por seu apoio em fazer este livro decolar.

Esta é a primeira vez que um livro meu é publicado nos dois lados do Atlântico, e tem sido uma experiência fantástica. Agradeço a todos na Sphere e na Harlequin US/Graydon House, especialmente a Maddie West e a Margo Lipschultz, pela edição entusiasmada e por sua visão clara. E muito obrigada também a todos os que estiveram envolvidos na preparação do texto, no projeto da capa, no marketing, na publicidade, e muito mais. É realmente impressionante ver o apoio que este livro recebeu.

Tenho a sorte de ter muitos amigos maravilhosos, escritores e não escritores, que me ajudaram em todas as etapas do processo. Desejo a todos vocês e à minha família centenas de dias felizes. Finalmente, este livro é dedicado a Scott, que me acompanhou em muitos dias felizes, a maioria deles envolvendo bolo. Desculpe-me por fazer você ir à Escócia em fevereiro e por forçá-lo a esquiar em uma nevasca.

Este (e qualquer) livro não seria nada sem leitores, então o maior agradecimento deve ser a vocês.

Olá,

Muito obrigada por ler *Algo como ser feliz*. Comecei escrevendo este livro porque fiquei intrigada com o conceito de "100 dias felizes" que estava inundando o meu Facebook. Normalmente, eu reviraria os olhos diante desse tipo de coisa e teria ânsia de vômito sempre que visse hashtags #abençoado na minha rede social. Não sou uma pessoa naturalmente positiva — por um lado, porque cresci na Irlanda do Norte e amamos um pouco de infelicidade. Mas algo na ideia me fez pensar. Realmente era possível se tornar feliz apenas reparando nas coisas boas da sua vida todos os dias? É possível se arrastar do fundo do poço e começar de novo?

Houve momentos em minha vida em que, como a Annie, senti que tinha chegado ao fundo do poço. Quando eu tinha vinte e quatro anos, fui diagnosticada com câncer, como a Polly. Por sorte, foi um diagnóstico precoce e me recuperei totalmente, mas achei difícil recomeçar minha vida. Mais tarde, eu me vi falida e sem-teto depois que meu casamento desmoronou — e ainda fui atropelada por um carro! (Felizmente, fiquei bem.) Nas duas vezes, percebi que fazer coisas felizes realmente me faziam sentir melhor. Ir a aulas de dança, viajar para a praia, até fazer um bolo. Por isso, sim, acho que é possível encontrar felicidade e esperança de novo, mesmo nos dias mais sombrios. Sempre há coisas boas no mundo.

Espero que, se estiver passando por um momento difícil, você consiga encontrar o mesmo. Obrigada pela leitura, eu adoraria saber sua opinião sobre o livro ou se já passou por alguma coisa semelhante. Estou no Twitter @inkstainsclaire, no Instagram @evawoodsauthor e on-line em www.evawoodsauthor.com. Se você gostou do livro, também seria fantástico se pudesse deixar uma resenha em algum lugar ou se pudesse contar a alguém a respeito. Obrigada!

Beijos,
Eva

Impresso no Brasil pelo Sistema Cameron da Divisão Gráfica da
DISTRIBUIDORA RECORD DE SERVIÇOS DE IMPRENSA S.A.